Ravensburger Taschenbücher
Band 871

Die Söhne der großen Bärin
Band 2

Liselotte Welskopf-Henrich

Der Weg in die Verbannung

Otto Maier Ravensburg

Lizenzausgabe
als Ravensburger Taschenbuch Band 871,
erschienen 1983

Die Originalausgabe erschien 1962
im Altberliner Verlag, DDR-Berlin
© 1962 Altberliner Verlag, DDR-Berlin

Umschlag: Walter Emmrich, unter Verwendung
von Fotomaterial der Agentur Hansmann, Gauting

Alle Rechte dieser Ausgabe vorbehalten durch
Ravensburger Buchverlag Otto Maier GmbH
Druck und Verarbeitung: Elsnerdruck, Berlin
Printed in Germany

7 6 5 4 3   91 90 89 88 87

ISBN 3-473-38871-8

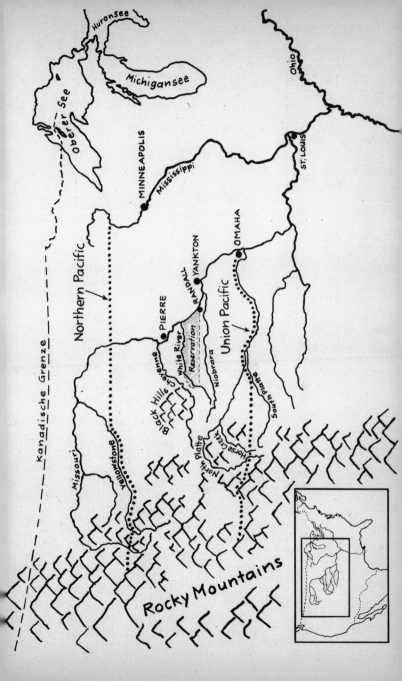

Der Berg schweigt

Die Sonne stand hoch am Himmel. In der Mittagswärme flimmerte die Luft, als ob sie die Strahlen zu einem goldenen Schleier webte. Über dem Windbruch, der zu Beginn des Frühlings am Hang der Black Hills entstanden war, lag jetzt Ruhe. Aus den Wunden der gestürzten Stämme duftete es nach Harz. Wurzelwerk stand in der Luft; getrocknete Erde und vertrocknetes Moos hingen noch daran. Während die entwurzelten Bäume starben, reckten sich Gräser und Beerenstauden im neu gewonnenen Licht. Käfer krabbelten eifrig ihren mühsamen Weg, und es summte und surrte von Bienen.
Am Rande der Bruchstelle, zwischen schattengebenden Bäumen, stand ein Bär. Nur ein paar Sonnenflecken tanzten durch Laub und Nadeln bis auf seinen braunen Pelz und in seine kleinen Augen. Er blinzelte, setzte sich hin, hob die Vordertatzen und schleckte eine nach der anderen sorgfältig ab. Dann sog er die Luft tief ein, überlegte und schnüffelte wieder.
Schließlich erhob er sich und begann in das Gewirr der gestürzten Stämme einzudringen. Auf seine gewohnte Art benutzte er die langen Krallen zum Klettern und balancierte geschickt von einem Stamm zum andern, während ihm die Sonne jetzt prall auf das Fell schien. Immer entschiedener strebte er einem riesigen alten Baum zu, der sich inmitten der allgemeinen Zerstörung aufrecht erhalten hatte. Der Stamm war dick, die Krone zerzaust, die Rinde rissig. Die Blätter spielten leise mit Wind, Sonne und Schatten, und ringsumher schwärmten Bienen.
Der Bär näherte sich dem Baum und wurde allmählich vorsichtig. Er war nicht mehr jung. Von Erfahrungen gewitzigt, umkreiste er sein Ziel, stieg von einem querliegenden Stamm herab und verkroch sich im Gestrüpp und zwischen Zweigen. Langsam, im Zickzack, als ob er nicht mehr genau wisse, wohin er wolle, kam er dem Baume näher und näher, und verführerisch duftete ihm Honig entgegen.
In einem tiefen Astloch des Baumes hatte sich ein Bienenvolk angesiedelt. Der Bär wollte den Wintervorrat an Honig rauben,

den es sich gesammelt hatte. Als der Braunpelz sich bis zum Stamme angeschlichen hatte, ohne daß die Bienen mißtrauisch geworden waren, reckte er sich schnell in die Höhe. Auf den Hintertatzen stehend, griff er mit einer Vordertatze in das Astloch; honigtriefend zog er sie zurück und leckte verzückt daran. Jetzt wurden die Bienen aufmerksam. Zuerst flogen diejenigen aufgeregt hervor, die der Räuber mit der Tatze im Stock aufgestört hatte. Fast zur selben Zeit schwirrten andere herbei, die honigbeladen zu dem Astloch unterwegs gewesen waren, und im Nu mußte ein dem Bären unbekanntes Nachrichtenwesen funktioniert haben, denn wie eine Wolke kam das Bienenvolk schon von allen Seiten. Den Tod nicht kennend und daher nicht achtend, drangen die Insekten auf ihren Feind ein und stachen ihn überall, wo sie an seinen Körper gelangen konnten.

Wütend schlug der Bär mit den Vordertatzen um sich und suchte vor allem seine Augen zu schützen. Aber die surrenden kleinen Angreifer waren schnell und geschickt und vergällten dem dicken Braunen die Freude an seinem Raube gänzlich. Er holte sich zwar noch ein zweites und letztes Mal eine Tatze Honig und schleckte schnell, ohne rechten Genuß, unaufhörlich umschwirrt und gestochen. Aber dann zog er sich eilends zurück. Er turnte über die Stämme, sprang trotz seines Gewichts fast so gewandt wie eine Eichkatze davon und gelangte endlich wieder in Wald und Schatten. Die wütenden Bienen verfolgten ihn noch immer. Er lief weiter und brach durch das Gebüsch, daß es krachte. Aber nach hundert Metern blieb er plötzlich stehen; als ob er versteinert worden sei. Während er einen Teil der Bienen noch hinter sich hatte, war vor ihm der ihm verhaßteste aller Feinde aufgetaucht: ein Mensch.

Der Mensch lachte dröhnend. Der Bär glaubte, daß sein Feind brülle, und antwortete mit einem bösen Fauchen, um dem anderen Angst zu machen. Aber das dem Bären widerwärtige Geschöpf lachte weiter. Die Bienen nahmen unterdessen ihren Vorteil wahr und stachen den Braunfelligen von hinten an empfindlichen Stellen. Das wurde dem Bären, der sich in dieser stillen Mittagsstunde auf Genuß und nicht auf Gefahr eingestellt hatte, zuviel. Er brach zur Seite aus und rannte in voller Flucht waldabwärts. Die beharrlichsten der Bienen verfolgten ihn noch eine Strecke weit. Dann kehrte das Insektenvolk triumphierend zu seinem Stock zurück. Die Toten wurden nicht gezählt.

Der Mensch hatte dem fliehenden Bären nachgeschaut und noch einmal aufgelacht. Als das Raubtier verschwunden war, schlug er sich auf den Mund, sagte leise „Dummkopf" zu sich selbst und verkroch sich, um zwischen Buschwerk und Stämmen hindurch auf den Windbruch am Hang Ausschau zu halten.

Als er sich überzeugt zu haben glaubte, daß außer ihm selbst und dem Getier aller Art nichts und niemand im Wald und auf der Blöße unterwegs war, regte er sich wieder. Mit aller Umsicht, deren Jäger wie Gejagte in der Wildnis fähig werden, ging er die hundert Meter durch den Wald am Rande des Windbruchs. Er überzeugte sich bei jedem Schritt und jedem Griff, daß er keine Spur hinterließ, und wenn dies doch der Fall war, nahm er sich Zeit, um sie unsichtbar zu machen. Als er den Windbruch erreicht hatte, kletterte er, gewandter noch als der Braunbär, durch das Gewirr der gestürzten Stämme, der dörrenden Baumkronen und des herausgerissenen Wurzelwerks. Auch er strebte zu dem einzigen Baumriesen, der der Gewalt des Wirbelsturms entgangen war. Aber es lag nicht in seiner Absicht, den Bienenstock auszurauben. Er umging den Baum, näherte sich von der dem Astloch abgewandten Seite und besah einen Unterschlupf, den er schon vom Rande der Blöße her entdeckt hatte. Die Zweige einer Baumkrone, an denen verwelkte und auch noch einige grünende Blätter hingen, die Wurzeln eines anderen Baumes und etliches Gesträuch bildeten eine Art natürlicher Laube. Der Mann kroch darunter, zog das Messer und schnitt Zweig- und Wurzelgewirr etwas aus, so daß er sich freier bewegen konnte. Zwei Ledersäcke, die er bei sich trug, und seine Büchse verstaute er im verborgensten Winkel. Dann prüfte er mit den Augen die Möglichkeit, von seinem Versteck zu dem mächtigen Baume und in dessen Krone zu gelangen, und probierte den Weg, der ihm dafür geeignet schien, auch gleich aus. Hoch oben in der dichtbelaubten Baumkrone fand er den gewünschten Sitz auf einem Ast, der immer noch stark genug war, um nicht zu schwanken. Das Schwanken eines Astes hätte etwaige verborgene Feinde aufmerksam machen können. In aller Ruhe spähte der Mann aus seinem Versteck umher, über die Baumwipfel an den Berghängen, über die Prärien am Fuße des Gebirgsstocks, die im Mittagsglast lagen und sich mit ihren begrasten und sandigen Bodenwellen im Dunst verloren. Gegen Südosten zu erkannte er in der Ferne Ödland und bizarre Felsen.

Die aufgestörten, immer noch unruhigen Bienen waren dem Manne lästig, aber doch nicht mehr als eine ärgerliche Empfindung wert. Er rührte sich nicht, nur hin und wieder nahm sein Blick eine andere Richtung.

Hoch über den Wäldern kreisten zwei Raubvögel. Die Ruhe des Mittags, die Stille der Wildnis, die Regungslosigkeit der Baumwipfel machten den Mann zufrieden. Allein zu sein und weithin nirgends einen anderen Menschen zu wissen, das war im Augenblick alles, was er sich wünschte.

Er blieb in der Baumkrone bis gegen Abend, so regungslos, als wäre er selbst ein Ast. Als die Sonne sich tiefer neigte, kletterte er behende, ohne Äste zu bewegen, geräuschlos hinab und kroch in sein Versteck.

Hier öffnete er erst den einen Sack, entnahm ihm eine halbe Handvoll getrocknetes und gemahlenes Büffelfleisch und ließ es auf der Zunge zergehen, um es langsam zu schlucken. Dann gestattete er sich einen Schluck Wasser aus dem zweiten Sack. Das war seine Mahlzeit an diesem Tage. Mehr brauchte er nicht, denn er war gut bei Kräften, und sein Körper konnte einige Zeit hindurch zusetzen.

Für eine Viertelstunde streckte er sich aus und ruhte. Dabei dachte er, was er nur äußerst selten zu tun pflegte, an sich selbst und sein bisheriges Leben. Er dachte daran, weil er hoffte, daß sich in der beginnenden Nacht dieses Leben endgültig, für immer, ändern sollte. Nein, das war falsch gedacht. Es konnte sich nicht so schnell verändern. Aber die eine große

Wendung, der alles andere folgen sollte, mußte in dieser Nacht eintreten. Sie mußte!

Der Mann, der seinen Willen darauf konzentrierte, mochte zweiundzwanzig oder dreiundzwanzig Jahre alt sein. Wie alt er war, wußte er selbst nicht genau, denn er besaß keinen Geburtsschein, und kein Schreiber in der Welt hatte mit seiner Feder den Moment notiert, in dem dieser Mann als ein Kind das Licht erblickt und zu schreien begonnen hatte. Er kannte weder seinen Vater noch seine Mutter, hatte auch nie Genaueres gehört, wer sie gewesen waren. Seine früheste Erinnerung war der krachende Sturz eines gefällten Baumes. Damals war er erschrocken. Später hatte er sich nicht mehr erschreckt, weder vor den stürzenden Bäumen noch vor dem fluchenden Pflegevater, noch vor Prügeln. Eine ganz schwache Erinnerung besaß er daran, daß er einmal seiner Pflegemutter hatte helfen wollen, als diese von ihrem Mann halb zu Tode geschlagen wurde. Der Erfolg war nur der, daß die Pflegeeltern sich vereint auf ihn stürzten und er mit knapper Not sein Leben rettete. Er war also dumm gewesen, das war der Schluß, den er selbst aus dem Erlebnis zog, und jedenfalls verspürte er nie wieder Lust, einem anderen zu helfen. Er lernte sehr früh Bäume fällen, Schnaps trinken, rauchen, fluchen, schießen und mit dem Messer stechen. Einmal beteiligte er sich an dem Überfall auf eine der Postkutschen, die den Ost-West-Verkehr in dem riesigen Lande durch die Wildnis hindurch vermittelten. Er war damals kaum dem Knabenalter entwachsen und sah zum erstenmal in seinem Leben Leute in kostbaren Kleidern und viel Geld in einer einzigen Börse, die er verschwinden ließ, ehe seine Raubgenossen etwas davon merkten. Mit der Börse verschwand er in den Prärien, kaufte sich von einem der Grenzhändler eine vorzügliche Büchse und ging von da an allein und völlig selbständig auf Raub aus. Sein bedeutendster Fang war einer der berittenen Geld- und Telegrammboten. Dieser Bursche ritt ein schnelles und ausdauerndes Pferd, war auch sehr gut bewaffnet. Aber es gelang dem jungen Räuber, ihn im Wald zu überraschen und zu überwältigen. Zum letztenmal in seinem Leben hatte er diesem Burschen gegenüber so etwas wie ein Mitgefühl mit einem Menschen empfunden, ehe er ihn umbrachte. Der andere weinte und flehte um sein Leben und sagte, daß er ein Waisenkind sei. Natürlich, was war anderes zu erwarten gewesen, für das gefährliche Botengewerbe wurden fast nur Waisenkinder angestellt, deren Tod keine Scherereien verursachte. Eben darum tat es dem jungen Räuber, der selbst ein Waisenkind gewesen war, einen Moment leid um den Burschen. Aber er überwand sein Gewissen mit einem Ruck endgültig und führte den tödlichen Stoß. Obgleich er mit einem großen Teil seiner Beute, den Kreditpapieren, nichts anzufangen wußte, war die übrige Ausbeute noch reich genug. Aber der junge Räuber hatte nicht gelernt, mit Geld umzugehen und noch mehr Geld daraus zu machen. In Spelunken und Schenken, bei Spiel und Schnaps liefen ihm die Münzen durch die Finger wie Wasser, und er schloß daraus, daß es zwar schön sei, reich zu sein, daß es aber nur Sinn habe, Geld zu besitzen, wenn man es in ungeheuren, unermeßlichen Massen besaß, die ein Menschenleben hindurch kein Ende nahmen.

Er hatte bei den Truppen der Südstaaten und auch bei den Truppen der Nordstaaten im mehrjährigen Bürgerkriege Kundschafterdienste angenommen und war im Kriege zum legalisierten Räuber geworden, aber auch das hatte nicht genug gebracht. Gold mußte man finden! Irgendwo, wo kein anderer es suchte und wo man allein Herr wurde über unerschöpfliche Schätze der Erde. Heute in der Nacht, heute in dieser Nacht, mußte es ihm endlich gelingen, ein sagenhaftes Goldvorkommen aufzuspüren, zu dem noch kein anderer gelangt war, jedenfalls noch kein Mensch mit weißer Haut!

Der Mann befühlte im Dämmer seines Verstecks und der gebrochenen Helligkeit des sinkenden Tages seine Perücke und lächelte befriedigt vor sich hin. Sein Gesicht war bartlos, denn er rasierte sich sorgfältig; das war der einzige Luxus, sein einziges Steckenpferd, davon ließ er nicht ab. Sonne und Wind hatten seine Haut der eines Indianers ähnlich gemacht. Als Perücke trug er einen gut hergerichteten Dakotaskalp mit zwei

schwarzen Zöpfen. Es war die Kopfhaut einer Frau, die er ermordet hatte. Seine Füße waren mit weichen, elchledernen Mokassins beschuht.
Ein Pferd hatte er nicht bei sich. Er hatte es in der Prärie frei laufen lassen, um jedweden Verfolger zu narren und glauben zu machen, daß er tot sei. Denn in der Prärie auf ein Pferd verzichten, das konnte nach den Vorstellungen der Indianer nur ein Toter oder ein Wahnsinniger.
Für wahnsinnig aber würde ihn niemand halten, der seinen Namen kannte. The Red oder Red Jim oder Red Fox oder wie er auch immer genannt werden mochte, war für seine sichere Hand und seinen sicher rechnenden Verstand in einigen Landstrichen schon berühmt, obgleich er erst zweiundzwanzig oder dreiundzwanzig Jahre alt sein konnte.
Heute in der Nacht wollte er zum zweitenmal geboren werden. Das erstemal war es ihm nur geglückt, als ein armer Teufel auf die Welt zu kommen. Jetzt aber würde er ein reicher Herr werden. Ein unerschöpflich reicher Herr würde er sein in diesem zweiten Leben!
The Red rührte sich, kroch aus seinem Versteck und kletterte noch einmal auf den Baum, um Ausschau zu halten. Der Abend war so einsam und still wie der Mittag.
Da ließ sich der Mann wieder herunter und machte sich auf den geplanten Weg. Die Säcke mit Fleisch und Wasser, selbst seine Büchse ließ er in seinem Versteck zurück. Er mußte die Hände frei haben. Bedächtig, ohne jede Hast, immer mit der gleichen lückenlosen Aufmerksamkeit und Vorsicht, bewegte er sich zwischen Stämmen, Zweigen, Wurzeln und Gebüsch im Windbruch aufwärts und gewann endlich den Wald. Er befand sich jetzt etwa dreihundert Meter höher als bei seiner Begegnung mit dem Braunbären. Ehe er weiter in den Hochwald eindrang, schaute er noch einmal zurück und lauschte angestrengt.
Es war schon dunkel geworden, Fledermäuse flatterten unter einer Baumkrone hervor, schwebten umher und jagten. Sonst rührte sich nichts. Der Mann schlich weiter waldaufwärts und hielt sich etwas nach links. Die Gegend war ihm gut bekannt. Er

konnte nicht irregehen. Der Waldhang wurde noch steiler, und der Mann nahm sich weiterhin in acht, um keine Spuren zu hinterlassen, die bei Tage für unerbetene Nachforschungen sichtbar wurden. Zwar hatte er sich überzeugt, daß sich rings im Wald kein Indianerlager mehr befand und auch keine weißen Jäger oder Holzfäller unterwegs waren. Aber vor Überraschungen mußte man in der Wildnis immer auf der Hut sein.

Es war schon Mitternacht, als The Red an einer Felswand anlangte, die aus dem Waldhang herauswuchs und die tiefer stehenden Bäume überragte. Oberhalb der Wand setzte der Baumwuchs wieder ein. The Red kletterte am Felsen hoch. Er hatte die Mokassins ausgezogen und eingesteckt und kletterte mit bloßen Füßen. Zehen und Finger einkrallend, zog er sich langsam über die Vorwölbung im Felsen in die Höhe. Er war sehr groß, das kam ihm hier zugute. Mit seinen langen Armen und Beinen konnte er weit umhertasten und auch entfernte Griffe und Tritte erreichen und ausnutzen.

Endlich hatte er es geschafft. Er gelangte zu dem Eingang der Höhle, den er nach der Beschreibung des zahnlosen Ben kannte und durch den er eindringen wollte. Er dachte jetzt nicht mehr daran, daß er ein großer Herr werden und in Saus und Braus leben wollte; er konzentrierte seine Gedanken und seinen Willen nur noch auf den jeweils nächsten Schritt und Tritt.

In der Höhle brauchte er kaum zu befürchten, daß er Spuren hinterließ. Er mußte nur nicht allzu gewaltsam mit den sonderbaren Felsgebilden umgehen, die vom Boden auf- und von der Decke herabwuchsen. Ihre Spitzen durfte er nicht abbrechen. Das ließ sich leicht vermeiden.

The Red kam verhältnismäßig schnell voran. Der Höhlenboden senkte sich, und aus der Tiefe des Berges drang das Dröhnen, dessen Natur dem Eindringling schon von dem zahnlosen Ben beschrieben worden war. Tief im Berg stürzte eine Quelle als Wasserfall durch Höhlenarme abwärts. Dieser Wasserfall war es, der dem zahnlosen Ben im Frühling gefährlich geworden war. The Red würde sich geschickter verhalten und sich nicht von dem Wasser hinabreißen lassen. Ein Wunder, wahrhaftig, daß der Zahnlose den Tücken dieser Höhle noch entkommen war. Mehr Glück als Verstand hatte der Schleicher gehabt. Nun ließ er es sich in seiner Handelsspelunke am Niobrara wohl sein und verdiente sein Geld mit weniger Gefahr. The Red hatte dem zahnlosen Esel diesen guten Rat für sein weiteres Leben gegeben. Ben würde sich nie mehr in der Höhle sehen lassen, davon war The Red überzeugt. Er allein beherrschte dieses Revier. Der Mann erreichte die Stelle, an der das Wasser aus einem rechter Hand aufsteigenden Höhlenarm herunterschoß, den Hauptgang kreuzte und linker Hand donnernd in die Tiefe hinabstürzte. The Red machte hier halt, setzte sich an den Rand des Wassers, bückte sich und erfrischte sich mit einem Schluck. Das eiskalte Wasser schmeckte nicht schlecht.

Goldwasser, dachte der Mann. Der Moment der Ruhe rief sogleich wieder seine Fantasie wach. Er gestattete sich eine Pfeife. Mit großer Ruhe und Überlegung und mit erfrischten Kräften wollte er jetzt ans Werk gehen. Er klopfte die Pfeife aus, so daß der Tabak in das Wasser fiel, hängte sie wieder an der Schnur um den Hals und erhob sich.

Zunächst tastete er den Rand des Höhlenarmes ab, der rechter Hand aufwärts führte und aus dem das Wasser herunterschoß. Das Ergebnis seiner Untersuchung war weniger ermutigend. Die Quelle führte im Frühling noch mehr Wasser als zur Sommerzeit und hatte die Ränder ihres Felsenkanals in Jahrhunderten und Jahrtausenden vollständig glatt ausgewaschen. Keine Hand, kein Fuß konnte daran Halt finden.

Der Mann ließ zunächst ab von jedem Versuch, an dieser Stelle aufwärts zu klettern. Er überschritt im Hauptgang der Höhle den Bach, der hier nur seicht floß, und tastete dann vom anderen Ufer aus wieder an der Felswand hoch, die zu dem aufsteigenden Höhlenarm führte. Auch auf dieser Seite war der Fels glattgescheuert, in Mannshöhe ohne jede Einbuchtung, ohne jeden Halt.

„Donner, Fluch, Dreck! Misthöhle!" Der Mann schrie nicht, er zischte nur und schlug mit der Faust gegen den glatten Fels. Im Vergleich zu seinem Temperament und seinen sonstigen Jäh-

zornausbrüchen war diese Zornäußerung nur gering und durchaus mild. Er bemerkte sie selbst kaum, es war eine Art Reflexbewegung gewesen. Er setzte sich wieder hin und dachte nach.
War dies die richtige Stelle? Der zahnlose Ben hatte da hinaufklettern wollen, das stand fest. Warum, das hatte der schwarzhaarige Esel trotz seiner Angst vor Red Jim allerdings nie recht gestanden. Was er Jim gesagt hatte, waren nur Ausflüchte gewesen. Aber die Tatsache, daß der zahnlose Esel eine so schwierige und scheinbar aussichtslose Kletterei versucht hatte, deutete darauf hin, daß er irgendwelche sicheren oder wenigstens einleuchtenden Nachrichten über Goldvorkommen oben in den Seitenarmen der Höhle, bei der Quelle oder über der Quelle besitzen mußte. The Red hielt diesen Anhaltspunkt in Gedanken fest und verglich damit die Worte, die er von einem halb betrunkenen Indianer gehört hatte. Wenn diese Worte überhaupt einen Sinn hatten und sich zusammenfügten, so paßten sie eben auf diese Stelle in der Höhle. Vielleicht allerdings legte The Red die Worte und Satzfetzen, die er dem angetrunkenen Häuptling entlockt hatte, nur darum als Beschreibung dieser Höhlenstelle aus, weil er durch den zahnlosen Ben schon etwas davon erfahren hatte. Vielleicht gab es viele andere Stellen in dem verfluchten höhlenreichen Berge, die dieser ähnlich sahen, und The Red war seinem Glück nicht nah, sondern fern und wurde wie ein Tanzbär an der Nasenkette von falschen Kombinationen im Kreise geführt.
Alles in allem genommen, das erste und Notwendige für ihn war, diesen schwer zugänglichen Höhlenarm zu untersuchen, aus dem das Wasser herunterschoß.
Er stand wieder auf, zog den Tomahawk und suchte, seine Reichweite mit diesem Werkzeug erweiternd, noch einmal die glattgewaschenen Wände von beiden Seiten des Wassers her ab. Aber er fand nicht die geringste Einbuchtung, auch keinen Felsvorsprung als Anhalt. So ging es also nicht.
Ging es überhaupt? Konnte ein Mensch da hinaufgelangen? Er hatte keine Lust, bei einem tollkühnen Versuch von dem Was-

ser mit hinabgerissen zu werden, wie es Ben im Frühjahr geschehen war.
Noch einmal überlegte The Red alle Worte, die er von dem angetrunkenen Indianerhäuptling gehört hatte. Er wußte jedes einzelne auswendig, jedes halbe Wort, jede Silbe hatte er gehört und behalten. Aber der Indianer hatte in der Dakotasprache gesprochen, und der Wortschatz, den The Red in dieser Sprache beherrschte, war nicht groß und bezog sich nur auf die lebenswichtigen Vorgänge in der Wildnis und zwischen den dort lebenden Menschen. Auf genaue Beschreibungen war er mit seinen Sprachkenntnissen nicht eingestellt, und wahrscheinlich war auch für den Sprachkundigsten die Beschreibung nicht eben genau gewesen.
Vielleicht hatte der schlaue Indianer ihn sogar mit Absicht genarrt und sich betrunkener gestellt, als er war. Wer kannte sich in einer Rothaut aus? Vielleicht hatte dieser schmutzige Dakota nur aus The Red herausbringen wollen, wo dieser das Gold zu suchen gedachte. Vielleicht schlich er mit seiner Kojotenbande schon hinter ihm her! Verdammt! Es konnte sein, daß ihm, dem Roten Jim, nicht soviel Zeit für ungestörtes Nachforschen blieb!
Das gleichmäßige Rauschen des Wassers, das Donnern des Wasserfalls in der echowerfenden Höhle konnten den ruhigsten Menschen in kurzer Zeit unruhig machen.
Vielleicht mußte man den Fels anspringen, hinaufspringen bis zu der Stelle, an der sich der ansteigende Höhlenarm verengte und ein Mensch sich rechts und links an den glatten Wänden anstemmen konnte. Ja, das war eine Möglichkeit.
The Red schlug Feuer und betrachtete im Lichte eines glimmenden Spans die Umgebung. Der zuletzt von ihm erwogene Plan erschien ihm auch bei Licht ausführbar. Bei Licht war er am ehesten ausführbar.
Daher benutzte der Mann den verglimmenden Span, um einen größeren, mit Teer beschmierten anzuzünden, den er sich ebenfalls mitgebracht hatte. Er legte diesen an den Felsrand des seichten Bachbettes, das den Hauptgang der Höhle kreuzte, und betrachtete dabei seine Umgebung auch auf mögliche Spu-

ren hin, die der zahnlose Ben oder andere Menschen, die schon hier gewesen sein mochten, zum Beispiel Indianer, verursacht haben konnten. Aber er entdeckte nichts dergleichen. Der Zahnlose hatte an dieser Stelle entweder kein Feuer gemacht oder keinerlei Reste davon herumliegen lassen.
Erstaunlich schien dem Mann bei Licht, daß das Wasser einen Mann über den Hauptgang der Höhle weg in die Tiefe gerissen hatte. Selbst wenn der herabstürzende Bach einen packte, mußte er sich doch hier noch halten können, wenn einer kein zappelndes Baby war.
The Red wurde bei dieser Berechnung sehr zuversichtlich. Er konnte versuchen, zu dem ansteigenden Seitenarm hinaufzuspringen, ohne damit gleich das Leben zu riskieren. Er legte alles ab, was nicht naß werden sollte: Feuerzeug, Pfeife, Tabak.
Dann sprang er hoch, und es gelang ihm tatsächlich, sich in dem ansteigenden Höhlenarm mit Knien, Schultern, Händen und Füßen festzuklemmen. Das eiskalte Wasser floß an seinem Körper herab, überspülte ihm den Kopf, drückte gegen seine Schultern. Er hielt sich krampfhaft fest und suchte sich mit gespreizten Knien so an die Wände anzudrücken, daß er mit einer Hand den Fels würde loslassen können, ohne abzurutschen. Er mußte sich beeilen, denn lange vermochte er in seiner jetzigen Lage nicht auszuhalten.
So ... los ... Nun mochte es gelingen.
The Red machte die rechte Hand und den rechten Ellenbogen frei und suchte. Aber die Gewalt des Wassers war groß, und die Finger wurden ihm in der Eiseskälte der unterirdischen Quelle schon steif. Er konnte nicht lange untersuchen, er mußte sich auch mit dem rechten Arm wieder einstemmen, um nicht allen Halt zu verlieren. Da, nun war es doch geschehen.
The Red war mit dem linken Knie ein wenig gerutscht, nur um zwei Zentimeter. Aber das hatte schon genügt, um ihn ganz aus dem Halt zu drängen. Er konnte dem Wasser nicht mehr widerstehen; es drückte ihn aus dem Seitenarm der Höhle hinaus. Er stürzte in den Hauptgang der Höhle, rücklings, prallte auf den Fels und griff um sich, um neuen Halt zu finden.

Das war nicht schwer. Seine Hände faßten den Felsen, und triefend naß erhob er sich, um aus dem seichten Bachbett im Hauptgang der Höhle tastend hinauszukriechen auf trockenen Boden.
Dummes Zeug! Dreckhöhle, verdammte! Der teerbeschmierte Kienspan war erloschen. Aber The Red hatte sich nicht verletzt, nichts gebrochen, den Schädel nicht angeschlagen. Er war ganz bei Sinnen. Ein wenig fror er, und der Rücken tat ihm vom Aufprall weh, aber damit beschäftigte sich sein Bewußtsein kaum. Er wollte den Versuch wiederholen.
Zunächst gönnte er sich ein Pfeifchen, um wieder ganz zur Ruhe zu kommen. Er überlegte, ob er noch einen Span riskieren solle, kam davon aber ab, da er sich jetzt auch im Dunkeln zurechtzufinden dachte.
Ein zweites Mal stellte er sich an den verhältnismäßig günstigen Platz, von dem aus er auch das erstemal den Sprung gewagt hatte. Wieder schnellte er sich empor, kam sogar um eine Handbreit höher als das erstemal und klemmte sich wieder fest. Diesmal zögerte er nicht, sofort weiterzutasten. Seine gespreizten Knie hielten ihn fest; er legte alle seine wilde Kraft hinein. Den Atem anhaltend, schob er sich, vom Wasser vollständig überspült, ein Stückchen höher und noch ein kleines Stück. Ein Toben der Freude erfüllte ihn. Er kam weiter!
Der Seitenarm der Höhle verengte sich, wurde aber flacher. Der Mann gewann ohne Schwierigkeit, in schnellem Tempo, einen ganzen Meter. Er mußte haushalten mit der Luft, die er vorher tief eingeatmet hatte, denn das Wasser füllte hier den engen Höhlengang aus; der Mann konnte nicht atmen.
Der Seitenarm der Höhle wurde wieder steiler. Fast senkrecht ging es hinauf, und das Wasser hatte dadurch doppelte Gewalt. Mit verzweifelter Anstrengung versuchte The Red, sich dieser Gewalt entgegen weiter aufwärts zu schieben. Es gelang ihm noch, etwa dreißig Zentimeter Höhe zu gewinnen, aber dann steckte er hoffnungslos fest. Seine Schultern und Hüften waren zu breit, um durch den engen Höhlenarm weiter hindurchzukommen. Mit wütender Anstrengung versuchte er sich zu

strecken, voranzuschieben. Es war vergeblich.
Die Luft ging ihm aus. Wasser drang ihm in Nase und Mund. Er begann Wasser zu schlucken. Die Besinnung verließ ihn, und er wußte nicht mehr, was mit ihm geschah.
Als er wieder zu sich kam, spürte er zunächst nur Schmerzen. Seine Sinne, mit Ausnahme der Empfindungsnerven, funktionierten noch nicht. Er sah nichts, er hörte nichts, er schmeckte nichts, aber es tat ihm alles weh. Es dauerte sogar geraume Weile, bis er sich wieder bewußt wurde, der Rote Jim zu sein. Der Rote Jim!
Als ihm dieses Bewußtsein seiner selbst von neuem dämmerte, konnte er den zweiten Gedanken fassen, daß ihm irgendein Unglück geschehen war. Irgendein Unglück ...
Er versuchte, sich zu rühren. Die Finger konnte er bewegen, und er spürte jetzt, daß sie naß waren. Die Augen mußte er aufmachen. Er war ein Waldläufer und Präriejäger, und er mußte die Augen aufmachen, jawohl. Mühsam zog er die Lider hoch. Sein Schädel brummte und schmerzte abscheulich.
Um ihn war es dunkel. Es rauschte um ihn. Entweder rauschte es ihm in den Ohren, oder ...
... oder Wasser rauschte. Wasser!
Mit einem Schlage wurde dem Roten Jim wieder klar, was geschehen war. Sobald er das Wort „Wasser" denken konnte, war es, als ob überhaupt ein Schleier, der über seinem Gedächtnis gelegen hatte, weggezogen worden sei.
Wo befand er sich jetzt? Das mußte er zunächst feststellen.
Aber nicht nur der Schädel, auch Schulter, Rücken, Kreuz, Arme und Beine schmerzten ihn heftig. Vorsichtig versuchte er ein Glied nach dem anderen zu rühren und den Kopf zu drehen. Es schien, daß er keinen Knochen gebrochen hatte. Beulen hatte er davongetragen, Prellungen. Was hieß das schon! Damit konnte er leicht fertig werden. Aber wo befand er sich?
Seine immer noch schlecht funktionierenden Augen nahmen einen vagen Lichtschimmer wahr. Oder hatte er Halluzinationen? Sein Schädel und sein Gehirn schienen mehr abbekommen zu haben, als er beim Erwachen geglaubt hatte. Vielleicht

hatte er eine Gehirnerschütterung. Schlecht war ihm jedenfalls. Er erbrach sich, und dabei wurde ihm schwindelig, und er fiel wieder in Ohnmacht.

Bei seinem neuen Erwachen fühlte er weniger Schmerzen, aber es war ihm sehr schwach zumute, jämmerlich schwach. Am liebsten wäre er liegengeblieben, um vollends zu sterben, obgleich ihm bewußt war, daß er der Rote Jim sei und daß mindestens er selbst bedauern müsse zu sterben, wenn ihm auch kein anderer nachjammern konnte. Die anderen Menschen wurden eine Plage los, wenn der Rote Jim krepierte.

Diese Vorstellung ärgerte den Mann. Die anderen sollten ihn keineswegs loswerden. Sie sollten sich nicht freuen können, daß er nicht mehr da war und daß sie nicht mehr mit ihm zu rechnen brauchten. Er gab sich selbst einen Ruck. Durst und Hunger hatte er, und er fror. Das Rauschen war nicht mehr in seinem Kopf. Es rauschte über ihm oder neben ihm oder unter ihm.

Wasser rauschte, ja, Wasser, das hatte er doch schon einmal festgestellt! Es war Zeit, daß er sich danach umsah. Er wälzte sich vom Rücken auf den Bauch, rutschte dabei ein Stück zur Seite, weil der rauhe Boden abschüssig war, und tappte mit der rechten Hand ins Wasser. Gierig trank er. Dann kroch er wieder zur Seite.

Was das wohl mit dem Lichtschimmer auf sich hatte? Der Schimmer schien keine Selbsttäuschung zu sein, sondern wirklich zu existieren.

Roter Jim starrte nach der matten Andeutung von Tageshelligkeit. Wie von einem Zauber, dem er noch nicht ganz traute, angezogen, kroch er auf dem rauhen Fels neben dem fließenden Wasser zu dem Schimmer hin.

Plötzlich traf ihn etwas Hartes an der Schulter. Er stockte erschreckt und bemerkte gleichzeitig, daß es um ihn herum polterte wie von einem Steinregen. Verdammt. Er zog den Kopf ein, und er hatte Glück. Es traf ihn kein zweiter Stein.

Fluchen konnte er wieder. So weit war er schon bei sich.

Ängstlich und langsam kroch er weiter, immer in Richtung des

Lichtschimmers. Je näher er diesem kam, desto deutlicher wurde die Helligkeit. Da mußte es hinausgehen aus dem Berg. Hinaus! Was für ein Glück! Der Teufel oder die Geister oder sein Stern oder der Berg oder was es überhaupt sein mochte, wovon sein Schicksal abhing, irgend etwas hatte ihm wohlgewollt. Ihm, dem Roten Jim! Nein, die Welt sollte ihn noch nicht loswerden. Das hatte noch Zeit, und er hatte noch einiges vor.
Nachdem er fünf Meter weitergekrochen war, wurde ihm seine Situation vollständig klar. Er befand sich in einer Höhlung des Berges, aus der der unterirdische Bach ins Freie drang.
Schon wieder hagelte es Steine, die das Wasser aus dem Berginnern mit sich gerissen hatte. Red Jim hatte rechtzeitig die Hände schützend hinter Kopf und Nacken gelegt, so daß ihm von einem dicken Steinbrocken nur zwei Finger angeschlagen wurden. Gemütlich war das hier nicht. Er mußte sehen, wie er hinausgelangen konnte.
Die Öffnung, durch die der unterirdische Bach ins Freie floß, war eng, aber doch nicht so eng wie jener Höhlenarm oben an der Stelle, an der Red Jim mit dem Vorwärtskommen gescheitert war. Wenn er sich mit Gewalt durchzwängte, o ja, wenn er sich mit Gewalt durchzwängte, Kopf, Schultern, Hüften...
Verflucht, schon wieder ein Steinhagel! Aber diesmal traf es nur die Beine. Unangenehm genug war es.
Der Mann, der mit Kopf und Oberkörper schon im Freien lag und die Beine jetzt nachzog, erkannte, daß es Abend war. Irgendein Abend! Wie konnte er wissen, ob er ein, zwei oder drei oder sogar vier Tage im Innern des Berges verbracht hatte. Der Himmel flammte in Rot und Gold. Die Bäume schimmerten noch in den Strahlen der untergehenden Sonne, die mit ihren letzten Ausläufern bis zu Quelle und Bach heranspielten. Mechanisch, aus Gewohnheit, schaute Red Jim nach Spuren aus. Aber er konnte keine Fährten entdecken, mit Ausnahme einiger Wildspuren, die für ihn keine Gefahr bedeuteten.
Noch einmal trank er, dann kroch er vorsichtig, sich immer auf einem Geröllstreifen haltend, zwischen das Gebüsch und ließ sich da nieder. Zum erstenmal fand er Zeit, sich selbst zu be-

trachten. Wie ein Totengerippe sah er aus, mager, abgefallen. Die Hauptsache aber war, daß er trotzdem lebte.
Er suchte nach seinem Beutel mit Trockenfleisch, fand ihn, wenn er auch nicht mehr trocken, sondern naß war, und nahm etwas von der breiig gewordenen Masse zu sich. Das tat ihm wohl. Dann schlief er ein. Er mußte Kräfte sammeln, ehe er wieder etwas unternehmen konnte.
Mit dem Morgengrauen wurde er wach. Naß, wie er immer noch war, fror er erbärmlich und sehnte sich nach der Wärme der aufgehenden Sonne. Er aß wieder ein wenig Trockenfleisch, fing eine Eidechse, die sich hervorgewagt hatte, verzehrte sie und betrachtete dabei die Quelle. Die herumliegenden Steine, zum Teil von bizarren Formen, bewiesen, daß der Steinhagel von Zeit zu Zeit auch aus dem Berge herausdrang. Eine nicht ganz eingestandene Hoffnung bewegte den Mann, als er die Steine einzeln musterte. Zu seinem Bedauern war kein Goldkorn darunter.
Fürs erste wollte er den Bach einen Bach und die verfluchte Höhle eine Höhle sein lassen und sich um sein Versteck im Windbruch und um die dort befindliche Büchse und die Vorräte kümmern. Hoffentlich hatten sich nicht schon irgendwelche Spürnasen dort eingefunden.
Auch sein weiterer Plan war dem Roten Jim mit Sonnenaufgang schon klar. Er würde nicht ein drittes Mal versuchen, in den Höhlenarm einzudringen, der sich für ihn als unzugänglich erwiesen hatte. Vielleicht hätte ein solcher Versuch Aussicht auf Gelingen gehabt, wenn er sich Werkzeug und ein oder zwei Kumpane zur Hilfe herangeholt hätte. Aber eben das letztere wollte er nicht. Er beschloß, sich in sein Versteck zu begeben und von dort aus den Berg ringsumher zu untersuchen, ob nicht noch ein anderer Zugang zu der „verdammten Höhle" zu finden war. Er wollte sich Zeit lassen und sein Unternehmen allein durchführen. Denn wenn er Gold fand, sollte es auch ihm allein gehören.
Der Rote Jim schlich mit wankenden Knien durch den Wald, sehr bedächtig, sehr langsam, sehr vorsichtig. Auch jetzt

löschte er die geringste Spur, die er etwa verursacht hatte, sofort aus. Als er wieder zu dem Windbruch gelangte und die Blöße mit den gestürzten Stämmen in der hellen Nachmittagssonne, in warmer, flimmernder Luft, liegen sah, atmete er tief auf. Er machte eine kurze Rast, überzeugte sich, daß auch hier nirgends die Spur eines Menschen zu entdecken war, und kletterte und kroch dann zwischen Stämmen, Zweigen, Wurzelwerk und Gesträuch zu seinem alten Versteck. Es war völlig unberührt. Gut so, gut.
The Red legte sich hin und schlief nach einer kärglichen Mahlzeit vom Nachmittag bis zum Morgen des nächsten Tages. Als er wach wurde, fühlte er sich wesentlich erfrischt. Er kletterte auf den hohen Baum neben der natürlichen Laube und hielt von dem höchsten der Äste, den er erklettern konnte, ohne daß er schwankte, wieder Ausschau über Lichtung, Wald und die ferne Prärie. Menschenleer schien alles, ruhig, einsam.
Der Rote Jim wollte den Tag nutzen. Er goß den Wassersack aus, den er leicht neu füllen konnte, nahm diesen und den Sack mit Trockenfleisch, auch Büchse und Munition mit sich und tilgte alle Spuren seines Lagers, was ihn erhebliche Zeit kostete. Als es endlich so weit war, daß auch er selbst keine Spur mehr von sich fand, schlich er aus seinem Versteck und dem Windbruch hinaus und hinauf in den Wald.
Sein erstes Ziel war hoch oben der versteckt liegende Ausgang eines Höhlenarmes, in dem er im Frühling dem zahnlosen Ben überraschend begegnet war. Miteinander waren sie nach ihrem Zusammentreffen aus der Öffnung herausgestiegen, die sich zwischen Moos und Wurzeln jedem nicht sehr aufmerksamen Auge verbarg. Ihre Unterhaltung war nicht gerade freundschaftlich verlaufen, denn der Rote Jim liebte es nicht, wenn sich ein anderer in seinem Revier herumtrieb, aber letzten Endes hatte er Ben doch nicht umgebracht. Aus den Beschreibungen des Zahnlosen wußte er, daß der Höhlenarm, an dessen Eingang Jim jetzt stand, zu dem unterirdischen Wasserfall führte, der im Frühjahr Ben und vor wenigen Tagen Jim mit sich gerissen hatte. Hier einzusteigen war zwecklos. Auch ein zwei-

ter Zweigarm der Höhle, der nicht weit entfernt im Walde mündete, war für Jim nutzlos, da er sich nach Bens Aussage im Innern der Berge mit dem ersten vereinigte und somit auch auf halbe Höhe des gefährlichen Wasserfalls führte.
Auf diesem Wege war nicht weiterzukommen. Aber wenn es zwei Seitenarme dieser verdammten und gottverlassenen Höhle gab, warum nicht auch drei oder vier? Der Rote Jim machte sich auf die Suche und streifte durch den Wald. Seine Perücke hatte er wieder aufgesetzt.
Bis zum Abend hatte er nichts gefunden, was seiner Aufmerksamkeit wert gewesen wäre. Die monatealten Spuren des indianischen Zeltdorfes, das am Südhang auf einer Lichtung gestanden hatte, interessierten ihn nicht. Er wußte, wohin der Trupp der Oglala, der hier den Winter verbracht hatte, im Frühling gezogen war. Südwärts zum Pferdebach war diese Jagdabteilung gewandert, die sich die „Bärenbande" nannte. Das war in jenen Tagen gewesen, als der Rote Jim mit Ben überraschend in der Höhle zusammentraf. Von diesem Indianertrupp befürchtete The Red nichts. Er glaubte nicht, daß die Bärenbande mitten im Sommer, mitten in der Hoffnung auf die bevorstehenden großen Herbstjagden auf Büffel, ihr jetziges Standquartier am Pferdebach mit Weibern und Kindern verlassen würde. Aber es war möglich, daß andere Stammesabteilungen in die Gegend kamen, in der sich The Red umhertrieb. Die Black Hills waren altes Jagdgebiet der Dakota, und jeder Weiße mußte sich hier in acht nehmen.
Jim übte auch weiterhin bei jedem Schritt die größte Vorsicht. Als die Sonne sank, kletterte er auf einen hohen Baum, nicht weit entfernt von dem früheren indianischen Zeltplatz, und überschaute wieder den Wald und die Prärie, die er mehr und mehr als sein Reich betrachtete.
So vergingen dieser Tag und die folgenden Tage. Red Jim lebte verborgen und suchte, was er nicht fand. Er jagte nicht, sondern nährte sich nur von seinem Vorrat und von Getier, das er greifen konnte, ohne Spuren zu verursachen. Dazu gehörten auch Fische in dem Bach, der im Innern des Berges entsprang und

dann den Waldhang auf der Südwestseite hinabsprudelte.
Es waren schon viele Wochen vergangen, als der Mann wieder einmal am Ufer dieses Baches eine Regenbogenforelle roh gefrühstückt hatte.
Dieses Frühstück sättigte ihn und gab ihm vom Magen her ein Gefühl des Befriedigtseins, das er schon lange nicht mehr empfunden hatte. Im Gegenteil, manchmal beschlich ihn eine dumpfe Angst, daß er bei seiner vergeblichen Suche noch verrückt werden müsse. Jeden Tag von früh bis spät auf jeden Tritt und Handgriff aufmerken; jeden Tag von früh bis spät das gleiche denken: Gold – Höhle – Wasser – Indianer; jeden Morgen mit neuer Hoffnung beginnen und jeden Abend mit wachsender Enttäuschung eine Etappe der Suche abschließen; ein solches Leben konnte auf die Dauer auch einen Starken mürbe machen.
The Red mußte sich einmal eine Stunde Ruhe gönnen und genau nachdenken. Er hatte nach dem guten Frühstück die Empfindung, daß ihn eine Ruhepause und ein paar wohl abgewogene Gedanken vielleicht weiterbringen würden als eine erneute wochenlange nervöse Suche. So schlich er sich bachabwärts zu dem Fluß, der sich wie ein Band um den Fuß des Bergstocks zog. Auf dem Geröll, das sich an den Ufern streckenweise angesammelt hatte, konnte er sich leicht fortbewegen, ohne Spuren zu verursachen, und er genoß diese relative Freiheit. Schön war der Tag.
Er setzte sich hin und blinzelte gegen die Sonnenstrahlen, die durch die Bäume spielten. Dabei begann er nachzudenken.
Der zahnlose Ben hatte im Frühjahr von irgendwoher eine Nachricht gehabt, daß es in den Höhlengängen an dieser Bergseite Gold gäbe. Woher die Nachricht kam, hatte er nicht gestanden. The Red war im Frühling auf gut Glück und weil er wußte, daß es hier verzweigte Höhlengänge gab, einmal in die Gegend gekommen. Die vagen Gerüchte, daß man in den Black Hills Gold finden könne, hatten ihn hergetrieben. Aber weder Ben noch Jim hatten bei ihrer Suche im Frühjahr Erfolg gehabt, und Jim hatte den Zahnlosen energisch und endgültig aus die-

sem Revier vertrieben. Als Jim sich dann bei den Baracken und Lagern der Bauarbeiter und Jäger an der geplanten Strecke der neuen Pazifikbahn sehen ließ, schwirrten dort neue Gerüchte über Goldvorkommen in den Black Hills umher. Eine Dakotaabteilung, die Bärenbande, sollte darüber Näheres wissen. Ein Goldkorn von erstaunlicher Größe befand sich angeblich im Besitz dieser Indianer, die in den Augen des Roten Jim unwissend und nichtsnutzig und nur zur Plage der weißen Waldläufer und Präriejäger erfunden waren. Jim hatte sich auf den Weg zu der Bärenbande gemacht, den Häuptling mit allerhand Schlichen zu einem Becher Brandy überredet und bei dieser Gelegenheit Wortfetzen und Andeutungen zu hören bekommen, mit denen, wie sich zeigte, nicht viel anzufangen war. Vielleicht hatte der angetrunkene Rote auch noch Verstand genug gehabt, um Jim absichtlich zu belügen. Diese Befürchtung kehrte in dem mißtrauischen Mann immer wieder. Wer kannte einen Indianer ganz? Jedenfalls klappte die Angelegenheit nicht so, wie Jim gerechnet hatte. Er sagte auf seinen vollen Magen und an seinem sonnigen Platz ohne Hast und wie zur Erholung alle Flüche auf, die er in seinem Räuberleben gelernt hatte, und dachte dann wieder nach.

Was sollte er jetzt unternehmen? Entweder er mußte weitersuchen, und das schien ihm nicht vielversprechend, oder er mußte sich noch einmal an die Bärenbande, besonders an ihren Häuptling, heranmachen, der auf alle Fälle etwas zu wissen schien. Vielleicht hätte er nicht so schnell aus dem Zelte dieses Mannes verschwinden sollen, als er die Andeutungen gehört hatte. Aber sie schienen ihm damals fürs erste zu genügen – was sich leider als ein Irrtum herausgestellt hatte –, und außerdem war Jim von dem Argwohn geplagt worden, daß Lauscher um das Zelt schlichen und ihm an den Kragen gehen würden, sobald er wirklich etwas erfahren hatte. Darum war er so schnell wie möglich, mitten in der Nacht, aus den Zelten der Bärenbande ausgerückt. Man sollte eben nie so voreilig und auf bloße Befürchtungen und Kombinationen hin reagieren. Nun saß er da wie ein dummer und erfolgloser Kerl.

Dabei konnte es nicht bleiben! Er mußte etwas unternehmen, um seinen Fehler zu korrigieren. Ein Goldkorn so groß wie eine Haselnuß sollte sich bei der Bärenbande befinden. Verflucht und zugenäht! Und er, der Rote Jim, lief hier herum, ohne die Fährte zu den Goldvorkommen zu haben.

Während der Mann so dasaß und nachdachte, mit sich selbst unzufrieden und über die Zufälle, die ihm nicht günstig waren, verärgert, heftete sich sein Blick unwillkürlich auf eine sandige Stelle im Fluß, die ihm gefiel. Er hätte dort gern gebadet, aber das erschien ihm zu gefährlich. Beim Baden wurde man wehrlos. Die Büchse mußte man ablegen, die Munition – nein, er wollte auf dieses Vergnügen verzichten. Aber die sandige Stelle gefiel ihm. In vielen Farben schillerte das zerriebene Gestein unter dem klar dahinfließenden Wasser. An solchen Stellen pflegte man am Sacramento in Kalifornien den Sand zu sieben, um die Goldkörnchen auszuscheiden.

Red Jim erhob sich und ging vorsichtig über das Geröll, bis zu der sandigen Stelle hin. Er kämpfte mit sich, aber dann gab er sich selbst nach, bückte sich und ließ Sand durch seine Finger rieseln. Er wollte sich nicht eingestehen, daß sein Herz in heftigen Stößen klopfte und das Blut durch die Pulse jagte. Seine Schläfenader war angeschwollen. Leise rieselte der Sand durch seine Finger. Sein Blick war stechend darauf gerichtet, wie eine Lanzenspitze, die das Ziel sucht. Ah!

Red Jim setzte sich auf den rundgewaschenen Felsblock, in dessen Schutz der Sand angeschwemmt war. Er blickte in seine Hand, die er ein wenig zusammengebogen hatte, wie ein Mensch, der mit der Hand Wasser zum Trinken schöpfen will. Zwischen zwei Fingern hatte sich ein winziges Goldkorn festgeklemmt. Ein winziges Sandkorn, ein Staubkorn aus purem Gold! Der Mann starrte unentwegt darauf. Er wußte selbst nicht, wie lange er so saß, unbewegt, von seinem Funde festgehalten wie ein Stück Eisen von einem Magneten.

Endlich ließ er das Körnchen in seine Brusttasche fallen. Gold! Es stand damit fest, daß sich auch auf dieser Seite des Bergstocks Gold finden ließ, nicht nur auf der Nordseite, von der

schon soviel gemunkelt wurde. Er, der Rote Jim, hatte den Anfang zu seinem neuen Leben gefunden. Die Fantasiebilder gaukelten vor seinem inneren Auge; er schloß die Lider, um sie ganz zu genießen.
Da drang irgend etwas in sein Ohr, was ihn störte. Er war sofort ganz wach, horchte und öffnete die Augen. Was er gehört hatte, wurde ihm nachträglich klar. Ein Pferd hatte auf der Prärie gewiehert. Es konnte sich um wilde Pferde handeln oder um gezähmte, um indianische Reiter oder um Weiße. Wenn Jim jetzt noch von Glück sprechen wollte, dann nur von dem, daß er Büchse und Proviant bei sich trug und sein Versteck geräumt hatte. Er war voll beweglich, ganz unabhängig.
Sowie es die äußerste Vorsicht erlaubte, schlich er sich vom Flusse weg und durch den Wald zu einem Baum, der sich leicht erklettern ließ und gute Aussicht versprach. Gewandt turnte er hinauf und verbarg sich, während er durch das Laub hindurch auf die Prärie spähte.
„Himmel, Hölle, Donner und Teufel! Verdammt alles ..."
Er erkannte nördlich in der Ferne eine Indianerschar. Noch waren Reiter und Pferde in der Perspektive klein wie Ameisen, aber er vermochte sie schon zu zählen und bis zu einem gewissen Grade zu unterscheiden. Vierzig Krieger zu Pferd waren es, außerdem etwa sechzig Frauen und Kinder, alle ebenfalls beritten. Nach einigen Minuten erkannte er bereits, daß unter den Männern fünf die Adlerfederkronen trugen. Das waren ungewöhnlich viele ausgezeichnete Krieger und Häuptlinge in der kleinen Schar. Es mußte sich um Dakota handeln. Wohin strebten sie?
The Red behielt sie im Auge. Wenn seine Blicke hätten vernichten können, wären die Indianer alle vom Erdboden verschlungen worden. Aber der Haß des Goldsuchers war machtlos. Von der Reiterschar, die Jim beobachtete, lösten sich vier Punkte. Vier Reiter waren abgestiegen und verschwanden für den Beobachter im Grase. Er zweifelte nicht, daß es sich um Kundschafter handelte, die den Wald durchspähen sollten, ehe die Wandergruppe ihn betrat.

Nun viel Vergnügen, ihr Kundschafter, strengt eure Augen und Ohren nur an. Euren Feind mit dem Namen The Red findet ihr nicht! So dachte der Mann und blieb unbeweglich.

Nach einiger Zeit entdeckte er von seinem verborgenen Sitze aus einen jungen Indianer mit Scheitel und Zöpfen, der am Ufer des Flusses entlangschlich. Der Bursche hatte die für die Dakota charakteristische elastische Steinkeule zur Hand. Sein Gesicht war nicht bemalt. Er befand sich also nicht auf dem Kriegspfade, sondern hatte von seinem Anführer nur den Auftrag für den üblichen Spähdienst als Vorsichtsmaßnahme in aufgeregten Zeiten erhalten.

Der junge Kundschafter verschwand flußabwärts. Die Indianerschar draußen auf der Prärie hatte ihr Tempo verlangsamt, war dem Wald und den Bergen aber stetig näher gekommen. Jim konnte nicht bemerken, ob die Kundschafter schon zu dem Trupp zurückgekehrt waren oder nicht. Er schloß aber aus dem Verhalten der Schar, daß sie beruhigende Nachricht erhalten hatte. Sie beschleunigte ihr Tempo wieder und bog schließlich in den Wald ein. Wahrscheinlich strebte sie der Lichtung zu, auf der im Frühling die Bärenbande gerastet hatte. In dem Augenblick, in dem die Reiter zum Wald eingebogen waren, hatte Jim den Indianer an der Spitze der Schar erkannt. Dieser Mann mit der Adlerfederkrone war Sitting Bull oder Tatanka-yotanka, wie ihn die Dakota nannten. Das hatte noch gefehlt! Eben dieser hatte noch gefehlt, um das Mißgeschick des Roten Jim vollständig zu machen.

Jim blieb auf dem Baum hocken. Als er die Indianer nicht mehr sehen konnte, lauschte er auf jedes Geräusch. Die knackenden Tritte der Pferde auf dem Waldboden waren in der stillen Wildnis weithin vernehmbar. Als sie verstummt waren, sah Jim bald die dünnen Rauchsäulen aus den Zelten über die Baumwipfel aufsteigen. Die Schar hatte sich, wie er schon vermutete, auf derselben Lichtung niedergelassen, auf der im Frühjahr die Bärenbande gelagert hatte.

Solange sich Dakota überhaupt, und zudem noch einer ihrer hervorragendsten Führer, in solcher Nähe der Höhle aufhielten,

mußte der Rote Jim verschwinden. Weg mußte er, weg, und das an dem Tage, an dem er den Goldstaub entdeckt hatte. Vermaledeite, dreckige, unnütze und widerwärtige Indianer! Er würde gehen, aber er würde wiederkommen, so wahr er rote Haare hatte, aber eine schwarze Perücke trug.
Zu Beginn der Nacht verließ er seinen Beobachtungsplatz und schlich sich zunächst nordwärts, um zwischen sich und das Zeltlager des Dakotatrupps möglichst rasch eine möglichst große Strecke zu legen. Als er durch den Wald huschte, immer auf der Hut und immer gewärtig, auf einen Späher zu treffen, den er irreführen mußte, hatte er plötzlich eine ganz andere, viel weniger erwartete Begegnung.
Auf einer alten Lichtung, die schon wieder zuwuchs, hatte sich viel Buschwerk angesiedelt, und The Red schwankte, ob er seinen Weg durch diese Büsche hindurch nehmen oder noch mehr Zeit verlieren und sie umgehen sollte. Er entschloß sich, wenigstens ein Stück weit in die Büsche einzudringen, denn der Boden war hier von altem Geröll bedeckt und würde wenig Spuren annehmen. Vielleicht war es gar nicht so schwierig, sich zwischen diesen Büschen und Stämmchen durchzuschlängeln, wie es zunächst scheinen mochte. Er legte sich hin und kroch zwischen die Sträucher, ohne die Zweige zu bewegen, die unter dem Sternenhimmel als Schattenrisse sichtbar waren. Links im Busch nahm er irgendeine im ersten Moment unerfindliche, kompakte dunkle Masse wahr. Ehe er ihre Natur ergründen konnte, kam sie in Bewegung, wie ein Igel, der sich aufrollt, um die Beine zu gebrauchen und zu fliehen. Allerdings war die bewegliche Masse reichlich groß und der Vergleich mit einem Igel daher wenig passend. The Red schnupperte wie ein Hund; er hatte eine gute Nase und roch den Bären. Zur selben Zeit war auch für das Auge schon unverkennbar, was hier davonlief. The Red hätte am liebsten wieder laut hinausgelacht, als er den zottigen Honigschlecker zum zweiten Male flüchten sah. Aber er hütete sich wohl, seine Stimme laut werden zu lassen. Zudem fühlte er sich dem braunen Räuber, der erschreckt durch den nächtlichen Wald davonlief, auf seine Weise verbunden. Den

Zottelbär hatte das Insektenvolk um den Honigraub gebracht, und den Roten Jim vertrieben die Indianer von der erhofften Goldausbeute.

Auch The Red mußte fliehen! Auf einem großen Umweg wollte er sich zum Niobrara begeben, um die Handelsstation des zahnlosen Ben kennenzulernen und sich dort zu informieren, was es in Prärie und Felsengebirge etwa Neues gab.

Als The Red einige Tage unterwegs gewesen war und den ausgedehnten Bergstock halb umkreist hatte, fiel ihm ein, daß es unter den jetzigen Umständen vorteilhafter war, wenn er sich wieder ein Pferd verschaffte. Nicht nur, daß er damit schneller und müheloser vorankam, ein Mann ohne Pferd machte auch einen angeschlagenen Eindruck, der Mitleid oder Mißtrauen wecken mußte, und beides konnte The Red für seine Zwecke jetzt nicht gebrauchen! Stark und vertrauenswürdig mußte er wieder wirken, um seine Ziele zu erreichen.

Er tat sich daher im Norden der Black Hills nach einigen wagemutigen Jägern um, deren Spuren er gefunden hatte, und es gelang ihm, ihnen des Nachts ein Pferd wegzustehlen. Das Tier war nicht erstklassig, aber auch nicht schlecht, und fürs erste wollte The Red sich damit zufriedengeben. Nachdem er die Bequemlichkeit des Reitens so lange entbehrt hatte, war es ihm ein Vergnügen, wieder einmal im Galopp über die Prärie zu fliegen. Um seine Fährten kümmerte er sich bald nicht mehr. Die Bestohlenen hatte er, das beste ihrer Pferde reitend, abgehängt, und auf der Ostseite der Black Hills einer Dakotagruppe zu begegnen war für einen einzelnen nicht sonderlich gefährlich, wenn er, wie The Red, die Dakotasprache kannte und seine guten und friedlichen Absichten wortreich nachweisen konnte.

Der Reiter fand eine Reihe von Fährten, die darauf hinwiesen, daß Dakota in diesen Gegenden unterwegs waren, jedoch begegnete er keinem Indianer, auch keinem Weißen. Unbehelligt näherte er sich der kahlen, sandigen Hügellandschaft, durch die die Wasser des Niobrara dahineilten. Er hatte es so eingerichtet, daß er auf die Stelle, an der Ben sich vermutlich niedergelassen hatte, nicht vom Westen, sondern vom Nordosten her zukam.

Er wollte den Zahnlosen von seinem Abenteuer in den Black Hills nichts ahnen lassen.
Ein Wellental lief schräg dem Flusse zu, und in diesem hielt sich der Reiter. Die Fährten häuften sich immer mehr, je näher The Red dem Flusse kam. Es schien hier neuerdings ein lebhafter Verkehr zu herrschen, wobei der Begriff „lebhaft" an den Verhältnissen dieser wilden Prärien gemessen werden mußte. Reiterfährten, sogar eine Fährte von Ochsenkarren, liefen durch das leicht zu befahrende Wiesental der Richtung des Flusses zu und auch davon weg. Die Handelszentrale des zahnlosen Ben mußte schon nach den wenigen Monaten, seit denen sie bestand, ein weithin wirkender Anziehungspunkt geworden sein.
The Red beeilte sich nicht. Wenn hier ein derartiger Verkehr in Gang gekommen war, konnte das nur mit Zustimmung oder wenigstens stillschweigender Billigung der Dakota geschehen sein. Ben mußte sich auf irgendeine Weise deren Wohlwollen erkauft haben. Vielleicht lieferte er ihnen Waffen, Tomahawks und Messer mit Stahlschneiden, alte Flinten. Der bestehende Friedenszustand galt ohne Zweifel auch für einen so harmlos daherreitenden armen Teufel wie The Red.
Die Bodenwellen, zwischen denen Jim ritt, traten zur Seite, und es tat sich mit einem Schlage der Blick über die Wiesen auf, die sich sanft bis zum Flusse senkten. Es war hoher Sommer, und die Fluten, die im Frühjahr bis zum Fuß der Hügel spielten, hatten sich auf einige Rinnsale zurückgezogen, zwischen denen breite Sandbänke herausragten.
The Red überquerte das Flußbett und hatte dabei die Vorgänge auf dem jenseitigen Ufer im Auge.
Ben war kein schlechter Unternehmer! Jim erkannte den Schwarzhaarigen sofort, der inmitten einer kleinen Schar handfester Kerle den Befehlshaber spielte. Oberhalb des Flußbettes, das im Frühling von Wasser ausgefüllt sein mußte, jetzt aber weithin trocken lag, befand sich am Südufer eine Anzahl Zelte, dazwischen lagen Stämme, zum Teil schon zugerichtet, und ein Blockhaus war im Entstehen. Beilhiebe erklangen, kurze Zurufe, die üblichen Flüche, eine Art Hausmannskost von kleinen

Zornesausbrüchen, die die Arbeit erleichterten. Südwestlich bei den ansteigenden kahlen Sandhügeln lagerten Indianer, ein paar Sioux-Dakota, friedlich daneben gruppierten sich einige noch frei lebende Cheyenne. Alle diese Indianer sahen nicht aus, als ob sie noch Angehörige der großen freien Stammesverbände seien; sie gehörten sicher zu denen, die da und dort bereits abgesplittert waren, denn sie sahen – und das erkannte The Red auch aus der Entfernung – schmutzig und ungepflegt aus und vergnügten sich damit, Branntwein zu trinken. Diesen Branntwein mußten sie von Ben eingehandelt haben. Wofür, das konnte The Red nicht ohne weiteres feststellen, denn die Tauschware, die aus den Händen der Indianer in den Besitz Bens gewandert war, war nicht zu sehen. Sie befand sich sicherlich in den Zelten, die der Handelsmann aufgeschlagen hatte. The Red beschloß, den Großspurigen zu spielen. Diese Rolle fiel ihm am leichtesten. Sie entsprach seinem Charakter. Sobald er den Fluß überquert hatte, lenkte er auf Ben zu.
„Hallo, alter, zahnloser Schleicher!"
Ben nahm die Pfeife aus dem Mund und spuckte. „Ahoi, du verirrter Bandit! Läßt du dich wieder einmal bei einem Freunde sehen?"
„Gut installierter Freund bist du geworden, mein zahnloser Bekannter! Ich bin es gewesen, der dir geraten hat, dich hier niederzulassen! Guter Rat gewesen! Was gibst du mir dafür?"
„Möchte dich lieber in Kanada wissen als hier. Aber wenn du nun schon da bist – laß uns einen Drink zusammen nehmen!"
„Als Anfang mag das angehen. Ich komme!"
The Red stieg ab, führte sein Pferd zu einem Platz, wo das Gras verhältnismäßig saftig wuchs, etwas abseits der anderen Tiere, und machte es fest. Dann schlenderte er wieder zu Ben hin und betrachtete die Arbeit am Blockhaus, dessen starke Wände sich schon bis zu halber Höhe des künftigen Hauses erhoben.
„Donnerschlag, Ben, wo hast du denn das starke Holz her?"
„Vom Himmel ist es gefallen."
„So wird's sein. Du hast dir ein paar kräftige Kerle zugelegt."
„Ohne die geht's nicht."

„Flößer und Holzfäller."
„Flößer und Holzfäller. So ist's."
„Komm, gib mir mal ein paar Patronen für meine Büchse. Die Sorte mußt du führen, wenn du als Handelsmann etwas taugst."
Ben warf einen Blick auf die Waffe, für die Munition verlangt wurde. „Das Kaliber führ ich nicht."
The Red warf die Lippen auf. „Ben, ich sag dir, laß nicht soviel unnötige Worte zwischen deinen zahnlosen Kiefern raus! Gib das Zeug her, was ich brauche, du hast es. Ich möchte nicht dein Feind werden, an der Grenze hier."
Ben knurrte, aber er fügte sich. „Na, dann komm!"
Die beiden gingen in eines der Zelte. Ein paar kleine Kisten waren hier gestapelt.
„Wie hast du das gemeint? Mein Feind werden?" fragte Ben unlustig, nachdem er sich mit The Red zusammen niedergelassen hatte. „Verschenkt wird hier nichts."
„Aber meine Freundschaft ist teuer, mein Lieber, und meine Feindschaft käme dich noch teurer zu stehen. Also rücke heraus, was ich brauche! Das ist mein letztes Wort. Wenn's dir nicht paßt, kann ich auch gehen."
„Mann, bleib friedlich. Um ein paar Patronen ist mir's nicht. Es geht mir ums Prinzip."
„Das Prinzip erklär ich dir gleich, du Halsabschneider. Du bezahlst meinen guten Rat, durch den du ein reicher Mann wirst, und bezahlst meine Freundschaft. Wenn sie auch teuer ist, so sollst du sie doch billig haben, weil du nun mal ein zahnloser Esel bist und bleibst und das Höhere nicht verstehst. Also, ich bekomme heute und immer von dir, was ich als schlichter Präriejäger brauche, und dafür kannst du auf mich rechnen. Heute brauche ich Munition, morgen ein Pferd, übermorgen vielleicht eine neue Büchse, ein gutes Messer und vorgestern schon neue Nachrichten."
„Du hast dir das schön zurechtgelegt. Was heißt das, ich kann auf dich rechnen? Willst du helfen, das Blockhaus zu bauen?"
„Höre, Ben, wenn du wahnsinnig wirst, muß man dich einsper-

ren oder erschießen! Du kannst auf mich rechnen, das heißt, ich mach dich und deinesgleichen nicht kalt, treibe euch nicht sämtliche Pferde weg, verrate euch nicht an andere Banditen und gebe dir hin und wieder einen guten Rat. Verstanden? Und jetzt rücke endlich die Munition heraus, oder ich werde ungeduldig."
Ben gehorchte.
"So. Das wäre in Ordnung. Was hast du zu essen?"
"Waschbärenfilet."
"Von mir aus. Gib her."
Ben beeilte sich, den Gastwirt zu spielen, und The Red schmauste. Als er satt war, steckte er sich die Pfeife an. Ben wollte das Zelt verlassen, um nach dem Rechten zu sehen.
"Halt, halt, mein Lieber! Widme dich noch ein wenig deinem so selten sichtbaren Freunde Red Jim."
"Was denn noch? Bist du unersättlich?"
"Nach Neuigkeiten, ja. Was erzählen denn deine Indianer, die du da draußen mit dem schlechtesten Branntwein abgefertigt hast, der je zwischen Prärie und Gebirge gerochen wurde?"
"Feines Getränk, Mann, feines Getränk! Mir scheint aber, du hast eine schlechte Nase. Was sollen die übrigens erzählen? Sie wissen selbst nichts. Vorläufig herrscht Friede im Lande."
"Das ist alles?"
"Ich weiß schon, wonach du schnüffelst, rothaariger Bandit. Aber wenn ich was von Gold gehört hätte, würde ich es mir selber längst geholt haben!"
"Wenn das so einfach wäre."
"Ebendarum, weil das gar nicht einfach ist, hast du auch noch nichts gefunden."
"Du weißt immer mehr über andere Leute als diese von sich selbst! Wer sagt dir, daß ich nichts finde?"
"Siehst nicht danach aus!"
"Das ist auch gut so. Aber hast du nichts über Sitting Bull gehört?"
"Den roten Zauberkünstler? Nichts, was der Rede wert wäre. Aber..." Ben stockte und schluckte.

„Aber?"
„Komm, ich muß mal nach dem Blockhaus sehen!"
The Red überlegte einen Augenblick, dann gab er nach. Man mußte sich elastisch zeigen.
Ben und Jim gingen ohne Eile zu dem Neubau, an dem noch zwei Mann arbeiteten. The Red betrachtete das Haus, wie es entstehen sollte, ein rechteckiges, starkes Blockhaus, dessen Türöffnung nach Osten ging, und dessen Wände keine Fenster, sondern nur Schießluken haben würden. An der hinteren Breitseite sollte offenbar noch ein kleiner Anbau entstehen.
„Nicht übel, lieber Ben. Und wie willst du zu Wasser kommen, wenn die Roten dich mal belagern und mit Brandpfeilen schießen?"
„Man kann innerhalb des Hauses auf Grundwasser graben."
„Das läßt sich hören. Na, kümmere dich noch ein bißchen um diesen Bau. Und überleg dir, wie es mit einem geheimen Fluchtweg zum Flusse wäre!"
Ben stutzte. „Wieso denn Fluchtweg? Im tiefsten Frieden? Ich bin schon ein wohlbekannter Handelsmann!"
„Das seh ich. Wer hat dir das Geld dazu gegeben?"
„Was geht das dich an?"
„Gar nichts. Will auch keins haben. Macht nur abhängig. Aber was den Frieden anbetrifft – du hast Rosinen im Kopf, Mann!"
„Wieso?" Ben wurde ängstlich. „Hast du was gehört?"
„Wenn ich darauf immer warten wollte. Selbst muß man denken, alter Esel, im voraus kombinieren!"
„Aber warum soll denn geschossen werden?!"
„Du denkst doch nicht, daß die Dakota das Land behalten werden, in dem sie jetzt ihre Büffeljagden abhalten?"
„Was kümmert mich das?"
„Sehr viel. Wenn es den Dakota an den Kragen geht, werden sie gehässig, darauf kannst du dich verlassen."
„Na aber ... na ja ... Aber damit hat es doch noch Zeit, und dann mache ich mich eben rechtzeitig davon. Vielleicht schlage ich noch etwas auf die Preise auf; man muß den Weizen schnei-

den, wenn er gerade reif ist, und nicht zu spät. Komm, wir setzen uns noch ein bißchen ins Zelt!"
„Meinetwegen!" The Red lachte in sich hinein.
Als die beiden wieder im Zelte saßen, fragte Ben unvermittelt: „Kannst du mir eine größere Summe geben?"
„Ich? Dir? Wozu denn?"
„Bevor es Krieg gibt. – Wenn ich schnell noch etwas einkaufe, kann ich noch ein paar Geschäfte machen. Und im Krieg würden die Dakota Flinten sehr hoch bezahlen."
„Halsabschneider bist du. Wende dich doch an Bacerico."
„Wer ist denn das?"
„Einer in Mexiko. Aber den findest du doch nicht. Lassen wir das. Mit barer Münze ist jetzt nichts zu machen, kriegst du nicht von mir, Lieber. Aber gute Ratschläge kannst du haben."
„Nichts als Worte! Schade! Du bist ein Gauner."
„Ein kluger Gauner, du zahnloses Geschöpf. Hast du mal einen Narren gesehen, der mit einem Cheyenne zusammen in der Prärie herumreitet, um Häuptlinge zu malen?"
„Mann, den verrückten Morris?"
„Ja. Du kennst ihn? Hast du den bei dir gehabt und einfach wieder laufen lassen?"
„Er hat gut bezahlt."
„Die paar Kröten! Hättest ihn ausnehmen sollen, dann wäre jetzt Geld genug in deinem Beutel."
„Du meinst ... Du meinst doch nicht etwa ..."
„Ich meine nicht, ich sag's nur so."
„Das ist aber gefährlich."
„Für mich nicht."
„Für dich ... Es geht doch um mich."
„Lassen wir das Spintisieren, denn der Herr Maler mit dem dikken Beutel ist leider nicht mehr da. Sonst was Neues?"
„Eine wilde Geschichte!"
„Und die wäre?"
„So 'n Hirngespinst. Bei den Dakota soll es eine Gruppe geben, die Gold hat, und der Häuptling soll von ungeheuren Schätzen wissen!"

The Red spitzte die Ohren. „Was für ein Häuptling?"
„Ist ja doch regelmäßig Unsinn, was erzählt wird. Ich hab mir den Namen nicht gemerkt. Aber man sagt, der Stamm hat ihn ausgestoßen, weil er im Suff geschwatzt hat. Sein Sohn soll ihn in die Verbannung begleitet haben."
„Der Junge ist doch erst zwölf Jahre alt."
„Wa . . . was? Zwölf Jahre? Du kennst ihn also, du Bandit?"
Red schalt mit sich selbst. Wie hatte ihm das herausfahren können! Ben brauchte von seinem Erlebnis im Zeltdorf der Indianer nichts zu wissen. „Kenne ihn nicht!" log er.
„Aber die Geschichte wird doch schon an allen Lagerfeuern erzählt."
„Dann brauchst du mich nicht erst danach auszuhorchen. Haben sich die beiden nicht mal bei dir sehen lassen?"
„Was sollten sie denn hier bei mir?"
„Verbannte pflegen Munition zu brauchen."
„Das ist wahr."
„Wenn sie also mal herkommen . . ."
„Möchtest du sie wiedersehen?"
„Kennenlernen!"
„Wiedersehen. Du kennst sie doch schon."
„Dummes Zeug. Dann brauche ich nicht nach ihnen zu fragen."
„Oder vielleicht gerade."
„Eben nicht. Ich sage immer die Wahrheit, merk dir das!"
„So siehst du aus, alter Räuber. Da, ich schenke dir eine Prise Tabak."
„Wird angenommen."
Das Gespräch verlor sich in Belanglosigkeiten.
Als der Tag zu Ende ging und es dunkel wurde, begab sich The Red zu seinem Pferd, um bei diesem zu schlafen. Die Nachrichten, die er zuletzt erfahren hatte, beschäftigten ihn sehr. Wenn der Häuptling, um den es sich hier handelte, wegen seines angetrunkenen Zustandes und seiner undeutlichen Plapperei von seinem Stamme geächtet worden war, so bestand Aussicht, sich noch einmal an ihn heranzumachen. Ein aus einem frei lebenden Stamme ausgestoßener Indianer war das unglücklichste

Geschöpf der Welt, denn die freien Indianer gehörten in ihren Verbänden aufs engste zusammen, enger, als ein Weißer es überhaupt nachempfinden und verstehen konnte.

The Red schlief nur wenige Stunden, und als er vor Morgengrauen wach wurde, ritt er fort, ohne sich von Ben zu verabschieden. Er ritt in südwestlicher Richtung und strebte zu den Lagern der Bahnvermessungsarbeiter. Vielleicht kursierten dort faßbarere Gerüchte über den Aufenthalt des Verbannten, den aufzuspüren The Red entschlossen war. Die Ereignisse, die zu der Katastrophe für den Häuptling geführt hatten, hatten sich zwischen Nord- und Südplatte am Pferdebach abgespielt. The Red wußte sehr genau darum.

Wie gut, daß er damals sofort aus dem Häuptlingszelt entflohen war! Aus dem, was er jetzt von Ben erfahren hatte, war zu schließen, daß es wirklich Lauscher gegeben hatte. Wer würde sonst die Anklage gegen den Häuptling erhoben haben?

The Red trieb sein Pferd an. Nach gewissen Anzeichen der Vegetation auf der ausgedörrten Prärie und nach der Bahn der Sonne zu urteilen, neigte sich der Hochsommer schon zum Herbst. Im Winter war das von Schnee bedeckte, den Stürmen preisgegebene Hochland zu unwirtlich. Was The Red im Sinne hatte, mußte er noch vor dem ersten Schneefall ausführen.

Das Versteck in der Wildnis

Während Red Jim mit der vergeblichen Suche nach Gold beschäftigt und weiterhin unterwegs war, um endlich reich zu werden, hatte sich in einem abgelegenen kleinen Bergtal neues Leben eingefunden.

Es war Nacht. Die Schatten der Berge ragten auf; als Ruinen vergangener Erdrevolutionen trotzten sie mit hartem Gestein noch der Gegenwart. In ihren aufgerissenen Seiten rieselte das Wasser, seit Jahrtausenden rieselte es ohne Unterlaß, quellklar, leise murmelnd, aufrauschend um gestürzte Blöcke und tosend im Fall über hohe Wände. Stein, Moos und zähes Gesträuch, Stämme und Zweige windverkrüppelter Bäume hatten des Tags die Sonnenwärme in sich aufgesogen und gaben jetzt der Luft davon ab, die mit sanfter Bewegung im Dunkeln über Berge und Wiesenhänge strich. Sommerdüfte verbreiteten sich mit dem Luftzug, Blütenduft, Geruch trocknender Erde und verkrustenden Harzes. Bären schliefen in ihrem Versteck, Vögel in den Baumkronen; die Insekten ruhten in ihrem Bau oder an Stengeln und unter Blättern. Die Eule machte in ihrem Fluge kein Geräusch. Die Wölfe jaulten nicht mehr, sie waren satt. Ihre Jungen wuchsen kräftig heran und lagen als eine gefährliche Jungschar im Dickicht schlummernd beieinander. Wolkenlos wölbte sich das Firmament mit seinen Sternen über dem Felsengebirge und den Wäldern und Prärien, die zum Fuße der Berge anstiegen.

Das abgelegene Hochtal, in dem die beiden Pferde weideten, war kurz, eng und steil. Der Bach, der es durchfloß, glitt zwischen Bergwiesen lautlos dahin, so klar wie ein Spiegel. Am Ende des Tales versprühte sein Wasser über einer Felswand in Millionen Tropfen, die im Sternenlicht schimmerten. Mit wenig Geräusch, wie ein dünner Regen, landeten sie auf glatten Steinen. In seinem oberen Teil öffnete sich das Tal zu einem Kreisrund, in dem der Bach als Quelle entsprang. Das Wasser fand nicht gleich sein Abflußbett, sondern rieselte und sickerte dahin und dorthin, befeuchtete die Wurzeln von Gras, Moos und Buschpflanzen und beherbergte kleines Getier. Diese Bergwiese war von Höhen umgeben, die sie vor Stürmen beschützten und die die Quelle mit der absinkenden Feuchtigkeit vom Regen und Schnee speisten. Es war ein kleines Paradies der Fruchtbarkeit, scheinbar völlig in sich abgeschlossen. Aber in den Boden eingedrückte Wildspuren, in denen sich Wasser gesammelt hatte, verrieten, daß die einsame Wiese besucht wurde. Die Spuren führten zu einem Felsband, das sich schmal, aber mit zuverlässiger Festigkeit von der Wiese ausgehend an einer der Höhen hinaufzog.

Die beiden Pferde liefen frei in dem engen Talabschnitt bei dem abfließenden Bache umher, trugen aber um den Unterkiefer befestigte Zügel. Das eine war ein Grauschimmel, das andere ein Fuchs. Sie hatten die zierliche Statur der Wildpferde und bewegten sich beim Weiden sehr geschickt im Gelände. Sie schienen einander gewöhnt zu sein, denn sie hielten sich immer zusammen und blieben schließlich am Ufer des kleinen Baches beieinander stehen, um zu schlafen.

Nicht weit von den beiden Tieren lag ein Indianerknabe im Gras. Er hatte die Augen geschlossen und lag ausgestreckt auf einer Büffelhautdecke. Er lag da, als ob er sich völlig erschöpft hingeworfen habe, und obgleich er die Augen geschlossen hatte und zu schlafen schien, ging sein Atem unruhig, und hin und wieder war es, als ob seine Augen sich bewegten. Dann zuckten auch seine Hände. Er träumte, und zuweilen schrak er aus dem Traum auf. Neben ihm im Grase lag griffbereit eine doppelläufige Büchse, in Leder eingeschlagen und so vor Feuchtigkeit geschützt.

Oberhalb der Quelle, an einer Stelle des schmalen Felspfades, die einen weiteren Ausblick auf die Berghänge und auch in die tiefer gelegenen Täler erlaubte, befand sich in der einsamen Wildnis ein zweiter Mensch. Er spähte durch die Sternennacht. Groß von Wuchs und schlank, in der Haltung eines Mannes, der auch schwierige Tritte und Griffe ohne Mühe meistert, stand er an einem exponierten Vorsprung. Sein Oberkörper war nackt, seine Schultern zeigten schwere Kratzwunden, die verkrustet waren. Die Zöpfe, in die er das lange Haar geflochten hatte, fielen rechts und links von den Schultern. Aus der Lederscheide, die er an einer Schnur um den Nacken trug, ragte der Messergriff hervor. Andere Waffen hatte er nicht bei sich. Er trug auch keinerlei Schmuck, keine auszeichnende Feder.

Unbeweglich stand dieser Indianer; sein Blick ging jeweils lange in dieselbe Richtung, weithin über die Höhenzüge, die sich zu den Prärien senkten, hinüber zu dem kleinen Wiesental, in dem der Knabe schlief, hinauf zu den Gipfeln, über denen die Sterne leuchteten.

Er hatte lange auf seinem Beobachtungsposten gestanden, als das erste zarte graue Dämmern im Osten aufkam. Wind erhob sich, und es wurde in der Höhe sofort sehr kühl, kühler als in der Nacht. Die Tautropfen an den Gräsern schillerten auf. Der Himmel erhellte sich zunehmend, und aus dem Grau brach das helle Gold der aufgehenden Sonne. Alle Farben erstanden neu, die Wiese wurde grüner und die Quelle wie Silber; Schatten wichen zurück wie verscheuchte Geister. In den leuchtenden Höhen des Himmels schwebte schon ein Falke. Auf einer Waldblöße weit unterhalb des Wasserfalls rührte es sich, kaum daß der erste Sonnenstrahl dahin gelangt war. Ein Hirsch trat aus den Bäumen hervor, verhoffte und begann dann ruhig seinen Durst zu stillen und zu äsen.

Der Indianer hatte noch im Schatten der Felsen gestanden. Aber endlich fanden die Strahlen der Sonne auch ihn und wärmten seine Glieder. Er reckte sich ein wenig, und die unscheinbare Regung beherrschter Kraft machte die Schönheit dieses menschlichen Körpers vollkommen. Er hatte die Lider gesenkt und hob die Hand schirmend über die Augen, um der Sonne entgegen über waldige Höhenzüge und Prärie zu schauen. Seine Haut war hellbraun; die Augen schwarz, tiefschwarz auch das Haar.

Er rührte sich jetzt, stieg den schmalen Naturpfad im Felsen hinab, ohne sich mit der Hand anzuhalten, und bückte sich bei der Quelle, um zu trinken. Langsam ging er dann aus dem feuchten Kreisrund der Wiese zu dem schmalen Tale, in dem der Bach abfloß. Er trat nicht auf Gras und feuchten Boden, sondern von einem der Steine, wie sie im Grase umherlagen, zum anderen; in den leichten Mokassins konnten sich seine Füße sicher bewegen.

Die Pferde liefen zu ihm herbei, und er begrüßte sie. Er ging zu dem Knaben, der noch schlief. Während er ihn betrachtete, veränderten sich seine Züge. Sein Gesicht war das eines dreißigjährigen Mannes, offen und wohlgebildet, aber seine Wangen waren hohl, die Schläfen eingefallen und die Mundwinkel in einer herben Art herabgezogen. Als er auf den schlafenden Kna-

ben schaute, legte sich der Anflug eines Lächelns um seine Lippen, und seine Augen öffneten sich weiter. Das Lächeln blieb aber von einer schmerzlichen Wehmut. Der Knabe erwachte und sprang dabei sofort auf. Er glich seinem Vater und unterschied sich doch von ihm. Seine Haut war um einen Schimmer dunkler, und trotz seines jugendlichen Alters wirkte sein Gesichtsschnitt schon schärfer, die Stirn höher. Er war groß für sein Alter; seine Muskeln und Sehnen spielten wie die eines Wildtiers.
Die beiden machten keine Worte, um sich zu begrüßen. Der Junge nahm einen Trunk klaren Wassers, wie es der Vater getan hatte, strich dem Grauschimmel über den Rücken, nahm die Büchse an sich und folgte dann dem Vater, der ihn über den Felspfad zu dem Aussichtspunkt führte.
„Harka", sagte der Indianer leise zu dem Jungen, während die beiden zusammen in die Wälder hinabspähten, „du siehst diese Waldwiese dort unten, über die der Bach zu Tal fließt. Dort ist ein Wildwechsel, ich habe einen Hirsch gesehen."
Das Gesicht des Jungen leuchtete auf.
Die beiden gingen wieder zu ihren Pferden, die gesoffen hatten und zu weiden begannen. Der Junge pflückte sich Blätter und Gräser und grub Wurzeln aus, um seinen schlimmsten Hunger zu stillen, und der Vater tat das gleiche. Als sie sich kärglich gestärkt hatten, legten sie sich in die Sonne, aber ohne zu schlafen. Der Junge schlug seine Büchse wieder in das Leder ein; es war ein Mädchenkleid aus Elenleder, was er dazu benutzte, sehr schön, in uralten Mustern rot und blau bestickt. Er selbst hatte gar keine Kleider; das war ihm ungewohnt, denn er war schon zwölf Jahre, aber in der sommerlichen Wärme nicht unangenehm. Die Mädchensachen, die ihm bei der Flucht aus dem Dorf gedient hatten, mochte er auf keinen Fall mehr anziehen, weder die lange Lederhose noch das kimonoförmig geschnittene knielange Kleid.
Die beiden Indianer schauten in den blauen Himmel, aber nicht nur, um zu träumen. Sie hatten einen Adler entdeckt, der sich mit weit ausgebreiteten Schwingen vom Luftzug tragen ließ. Es

war, als ob er die Flügel gar nicht regte. Die Sicherheit und die Mühelosigkeit seines Fluges erregten die Bewunderung der beiden stillen Beobachter. Die umgebenden Berge schienen das Revier des mächtigsten der Raubvögel zu sein. Über zwei Stunden schwebte er umher; der Falke war verschwunden.
„Ein Kriegsadler!" sagte der Indianer nach stundenlangem Schweigen zu seinem Sohn.
„Seine Federn sollten dir gehören, Vater."
„Die Adlerjagd nimmt uns viel Zeit, Harka."
„Vielleicht werden wir Zeit haben."
Der Vater lächelte über die Antwort, ebenso kurz und schmerzlich wie das erstemal, als er am Morgen den Jungen weckte. Die beiden blieben den ganzen Tag im Grase liegen, beobachteten alle Flugrichtungen des Adlers, lernten jedes Geräusch des Wassers, jedes windbewegte Gras, jede Blume, jedes summende Insekt, jeden Stein ihrer neuen Umgebung mit Ohren und Augen und Geruchssinn kennen. Des Abends gingen sie wieder gemeinsam zu dem Aussichtspunkt, um Ausschau in die Umgebung und in die weite Ferne zu halten.
Keiner der beiden wollte dem anderen gestehen, daß sein Blick im verschwimmenden Dunst des Horizonts noch etwas anderes suchte als jagdbares Wild oder die Anzeichen der Abenddämmerung. Keiner der beiden wollte sich selbst gestehen, welche Sehnsucht seinen Blick lenkte, als es im Osten zu dunkeln anfing und die Pracht der scheidenden Sonne auch aus dem kleinen Wiesentale wich, um den Schatten Platz zu machen. Aber beide dachten an die Zelte am fernen Pferdebach, an die büffelledernen, spitz zulaufenden Tipi, in denen jetzt die Feuer aufflackerten, von Frauen und Mädchen geschürt und bewacht, in denen es jetzt nach röstenden Büffelrippen und Fleischbrühe duftete, in denen Harkas Schwester und die Mutter seines Vaters Mattotaupa wohnten und um die beiden Verbannten und Geächteten trauerten. Der Knabe sah wieder seine Schwester Uinonah vor sich, so wie er sie im letzten Augenblick seines heimlichen Scheidens gesehen hatte, nachdem sie ihm ihr Festkleid überlassen hatte, damit er unerkannt fliehen konnte. Er

sah noch einmal, wie sie die Decke über das Gesicht zog, weil niemand wissen sollte, daß sie weinte.
Sein Vater Mattotaupa berührte ihn leicht an der Schulter, um ihn aus den Gedanken zu wecken, die er ahnte, weil sie auch die seinen waren, und die beiden gingen miteinander zu den Pferden, um die zweite Nacht in der Einsamkeit der Berge zu verbringen. Hier gab es für sie keine Verfolger, aber auch keine Brüder und Freunde.
Als sie sich zusammen auf die Büffelhautdecke legten, sagte der Vater: „In der Nacht stehe ich auf und schleiche hinunter zu der Waldblöße, zu der des Morgens der Hirsch kommt, um zu trinken. Ich will ihn jagen."
„Muß ich bei den Pferden bleiben?" fragte der Junge.
„Die Pferde sind hier sicher. Ich kann den Felspfad sperren, so daß sie überhaupt nicht zu entlaufen vermögen. Und wer sollte sie stehlen."
„Ich darf also mit dir kommen?"
„Ja."
Der Junge schlief schnell ein, und es quälten ihn in dieser Nacht keine Träume. Er war in der Vorfreude auf die Hirschjagd eingeschlafen. Als sein Vater ihn um Mitternacht weckte, war es bitterkalt, denn das kleine Tal war hochgelegen. Die Pferde hoben die Köpfe und beobachteten das Tun ihrer Herren. Harka legte das Mädchenkleid zusammen und barg seine wenige Munition darin. Die Büchse aber nahm er mit; sie schien ihm nur in seiner eigenen Hand und unter seinen eigenen Augen sicher genug.
Der Vater und der Junge stiegen hinauf zur Quelle, tranken und rieben sich mit würzig duftenden Kräutern ein, um dem Wild nicht die Witterung von Menschen zu geben. Dann bogen sie in den Felspfad ein, der den einzigen Zugang zu dem kleinen Tal gewährte. An der schmalsten Stelle, die sie nach etwa fünfzig Metern erreichten, legte Mattotaupa einen Stein hin, der der Form nach paßte und nicht leicht abgleiten würde und der auch groß genug war, um ein Pferd von dieser schwer passierbaren Stelle abzuschrecken. Die beiden Mustangs hatten hier schon

gezögert, als ihre Reiter sie in der vergangenen Nacht über den Felspfad zu dem Wiesentale führten.
Mattotaupa umging mit seinem Sohn die Höhen nördlich ihres Versteckes, und die beiden gewannen den Hang, auf dem sie in der vergangenen Nacht heraufgekommen waren. Hier machte ihnen der Abstieg keine weiteren Schwierigkeiten. Sie kamen rasch voran. Als sie sich der Waldblöße näherten, die sie von oben gesehen hatten, wurden sie sehr vorsichtig, um kein Wild scheu zu machen. Mit Handzeichen gab Mattotaupa dem Jungen die Anweisung, auf einen Baum am Wiesenrand zu klettern und die Jagd von dort zu beobachten.
Harka griff in die Zweige und kletterte gewandt hinauf bis zu einer Astgabelung, in der er es sich einigermaßen bequem machen konnte und Ausschau zu halten vermochte, ohne selbst gesehen zu werden. Er beobachtete von hier aus den Vater, der sich ein wenig abseits im Gebüsch gut verbarg. Dann hieß es warten.
Wenn die beiden Indianer Pfeil und Bogen bei sich gehabt hätten, wäre die Jagd nicht schwer gewesen. Aber sie besaßen nichts als das zweischneidige spitze Messer, das Harka auf seiner Flucht mitgenommen und dem waffenlos verbannten Vater gegeben hatte, und Harkas doppelläufige Büchse, die ihm von The Red geschenkt worden war und die nur der Junge zu gebrauchen gelernt hatte. Wenn er nicht seine wenige Munition verschwenden und mit dem Krachen eines Schusses die ganze Umgebung aufschrecken wollte, mußte der Vater den Hirsch mit dem Messer töten, so wie er auch schon einen grauen Bären getötet hatte. Mattotaupa war ein großer Jäger.
Der Junge im Baum fror und hatte verzehrenden Hunger, aber er vergaß beides, als die Sterne zu verblassen begannen und das Ende der Nacht sich damit ankündigte. Er schaute hinunter auf Waldboden und Wiese, auf die sehr deutlichen Fährten des Hirsches, der hier am Morgen zur Tränke zu gehen pflegte. Es war still im weiten Wald. Nichts störte die Erwartung, daß das Tier auch an diesem Morgen kommen werde.
Harka lauschte, und Freude durchzuckte ihn, als er den ersten

vorsichtigen Tritt vernahm, unter dem doch dürre Zweige geknackt hatten. Das Geräusch wiederholte sich und kam auf die Waldwiese zu, offenbar genau auf die Stelle, an der Harka und sein Vater versteckt waren.
Der Himmel begann unterdessen lichter zu werden, aber die Sonnenstrahlen trafen den Wald noch nicht. Nur die höchsten Berggipfel fingen schon goldenes Licht; Hänge und Täler lagen noch in Schatten und Dunst.
Der Hirsch kam. Es war nicht der mächtige Wapiti, sondern ein Weißschwanzhirsch mit dem eigentümlich nach vorn gebogenen Geweih. Es war ein stolzes Tier, ein Zwölfender.
Noch schien der Hirsch keinen Verdacht geschöpft zu haben, daß ihm eine Gefahr drohe. Er ging den von ihm selbst ausgetretenen Pfad durch den Wald. An den weit ausgreifenden Wurzeln des Baumes, auf dem Harka saß, machte er einen Augenblick halt, hob den Kopf, äugte und windete. Als er weiter zu der Wiese mit dem leise rieselnden Bach ging, gelangte er an das Gebüsch, in dem Mattotaupa saß.
Das war der Augenblick, in dem sich der Erfolg der Jagd entscheiden mußte. Der Indianer brach blitzschnell aus dem Gebüsch, um den Hirsch anzuspringen, aber das Tier hatte den Bruchteil einer Sekunde zu früh die Gefahr begriffen. Mit einem großen Satz schnellte es davon, auf die Wiese hinaus. Mattotaupa sprang hinter ihm her. Der frei lebende Indianer, dessen Beinmuskeln durch sattelloses Reiten, Laufen und die anstrengenden Kulttänze wie die eines Athleten ausgebildet waren, nahm es an Schnelligkeit auf kurzer Strecke sogar mit einem Mustang auf.
Der Hirsch durchquerte die Wiese; nach wenigen Sprüngen begann der Indianer ihn einzuholen. In dem Moment, in dem das Tier etwas aufgehalten wurde, weil es jenseits der Wiese wieder in den Wald eindringen wollte, schnellte sich Mattotaupa halb über den Rücken des Hirsches und faßte mit der Linken die linke Stange. Seine Muskeln schwollen an. Mit der Rechten hob er das Messer zum Stoß.
Harka hielt den Atem an.

Mit einer ungewöhnlichen Kraft bog Mattotaupa den Kopf des Hirsches zurück. Das Tier bäumte sich auf, aber ehe sein Widerstand Erfolg hatte, drang ihm das Messer in die Kehle. Das Tier brach zusammen.

Dem Knaben war nach einem Jubelschrei zumute, aber er unterdrückte jeden Laut, und auch Mattotaupa gab seinem Triumph nur schweigend Ausdruck. Er hatte die Waffe wieder aus dem Hals des Tieres herausgerissen und hielt sie in die Höhe, während seine Beute zu seinen Füßen lag. Die Sonnenstrahlen brachen über den Wald in die Wiese herein und leuchteten dem Sieger.

Harka kletterte vom Baum herab, die letzten Meter ließ er sich einfach hinunterfallen, und dann rannte er zum Vater. Mit einem Blick sprachen die beiden ihren Stolz und ihre Freude aus.

Der Hirsch war rasch verendet. Er war eine prächtige und reiche Beute für die Indianer. Mattotaupa begann sofort auszuweiden. Harka konnte ihm nicht helfen, weil sie zusammen nur ein Messer besaßen. Der Knabe tat, was er noch nie getan hatte, er trank vor Hunger das Blut. Der Vater gab ihm von den Teilen, die sofort gegessen wurden: Hirn, Leber und Herz. Harka glaubte noch nie so gut gegessen zu haben. Er hatte seit drei Tagen nichts als Wasser, Blätter, Gräser und Wurzeln zu sich genommen.

Als der Schmaus beendet war, sagte der Vater: „Nun laß uns alles hinaufschleppen in unser Versteck, zu unseren Pferden!" Er schnitt den Kopf des Hirsches ab, ließ ihn vollends ausbluten und gab ihn Harka. Den gewichtigen Rumpf nahm er selbst auf die Schulter.

Der Rückweg und Aufstieg war anstrengend. Der Wald war steil und unwegsam, und die Beute drückte schwer auf Mattotaupas Nacken. Der Schweiß brach Mattotaupa aus, und nur er selbst wußte, wie heftig ihm das Herz klopfte. Die letzten Tage des Hungers und der übermäßigen Erregung hatten auch an seiner Kraft gezehrt. Aber er schämte sich, nachzugeben und weniger zu leisten, als er selbst von sich und sein Junge von ihm gewohnt war. Daher schleppte er den Hirsch ohne Rast

hangaufwärts und setzte Fuß vor Fuß, auch wenn er zuweilen dachte, daß er zusammenbrechen würde.
Erst als die Waldgrenze erreicht war, machte er halt und warf sich hin, um auszuruhen. Auch der Junge setzte sich, schlang die Arme um die Knie und betrachtete während der Rast das Geweih mit den zwölf spitzen Enden.
„Was machen wir daraus, Vater?"
„Was meinst du selbst?"
„Die Stangen mit ihren Spitzen taugen zu vielem. Auch so, wie sie sind, können wir sie schon als Waffe gegen Tiere und sogar gegen Menschen gebrauchen."
„Du hast recht. Wir werden sehen, wozu sie uns am nötigsten sind und am besten taugen. Speerspitzen brauchen wir zum Beispiel. Die Schäfte dazu werden wir uns gleich suchen und schneiden. Kannst du noch etwas tragen?"
„Es wird gehen."
„Bast brauchen wir, um die Spitzen an die Schäfte zu binden."
„Dazu können wir auch die Sehnen des Hirsches benutzen."
„Die Sehnen will ich für Bogen haben."
„Zu einem Bogen gehören Pfeile. Machen wir die Pfeilspitzen aus Knochen oder aus Stein?"
„Es kommt darauf an, ob du gute Steine findest. Sieh dich um!"
Die beiden Indianer saßen an dem Bach, der hoch oben in ihrem Versteck entsprang, über die Felswand versprühte und oberhalb des Waldrandes seine Wasser in weit ausgebreitetem Felsschutt wieder sammelte. Bis jetzt hatte Harka mit dem Rücken gegen den Berg, mit dem Blick auf den Wald gesessen. Nun drehte er sich um, legte sich auf den Bauch, stützte die Ellenbogen auf und legte das Kinn in die Hände. Er musterte den Steinschutt und begriff bald, daß der Vater sich hier schon umgesehen hatte. Der Knabe griff nach diesem und jenem scharfkantigen Stein, um ihn genau zu betrachten, und schließlich hatte er einen gefunden, wie er ihn suchte.
„Dieser ist gut!"
„Solche Steine findest du hier noch mehr!"
Harka stand auf, ging langsam umher, die Augen immer auf

den Schutt gerichtet. In einer halben Stunde brachte er zwei Handvoll Steine zusammen, die für Pfeilspitzen geeignet waren, ihnen zum Teil sogar aufs Haar glichen. Außerdem hatte er einen großen, flachen, eigentümlichen Stein mit messerscharfen Kanten gefunden, und auf diesen Fund war er sehr stolz. Der Vater ließ ihn sich geben, wendete ihn hin und her und prüfte die Kante als Schneide.
"Das wird ein Messer, hau! Vielleicht war es sogar eines."
Er gab die Steinklinge dem Jungen zurück und erhob sich.
"Ruhe du dich jetzt aus", sagte er, "ich schneide uns Schäfte für Pfeile, Speer und Messer und suche Bast. Keulen will ich uns auch anfertigen."
Harka war mit allem einverstanden, besonders damit, daß er selbst jetzt rasten durfte. Er legte den Kopf auf die Arme und schaute dem Vater noch nach, aber bald fielen ihm die Augen zu, und er war eingeschlafen. Die letzten Tage hatten ihn überanstrengt.
Als er aufwachte, saß der Vater wieder neben ihm. Harka mußte lange geschlafen haben, denn die Sonne war schon auf absteigender Bahn, und der Vater hatte unterdessen viel gearbeitet. Zwei Speerschäfte aus Eschenholz lagen bereit, das Holz zu zwei Bogen, eine Anzahl von Pfeilschäften und ein Messergriff. Bast hatte der Vater auch geschält. Die neuen Keulen – je ein eiergroßer Stein, am elastischen Griff aus Weidenholz befestigt – waren sogar schon fertig.
"Das nehmen wir alles mit!" sagte Mattotaupa, als er bemerkte, daß Harka aufgewacht war.
Der Junge nickte und bündelte mit Hilfe der Baststreifen die Schäfte zusammen, so daß er sie leichter tragen konnte. Die Steine steckte Mattotaupa ein. Jeder nahm seine Keule an sich.
Dann begannen die beiden den weiteren beschwerlichen Aufstieg. Mattotaupa schleppte den Hirsch mit verbissener Anstrengung. Auch Harka hatte schwer zu tragen, lauter sperrige Dinge, die ihn behinderten, und er wünschte, er hätte seine Büchse nicht mitgenommen. Aber nun blieb ihm nichts anderes übrig, als auch diese wieder zurückzuschleppen. Es war schon

späte Nacht, als die beiden endlich den Anfang des Felspfades erreichten, der zu ihrem Zufluchtsort führte. Auf Vorschlag des Vaters ging Harka voran, um zunächst einmal das Schaftbündel und die Büchse hinzubringen. Obgleich der Knabe sich sagte, daß während seiner und des Vaters Abwesenheit kaum etwas Unerwartetes geschehen sein könne, war er doch erleichtert, als er den Stein an der schmalsten Stelle unverrückt vorfand und bald auch der Pferde ansichtig wurde, die miteinander bei der Quelle standen und jetzt zu dem Jungen herankamen. Harka legte das Schaftbündel und die Büchse nieder, um schnell zum Vater zurückzukehren und das Geweih zu holen. Schließlich brachten die beiden mit vereinter Anstrengung auch den Hirschkörper im kleinen Tal in Sicherheit.
Es war nicht mehr lange bis zum Morgengrauen. Der Vater und der Junge beschlossen, ihr Frühstück vorzuverlegen. Sie tranken durstig, dann häutete Mattotaupa einen Schlegel ab und schnitt zwei große Stücke heraus. Harka klopfte sie mit einem Stein weich und begann die neue Messerklinge auszuprobieren. Sie ließ sich noch schlecht fassen, aber sie schnitt gut, und er konnte sein Fleisch damit in Streifen teilen. Das übrige besorgten seine gesunden Zähne. Auch Mattotaupa aß hungrig, und als die beiden nach dem Essen noch einmal vom Quellwasser getrunken hatten, schliefen sie erschöpft tief bis in den Mittag hinein.
Beim Erwachen fühlten sie sich wie neue Menschen, denn sie konnten sofort mit der Arbeit beginnen. Mattotaupa häutete den Hirsch ganz ab, zerteilte ihn, schälte sich gleich die Sehnen für die beiden Bogen heraus, löste das Geweih vom Schädel und schabte Knochen ab, die er verarbeiten wollte. Harka mußte einen Teil des Fleisches in Streifen schneiden und zum Trocknen aufhängen, andere Stücke sollte er in das Hirschfell einschlagen und im Boden vergraben, damit ein Vorrat blieb. Er tat, wie ihm geheißen war, dachte aber im stillen daran, daß dies Weiberarbeit sei, die sonst die Großmutter und die Schwester verrichtet hatten. Das Bild Untschidas und Uinonahs war ihm in dieser Stunde wieder ganz gegenwärtig, aber nicht von soviel

schmerzlicher Sehnsucht umflossen. Die Sonne schien hell, er war satt, und es regte sich in ihm die allgemeine Zuversicht des gesunden und kräftigen Menschen.
Es mußte sich irgendein Weg finden, um dem Zeltdorf zu beweisen, daß Mattotaupa kein Verräter war, daß der Zaubermann ihn fälschlich angeklagt hatte. Als große Jäger und tapfere Krieger wollten Mattotaupa und Harka dann heimkehren und von den reumütigen Dorfgenossen empfangen werden.
Harka schaute auf und beobachtete den Vater, wie er einen Bogen krümmte, die Sehne zog und knüpfte. Auch er sah heute frischer und froher aus. Sich neue Waffen zu schaffen, das war eine Aufgabe für einen Jäger! Waffen waren seine Arbeitswerkzeuge.
Die Steine hatten nicht alle die gewünschte Form für Pfeilspitzen. Harka begann einige aufzusplittern. Der Steine kundig, erkannte er, wie ein Stein „gewachsen" und welches die möglichen Bruchstellen waren, und er bearbeitete einen mit dem anderen. Das hatte ihn der Vater schon früh gelehrt.
Der ganze Tag und auch der folgende gingen mit der Waffenherstellung hin. Schließlich war es soweit, daß die beiden Indianer je mit Messer, Speer und mit Pfeil und Bogen ausgerüstet waren.
Knochen und Abfälle waren übrig. Mattotaupa griff spielend danach und begann zu schnitzen. Mit Verwunderung sah Harka eine kleine Figur entstehen; sie glich einem Adler. Der Adler war am frühen Morgen wieder über die Bergeshöhen geschwebt.
„Das nächste ist", sagte Mattotaupa, „daß wir uns hier ein Erdloch als Unterschlupf graben. Es wird nicht immer die Sonne scheinen. Heute fangen wir zusammen an. Morgen machst du allein weiter, und ich gehe wieder jagen."
„Den Adler?"
„Nein, nicht den Adler. Er hat schöne Federn, aber wenig Fleisch. Wir brauchen noch mehr Fleisch, damit wir nicht zu viele hungrige Tage erleben. An die Federn denken wir später!"
Die beiden suchten sich am Südhang eine günstige Stelle für

das geplante Erdloch. Gegen Norden schützten die Höhen. Eine Felsrippe trat ein wenig in den Südhang der Wiese vor und gab auch Schutz gegen Westen. In der Ecke zwischen diesem Felsen und dem weiter ansteigenden Hang begannen die beiden zu graben. Rechtes Werkzeug hatten sie nicht dazu. Aber Steine und auch die Geweihstangen genügten, um die Grasnarbe zu heben und tiefer zu graben.

Am nächsten Tag arbeitete Harka, wie vorgesehen, allein. Die Grube war schon tief genug, um sich hineinzusetzen, aber er wollte sich auch ausstrecken können und grub weiter. Schließlich stieß er wieder auf Fels. Aber die Grube schien ihm auch schon groß und tief genug. Die Seitenwände flachte der Junge ab und belegte sie mit Steinen, die er herbeischleppte. Das schwierigste Problem war, die Grube zu decken. Vorläufig spannte er die Büffelhautdecke über den oberen Teil, von der Felsrippe bis zum Hang.

Dann setzte er sich in die neue Behausung, ruhte sich aus, und zum erstenmal fielen ihm dabei seine Freunde und Spielgefährten bei den Zelten der Bärenbande wieder ein: der jüngere Bruder Harpstennah, sein älterer Freund Tschetan, der lustige Schwarzhaut Kraushaar, der mit seinem Vater der Sklaverei bei den weißen Männern entflohen war, und die ganze Knabenschar vom Bund der Jungen Hunde, die Harka Steinhart Nachtauge Wolfstöter Büffelpfeilversender Bärenjäger angeführt hatte. So viele Namen hatte der Sohn des Häuptlings von den Gefährten schon erhalten. Wie sie ihn jetzt wohl nennen würden? Ob überhaupt noch einer von ihm zu sprechen wagte? Und wenn sie schwiegen, weil sie alle Angst vor dem Zaubermann hatten, wer dachte wenigstens noch an ihn? Hier oben in den Bergen, in diesem kleinen Tal, bei der Grube hätten sie alle zusammen einige Tage hausen und herrlich spielen können.

Harka brach diesen Gedankengang ab und schaute in die Höhe, wo der Adler wieder kreiste. Die Beharrlichkeit, mit der der große Raubvogel immer wieder über dem kleinen Hochtal schwebte, fiel dem Jungen allmählich auf. Gab es in der Nähe irgendeine Beute, die der Adler erspäht hatte und auf die er in

einem günstigen Augenblick herabzustoßen gedachte? Oder wunderte er sich über die neu in sein Revier eingedrungenen Lebewesen, die beiden Pferde und die beiden Menschen?
Es war ein rechtes Raubvogelrevier hier oben. Abseits von günstigen Wohnplätzen, abseits von Karawanenstraßen der Auswanderer, abseits von Eilpostwegen, abseits vom neu geplanten Schienenstrang lag das waldlose kleine Hochtal, kalt des Nachts und sicherlich eisig im Winter. Nur Schafe und Vögel hatten, den Spuren nach zu urteilen, seit dem Frühling Quelle und Wiese besucht. Vielleicht waren jetzt zum erstenmal Menschen hier eingedrungen.
Harka betrachtete sein neues Messer. Der Vater mochte recht haben, wenn er meinte, daß die Klinge früher an einem anderen Griff gesessen und irgendeinem Indianer als Waffe gedient hatte. Jetzt war sie nur in den gespaltenen Holzgriff eingeklemmt und mit Bast befestigt, ein primitives, aber doch brauchbares Verfahren. Sie bestand nicht aus Feuerstein, sondern aus einer anderen Gesteinsart, war sehr hart und scharfkantig. Harka war zufrieden. Wie dieses Messer und die Pfeilspitze in den Schutt unten zwischen Fels und Wald geraten waren? Vielleicht hatte im Walde einmal eine Indianergruppe gelebt, das mochte sein. Der Winter ließ sich am besten im Schutze der Bäume überstehen. Im Winter mußten auch Mattotaupa und Harka ihren jetzigen Unterschlupf verlassen und tiefer hinabziehen. Aber bis dahin schien es noch lange Zeit. Jetzt war es milde und sonnig.
Harka bemerkte, daß die Pferde unruhig wurden. Sie stemmten die Vorderhufe ein, als ob sie schlagen wollten, und drängten sich mit den Köpfen zusammen, wie es die Tiere einer angegriffenen Herde zu tun pflegen. Harka schaute, das Messer noch in der Hand haltend, aufmerksam um sich, und er lauschte gespannt. Schließlich stand er auf und schlich sich zu Quelle und Felspfad hinauf; er lief den Pfad bis zu dem Aussichtspunkt und spähte. Rings schien alles in tiefem Frieden zu liegen. Nur das Wasser klickerte leise. Hoch oben schwebte der Adler mit seinen weit gespannten Schwingen.

Harka war unzufrieden, daß er den Grund für die Unruhe der Pferde nicht entdecken konnte. Die Tiere beruhigten sich etwas, blieben aber doch mißtrauisch. Was störte sie? Der Junge legte sich alle Sorten Waffen, die ihm nun schon zur Verfügung standen, griffbereit. Bogen und Pfeile, Speer, Büchse. Er lud die Büchse auf alle Fälle. Das Messer behielt er bei sich.
Der Adler war abgezogen. Hatte er mit seinen scharfen Augen etwa auch eine Gefahr entdeckt? Der Junge wünschte seinen Vater herbei. Aber dieser kam sicher erst zur Nacht zurück, wenn er nicht sogar zwei oder drei Tage ausblieb.
Da die Pferde wieder beruhigt zu weiden anfingen, beschäftigte sich Harka weiter. Er hatte Pfeile mit Steinspitzen und Pfeile mit Knochenspitzen; beim Schuß war das ein großer Unterschied, da die Spitzen verschieden schwer waren. Harka war mit Pfeilen zu schießen gewohnt, die eine Knochenspitze hatten. Daher wollte er sich jetzt auf das Schießen mit den Pfeilen mit Steinspitzen einüben. Er wählte sich im Wiesenboden eine bestimmte Stelle, die er treffen wollte, jenseits des kleinen Baches, am Nordhang. Während er selbst bei seiner Grube stehenblieb, schoß er hinüber und merkte wohl, daß es der Übung bedurfte, bis er seine neuen Pfeile richtig kennenlernte und mit ihnen umzugehen und zu treffen verstand. Sobald er alle verschossen hatte, sprang er hinüber, um sie sich wiederzuholen und von neuem zu beginnen. Auch der Bogen, den er jetzt hatte, war ihm ungewohnt. Die Sehne war noch sehr frisch und nicht so stark wie die Büffelsehne.
Mit dieser Schießübung beschäftigte sich Harka einige Stunden. Dann ruhte er sich auf der Wiese neben seiner Grube aus und betrachtete die beiden Stangen des Hirschgeweihs. Sie waren noch nicht verwendet worden, Mattotaupa war sich wohl noch nicht schlüssig, was er daraus machen sollte.
Harka griff zum Speer, der eine Knochenspitze erhalten hatte, und übte sich im Werfen mit der neuen Waffe. Es gelang ihm gleich, sie so gut zu handhaben, wie er es mit des Vaters Speeren daheim gelernt hatte, und er warf mehr aus Vergnügen weiter als aus Notwendigkeit des Trainings. Nach jedem Wurf

mußte er sich die Waffe zurückholen, und so war er unaufhörlich in Bewegung. Schließlich bekam er Durst, trank oben an der Quelle, wo das Wasser am kältesten und frischesten schmeckte, und setzte sich dann wieder auf den Wiesenhang. Von neuem nahm er das Hirschgeweih zur Hand. Wenn der Vater zurückkehrte, wollte er ihm einen Vorschlag machen, wofür man es am zweckmäßigsten verwenden könne. Der Junge saß am Südhang neben der Grube, mit dem Gesicht zu dem über der Wiese ansteigenden Felsen, so daß ihm die Nachmittagssonne auf den Rücken schien.

Die Pferde waren zur Quelle hinaufgelaufen. Harka hörte sie auf einmal stampfen und wollte aufspringen, um über die Felsrippe hinwegschauen zu können und zu sehen, was die Pferde wieder unruhig machte. Aber in demselben Augenblick rauschte es über oder hinter ihm wie ein Sturm; er hatte ein solches Rauschen noch nie gehört. Er war beim Aufstehen noch halb in den Knien, als ein Gewicht auf seinen Nacken und seine Schultern herabsauste, das ihn wieder niederdrückte. Ein heftiger Schmerz an Schultern und Kopf ließ ihn begreifen, in welcher Gefahr er sich befand. Der Adler war auf ihn herabgestoßen, hatte sich an seinen Schultern eingekrallt und hackte mit seinem spitzen und starken Schnabel auf Harkas Kopf ein.

Mit der Kraft des Schreckens und der Todesangst warf sich der Knabe samt dem Raubvogel rücklings die Wiese hinab, so daß er sich mehrfach überschlug. Der Vogel hatte dabei losgelassen. Harka fiel in den kleinen Bach, der aufspritzte, und kroch wieder aus dem Wasser heraus. Dabei sah er den Adler, der ihn mit vorgestellten geöffneten Fängen zum zweitenmal anfliegen wollte. Der Knabe hatte die eine Stange des Hirschgeweihs bei seinem Sturz noch festgehalten, und diese streckte er jetzt als Waffe vor, um den Raubvogel abzuwehren. Das starke Tier, dessen Schwingen sich zwei Meter weit breiteten, wollte aber von der erhofften Beute noch nicht ablassen. Es umkreiste den Knaben, dem das Blut vom Kopf in die Augen floß, so daß er alles nur noch undeutlich erkennen konnte, und dem auch schwindlig war von den starken Schnabelhieben, die ihn auf den Kopf getroffen hatten. Harka wußte aber, daß es nur eins gab: sich verteidigen! Sonst war er verloren. So hielt er sich auf den Füßen und schwang die Hirschstange mit den sechs spitzen Enden kräftig um den Kopf, um sich zu schützen. Der Adler stieg wieder etwas höher, aber offenbar in der Absicht, einen neuen Angriff vorzubereiten. Harka wischte sich mit dem linken Arm das Blut vom Gesicht, das ihm die Augen immer noch verkleben wollte. Sein ganzer Kopf war blutverschmiert, und er taumelte den Wiesenhang ein Stück hinab. Diesen Augenblick benutzte der Adler, um zum zweitenmal anzugreifen. Wieder hörte Harka das Rauschen des pfeilschnellen Sturzflugs in seinem Rücken. Er wandte sich um, hob die Hirschstange mit beiden Händen und schlug mit allen Kräften gegen den herabstoßenden Vogel. Auf irgendeine Weise mußte dieser getroffen oder momentan abgeschreckt sein; Harka hatte den Eindruck, daß der Adler zurückwich. Er hob die Hirschstange wieder, bekam dabei aber das Übergewicht und stürzte, diesmal ohne es beabsichtigt zu haben, den Wiesenhang zum Bach hinunter. Der Adler nahm seinen Vorteil sofort wahr und stieß wieder herab. Harka kam nicht schnell genug auf, hielt dem Raubvogel aber noch die Stange mit den Spitzen entgegen, so daß dieser sich nicht geschickt einkrallen konnte.

Der Adler kam von der Seite heran und schlug die Fänge in Harkas Arm, um dann auf seine Schläfe einzuhacken. Harka drückte das Gesicht ins Gras, um wenigstens die Augen zu schützen. Er hatte keine Zeit, darüber nachzudenken, ob er verloren sei, aber seine Widerstandskraft ließ nach, und er konnte nicht mehr klar denken. Er merkte aber, daß der Griff der Adlerklauen in seinem blutenden Arm schwächer wurde und daß irgend etwas vorging, was er nicht deutlich erkennen konnte. Es waren Geräusche um ihn, und etwas Schweres schlug ihn auf die Wade, so daß er neuen Schmerz empfand.

Er versuchte, sich zusammenzurollen, um seine Glieder zu schützen, und obgleich er noch unklar registrierte, was in die Ohren eindrang, begriff er auf einmal, was im Gange war. Einer der Mustangs war herbeigekommen und kämpfte mit dem Ad-

ler um den Jungen. Der Mustang schlug und biß um sich und versuchte dabei, auf den am Boden liegenden Knaben Rücksicht zu nehmen, aber das gelang ihm nicht immer. Endlich war Ruhe.
Harka lag am Bachufer, vom Blutverlust erschöpft, von den Schnabelhieben auf den Kopf halb betäubt. Er rührte sich nicht mehr. Der Grauschimmel stand neben ihm und stieß ihn mit dem Maul. Auch der Fuchs kam jetzt herbei. Die Tiere drängten die Köpfe zusammen und stampften mit den Hinterhufen. Sie bemerkten sehr wohl, daß der Adler hoch oben in den Lüften noch immer seine Kreise zog. Ein paar seiner schön gezeichneten Schwanzfedern lagen im Grase. Der Grauschimmel hatte sie ihm ausgerissen.
Der Knabe merkte, daß ihm immer elender und kraftloser zumute wurde. Aber obgleich er am liebsten eingeschlafen wäre, um nichts mehr von sich selbst zu wissen, regte sich in ihm noch eine dumpfe Widerstandskraft des Lebensgefühls. Der Blutverlust machte ihm Durst, und der Durst begann ihn so zu quälen, daß er den Duft des Baches, der dicht an ihm vorbeifloß, zu atmen glaubte. Er kroch ein paar Handbreit weiter, bis er das Wasser mit dem Mund erreichen konnte, und trank lange und viel. Dadurch wurde ihm etwas besser. Er schob sich wieder zurück. Als er nach seinem schmerzenden Kopf faßte, war seine Hand sofort naß von Blut. Er vermochte zu denken, daß er das Blut stillen müsse. In der Grube lagen noch Baststreifen, die übriggeblieben waren. Aber wie sollte er dorthin gelangen; die kleine Strecke schien ihm jetzt unendlich weit. Er tauchte aber die Hand in das Wasser und wischte sich die verklebten Augen. Als er das grüne Gras und die Sonnenstrahlen wieder sah, die sich in dem klaren Bach spiegelten, bekam er neuen Mut. Auf allen vieren kroch er langsam über den Bach und die Wiese am Südhang aufwärts bis zu der Grube. Das war ihm schwerer gefallen, als es ihm sonst fiel, stundenlang bergauf zu laufen. Er mußte sich erst ausruhen, bis er fähig war, in die Grube hineinzuklettern und nach den Bastbinden zu greifen. Er suchte an seinem Kopf die stark blutenden Stellen und band sie mit den

Streifen zu. Dann schlug er die Büffelhautdecke als Schutz gegen den Raubvogel um sich und ruhte wieder in halber Ohnmacht.
Wie im Traum kam ihm schließlich der Gedanke, daß ein Speer die beste Verteidigungswaffe sein würde. Der Speer war viel länger als die Stange des Hirschgeweihs; alle wilden Tiere fürchteten Speere. Vielleicht griff der Adler aber auch nicht mehr an.
Harka lag in seine Decke eingewickelt in der Grube; wie lange, wußte er selbst nicht, aber endlich bekam er wieder starken Durst. Er schlug die Decke ein wenig auf und versuchte, sich zu orientieren. Die Sonne schien über den glitzernden Wasserfall ins Tal hinein, von Osten her, also war es Morgen, und er hatte die ganze Nacht in der Grube gelegen. Er mußte geschlafen haben, oder vielleicht war er ohnmächtig gewesen.
Über dem Tal kreiste wieder der Adler. Harka hatte jetzt Angst vor ihm, aber er beneidete auch die Pferde, die beim Bach standen und soffen, daß ihnen das Maul triefte.
Der Junge holte sich seinen Speer heran, und auf diesen gestützt ging er torkelnd die Wiese hinab zum Wasser. Er wagte es nicht, sich zum Trinken hinzulegen, weil er fürchtete, der Adler könne wieder herabstoßen und ihn noch einmal im Rücken packen. Er kniete daher nieder, und während er sich mit der einen Hand am aufgestellten Speer hielt, schöpfte er mit der anderen Wasser und löschte seinen Durst. Da er wieder großen Durst hatte, dauerte das lange. Unentwegt behielt der Knabe den Raubvogel im Auge. Der Adler zog sehr hoch hinauf in die Lüfte, aber plötzlich erklang wieder dieses pfeifende Rauschen. Harka taumelte in die Bachrinne, kniete auf dem Grund, duckte sich so tief wie möglich und packte den Speer mit beiden Händen. Er wollte ihn nicht werfen, er wollte stoßen. Diese Vorbereitung seiner Gegenwehr dauerte nicht länger als zwei Sekunden. Der Raubvogel kam herab. Harka sah die mächtigen Schwingen, die Krallen, den gefährlichen krummen Schnabel. Der Vogel bremste und flatterte. Er hatte Angst vor dem Speer. Harka bewegte die Waffe in kurzen leeren Stößen.

Der Grauschimmel und der Fuchs galoppierten umher und schlugen aus, dahin und dorthin. Einen wilden Tanz führten die Pferde aus, als ob sie den Verstand verloren hätten. Sie wußten aber instinktiv, daß es richtig war, sich so zu verhalten.
Endlich gab der Adler seinen Angriff auf. Mit großen, lauten Flügelschlägen stieg er wieder in die Höhe, um hoch oben den Blicken Harkas zu entschwinden. Wie leicht wäre es gewesen, ihn bei seinem Angriff mit einem Pfeil zu erlegen. Aber Harka hatte sich in seinem geschwächten Zustande, mit dem Schwindelgefühl im Kopf und dem unsicher gewordenen Blick nicht auf Pfeil und Bogen verlassen wollen.
Er trank nochmals und kroch mit viel Mühe wieder hinauf in die Grube, wo er sich in die Decke wickeln konnte. Eine Büffelhaut konnte auch ein Adler kaum durchkrallen oder durchhakken. Der Knabe griff sich einen der Hirschfleischstreifen, die zum Trocknen bestimmt waren, und kaute daran. Dann verließ ihn wieder die Besinnung.
In diesem Zustand fand ihn der Vater, als er bei beginnender Nacht mit seiner Jagdbeute heimkehrte. Er warf ins Gras, was er mitgebracht hatte – ein Reh und zwei Waschbären –, und kümmerte sich voller Sorge um das schwerverletzte Kind.
Es dauerte fünf Tage, bis Harka imstande war zu erzählen, was sich ereignet hatte. Der Vater war in diesen Tagen und Nächten und auch in den folgenden ständig bei ihm. Zu essen gab es aus der Beute mehr als genug, und auch an Arbeit fehlte es nicht, da Häute und Knochen der erlegten Tiere bearbeitet werden konnten und auch das Gehörn des Rehs, aus dem Mattotaupa weitere Pfeilspitzen und einen Dolch herstellte. Einen Teil der abgeschabten und getrockneten Häute schnitt Mattotaupa in Streifen und flocht ein Lasso daraus. Das ungegerbte Leder war steif, aber doch verwendbar.
Sobald es Harka wieder besserging, fühlte er sich mit dem Vater zusammen sehr glücklich. Das Bewußtsein, eine große Gefahr überstanden zu haben, setzte sich bei ihm in Fröhlichkeit um, und er fühlte sich bei dem Vater sicher geborgen. Hin und wieder ließ sich der Adler hoch oben in den Lüften blicken.

„Als ich auf Jagd unterwegs war", sagte Mattotaupa, „habe ich beobachtet, wo er seinen Horst hat. Er ist zu frech. Wir müssen ihn erlegen, wenn wir Ruhe haben wollen. Aber es eilt nicht. Werde du erst wieder gesund und kräftig."
Die Aussicht auf die Adlerjagd trug viel dazu bei, daß Harka sich verhältnismäßig schnell erholte, nachdem er die ersten schweren Tage überstanden hatte. Aber Mattotaupa wartete geduldig, bis Harkas Wunden vernarbt waren und er seine volle Leistungsfähigkeit wiedergefunden hatte. Dann erst begann er die Adlerjagd vorzubereiten.
„Es gibt verschiedene Wege, diesen Adler zu erbeuten", sagte er eines Abends zu dem Jungen. „Du könntest mit deinem Mazzawaken* nach dem Raubvogel schießen. Aber damit vertust du eines deiner wenigen Geschosse, ohne daß es unbedingt nötig ist. Wir können auch nicht wissen, ob du auf eine so große Entfernung hin triffst, denn du bist nicht an die Waffe gewöhnt. Du hast sie nur eben zu gebrauchen gelernt. Endlich aber ist das Krachen eines Schusses weithin zu hören. Es scheinen bis jetzt keine Menschen in unsere Nähe gekommen zu sein, weder Feinde noch Brüder. Wir haben kein Feuer gemacht, niemand kann Rauch riechen und uns dadurch entdecken. Niemand wird uns finden, der nicht zufällig in die Nähe kommt und Spuren sieht."
„Wie wollen wir den Adler jagen, Vater?"
„Wenn er tiefer herabkäme, könnte ich von hier aus mit dem Pfeil nach ihm schießen. Aber er hält sich jetzt immer sehr hoch. Ich bin dafür, daß wir seinen Horst beschleichen und ihn töten, wenn er im Horst sitzt, von dort auffliegt oder dorthin zurückkehrt."
„Du hast den Horst schon entdeckt, sagst du. Wo ist er? Können wir nahe herankommen?"
„Nein, wir können nicht ganz nahe herankommen, fürchte ich. Dieser Adler hat seinen Horst nicht auf einem Baum, sondern auf einer vorspringenden Felsplatte, die schwer zu erreichen ist.

---

* Indianisches Wort für Gewehr

Ich schlage vor, daß wir Lasso und Bogen und Pfeil mitnehmen, außerdem den Speer."
„Und mein Mazzawaken."
„Das ist deine Sache."
„Wann brechen wir auf, Vater?"
„Morgen früh. Wir wollen unsere Pferde mitnehmen, denn wir können ein großes Stück Weges reiten und dadurch Zeit sparen."
Harka war einverstanden. Nach des Vaters Anweisung packte er Proviant für fünf Tage zusammen. Die beiden wollten sich unterwegs nicht aufhalten, sondern das Essen zur Hand haben.
Als der Morgen graute, holten sich die Indianer ihre Pferde, bepackten sie mit Decken und Proviant und führten sie den Felspfad entlang, bis die schwierigsten Stellen überwunden waren. Dann stiegen sie auf und freuten sich, in den Morgen hineinzureiten. Auch die Pferde waren froh, wieder einmal ungehindert große Strecken laufen zu können. Sie hatten ausgeruht; an dem kräftigen Berggras hatten sie sich ganz satt gefressen, und so waren sie voller Unternehmungslust. Mattotaupa führte, durch Täler, über Hänge, durch Wälder, über Geröll. Auch Harka freute sich, wieder einmal reiten zu können und etwas anderes zu sehen als das kleine Tal hoch oben, das eine Zuflucht war, aber auch wie ein Gefängnis auf die Stimmung wirken konnte.
Gegen Abend erreichten die beiden Reiter eine Höhe, von der aus Mattotaupa bei seinem Jagdzug den Adlerhorst entdeckt hatte. Mattotaupa und Harka saßen ab, banden die Mustangs mit Hilfe des Lassos an einem Baum an und stiegen zu dem felsigen Gipfel hinauf, der einen guten Rundblick versprach. Als sie nach einer Stunde oben ankamen, dämmerte es schon, und die Gebirgswelt bot sich den Augen im köstlichen und vielfältigen Schimmer der scheidenden Sonne. Harka schaute rundumher, und seine Augen fanden rasch den Horst, ohne daß der Vater ihn ihm zu zeigen brauchte.
Der Raubvogel hatte sich eine von unten her sehr schwer zugängliche vorspringende Felsplatte als Ruheplatz gewählt. Der

Berg, an dem sich der Horst befand, war nicht besonders hoch, nicht einmal so hoch wie der Gipfel, auf dem die beiden Indianer jetzt standen. Aber er war stark zerklüftet, und an einem seiner Felstürme sprang nach Osten zu die Platte vor, die sich der Raubvogel für seinen Horst erkoren hatte. Starke Zweige, dick wie kleine Stämme, hatte er dort zusammengetragen. Die Platte ließ sich sehr bequem anfliegen. Der Adler befand sich jetzt nicht in seinem Horst.

Die beiden Indianer spähten und warteten, bis es ganz dunkel geworden war. Aber der Vogel kam an diesem Abend nicht zurück. Des Nachts flogen Adler nicht. Mattotaupa und Harka stiegen daher von dem Gipfel wieder ab zu ihren Pferden, um bei diesen die Nacht im Walde zu verbringen.

Lange vor Morgengrauen machten sie sich abermals zum Gipfel auf. Als sie oben ankamen, war es noch finster. Der Gipfelwind wehte kalt; er wurde noch schärfer und kälter, als die Dämmerung begann und im lichten Grau des Himmels nur noch der Morgenstern und die Sichel des abnehmenden Mondes leuchteten. Endlich stieg die Sonne über den Horizont. Harka, der diesen Augenblick des beginnenden Tages schon tausend Male wach erlebt hatte, freute sich immer wieder daran, so wie die sich öffnenden Blüten und Blätter, wie die aufsummenden Insekten, wie das Wild, das sich im Lichte weniger vor dem schleichenden Raubzeug zu fürchten hatte.

Der Horst war leer und blieb auch leer.

Die Indianer verbrachten nicht den ganzen Tag auf dem Gipfel. Sie benutzten die Stunden, um sich wieder zu ihren Pferden zu begeben und mit ihnen zum Fuß des zerklüfteten Berges zu reiten, an dem sich der Horst befand. Gut verdeckt banden sie die Tiere wieder an, die fleißig am Gesträuch knabberten, und schlichen selbst zu einem der Felsenriffe, das nicht weit von dem mit dem Horst gekrönten Turm aufstieg. Die Südseite dieses Riffs war griffig und trotz der Steilheit für einen gewandten Menschen leicht ersteigbar. Die beiden Indianer kletterten hinauf und zogen am Lasso alle Waffen nach, die sie beim Klettern nicht tragen konnten. Auf dem schmalen Felsgipfel oben niste-

ten sie sich ein, möglichst so, daß sie vor dem Horst versteckt blieben. Sie zweifelten zwar nicht, daß der Adler sie sehen konnte, wenn er den Horst anflog. Aber wenn sie sich vollständig regungslos verhielten, faßte er vielleicht keinen Verdacht. Vögel reagierten vor allem darauf, ob sich etwas bewegte.
Der Tag verging, und der Abend kam, ohne daß der Adler zu seinem Horst zurückkehrte.
„Es muß etwas geschehen sein", sagte Mattotaupa zu Harka. Die beiden saßen im Sternenlicht der beginnenden Nacht zusammen. „Als ich diesen Horst in den vergangenen Tagen während meiner Jagd beobachtete, flog der Adler täglich ein und aus. Ich hatte damals schon Lust, ihn zu erlegen, wollte mich aber nicht damit aufhalten, da ich dich allein wußte. Hätte ich ihn doch abgeschossen!"
„Ja, das wäre besser gewesen", meinte Harka und lächelte. „Aber was könnte geschehen sein? Warum kommt er nicht mehr?"
„Vielleicht ist es ihm eingefallen, sich einen neuen Horst zu bauen. Wer weiß das!"
Die beiden Indianer warteten noch einen dritten Tag. Da sie den Adler aber auch nicht im Fluge in den Lüften entdecken konnten, gaben sie ihr Jagdunternehmen schließlich enttäuscht auf und ritten zu dem kleinen Hochtal zurück.
Als sie bei Sonnenaufgang den Beginn des Felspfades erreichten, der zu der Quelle und den Wiesen führte, hieß Mattotaupa seinen Jungen mit den Pferden warten. Er wollte erst allein spähen, ob in dem Unterschlupf noch alles in Ordnung sei. Harka ließ sich bei den Tieren nieder. Obgleich er horchte, konnte er die Schritte seines Vaters im Fels nicht hören. Die Füße gingen in den weichen Mokassins lautlos über den Stein.
Aber irgend etwas hörte Harka, einen Laut, dessen Natur er nicht ergründen konnte. Zwei Bienen summten um die Bergblumen, die kräftig in der Farbe, auch würzig und stark dufteten. Von fern her war das Geschrei der Dohlen zu vernehmen. Das war natürlich und leicht erkennbar. Aber Harka hörte noch etwas, einen dumpfen Laut, als ob Fleisch zerrissen werde. Die-

ses Geräusch konnte er sich nicht ohne weiteres erklären. Er lauschte angestrengt.
Auf einmal vernahm er einen leisen Laut, dessen Natur ihm von frühester Kindheit an vertraut war: das singende Surren einer Bogensehne beim Abschuß des Pfeils. Hatte der Vater geschossen? Oder irgendein versteckter Gegner? Harka mußte an seinem Platz bleiben. Er konnte nicht einfach von den Pferden weglaufen. Aber er wartete jetzt mit großer Spannung.
Er hatte nicht lange zu warten. Mattotaupa kehrte über den Felspfad zurück; plötzlich stand er vor dem Jungen. Er lachte!
„Vater! Ich habe die Sehne deines Bogens surren hören. Vorher aber klang es, als ob Fleisch zerrissen würde!"
„Komm, Harka – erst einmal ohne die Pferde. Wir können sie ruhig einen Augenblick allein lassen. Ich will dir etwas zeigen!"
Rasch gingen die beiden den Felspfad entlang, Harka als erster. Als sich der Blick zu Quelle und Tal öffnete, blieb der Junge verblüfft stehen.
Auf dem Felsblock, unter dem die Quelle entsprang, saß der Adler. Er hatte Fleisch in den Klauen, an dem er noch vor kurzem gefressen haben mußte. In seinem linken Flügel steckte Mattotaupas Pfeil. Auf der Wiese, bei der Grube, waren die Grasplatten, mit denen die beiden Indianer ihre eingegrabenen Vorräte gedeckt hatten, aufgerissen und zerhackt. Fleischreste und Knochen waren umhergestreut. Hier hatte der Adler gehaust, während Mattotaupa und Harka ihn im Horst suchten! Nun mußte auch der Junge lächeln. Das flügellahme Tier dehnte die rechte Schwinge und streckte den Schnabel gegen seine Feinde.
„Er kann nicht mehr, wie er will", sagte Mattotaupa, „dieser Räuber. Geh, Harka, hol die Pferde!"
Der Junge lief zurück und holte die Mustangs, die sich an die schwierigen Tritte des Felspfades, den sie nun zum drittenmal gingen, schon gewöhnt hatten und leicht führen ließen. Als der Junge wieder in das Tal hineinschauen konnte, saß der Adler immer noch, mit hängendem linken Flügel, auf dem Felsblock und streckte jetzt wieder Kopf und Schnabel drohend gegen

Harka. Mattotaupa hatte das Tier offenbar in Ruhe gelassen; er war damit beschäftigt festzustellen, was von den Vorräten noch übrig war. Der Schaden war nicht so groß, wie es im ersten Augenblick geschienen hatte. Nur eines der obersten Fleischpakete war geöffnet, sein Inhalt vertilgt oder zerstreut. Harka brachte die kleine Vorratskammer wieder in Ordnung. Die Pferde äugten böse nach dem Adler, hielten sich aber abseits von ihm. Die beiden Indianer nahmen ein Frühstück ein. Dabei schaute Harka immer wieder aus den Augenwinkeln nach seinem gefiederten Feind.
„Ein schöner Bursche!" sagte Mattotaupa.
„Gefräßig", meinte Harka.
Als die Indianer gegessen hatten, legten sie sich nebeneinander ins Gras und beobachteten den Adler. Das Tier versuchte, den Pfeil aus seinem Flügel zu ziehen.
„Wie ein verwundeter Krieger", bemerkte Harka schließlich. „Aber du hast schlecht getroffen, mein Vater!"
„Meinst du? Ich hätte mit dem Schuß warten können, bis der Adler auffliegt, um ihn dann zu erlegen. Aber so ist es auch gut. Er war ebenso überrascht wie ich."
Es war unterhaltsam, dem Adler zuzusehen. Er benahm sich gar nicht ungeschickt. Der Pfeil steckte im Flügelgelenk. Das Tier, das ihn nicht gleich hatte entfernen können, untersuchte jetzt mit dem Schnabel genau die Stelle, an der die Spitze eingedrungen war und festhing. Der Pfeil hatte als Jagdpfeil keine Widerhaken.
Der Adler ließ von dem Pfeil ab, ließ auch das Fleisch aus den Klauen, rückte es aber mit dem Schnabel so zurecht, daß es nicht von dem Felsblock herunterfallen konnte. Dann lief der Raubvogel auf dem Block umher und versuchte, beide Schwingen zu heben. Es gelang ihm aber nur mit der rechten. Nach dem vergeblichen Versuch aufzufliegen, ruhte er sich aus und begann von neuem, mit dem Schnabel an dem Pfeil zu arbeiten.
„Klug ist er", sagte Harka.
Der Grauschimmel näherte sich der Quelle. Der Adler streckte wieder den Schnabel vor, aber der Mustang ließ sich nicht stö-

ren, sondern soff in Ruhe und trollte sich dann wieder, um zu weiden.
Der Adler arbeitete wieder an dem Pfeil. Endlich gelang es ihm, die Spitze herauszuziehen. Der Pfeil fiel ins feuchte Gras. Harka sprang hin und holte ihn.
Als er wieder bei seinem Vater saß, saß auch der Adler auf seinem Stein, ruhig wie ein Bild. Das Fleisch hielt er zwischen den Fängen. Den einen Flügel hatte er zusammengelegt, die verwundete Schwinge hing herab.
„Er dachte, du wolltest ihm das Fleisch wegnehmen", erklärte Mattotaupa.
Die beiden Indianer und der große Vogel hatten Geduld. Sie beobachteten einander den ganzen Tag. Harka studierte die schöne Zeichnung der Federn.
Gegen Abend begann der Adler wieder, an seinem verwundeten Flügel zu arbeiten. Er strich immer und immer wieder mit dem Schnabel über die verwundete Stelle.
„Sieh dir das an, Harka. Er will seinen Flügel einrenken und heilen."
„Vielleicht. Aber es dauert lange."
In der Nacht schliefen die beiden Indianer ruhig. Sie verließen sich auf die Wachsamkeit ihrer Pferde.
Am Morgen schien der Adler neuen Lebensmut gefaßt zu haben. Als Harka und Mattotaupa aus dem Bach getrunken hatten und wieder still bei ihrer Grube saßen, fing der große Vogel an, das Fleisch zu verzehren, das er immer noch zwischen den Fängen hielt. Harka sah ihm zu, bis der letzte Brocken im Schnabel verschwunden war.
„Vorläufig ist er satt", meinte er dann zum Vater gewandt. „Aber was macht er, wenn er Durst hat?"
„Dann kommt er zur Quelle herunter."
Der Adler saß den ganzen Tag über wieder wie ein Standbild und strich nur alle paar Stunden den verwundeten Flügel mit dem Schnabel. Die Indianer vergnügten sich weiter, ihn zu beobachten.
Am dritten Tag überwältigte der Durst das Tier. Den gesunden

Flügel spreizend, hüpfte der Adler von dem Stein herunter und nippte das Quellwasser.
Als sein Durst gelöscht war, mußte er einsehen, daß er nicht mehr auf den Felsblock hinaufgelangen konnte. Nach zwei vergeblichen Versuchen gab er das Bestreben auf. Er saß nun auf der Wiese bei der Quelle, mit der ganzen Würde, die ein schweigender Verzicht verleiht. Den Kopf hob er stolz, und seine Augen blieben lebendig; unentwegt beobachtete er, wie sich die beiden Indianer nun verhalten würden.
Harka schnitzte an der Flöte, die er sich aus einem starken hohlen Stengel herstellen wollte. Mattotaupa schaute zum Himmel hinauf und griff dann nach Pfeil und Bogen. Als Harka dies bemerkte, schaute er auch in die Höhe. Über den Bergen schwebten zwei Geier. Sie zogen ihre Kreise immer mehr zu dem kleinen Tale her, und auch der Adler begann jetzt nach ihnen zu äugen. Er sträubte das Gefieder.
„Die Geier wollen den lahmen Adler überfallen", sagte Harka. „Tothacken und zerfleischen wollen sie ihn, so wie der Adler es einmal mit mir vorhatte." Der Junge hatte die Flöte weggelegt und spielte mit den drei Schwanzfedern, die der Grauschimmel dem Adler ausgerissen hatte. Schöne Federn waren das.
Mattotaupa hatte einen Pfeil eingelegt; einen zweiten hielt er zwischen den Zähnen bereit. Der Adler beobachtete mit seinen scharfen Augen alles, was vor sich ging, sowohl die kreisenden Geier als auch jede Bewegung der Indianer. Er war sichtlich entschlossen, sein Leben teuer zu verkaufen.
Einer der Geier stieß herab. Der Adler hackte kräftig nach ihm, und der Geier drehte eine Schleife, um das verwundete Tier im Rücken zu fassen. Er begann zu flattern, und das war der Augenblick, in dem Mattotaupa schoß. Der Pfeil drang in die Brust des Geiers, und dieser stürzte wie ein Stein auf die Wiese.
Der Adler betrachtete den toten Geier und sperrte dabei noch wütend den Schnabel auf. Aber dann begriff auch er sehr schnell, daß er von seinem Feind befreit war.
Der zweite Geier wagte keinen Angriff mehr. Er verzog sich nordwärts. Als die Indianer sich lange genug nicht rührten, be-

kam der Adler Mut. Er tappte zu dem Geier hin, zerhackte den toten Feind und fraß. Er hatte wieder Hunger. Als er sich gesättigt hatte, begann er von neuem seinen verletzten Flügel mit dem Schnabel zu streichen. Dabei äugte er noch hin und wieder zu den Indianern hin, aber nicht mehr so scharf und mißtrauisch wie bisher. Er schien erfaßt zu haben, daß sie es waren, die den Geier getötet hatten.
Verbündeter eines Kriegsadlers zu sein, machte Harka Spaß. Er schnitzte seine Flöte fertig und versuchte darauf zu spielen. Es kamen noch einige Mißtöne heraus, aber endlich gelang es ihm, eine der einfachen Tonfolgen zu spielen, die er bei den heimischen Zelten gelernt hatte. Der Raubvogel horchte auf.
Das vorsichtige Spiel zwischen den beiden Menschen und dem Tier setzte sich noch tagelang fort. Harka legte es jetzt auf den Versuch an, ob er den Adler an sich gewöhnen könne. Er warf ihm Hautfetzen und halb abgenagte Knochen hin. Es dauerte geraume Weile, bis der große Vogel erkannte, daß dies Werfen kein Angriff auf ihn sein sollte, sondern Futter bedeutete. Als er Vertrauen gefaßt hatte, begann er, sein Futter zu verlangen, und streckte den Kopf mit geöffnetem Schnabel vor, wenn er Hunger hatte oder wenn er die beiden Menschen essen sah.
Mattotaupa ging noch zweimal auf Jagd und brachte wieder Fleisch genug mit. Die Bergwälder waren wildreich.
Als der Indianer das zweite Mal zurückkehrte, erblickte er ein unerwartetes Bild: Der Knabe saß neben dem Adler. Gegen den herankommenden Mattotaupa sperrte der Raubvogel eifersüchtig abwehrend den Schnabel auf. Mattotaupa lachte und ging zu der Grube hinauf, wo er seine Beute ablud.
Von nun an gehörte der Adler mehr und mehr zu der kleinen Gemeinschaft von Lebewesen, die miteinander in dem abgelegenen Hochtal hausten. Er konnte den verletzten Flügel wieder auf dem Rücken zusammenfalten, und hin und wieder breitete er schon beide Schwingen aus, aber noch ohne zu fliegen. Auf seinen starken Klauen tappte er lebhaft auf den Wiesenhängen umher und holte sich seinen Anteil an Mattotaupas Beute wie einen Tribut, der ihm zu zollen war. Eines Morgens, als Harka

nicht aufpaßte, holte sich der Adler den Speer und den Bogen des Jungen weg und wollte sich offenbar auf dem Felsblock bei der Quelle einen neuen Horst bauen. Sein verletzter Flügel hatte schon wieder so viel Kraft gewonnen, daß der Raubvogel auf den Steinblock hinaufflattern konnte.
Harka versuchte, sich seine Waffen wiederzuholen. Aber der Adler verteidigte den Beginn seines Horstbaus und hackte nach Harka, nicht bösartig, aber durchaus entschlossen, sich nichts mehr wegnehmen zu lassen. Mattotaupa hatte seinen Spaß an dieser Auseinandersetzung.
Harka stellte sich vor dem Felsblock auf, verschränkte die Hände auf dem Rücken und begann, dem Adler eine Rede zu halten. Der Junge hatte in den vergangenen Wochen sehr wenig Gelegenheit gehabt zu sprechen, denn der Vater war schweigsam, und so machte es dem Knaben Freude, sich mit dem Adler zu unterhalten.
„Kriegsadler, Häuptling der Vögel!" sprach er ihn höflich an. „Du hast meinen Speer und meinen Bogen geraubt. Das ist unter Brüdern nicht üblich, und du mußt einsehen, daß du dir selbst schadest, wenn du mich wehrlos machst, denn wir sind Verbündete! Hast du nicht gesehen, wie Mattotaupa, mein Vater, den Geier abschoß? Auch ich würde bereit sein, dir auf diese Weise zu helfen. Aber du mußt dich wie unser Bruder verhalten, sonst sind wir gezwungen, dich zu vertreiben! Wenn du dich hier wie ein Räuber benimmst, so werden wir uns daran erinnern, daß du mich angegriffen, gehackt und beinahe ermordet hast. In deinen Horst wolltest du mich schleppen und mich fressen, wie man zwar einen Präriehund fressen kann, aber nicht den Sohn eines Häuptlings der Bärenbande vom Stamme der Oglala bei den sieben Ratfeuern der Dakota!"
Als Harka seine Rede so weit gesprochen hatte, schaute der stumme Zuhörer den Jungen immer noch unverwandt mit seinen Adleraugen an. Harka selbst aber fuhr bei seinen letzten Worten, die ihm glatt und gewohnt von der Zunge geglitten waren, innerlich zusammen, denn er empfand in diesem Moment wie einen heimlichen Messerstich den Widerspruch zwi-

schen dem, was sein Vater und er im Frühsommer noch gewesen waren, und dem, was sie nun im beginnenden Herbst waren. Häuptling der Bärenbande bei dem tapferen und gefürchteten Stamme der Oglala, das heißt bei den „Leuten, die ihre Habe verschleudern", bei Kriegern, die so reich an Beute und Pferden zu sein pflegten, daß sie verschenken und verschwenden und sich auch dadurch Ruhm gewinnen konnten, das war Mattotaupa gewesen, solange Harka überhaupt denken konnte. Trotz aller Hungersnöte im Frühjahr, und obgleich das Leben hart und gefährlich gewesen war, war es in Harkas Rückerinnerung ein Leben voll Freude und Stolz. Der Vater Häuptling und er, sein ältester Sohn, Anführer des Bundes der Jungen Hunde und schon vorbestimmt, mit vierzehn Jahren Anführer des Bundes der Roten Feder zu werden! Das waren sie gewesen. Nun aber war der Vater ein Verbannter, Geächteter und Verachteter, als ein Verräter ausgespien von seinem Stamme, weil Hawandschita, der Zaubermann, ihn verleumdete, er habe das Geheimnis des Goldes in den Schwarzen Bergen an einen weißen Mann, an Jim The Red, im Trunke verraten.
Niemals hatte der Vater das getan, nein, niemals. Er konnte kein Verräter sein. Weil der Vater unschuldig sein mußte, war Harka ihm heimlich in die Verbannung gefolgt.
Nun hatten sie einen Sommer hindurch miteinander einsam in den Bergen gelebt. Es war kein schlechtes Leben. Harka gefiel es, mit dem Vater zusammenzusein und zu jagen. Aber dies war ein Leben für den Sommer, nicht für den Winter, und nicht auf Jahre hinaus.
Mattotaupa sollte wieder Häuptling werden. Die Krieger der Bärenbande mußten begreifen, daß er unschuldig war!
Harka hatte mit solchen Gedanken eine lange Pause in seiner Rede an den Adler eintreten lassen. Jetzt holte er seine Flöte, spielte dem Raubvogel einige Töne vor und versuchte dann, auf ruhige Weise und ohne Furcht zu zeigen, die Waffen wiederzuholen. Aber der Adler durchschaute die Absicht sofort und packte Speer und Bogen fest.
Mattotaupa lachte wieder, aber nicht mit der unbeschwerten

Heiterkeit, mit der er in den vergangenen Tagen in dem gemeinsamen Versteck in der Wildnis manchmal gelacht hatte. Die Worte, die Harka zum Adler gesprochen hatte, mußten auch Mattotaupa getroffen und alles wieder in ihm aufgerührt haben, was zur Ruhe gekommen schien.
„Er gibt dir nichts zurück" sagte der Vater zu dem Jungen. „Du wirst dir einen neuen Speerschaft suchen, eine neue Spitze schneiden und einen neuen Bogen krümmen müssen."
„Vielleicht auch nicht", erwiderte Harka hartnäckig. „Der Flügel des Adlers heilt. Er wird bald einmal auffliegen. Dann hole ich mir meine Waffen zurück."
„Er wird aus der Höhe beobachten, wie du seinen Horst ausraubst, und auf dich herabstoßen."
Diese Voraussage des Vaters klang in Harkas Ohren nicht sehr angenehm. Er entgegnete aber zunächst nichts, sondern sah zu, wie der Adler seine Federn putzte, die Flügelfedern, die Schwanzfedern. Er schien schon in die Mauser zu kommen, denn einzelne Federn zog er sich aus, und sie schwebten herunter auf die Wiese. Harka sammelte die drei Schwanzfedern, die sich darunter befanden, schnell ein. Er bündelte sie, holte auch die drei Federn hervor, die der Grauschimmel dem Adler ausgerissen hatte und die Harka aufbewahrt hatte, und ging dann zu den Pferden. Aus den beiden Federbündeln machte er je ein Gehänge am Zügel für jeden Mustang. Ein Krieger oder einer, der ein Krieger werden wollte – wie Harka –, steckte sich natürlich keine von einem Pferd erbeuteten oder ausgemauserten Adlerfedern ins Haar. Aber als Gehänge für die Pferde mochten diese Federn dienen. Mattotaupa machte keine Bemerkung dazu.
Harka erwog im stillen, ob es nicht eine angenehme Abwechslung für ihn wäre, zum Wald und zu der Schutthalde hinunterzusteigen und sich das Material für neue Waffen zu holen. Er konnte den Vater beim Wort nehmen. Mattotaupa mußte ihm dieses Unternehmen erlauben. Der Vater sagte auch nicht nein.
So bereitete Harka den ersten Ausflug, den er allein unternehmen wollte, für den nächsten Tag vor. Proviant wollte er mit-

nehmen, das Messer und seine doppelläufige Büchse mit Munition. Das war rasch zurechtgelegt.

Beim ersten Schimmer des kommenden Morgens machte er sich auf denselben Weg, den er zur Hirschjagd mit dem Vater zusammen genommen hatte. Über die Hänge hinab sprang er und kam sehr rasch voran. Sich im Gelände zurechtzufinden, hatte er schon als kleines Kind geübt, und so zögerte er jetzt keinen Augenblick, wie er zu gehen habe.

Als er den Wald erreicht hatte, hielt er sich nicht damit auf umherzustreichen, sondern suchte ohne Verzug die Stelle, wo es nach des Vaters Beschreibung Eschen gab. Einen für einen Speer geeigneten Trieb zu finden, war nicht einfach. Harka suchte und prüfte gründlich. Als er sich ein passendes Holz geschnitten hatte, warf er es ein paarmal zur Probe wie einen Speer. Ja, das war ein geeigneter Schaft. Oben im Tal konnte er ihn sich vollends zurichten. Der Knabe suchte nun nach Holz für einen neuen Bogen. Elastisch und kräftig mußte es sein. Auch derartiges ließ sich finden. Aber nun kam die Frage, ob er im Bergschutt noch nach einer Steinspitze für den Speer suchen solle. Notwendig war das nicht, denn er konnte sie auch aus Knochen herstellen, ebenso wie die frühere. Aber der Gedanke an die steinerne Messerklinge, die er gefunden hatte, reizte ihn, an derselben Stelle nochmals zu suchen. Dabei trat er aus dem Wald heraus und genoß den freien Blick zum Himmel.

Hoch oben in den Lüften schwebte ein Vogel. Ein Adler! Harka freute sich darüber. Das Tier hatte seine volle Kraft wiedergefunden. Wie herrlich zog es seine Kreise da oben bei den weißen Wolken! Ob der Adler aufgestiegen war, um seinen Gefährten Harka zu suchen? Der Junge verfolgte den Flug des Adlers mit den Augen. Das Tier zog südwestlich und stieg immer höher. Aber plötzlich änderte es seine Flugrichtung und strebte mit großer Geschwindigkeit von der Hochebene der Prärie und den Wäldern weg auf geradem Kurs westlich ins Gebirge. Der Vogel entschwand Harkas Gesichtskreis.

Der Knabe war unschlüssig. Was hatte den Adler aus seinem ruhigen Flug aufgestört? Eine Beute, die ihn westwärts zog,

konnte er auf so große Entfernung nicht gesichtet haben. Es zog den Adler nicht irgendwohin, so dachte Harka, sondern er floh von irgendwo weg. Aber was für eine Gefahr konnte er entdeckt haben? Was konnte einem Adler gefährlich werden? Entweder andere Adler oder Menschen.
Harka beschloß, nicht nach Steinspitzen zu suchen, sondern sofort zum Vater zurückzukehren. Er packte den Speerschaft und das Holz für den Bogen auf, und beladen mit diesen, seiner Büchse und dem Proviant, den er überhaupt noch nicht angebrochen hatte, stieg er, so schnell er konnte, bergaufwärts, dem kleinen Tale zu.
Es war früher Nachmittag, als er den Aussichtspunkt bei dem Felspfad erreichte, und er traf dort den Vater, der umherspähte. Harka stellte sich neben Mattotaupa und blickte ebenfalls von diesem günstigen Punkte aus aufmerksam über Täler, Vorberge und Prärien.
„Was sagst du zu deinem Adler?" fragte der Vater.
„Er muß etwas entdeckt haben, wovor er sich fürchtet."
„Ganz recht. Südöstlich von hier hat sich eine große Reiterschar bewegt. Nun sind die Reiter in den Wald eingedrungen, und wir können sie nicht mehr sehen."
„Was tun wir?"
„Wir werden essen und dann beraten, wie es sich geziemt."
„Hau." Es tat Harka sehr wohl, daß er vom Vater wie ein Kampfgefährte behandelt wurde.
Die beiden Indianer liefen über den wohlvertrauten Felspfad in das kleine Tal. Die Pferde weideten ruhig. Harka holte sich Bogen und Speer von dem Felsblock herunter.
Mattotaupa lächelte dem Knaben freundlich zu. „Vielleicht kehrt dein gefiederter Bruder gar nicht mehr hierher zurück."
Die beiden Indianer nahmen eine kräftige Mahlzeit zu sich; in rohem Zustande wie seit Wochen. Harka hatte sich daran gewöhnt. Als sie satt waren und aus dem Bach getrunken hatten, setzten sie sich zusammen auf die Wiese.
„Du hast gehört, was ich gesagt habe", begann Mattotaupa. „Ich konnte die einzelnen Reiter nicht erkennen, aber ich denke,

es sind rote Männer, denn sie ritten in einer langen Reihe hintereinander. Es können Dakota sein, Pani oder Cheyenne."
„Sie werden uns nicht finden."
„Nein, uns finden sie nicht. Aber vielleicht wollen wir sie finden? Wie denkst du darüber, Harka Steinhart Wolfstöter?"
„Du hast nur Reiter gesehen? Keine Pferde, die Rutschen zogen?"
„Keine Pferde, die Rutschen zogen."
„Also nur Krieger?"
„So scheint es."
„Wie viele?"
„Ich denke, hundert."
„Was haben sie im Wald zu suchen!" dachte Harka laut. „Büffelherden, zu deren Jagd sich hundert Krieger versammeln könnten, gibt es nur auf der Prärie, nicht im Wald. Große Feste oder Beratungen, zu denen sich hundert Krieger versammeln, werden erst nach den Herbstjagden abgehalten, nicht vorher. Wenn sich jetzt hundert Krieger ohne Frauen und Kinder aufmachen, so suchen sie entweder Kampf oder Raub. Woher sind die Reiter gekommen und wohin sind sie gezogen?"
„Sie kamen von Süden und strebten nach Nordosten."
„In dieser Richtung stehen die Zelte der Bärenbande. Vielleicht kommen die Kojoten vom Stamme der Pani, um die Zelte der Dakota zu überfallen. Wir müssen das auskundschaften, Vater!"
„Warum?" fragte Mattotaupa kurz.
Harka wurde blaß und senkte die Augen.
„Ich weiß, was du denkst", nahm der Vater nach einer Pause das Gespräch wieder auf. „Du schämst dich aber, deine Gedanken auszusprechen, obgleich sie richtig sind. Sage, was du meinst, wie ein Mann!"
Harka schämte sich nun wirklich und fühlte sich doch gleichzeitig erleichtert. „Ich denke so, Vater: Die Pani werden erfahren haben, daß du verbannt worden bist, und sie werden erfahren haben, daß Sonnenregen auf der Büffeljagd umkam und dein Bruder Gefiederter Pfeil auf der Bärenjagd. Die Bären-

bande hat keine tüchtigen Anführer im Kampf mehr. Die Pani werden glauben, daß sie unsere Zelte ungestraft überfallen können. So werden sie denken. In der Gefahr aber werden unsere Krieger aufwachen! Es wird ihnen wie Schuppen von den Augen fallen, und sie werden einsehen, was für falsche Beschlüsse sie gefaßt haben. Sie werden ihren Kriegshäuptling Mattotaupa wieder herbeiwünschen!"
„Meinst du?" Mattotaupa schaute vor sich hin. Über seine Züge gingen Schatten. „Nun, wir werden sehen, ob unsere Krieger sich zu helfen wissen, oder wer ihnen helfen wird. Die Ratsversammlung hat mir verboten, die Jagdgefilde der Dakota noch einmal zu betreten. Aber was kümmert mich das jetzt, wenn diese bissigen und räudigen Kojoten der Pani kommen, um unsere Frauen und Kinder wegzuschleppen!"
Harka war es, als ob ihm Kraftströme durch die Glieder liefen. Was für eine großartige Aussicht! Die Verbannten würden den Zelten der Bärenbande zu Hilfe kommen, und die Krieger würden, von den Pani bedroht, glücklich sein, Mattotaupa wieder an ihrer Spitze zu sehen. Er konnte mit dem Vater zusammen heimkehren, ins väterliche Tipi, zu seinem Freunde Tschetan, zu Kraushaar, zu Harpstennah. Wie würden Uinonahs und Untschidas Augen aufleuchten, wenn Mattotaupa und Harka ruhmbedeckt zurückkehrten!
Aber nicht nur die Hoffnung auf die Rechtfertigung des Vaters und auf Kriegsruhm bewegten Harka. Die Flinte eines Pani hatte im Frühjahr seine Mutter getötet. Jetzt, im beginnenden Herbst, sollten die Pani erfahren, daß Harka eine doppelläufige Büchse besaß, und es sollte ihnen nicht gelingen, Harkas Schwester und auch Untschida, seine Großmutter, die ihm wie eine Mutter gewesen war, zu töten oder aus dem Zelt wegzuschleppen. Wie gut war es, daß er den Sommer über noch nicht eine einzige Patrone verschossen hatte! Er würde eine jede noch dringend brauchen.
„Wann gehen wir, Vater?"
„Wir schlafen vier Stunden, und wenn wir uns dadurch für die kommenden Nächte gekräftigt haben, brechen wir auf. Wir nut-

zen die Dunkelheit, um unbemerkt in den Wald hinunterzugelangen. Vielleicht kann ich dann diese Kriegerschar noch vor Anbruch des kommenden Tages beschleichen."
Mattotaupa und Harka schliefen den Tag über noch einmal auf der Wiese im kleinen Tal. Als sie beim Abendschein erwachten, kam eben der Adler zurück. Er hatte festes Knüppelholz in den Fängen, brachte es aber nicht auf den Felsblock an der Quelle, sondern auf die felsige Gipfelhöhe, die das kleine Tal südlich begrenzte. Dort wollte er offenbar seinen neuen Horst bauen.
Als er das Holz abgeladen und umhergespäht hatte, flatterte er noch einmal auf den Felsblock herunter und sperrte den Schnabel auf. Harka warf ihm Abfälle hin. Der Adler verschlang sie und flog dann auf den Gipfel, ehe es ganz finster wurde.
Für Mattotaupa und Harka wurde es Zeit aufzubrechen. Sie luden allen Proviant auf, den die beiden Pferde außer den Reitern tragen konnten, ohne behindert zu werden. Sie nahmen ihre Waffen an sich und machten sich auf den Weg. Was es zu tun gab, beschäftigte Harka so stark, daß er beim Einbiegen in den Felspfad nicht einen einzigen Blick in das kleine Tal zurückwarf, das so lange seine und des Vaters Zufluchtsstätte gewesen war.

Freund oder Feind?

In den Wäldern an den Berghängen begann es schon nach Herbst zu duften. Auf dem Waldboden lagen die ersten verwelkten, modernden Blätter. Von den Präriens am Fuße des Gebirges strahlte die Wärme des dürren Bodens aus, der nach Monaten voller Sonnentage und austrocknenden Winde wie kahlgebrannt unter dem Nachthimmel lag.
Es war Mitternacht. Die Mondsichel stand am Himmel, aber ihr schwacher Schimmer drang nicht zwischen die Bäume ein. In tiefstem Dunkel stand Harka bei den Pferden und wartete. Die

Pferde waren nicht festgemacht. Der Knabe hielt sie am Zügel. Es war sehr still im nächtlichen Wald, und Harka lauschte, ob er in der Stille irgendein Geräusch vernehmen könne. Aber er hörte keinen Laut, der von Menschen stammte, und er roch auch keinen Rauch.
Diese hundert Reiter, die in die Wälder eingedrungen waren, sahen sich vor. Harka wartete auf den Vater, der jetzt zu Fuß durch den Wald schlich, um auszukundschaften, wer die Reiter seien und was sie im Schilde führten. Es konnte sein, daß auch die Reiterschar Späher ausgesandt hatte, und daher mußte sich Mattotaupa auf seinem Kundschaftsgang sehr in acht nehmen. Sein Vorteil war, daß er von den Reitern wußte, diese aber nicht von ihm.
Ein Wiesel huschte durchs Gesträuch. Von irgendwoher schrie ein Vogel, der in der Finsternis von einem seiner Feinde überrascht worden war und sein Leben einbüßte. Das war der Kampf des kleinen Getiers, der die großen Tiere und die Menschen wenig anging. Die beiden Mustangs, die Harka am Zügel hatte, legten sich hin, um bequemer zu schlafen. Harka setzte sich zu ihnen, ohne die Zügel aus der Hand zu lassen. Da er am Tage vorgeschlafen hatte, war er nicht müde. Er war auch nicht ungeduldig, denn er hatte sich von vornherein darauf eingerichtet, einige Stunden auf den Vater zu warten.
Er war sogar erstaunt, als der Vater lange vor Morgengrauen zu ihm zurückkehrte. Harka hörte ihn schon kommen, ehe er ihn sah. Im raschen Dauerlauf strebte Mattotaupa quer über den Hang durch den Wald zu Harka. Er nahm keine Rücksicht darauf, daß man seine Sprünge hören könnte; es schien ihm nur auf Schnelligkeit anzukommen.
Bei dem Jungen und den Pferden machte er halt und ließ sich neben Harka auf den Boden fallen. Er atmete tief.
„Es sind Pani", sagte er. „Sie haben sich mit der Kriegsfarbe bemalt. Ihre Pferde haben sie im Wald zurückgelassen. Die Waffen in der Hand, laufen sie nordostwärts in die Prärie, in einer langen Reihe. Sie laufen, was sie können."
„Und wir?"

„Die Pani sind auf dem Kriegspfade. Sie haben ihre Mustangs zurückgelassen, also planen sie einen heimlichen Überfall. Wir müssen erkunden, ob die Männer der Bärenbande gerüstet sind, um diese Hunde mit den Waffen zu empfangen."
„Reiten wir?"
„Wir müssen schneller sein als die Pani. Es bleibt uns keine Zeit. Vielleicht kommen wir sogar mit unseren Mustangs schon zu spät. Durch den Wald wären wir zu Fuß allerdings rascher als zu Pferd, aber sobald die Prärie erreicht ist, gewinnen wir, was wir vorher verloren haben. Komm! Wir wollen reiten!"

Während Mattotaupa und Harka in dieser und bis in die nächste Nacht hinein unterwegs waren, standen die Zelte der Bärenbande scheinbar in tiefem Frieden am Ufer des Pferdebaches. Der Bach war in den regenlosen Wochen zu einem dünnen Rinnsal geworden. Das Gras ringsumher war dürr, und das kleine Wäldchen, das die Wiese mit den Zelten umschloß, schon herbstlich welk. Die Pferde vermißten frisches Grün und standen auf der Ostseite des Zeltdorfes unzufrieden beisammen. Auf dem Dorfplatz, inmitten der Zelte, war ein geschnitzter Pfahl aufgerichtet. Der Platz war leer, und der Pfahl stand da wie ein zu Holz gewordener stummer Mann. Nur das Mondlicht fiel darüber und ließ einen Schatten entstehen, der von dem Pfahl bis zu dem Zauberzelte reichte. Auf dem durch viele Kulttänze festgetretenen Boden waren zahlreiche neue Fußeindrücke entstanden. Die Männer hatten am vergangenen Tage den Kriegstanz um den Pfahl getanzt. Jetzt schliefen sie ermüdet. Nur die Posten bei den Pferden und drei Späher waren wach. Diese drei waren nach Süden ausgesandt und hatten eine Hügelkuppe besetzt, um von hier aus die Prärie zu überblicken und das Dorf zu warnen, wenn Feinde kamen.
In einem der drei großen Zelte, die am Dorfplatz aufgeschlagen waren, rührte es sich ganz leise. Es war das Zelt, in dem Mattotaupa als Häuptling gewohnt hatte. Vor dem Eingang stand die Trophäenstange, an der noch Büffelschädel mit Hörnern, Bärenklauen, Skalpe und Waffen hingen, die der einstige Herr

dieses Zeltes erbeutet hatte. Bei dem Zelteingang war auch ein prächtiger Mustang, ein junger schwarz-braun-weiß-gefleckter Schecke, angepflockt. Die Zeltplanen waren mit den Zeichnungen und Vierecken geschmückt, die die vier Weltenden darstellen und als schützende Zauberzeichen dienen sollten.
In diesem Zelt rührte es sich. Von den fünf Menschen, die darin schliefen, war ein junges Mädchen aufgewacht. Sie hatte noch nicht einmal die Augen aufgemacht; vielleicht hielt sie sie auch absichtlich geschlossen, um jederzeit sagen zu können, daß sie nur geträumt habe. Aber sie griff vorsichtig, sehr überlegt, zu den Mokassins und den Kleidern, die sich neben ihrem Nachtlager befanden, und zog sich unter der Decke an. Als sie angekleidet war, zog sie die Decke noch einmal bis über die Schultern und legte den Kopf wie eine Schlafende zurück auf das Weidengeflecht, das von einem Dreifuß herabhing und als angenehme Kopfstütze diente. Sie öffnete aber jetzt die Augen, schaute um sich und lauschte gleichzeitig. Die Atemzüge der anderen vier Menschen gingen gleichmäßig und ruhig. Harpstennah, der jüngere Bruder, hatte sich zusammengerollt; das war bei ihm immer das Zeichen, daß er fest schlief. Scheschoka, die als Uinonahs zweite Mutter ins Zelt gezogen war, hustete, ohne zu erwachen. Schonka, der fünfzehnjährige Sohn, den sie mit ins Zelt gebracht hatte, wälzte sich in seinen Decken hin und her und sprach im Traum. Es war aber nicht zu verstehen, was er sagte. Müde genug mußte er sein, um zu schlafen, denn er hatte vorher die Pferdewache gehabt. Die Frage war, ob Untschida, die Großmutter, schlief. Und wenn sie auch schlief, ihr Schlaf war stets so leise, daß sie bei dem geringsten Vorgang, der nicht in die Zeltordnung paßte, sofort wach wurde. Aber das junge Mädchen hatte nichts Böses vor, obgleich keiner von ihrem Vorhaben wissen sollte. Vor Untschida brauchte sie sich nicht zu schämen, auch dann nicht, wenn sie von ihr ertappt wurde. Ganz leise stand Uinonah auf und legte ihre Decke ordentlich zusammen. Dann ging sie ein paar Schritte zur Feuerstelle, in der man an den warmen Tagen das Feuer des Nachts ausgehen ließ. Sie bückte sich, griff in die Asche und

färbte ihr abgemagertes Gesicht mit Asche schwarz. Das bedeutete, daß sie fasten, daß sie den ganzen kommenden Tag nichts essen wollte.

Uinonah verließ das Zelt und glaubte sich unbemerkt. Sie hatte nicht wahrgenommen, daß Untschida erwacht war und ihr nachsah, bis sie durch den Zeltschlitz hinausgehuscht war. Draußen blieb das Mädchen stehen und schaute rings über den Dorfplatz. Der Schatten des Pfahles fiel noch immer wie ein schwarzer, hinweisender Finger bis zum Zauberzelt. An der Stange vor dem Zauberzelt hing eine alte Flinte und in einem kleinen Netzsäckchen ein Goldkorn. Uinonah betrachtete diese beiden Dinge ernsthaft und nachdenklich. Der Ausdruck ihres Gesichts bekam dabei etwas Starres, Unkindliches. Diese Flinte war das Geheimnis, mit dem ein Pani Uinonahs Mutter getötet hatte. Mattotaupa hatte diesen Pani getötet. Uinonahs älterer Bruder Harka hatte das Mazzawaken im Kampf an sich genommen, der Zaubermann hatte es als Opfer Harkas für sich verlangt. Diese Flinte hatte ihre Geschichte, und vielleicht war diese Geschichte noch nicht zu Ende. Das Goldkorn aber hatte Harka am Flusse bei den Black Hills gefunden, Mattotaupa hatte es zornig in die Wasser des North-Platte geworfen, Schwarzhaut Kraushaar hatte es wieder herausgefischt, und dann hatte der Zauberer auch dieses Korn an sich genommen. Manchmal verbarg er es in seinem Zelte, manchmal hing es an der Stange draußen, so daß alle es sehen konnten. Nie aber wußte jemand, wann der alte Geheimnismann dies oder das tun werde und warum er etwas tat.

Uinonah betrachtete die beiden Gegenstände lange. Dann schaute sie nach einem anderen Zelt, das etwas abseits des Dorfplatzes, mehr dem Gehölz zu, aufgebaut war. Es wurde Zeit, daß Weiße Rose kam, mit der sie sich treffen wollte. Weiße Rose war eine der beiden Zwillingsschwestern, die Kinder von Mattotaupas Bruder waren, jenes Bruders, den der Grizzly zerfleischt hatte. Uinonah und Weiße Rose waren Freundinnen, und diese Freundschaft hatte auch Mattotaupas Verbannung und Harkas Flucht überdauert. Weiße Rose hatte sich nie geschämt, mit der Tochter eines Geächteten zusammen gesehen zu werden.

Der Zeltschlitz, den das Mädchen beobachtete, ging auf, und Weiße Rose kam heraus. Auch sie hatte ihr Gesicht mit Asche gefärbt, denn die Freundinnen hatten sich das Versprechen gegeben, miteinander zu fasten. Sie gingen jetzt zueinander hin, faßten sich an der Hand und liefen dann miteinander durch das Gehölz zu dem Bach, der Zeltdorf und Wäldchen im Bogen umfloß. Am sandigen Ufer ließen sie sich nieder. Die Nacht war kühler als der Tag, aber trotz der hohen Lage der Prärien noch lau. Das Wasser duftete nicht mehr frisch, es hatte einen abgestandenen Geruch und floß träge.

Im Westen war die Kette des Felsengebirges als schwarze Silhouette gegen den blau-dunklen Nachthimmel zu erkennen. Uinonah schaute zu den Bergen. Dorthin waren ihr Vater und ihr Bruder geritten, als der Stamm den Häuptling ausstieß.

Die beiden Mädchen saßen still beieinander. Sie hatten sich eine Uferstelle gewählt, an der sie, von Gehölz und schwachen Uferhöhen gedeckt, weder von den Zelten noch von der Pferdeherde her gesehen werden konnten. Sie wollten allein miteinander sein, denn das Herz war ihnen schwer.

„Was sagt Untschida?" fragte Weiße Rose schließlich flüsternd. „Glaubt sie, daß die Pani kommen?"

„Untschida schweigt."

Weiße Rose seufzte. „Tschetan glaubt, daß sie kommen werden."

Tschetan, siebzehn Jahre alt und Anführer der Burschen vom Bund der Roten Feder, hatte Vater und Pflegevater verloren und lebte bei der verwitweten Mutter der Weißen Rose. „Die Herbstjagden auf die Büffel stehen bevor, und die Pani werden versuchen, uns zu vertreiben, ehe gejagt wird. So sagt er. Was denkst du?"

„Was nützt das Denken? Wir haben keinen Häuptling mehr."

„Alte Antilope haben wir und den Alten Raben."

Uinonah senkte den Kopf. „Gewiß."

„Es ist gut, daß wir fasten, Uinonah. Die Geister sind uns feind-

lich. Wir müssen sie versöhnen, und Wakantanka, das Große Geheimnis, soll wissen, daß auch wir etwas tun wollen."
„Ja."
Die Mädchen verstummten wieder. Aber keines hatte Lust, schon ins Zelt zurückzugehen.
„Horch!" sagte Uinonah plötzlich.
Weiße Rose lauschte und zuckte dann die Achseln zum Zeichen, daß sie nichts vernahm.
„Komm zurück ins Dorf; es könnte ein Panispäher sein!" riet Uinonah hastig. Aber in demselben Augenblick fuhren die Mädchen schon beide erschreckt zurück, denn eine menschliche Gestalt glitt wie eine Eidechse durchs Gras zu ihnen her. Weiße Rose wollte aufschreien, aber Uinonah hielt ihr mit einer schnellen Bewegung den Mund zu. Der Mensch, der heimlich herbeigekommen war, saß jetzt bei den Mädchen.
„Harka!" sagte Uinonah. Sie meinte fast zu ersticken vor Erregung.
Der Knabe tat den Mund auf. „Wißt ihr, daß die Pani gleich hier sein werden?"
„Nein. Was..."
„Schweig. Ich gehe wieder. Ihr habt mich nie gesehen, versteht ihr? Lauft aber zu den Zelten und sagt Untschida, was ihr erfahren habt. Ich habe gesprochen, hau."
Der Knabe war schon wieder verschwunden. Die Mädchen fragten sich fast, ob sie träumten oder wach waren. Aber dann rafften sie sich auf und rannten zu dem Zelte der „Vier Weltenden". Sie liefen hinein und schrien beide gleichzeitig: „Die Pani kommen!"
Alle Schläfer fuhren vom Lager auf. Niemand fragte die Mädchen in diesem Augenblick, woher sie die Kunde hatten. Alle begriffen, daß die Kinder draußen gewesen waren und nun ins Zelt zurückkamen, und also mußten sie wohl etwas von dem Kommen der Feinde wahrgenommen haben. Schonka, der fünfzehnjährige Bursche, und selbst Harpstennah, der Knabe, griffen zu den Waffen und stürmten aus dem Zelt hinaus.
„Die Pani kommen!"

Im Umsehen war das Dorf auf den Beinen. Alter Rabe, der Vater der drei Rabenbrüder, stand auf dem Dorfplatz bei dem Pfahl. Er hatte den Kampf zu leiten und gab laut seine Befehle. Die Krieger sollten das Gehölz besetzen, um die Feinde aus dieser Deckung heraus mit Pfeilen beschießen zu können, wenn sie sich heranwagten. Frauen und Kinder hatten bei den Zelten zu bleiben. Uinonah und Weiße Rose standen eng aneinandergeschmiegt vor dem Eingang des Häuptlingszeltes und beobachteten von hier aus, was geschah. Sie sahen, wie die drei Späher aus Süden zurückkehrten und sich bei dem Raben meldeten.

„Woher kommen die Pani?" fragte dieser seine Kundschafter.
„Wir haben sie nicht gesehen!" antworteten die Krieger verwirrt.
„Ihr habt . . . ihr habt sie nicht gesehen? Augen blind, Ohren taub? Wer hat denn gewarnt?"
„Wir wissen es nicht."

Der Alte Rabe wandte sich erzürnt ab. Wer sollte das verstehen! Aber er hatte anderes zu tun, als über unfähige Späher nachzudenken und weiter nachzuforschen, woher die Warnung gekommen sei. Denn es ertönten schon die ersten feindlichen Kriegsrufe, und gleichzeitig wurden Brandpfeile in das dürre Gehölz geschossen. Die Feinde befanden sich nördlich des Baches. Sie konnten ohne Gefahr für sich selbst Gehölz und Prärie südlich des Bachbettes in Brand setzen. Flammen und Rauch mußten dann die Krieger aus dem Gehölz und die Frauen und Kinder aus den Zelten und den Pani in die Hände treiben. Das Bachbett vermochte keiner der Dakota zu überschreiten, ohne sich dem Pfeilhagel der Pani auszusetzen. Das alles begriffen sogar die kleinen Mädchen.

Schon züngelten die ersten Flammen im Gehölz auf. Niemand konnte Wasser zum Löschen schöpfen, denn die Pfeile der Pani beherrschten das Bachbett. Das vielstimmige Kampfgebrüll, das die Feinde jetzt erhoben, belehrte die Angehörigen der Bärenbande, daß sich die Pani in mehrfacher Überzahl befanden. Alter Rabe pfiff auf der Kriegspfeife den hellen Ton, der die

Männer aufhorchen ließ, und schrie: „Zu den Pferden! Zu den Pferden!"
Trotz des Gebrülls der Pani wurde der Befehl verstanden. Die Krieger rannten zu der Herde ihrer Mustangs. Die Tiere befanden sich an der Ostseite der Wiese, und die beiden Mädchen beobachteten mit Entsetzen, was sich jetzt dort abzuspielen begann.
Die Pferde hatte panischer Schrecken vor den auflodernden Flammen ergriffen. Sie befanden sich schon in vollem Aufruhr. Die Männer sprangen dazwischen und mußten sofort aufsitzen, denn die Mustangs hatten nichts weiter vor, als auszubrechen und davonzujagen. Die Hundemeute war schon über den Bach gesetzt und in der nächtlichen Prärie verschwunden.
Die Pani mußten bemerken, was bei den Pferden vorging. Auch auf ihrer Seite ertönte daher der helle Ton der Kriegspfeife, und ihr Häuptling brüllte: „Laßt die Kojoten nicht zu den Pferden! Laßt sie nicht zu den Pferden!"
Dem Befehl des Häuptlings folgend, brach eine Gruppe der Pani von Osten her durch das Gehölz, das hier erst glimmte und nur an wenigen Stellen bereits aufflammte. Die Männer der Bärenbande waren zu gering an Zahl, um den Pani überall entgegenzutreten, wo sie etwa angriffen. Daher surrten nur wenige Pfeile, und die Panigruppe erreichte die Pferde und machte sie den Kriegern der Bärenbande streitig. Die Tiere wurden dabei vor Angst wie irrsinnig. Die feindlichen Krieger gelangten dazwischen und schlugen sich mit den Dakota. Einer zerrte den anderen vom Pferderücken herab. Man brachte einander zu Fall. Zwei packten sich und rissen sich wieder los. Männer wälzten sich zwischen den abermals stürzenden Tieren. Einige sprangen auf und trieben ihre Tiere an, während andere in die Zügel griffen, um sie zurückzuhalten. Mit Messern und Keulen gingen die Feinde aufeinander los, während die Flammen im Gehölz höher züngelten. Die Tiere, die inzwischen alle ihrer Fesseln ledig waren, gerieten in jene Raserei, die von Menschen nicht mehr zu bändigen war. Teils mit, teils ohne Reiter, teils Dakota, teils Pani auf dem Rücken, brachen sie aus und galop-

pierten in blindem Herdentrieb dem jungen Scheckenhengst nach, der den Pflock vor dem Zelt losgerissen hatte und den anderen Tieren voran ostwärts davonstürmte.

Die Häuptlinge der feindlichen Parteien mußten beide mit Mißbehagen beobachtet haben, wie sich auf diese Weise ein großer Teil ihrer Krieger nutzlos in der Prärie zerstreute. Auf beiden Seiten erklang der dunkle Ton der Kriegspfeife, der zu Rückzug und Sammeln rief.

Da es unmöglich war, die Pferde zu wenden, sprangen die Reiter ab, um zu ihren Scharen zurückzukehren. Dabei teilten sie sich im welligen Gelände und der nächtlichen Dunkelheit, ohne mehr aneinanderzugeraten.

Die Mädchen erkannten, daß einige Krieger durch das Gehölz zurückkehrten und zu dem Alten Raben auf dem Dorfplatz herbeieilten, um weitere Befehle zu verlangen. Es war bis dahin nichts weiter erreicht, als daß die Pferde alle davongelaufen waren. Für die Pani blieb es ein Erfolg, daß die Bärenbande ihre Tiere verloren hatte. Sie quittierten diesen Ausgang des Kampfes um die Pferde mit einem allgemeinen Triumphgeschrei, durch das sie den Dakota wiederum alle ihre Standplätze verrieten.

Unterdessen entwickelte sich das Feuer im Gehölz. Die Nacht war windstill, und die Flammen fraßen sich nicht mit der Schnelligkeit des Windes weiter, aber trockenes Holz, Laub und Gras boten genug Nahrung, so daß sich das Feuer ausbreiten konnte. Alle Frauen und Kinder hatten sich jetzt auf dem graslosen Dorfplatz und in den an den Platz angrenzenden Zelten zusammengefunden, da hier der Boden nicht in Brand geraten konnte und nur der Rauch gefährlich wurde. Sie verhielten sich sehr ruhig. Es gab weder Gedränge noch Geschrei. Alle richteten sich unwillkürlich nach Untschida, die neben den beiden Mädchen stand. Diejenigen Krieger, die sich noch im Gehölz befanden, mußten es jetzt räumen, wenn sie nicht verbrennen wollten. Sie sammelten sich um den Alten Raben. Der Rabe gab Befehl, über das Bachbett hinweg gegen die Pani vorzubrechen, auch wenn sich die Krieger damit in heller Beleuchtung

den Pfeilen der Feinde aussetzten. Er selbst wollte sie bei dem verzweifelten Versuch anführen.
Uinonah spürte, wie Weiße Rose zitterte. Wenn die Männer der Bärenbande unterlagen, wurden sie von den Pani getötet, und ihre Skalpe würden an den Trophäenstangen bei den Zelten der Feinde trocknen. Das Schicksal der Frauen und Kinder war ungewiß. Sie mußten auch sterben, oder sie mußten in den Zelten der Feinde arbeiten und Frauen der Krieger werden, die ihre Väter, Brüder und Männer getötet hatten. Uinonah lehnte sich an Untschida, und beide Mädchen suchten bei dieser den mütterlichen Schutz. „Vater! Mein Vater Mattotaupa, wenn du jetzt hier wärst", sprach Uinonah leise vor sich hin, „dann würden wir nie in solche Not geraten."
„Das ist die Wahrheit", sagte eine Stimme, und Uinonah fuhr zusammen, weil sie nicht geglaubt hatte, daß jemand außer Untschida und Weiße Rose ihre Worte verstehen könnte. Sie wandte sich um und erkannte den Mann, der so gesprochen hatte. Es war der Krieger mit Namen Tschotanka.
Am Bachbett vor dem brennenden Gehölz war noch kein Kampfgeschrei zu hören. Die Krieger schienen den verzweifelten Angriff noch nicht unternommen zu haben. Es mußte aber etwas geschehen, wenn nicht alle verbrennen oder im Rauch ersticken oder hilflose Beute der Pani werden sollten.
Da – jetzt gingen sie vor: „Hi–jip–jip–jip–hi–jaaah!"
Sie schrien kurz und heiser, und die Pani brüllten höhnisch zurück, und trotz des hin- und herwogenden Geschreis glaubten die Mädchen das grausame Singen der Bogen zu hören, von denen die Pfeile abgeschnellt wurden. Der Rauch nahm ihnen fast den Atem, und Untschida befahl allen, sich hinzulegen, damit sie leichter Luft holen könnten.
In diesem Augenblick krachten zwei Schüsse. Auf die Schüsse folgte vollständige Stille. Das Kriegsgeschrei der Dakota war verstummt, aber auch das der Pani. Nur das Knacken und Knistern von Holz in den Flammen war noch zu hören. Die Mädchen lauschten mit offenem Munde. Der nächste Laut war ein aufschwellendes Wutgebrüll der Pani.

Es krachte wieder ein Schuß, scheinbar von ganz anderer Stelle als die ersten beiden. Die Pani verstummten abermals. In der neu einsetzenden Stille aber erklangen jetzt von der dunklen Prärie her, im Rücken der Pani, zwei einzelne Stimmen: „Hi-jip-jip-jip-hi-jaaah!"
Uinonah, die diese Stimmen erkannte, preßte die Hände vor die Augen und biß sich vor überwältigendem Glück fast in die eigene Hand, denn sie wußte jetzt, daß der Vater und der Bruder nahe waren.
Harka besaß ein Geheimniseisen! Harka mußte es sein, der geschossen hatte, und vielleicht summten auch schon Mattotaupas Pfeile durch die Finsternis und trafen die Pani, die sich eines solchen Angriffs im Rücken nicht versehen hatten. Uinonah hörte auch Pferdegalopp. Mattotaupa und Harka mußten ihre Mustangs bei sich haben. Darum konnten sie so schnell den Ort wechseln, von dem aus sie angriffen.
Noch einmal fielen zwei Schüsse. Dann erhob sich das Kampfgeschrei der Krieger der Bärenbande am Bache, und die Mädchen konnten an dem sich entfernenden Geschrei erkennen, daß die Krieger über den Bach gegen die Pani vordrangen. Die Kampfrufe der Pani waren jetzt schwächer, sie zerstreuten sich. Vor dem Mazzawaken fürchteten sich die Feinde. Gewiß, sie fürchteten sich vor Harka und Mattotaupa! Uinonah erstickte fast im Rauch, und die Hitze quälte sie, aber dennoch war sie voller Zuversicht und dachte nicht mehr an Sterben und Gefangenschaft, sondern nur noch an den Sieg und ihre Hoffnung, Vater und Bruder wiederzusehen.
Durch das Feuer selbst entstand der Feuersturm, der die Flammen weiter entfachte und vorwärtstrieb. Aber da das Gehölz klein und das Gras auf den hochgelegenen Prärien kurz war, fraß das Feuer, sobald es in vollem Gange war, auch sehr bald seine Nahrung auf. Die Bäumchen, die vorher als Fackeln in der Nacht geleuchtet hatten, fielen schon in Asche zusammen, die brennende Wiese wurde schwarz, und durch den starken Luftzug verzog sich der Rauch. Das Feuer verließ den Pferdebach, das Gehölz und die Zelte und breitete sich mit rasender Ge-

schwindigkeit südwärts aus, zu einem großen Präriebrand anwachsend.

Die Pani mochte der Schrecken packen, daß das Feuer jetzt ihren eigenen Zelten im Süden zueilte. Aber vielleicht blieben sie dieser Möglichkeit gegenüber auch kaltblütig. Denn gegen Präriebrände, die rechtzeitig bemerkt wurden – und diesen Brand mußte man im Süden von weitem kommen sehen –, verstanden die Indianer Gegenfeuer anzuzünden. Dadurch wurden alle Wiesen rings als Weiden vernichtet, aber die Menschen waren gerettet.

Der Luftzug wirbelte Asche auf, und die Ascheteilchen setzten sich den Mädchen beißend in die Augen. Es war auf dem Dorfplatz wieder ganz dunkel geworden. Mit allen anderen zusammen lauschten Uinonah und Weiße Rose, denn es war nicht nur dunkel, sondern auch still.

Da das Gehölz vom Brande verzehrt war, konnten die Frauen und Kinder vom Dorfplatz aus zwischen den Zelten hindurch bis über den Bach nach allen Richtungen über die Prärie schauen. Der Sternenhimmel wölbte sich über dem einsamen und unfruchtbaren Land, um das die Menschen gekämpft hatten. Nur im Süden blieb der Himmel rot. Dort wütete der Brand weiter.

Es war immer noch merkwürdig still. Fast schien es, daß die Kampfparteien sich voreinander verbergen wollten. Vielleicht zogen sich die Pani zurück. Vielleicht bereiteten sie einen neuen Angriff vor. Auch von ihren eigenen Kriegern konnten die Frauen und Kinder nirgends etwas erblicken.

Auf einmal schrie Weiße Rose angstvoll auf, denn wie aus dem Boden gewachsen stand ein ellenlanger Krieger vor ihr; sein kahler Schädel und seine wippende Skalplocke ließen ihn als Pani erkennen. Er setzte die Pfeife an die Lippen und pfiff schrill. Das war das Zeichen für seine Krieger, zum Angriff mitten im Dorf anzusetzen. Aber eben, als er gepfiffen hatte und der Ton noch kaum verklungen war, erschallte auch der Kriegsruf der Dakota, und ein Mann, der um nichts kleiner war, stand neben dem Pani. Der Oberkörper dieses Mannes war nackt; er

trug keinen Schmuck, keine auszeichnende Feder. Das Haar war in Zöpfe geflochten. Der Mann war ein Hüne von Gestalt und hatte eine starke, vollklingende Stimme. Weiße Rose und Uinonah erkannten ihn sofort.
„Mattotaupa", flüsterten sie.
Während der Dakota den Kriegsruf ausstieß, hatte er schon seine Keule geschwungen, und der Pani, von dem Auftauchen des Gegners überrumpelt, brach unter dem ersten Schlag zusammen. Ein schriller Siegesruf gab bekannt, daß der Häuptling der Pani unterlegen war. Der Dakota nahm die Pfeife auf, die seinem besiegten Gegner entfallen war, und pfiff jetzt seinerseits zum Angriff.
Die Männer der Bärenbande eilten herbei. Es gab für sie kein Zögern und keinen Zweifel; sie folgten den Befehlen des Mannes, dem sie zu folgen gewohnt waren und der in dem gefährlichen Augenblick richtig und erfolgreich gehandelt hatte. Der Kampf zog sie sogleich vom Dorfplatz und von den Zelten weg, da die Pani, die hierher vorgedrungen waren, das Weite suchten.
Ihren bewußtlosen Häuptling trugen sie mit. Es hätte als große Schande gegolten, ihn im Stich zu lassen.
Draußen auf der Prärie krachte noch einmal das Mazzawaken. Rufe und der Galopp der beiden Pferde waren wieder zu hören und ließen vermuten, daß sich die Pani zerstreuten und die Verfolgung sich dahin und dorthin zog.
Als nach dieser Schreckensnacht die Sonne endlich wieder aufging, standen die beiden Mädchen mit den anderen Frauen und Kindern zusammen zwischen den rußgeschwärzten Zelten, den verkohlten Wiesen, selbst aschebestäubt. Es fiel niemandem mehr auf, daß sie sich zu Beginn der Nacht das Gesicht im Zelte mit Asche gefärbt hatten; alle sahen jetzt so aus wie sie. Ringsumher war die Prärie nichts als der Überrest einer riesigen Brandstätte, nur nördlich des Baches stand noch das sonnenverdorrte Gras.
Da nirgends mehr etwas von kämpfenden, fliehenden oder verfolgenden Kriegern zu sehen war, weder Feind noch Freund,

begaben sich die Frauen und Kinder zum Bach, um zu trinken und sich so gut wie möglich zu reinigen. Dann schauten sie in ihre Zelte. Im äußeren Ring waren einige angekohlt, im inneren Ring, am Dorfplatz, war alles unversehrt. Aus dem Zauberzelte drangen dumpfe Töne. Der Geheimnismann „sprach mit den Geistern". Die Flinte und das Goldkorn, die an der Stange vor dem Eingang des Zauberzeltes gehangen hatten, waren verschwunden.

Uinonah und Weiße Rose standen noch lange auf dem Dorfplatz beieinander. Auch die anderen Knaben und Mädchen mochten sich trotz Übermüdung und Erschöpfung nicht in die Zelte begeben. Tschetan ging an Uinonah vorbei, sah sie freundlich an und sagte: „Ich gehe auf den Hügel, um zu sehen, ob unsere Krieger zurückkommen – ob sie alle zurückkehren, alle, die gekämpft haben! Verstehst du mich?"
„Ich verstehe dich, Tschetan."

Verfolgte und Verfolger, die vom Pferdebach aus nicht mehr zu sehen waren, hatten sich westwärts bewegt. Weder die einen noch die anderen hatten ihre Pferde zur Hand. Daher spielten sich Flucht und Verfolgung im Dauerlauf und als eine Art Versteckspiel zwischen den Bodenwellen der ansteigenden Prärien ab, bei dem es auf Geschicklichkeit und schnelle Entschlußkraft ankam. Sehr oft wußten weder die einen noch die anderen, wo die stets wechselnde Kampflinie eigentlich verlief; sie hatten bald Freunde vor, bald hinter sich, und so erging es ihnen auch mit den Feinden.

Die beiden einzigen, die beritten waren, Mattotaupa und Harka, jagten auf ihren Mustangs weit voran westwärts und wurden von keinem mehr gesehen. Mattotaupa nahm sich auch nicht die Zeit, dem Knaben zu erklären, was er vorhabe. Er trieb sein Tier nur immer wieder zur Eile an, und der Grauschimmel folgte dem Fuchs, ohne Boden zu verlieren. Harka machte sich im stillen seine Gedanken über das Ziel des Rittes. Im Westen, in den Wäldern, befanden sich die Pferde der Pani. Wenn es gelang, die Wächter zu vertreiben oder zu überwältigen, konnte

man die Pferde in die Prärien hinausjagen und die Pani dadurch ebenso berauben, wie es der Bärenbande geschehen war. Oder, noch besser, man konnte die Mustangs der Pani für die Bärenbande einfangen.
Harka war voller Freude über den Sieg, den die Bärenbande über die Pani davongetragen hatte. Wenn er sich selbst seine Rolle in diesem Kampf in der Einbildungskraft vorher auf das glänzendste ausgemalt hatte, so dachte er doch jetzt, nachträglich, kaum an die eigene Leistung. Wie selbstverständlich war es gewesen, die angreifenden Pani im Rücken zu fassen, mit dem gefürchteten Mazzawaken zu schießen und sie auf diese Weise aufzustören und zu verwirren. Harka hatte in dieser Nacht zum erstenmal in seinem Leben einen anderen Menschen getötet. Aber das kam ihm kaum zum Bewußtsein, da er nicht von Mann zu Mann gekämpft, sondern aus der Entfernung und in der Dunkelheit geschossen und die Toten nicht mehr gesehen oder berührt hatte. Er wußte und empfand vor allem, daß Uinonah und Untschida vor Feuer und Feinden gerettet waren und daß Mattotaupa sich ausgezeichnet und den Befehl über die Männer der Bärenbande in einem sehr kritischen Augenblick übernommen hatte. Während des Ritts hatte er den Vater immer vor sich. Die Sonne war längst aufgegangen; es verbreitete sich das grelle Mittagslicht, und Harka sah den rußverschmierten Rücken des Vaters, der in der Nacht über den heißen, von schwelender Asche bedeckten Boden zum Dorfplatz vorgedrungen war.
Es war schon wieder Nacht, als Mattotaupa und Harka die Wälder endlich erreichten. Sie machten an einem Gewässer halt. Die verschwitzten, verschmutzten, lechzenden Mustangs soffen. Auch Mattotaupa und Harka stillten ihren brennenden Durst und ließen sich auf den Boden fallen, um auszuruhen. Hier im Wald war es kühler und feuchter als auf der ausgedörrten Prärie; es roch modrig nach Herbst und doch erfrischender als auf der staubigen Grassteppe.
Die beiden Indianer sogen die Luft ein. Harka überwältigte der Schlaf, aber nicht für lange, denn die Unruhe des Vaters weckte

ihn wieder. Der Junge torkelte noch vor Erschöpfung. Mattotaupa schob ihm einen Bissen zwischen die Zähne, und als Harka gekaut und geschluckt hatte, noch einen, so daß der Junge sich allmählich wieder fand und aufmerken konnte.
Der Vater begann sein Vorhaben zu erklären. „Wir betrachten uns als Späher der Bärenbande", sagte er. „Ich will auskundschaften, wie die Posten bei den Pferden der Pani jetzt verteilt sind, wie viele ihrer sind und auf welche Weise wir den Pani die Pferde wegnehmen können. Sobald ich das weiß, handeln wir entweder selbst oder warten auf die Krieger. Sie werden den Pani auf den Fersen sein, und die Pani brauchen ihre Pferde, das ist gewiß."
Mattotaupa hieß Harka aufsitzen und auf dem Rücken des Grauschimmels weiterschlafen, während er selbst den Fuchs bestieg und den Grauschimmel am Zügel mitführte. Harka war ärgerlich über sich selbst und seine vollständige Erschöpfung, aber er konnte darüber nicht lange nachdenken. Er versank gleich wieder in eine Art Halbschlaf, der ihn am Denken hinderte, aber doch noch vor dem Herabfallen vom Pferde bewahrte.
Er wurde erst wieder munter, als Mattotaupa haltmachte. Es war noch Nacht und im Walde ganz finster. Der Vater vertraute dem Jungen die Pferde an und ermahnte ihn, nun keinen Augenblick mehr zu schlafen, da man sich schon zu nahe an den feindlichen Wachen befinde. Harka riß sich zusammen, aß noch etwas Fleisch und hielt dann die Augen offen. Mattotaupa ging und war im Dunkeln zwischen den Bäumen nicht mehr zu sehen und selbst für ein geübtes Ohr auch nicht zu hören.
Harka wartete etwa zwei Stunden, bis der Vater zu ihm zurückkam. Mattotaupa begann gleich zu berichten und schien sehr guter Dinge. „Hundert Pferde und nur zehn Wachen!" sagte er. „Die Wachen sind sorglos. Sie haben die Pferde nicht einzeln festgemacht, sondern nur zusammengetrieben und aus Ästen und Stämmchen einen Zaun gebaut. Dieser schwache Zaun schreckt nur ein ruhiges Pferd. Ein scheues Tier bricht durch oder setzt darüber hinweg. Wir werden den Kriegern der Pani

die Pferde nehmen, ehe sie zum Wald zurückkommen, hau."
Der Gegenpartei die Pferde zu nehmen, war in der Prärie eines der üblichen, immer wieder und unter den verschiedensten Umständen angewandten Kampfmittel. Harka vergaß seine Müdigkeit.
„Wie machen wir die Pferde scheu, Vater?"
„Mit Feuer können wir sie leicht verwirren, aber ich will den Wald nicht in Brand stecken. Das Feuer würde auf der Prärie weiterfressen und alle Wiesen verderben, die der Bärenbande und den Büffelherden, die kommen sollen, jetzt noch bleiben. Hast du noch Patronen?"
„Nicht mehr viele. Zwei oder drei... könnte ich opfern."
„So schießt du in die Pferdeherde hinein, das ist noch wichtiger, als auf die Posten zu schießen. Die Pferde werden ausbrechen. Wenn unsere Krieger schnelle Beine, offene Augen und geschickte Hände haben, können sie sich draußen auf der Prärie einige der Tiere einfangen."
„Gut."
Mattotaupa führte Harka durch den Wald. Die beiden mußten den Fuchs und den Grauschimmel mitnehmen; die beiden Tiere ganz allein zu lassen, war zu gefährlich. Dadurch waren sie gezwungen, einen Umweg zu machen, auf dem sie vor den Posten möglichst verborgen blieben. Mattotaupa führte am Hang hoch hinauf und dann von oben her auf den Standplatz der Pferde zu. Um sich einen Teil des Zaunes zu sparen, hatten die Pani die Tiere unterhalb einer Steilwand zusammengetrieben, die sich felsig, wenig bewachsen, mitten im Walde erhob. Oberhalb dieser Wand befanden sich zwei Posten, die übrigen acht waren unten am Zaun verteilt, so hatte Mattotapua erspäht und Harka mitgeteilt. Mattotaupas Plan ging dahin, die beiden Posten oben unschädlich zu machen und dann über die Steilwand in die Herde hineinzufeuern.
Er leitete daher den Fuchs und den Grauschimmel mit Harka noch höher, als die beschriebene Wand sich erhob, und machte dann die beiden Tiere mit Hilfe des Lassos an Bäumen so fest, daß sie sich nicht aus eigener Kraft losreißen konnten.

Drunten im Wald erklang ein Ruf, offenbar ein Warnruf eines Postens, und die beiden Dakota mußten jetzt sehr schnell handeln, wenn sie ihr Ziel noch erreichen wollten. Sie hatten genau miteinander abgesprochen, wie sie sich verhalten wollten.
Mit sicheren Sprüngen, wie Raubkatzen, sprangen sie den Hang hinunter. Jeder hatte außer den Waffen einen Stein zur Hand. Als sie sich den oberen Rand der Felswand näherten, erkannten sie die Schattengestalten der Wächter, die schnell hinter Baum und Gesträuch huschten, um vor dem Unbekannten, das sich ihnen näherte, geschützt zu sein. Harka warf seinen Stein nach dem Kopf des einen Wächters, der sich ins Gesträuch geduckt, aber auch wieder unvorsichtig daraus hervorgelugt hatte. Der Stein traf ihn so, daß der Angegriffene mindestens im Augenblick außer Gefecht gesetzt war. Den zweiten Wächter, der hinter einem Baum lauerte, hatte Mattotaupa sich vorgenommen. Der sprang ihn an, ehe der andere zum Gebrauch seiner Waffen kam, packte ihn und warf ihn kurzerhand über die Wand in die Pferdeherde hinein. Harka nahm sich dies zum Beispiel. Er packte den von dem Steinwurf betäubten zweiten Posten an den Füßen, zerrte ihn über den Hang und warf ihn ebenfalls hinab. Dann schlug er an und feuerte in die Herde hinunter, während er gleichzeitig, mit dem Vater zusammen, im dunklen Wald den Kriegsruf der Dakota erhob:
„Hi-jip-jip-jip-hi-jaaah!"
Mattotaupa hatte eine Stelle gefunden, an der die Felsen verwittert waren und locker genug saßen, um schnell abgebrochen zu werden. Er löste sie und verursachte so einen Steinhagel, der die Pferde unten vollends scheu machte. Unter Führung der stärksten Hengste brachen sie aus. Die Posten unten mußten nicht weniger verstört sein als die Pferde. Von den Schüssen eingeschüchtert, unklar darüber, was oberhalb der Wand eigentlich vor sich ging, angesichts ihrer herabstürzenden Gefährten, hielten sie es offenbar für das beste, sich auf das nächste greifbare Pferd zu schwingen und mit den anderen zusammen den Waldhang hinabzugaloppieren. Die Pferdeherde war zerstreut. Mit ihrem lauten, angsterfüllten heftigen Getrampel

brachte sie den ganzen Wald in Aufruhr, als ob der nächtlichfinstere Hang auf einmal von einem Spuk erfüllt sei.
Der Erfolg der beiden Dakota war so vollständig, daß Mattotaupa laut lachen mußte. Dabei machte er jedoch einen unvorsichtigen Tritt und stürzte selbst mit einem sich lösenden kleinen Felsbrocken über die Wand hinunter.
Harka beobachtete dieses Mißgeschick, und er konnte nicht anders, er mußte schallend lachen, als er den Vater so plötzlich in der Tiefe verschwinden sah. Er legte sich aber doch auf den Boden, einmal, um nicht dem gleichen Geschick zu verfallen, dann aber auch, um zu sehen, ob sich der Vater bei seinem Sturz etwa verletzt habe. Er war froh, als Mattotaupa sich unten schnell wieder aufrichtete und hinaufrief: „Gut! Komm auch herunter!"
Das überlegte sich Harka einen Moment. „Nichts da!" rief er dann zurück. „Du kannst einen künftigen Krieger der Dakota mit deinen Ratschlägen nicht überrumpeln! Ich gehe hinauf zu unseren Mustangs. Da werde ich dringender gebraucht!"
Der Vater lachte zustimmend. In dem Lachen der beiden löste sich eine ungeheure Nervenanspannung.
Mattotaupa umging die Felswand, stieg auch den Hang hinauf und traf sich mit Harka bei den Pferden, die durch den allgemeinen Lärm unruhig geworden waren und jetzt ihre beiden Herren begrüßten.
„Nun haben wir alles getan, was wir zu tun hatten", sagte Mattotaupa, schlug Feuer und steckte seine Pfeife an. „Es bleibt uns nur noch auszukundschaften, was die anderen tun werden."
„Um dies zu beobachten, müssen wir wieder hinunter zur Prärie", meinte Harka.
„Das müssen wir."
Auch bei Mattotaupa machte sich aber jetzt, nach durchwachten Nächten, die Anspannung stark geltend. Im beginnenden Morgenschimmer erkannte Harka, wie tief die Augen des Vaters in den Höhlen lagen.
„Willst du erst schlafen, Vater?"
„Nein. Nachher."

Mattotaupa rauchte seine Pfeife zu Ende und erhob sich dann, nicht ganz so schnell und sicher wie sonst, aber doch ohne zu schwanken. Die beiden Indianer saßen auf und ließen ihre Tiere selbst den Weg hangabwärts suchen. Darin waren die halbwilden Mustangs sehr gewandt.

Als die beiden Reiter zu den Ausläufern des Waldes und dem Beginn der weiten Wiesen kamen, sahen sie zunächst nichts als die kreuz und quer laufenden Fährten der ausgebrochenen Pferde. Sie hörten auch nichts, was der Aufmerksamkeit wert war. Mattotaupa suchte einen hohen Baum, der gute Aussicht versprach, und begann hinaufzuklettern, und da Harka wißbegierig war, hängte er die Pferde an und kletterte nach. In der Krone des Baumes sitzend, hatten die beiden einen weiten Ausblick. Zu gleicher Zeit entdeckten sie zwei dünne Rauchsäulen, die aus Wellentälern der Prärie aufstiegen.

„Das können nur Krieger der Bärenbande sein, die sich jetzt am Feuer niederlassen, um bei einer ersten Rast ihren Sieg zu genießen", meinte Mattotaupa. „Sie haben Pferde der Pani bei sich. Wir haben sie ihnen in die Hände gejagt. Die Pani aber scheinen schon zu ihren Dörfern zurückgeflohen zu sein. Ich kann nirgends mehr etwas von ihnen entdecken. Sicher haben auch sie sich ein paar ihrer ausgebrochenen Mustangs wieder gegriffen, aber nicht viele, nicht viele! Denn dort, ganz in der Ferne – siehst du dort – grasen noch ein paar ledige Mustangs. Das sind die Tiere, die sich von keinem mehr haben einfangen lassen."

Mattotaupa kletterte langsam, mit einer eigentümlichen Bedachtsamkeit, von dem hohen Baum herab und blieb unten stehen, um Harka beim letzten Sprunge aufzufangen. Die beiden machten keine weiteren Worte, denn was sie jetzt vorhatten und was dann geschehen würde oder nicht geschehen würde, berührte ihr Leben zu tief, und die Entscheidung stand zu nahe bevor, als daß sie darüber zu sprechen vermochten.

Sie ritten ostwärts, ohne weitere Vorsichtsmaßregeln, dem ersten, größeren der Lagerfeuer der Dakota zu. Als sie näher kamen, konnten sie einige Männer sehen, die auf eine flache Bo-

denerhebung gestiegen waren, offenbar um die Herankommenden zu betrachten. Mattotaupa hatte sich nicht geirrt. Es waren Krieger der Bärenbande, von denen sie empfangen wurden. Bald erkannten sie schon einzelne, den Alten Raben, dessen ältesten Sohn und Alte Antilope. Noch elf Krieger befanden sich bei diesen Anführern. Auch Tschetan war dabei, obgleich er erst den siebzehnten Sommer sah und die Kriegerwürde noch nicht besaß. Aber an der Verfolgung der Pani hatte auch er sich beteiligt.
Im Schritt ritten Mattotaupa und Harka auf die Gruppe zu. Alle blieben sehr ernst. Harka suchte den Blick Tschetans, und dieser schaute Harka an. Ja, sie waren alte und gute Freunde.
Mattotaupa hielt seinen Fuchs an, und Harka ließ seinen Grauschimmel halten. Es war noch immer nicht klar, wer zuerst sprechen würde. Der Alte Rabe bewegte die Lippen und kämpfte anscheinend mit Worten, von denen er noch nicht wußte, ob er sie sagen oder nicht sagen sollte.
„Wir treffen uns hier, in fremden Jagdgefilden", begann er schließlich, um sein Tun und das Verhalten aller anderen zunächst zu rechtfertigen. „Was habt ihr zu berichten?"
„Nicht viel", erwiderte Mattotaupa stolz. „Ihr wißt selbst, was am Pferdebach geschehen ist. Von den Wachen bei den Mustangs der Pani haben wir zwei überwältigt, die übrigen mit den Pferden verscheucht. Ich sehe, daß ihr euch Pferde eingefangen habt!"
Der Alte Rabe kaute wieder leer. „Gibt es noch etwas zu sagen?" fragte er schließlich.
„Von mir aus nicht", antwortete Mattotaupa. „Was sagt ihr?"
„Du hast den Kampf gut und richtig geführt, das sage ich", sprach der Alte Rabe, ganz langsam. Er überlegte jedes Wort. „Was willst du noch von uns? Bist du gekommen, um uns den Knaben zurückzubringen, der in unsere Zelte gehört?"
Als Harka diese Frage vernahm, wurde ihm kalt. Mattotaupa, erschöpft bis zur völligen Ermattung, bleich, rußbeschmiert, mit offenen Wunden, die er noch gar nicht beachtet hatte, faßte den Sprecher fest ins Auge:

„Ich habe Harka Steinhart Wolfstöter Bärenjäger nicht weggeholt, und also kann ich ihn auch nicht zurückbringen; er entscheidet selbst. Was ich aber von euch will, das ist die Wahrheit! Die Wahrheit will ich. Die Wahrheit sollt ihr anerkennen! Ich bin unschuldig. Habe ich im Kampf mit den Pani wie ein Häuptling der Bärenbande gehandelt?"
Der Alte Rabe senkte bekümmert den Blick.
Alte Antilope aber sprang jetzt vor. „Heute und gestern hast du wie ein Häuptling gehandelt", rief er, „das wird keine Zunge leugnen! Aber hast du es immer getan? Du bist nicht verbannt, weil du nicht tapfer warst. Tapfer bist du, das wissen alle Männer der Bärenbande. Aber obgleich du tapfer bist, hast du uns verraten, uns eingetauscht gegen Geheimniswasser! Den Langmessern hast du uns preisgegeben mit deinem Geschwätz, und deine eigenen Krieger hast du zuschanden und zum Gespött gemacht! Nie wieder darfst du unsere Jagdgründe betreten. Wir haben geglaubt, daß du dich dem Spruche der Ältesten beugst, und darum schenkten wir dir das Leben. Aber du hast wider den Beschluß gehandelt, und wenn ich dir in unseren Jagdgründen begegnet wäre, so würde ich dich getötet haben. Ich habe gesprochen, hau!"
Der Sprecher verstummte. Mattotaupa starrte ihn lange an. Dann ließ er den Blick von einem zum anderen gehen. Aber keiner brachte mehr ein Wort hervor. Nicht ein einziger öffnete mehr die Lippen. Keiner wagte es, sich zu Mattotaupa zu bekennen, und es war Harka in diesem Augenblick, als ob er vom Dorfe her den Klang der dumpfen Zaubertrommel vernehmen könne, der alle Zungen lähmte. Selbst Tschetan schwieg und wich Harkas Blick einen Moment aus, um ihm dann doch zu begegnen, aber voller Trauer.
Mattotaupa faßte Alte Antilope noch einmal ins Auge. „Das ist das letzte Wort?"
Alte Antilope erwiderte nichts mehr, sondern spuckte aus.
„Das ist dein Tod", sprach Mattotaupa leise. „Merke dir das und warte darauf. Ich komme."

Der Häuptling wandte das Pferd, und Harka folgte ihm. Erst im Schritt, dann im leichten Galopp kehrten sie zu den Waldhängen der Berge zurück. Sie rasteten dort am Abend, aßen, legten sich hin. Mattotaupa schwieg, und Harka schwieg auch. Sie schliefen beide vor Erschöpfung, und wenn ein Feind gekommen wäre, um sie zu töten, so wäre es ihnen in dieser Nacht gleichgültig gewesen. Denn ihre große Hoffnung war zerbrochen.

In den folgenden Tagen und Nächten blieb Mattotaupa von einer unheimlichen Ruhe, und Harka wagte es nicht, ihn anzusprechen. Er ließ den Vater oft allein, da Mattotaupa dies zu wünschen schien. Der Junge streifte im Walde weit umher, weit hinauf bis zu den Höhenlagen, in denen der Wald aufhörte und der Felsenschutt bis zu den Bäumen herabreichte. Der Wind wehte mit herbstlicher Kühle und Steifheit. Hin und wieder schaute Harka zu der Höhe hinauf, in der sich das kleine Tal befand, und je öfter er allein umherstreifte, desto mehr zog es ihn, noch einmal dorthinzufinden, wo er den Sommer mit dem Vater zusammen froh und der Herr über Berge und Tiere gewesen war.

Eines Morgens sah er den Adler über den Gipfeln aufsteigen. Da war es geschehen. Der Knabe lief, fast sprang er den Berg hinauf bis zum Beginn des vertrauten Felspfades. Er eilte den Pfad entlang, wie er im Sommer so oft getan hatte, und fand zu der Quelle und der Wiese.

Das Wasser murmelte und sickerte, das Gras war hier noch grün. Die Grube, die Harka gegraben hatte, lag unberührt. Die Vorräte aber, die zurückgeblieben waren, waren alle unter den Rasenstücken hervorgezerrt, zerstreut, die Knochen abgenagt. Der Adler mußte noch oft auf dem Felsbrocken an der Quelle gesessen haben, um den Stein herum lagen die Abfälle.

Harka warf sich ins Gras und schluchzte. Einmal wollte er sich nicht beherrschen, einmal wollte er ganz er selbst sein in seinem Schmerz, ein einziges Mal, und das konnte er nur hier, wo er ganz allein war. Er blieb bis zum Abend.

Den Adler sah er hoch in den Lüften schweben, und zur Zeit

der sinkenen Sonne, als die Gipfel sich golden färbten und das Quellwasser wie ein Regenbogen schimmerte, kehrte der Raubvogel zu seinem Standplatz zurück. Er flog den Horst an, den er sich auf dem Gipfel südlich des Tals eingerichtet hatte, und äugte auf den Knaben herunter. Beute hatte er sich wohl mitgebracht, denn Harka sah und hörte ihn hacken.

Die Nacht schlief Harka in der Grube, in der er vor dem Nachtwind geschützt war. Morgens erwachte er mit vor Kälte steifen Gliedern. Als er sich rührte und um sich sah, erblickte er den Adler, der sich auf dem Felsblock neben der Quelle niedergelassen hatte. Der Knabe warf ihm einen Teil seines Proviants hin, den der Raubvogel geschickt fing und sofort verschlang. Der Junge ging zu der Quelle und trank, und der Adler fühlte sich nicht gestört. Er hatte seinen Freund wiedererkannt.

Nachdem Harka sich noch in der Mittagssonne aufgewärmt hatte, ging er zu dem Felspfad, um abzusteigen, und diesmal blieb er einen Augenblick stehen, ehe er einbog, und warf noch einen Blick in das Tal zurück, das nun in der herbstlichen Unwirtlichkeit nur noch das Revier eines Adlers sein würde. Die Menschen mußten sich von hier zurückziehen, und noch ehe der Schnee fiel und die Winterstürme einsetzten, mußte sich selbst der Adler einen anderen Standplatz suchen.

Der Knabe eilte hinunter. Er fand den Vater tief unten im Wald, mit den beiden Pferden, bei einem kleinen Feuer sitzen. Mattotaupa tadelte nicht, fragte auch nichts. Er schaute vor sich hin und beobachtete die kleinen Flämmchen, die er immer wieder vorsichtig mit Asche deckte. Als es dunkel geworden war, bat er Harka, bei den Pferden zu bleiben, bis er wieder zurückkehre. Dies könne zwei oder drei Tage dauern.

Harka sah Mattotaupa zu, wie er einen Pfeilschaft mit dem Messer kerbte. Der Verbannte schnitt Vierecke hinein, sein Zelt- und Zauberzeichen. Jedermann in der Bärenbande würde wissen, daß dieser Pfeil Mattotaupas Pfeil war. Er hatte eine Knochenspitze mit Widerhaken, wie ein Kriegspfeil.

„Dieser Pfeil tötet Alte Antilope", sagte der Vater. Dann brach er zu Fuß auf.

Als am zweiten Morgen danach die Dämmerung über den Zelten der Bärenbande graute, schien alles ruhig und friedlich. Die Wasser des Pferdebaches glitten in einem Rinnsal dahin. Einige Mustangs mühten sich, auf den dürren Wiesen, soweit sie nicht abgebrannt waren, Futter zu finden. Die Zelte waren noch geschlossen, und noch war keine der Frauen unterwegs, um Wasser zu holen, keiner der Knaben am Fluß, um sich zu reinigen und zu erfrischen.

Die Schläfer in den Zelten begannen eben erst aufzuwachen. Uinonah schaute nach Untschida, die sich als erste erhob. Da kreischte jemand in einem der Zelte. Uinonah erschrak und erkannte, daß auch Untschida zusammengefahren war. Schonka und Harpstennah fuhren aus den Decken, als ob ein Kriegsruf erschallt sei. Scheschoka wurde von einem Hustenanfall geschüttelt.

Hinter Untschida und Schonka lief auch Uinonah aus dem Zelte auf den Dorfplatz, um zu erfahren, was geschehen sei. Vor dem Zelt, das Alte Antilope mit seinen jüngeren Söhnen bewohnte, standen schon einige Männer, die die Frauen zurückdrängten. Der Alte Rabe wurde gerufen und ging in das Tipi hinein. Er blieb einige Zeit darin, dann kam er schweigend heraus und holte den Zaubermann. Als Hawandschita das Zelt betrat, war schon das ganze Dorf voll wartender Menschen. Aber keiner, der in dem Zelt gewesen war, sprach über das, was er gesehen hatte, und so blieb noch alles im ungewissen.

Endlich kam Alte Antilopes ältester Sohn herbei, der schon die Kriegerwürde besaß, und begab sich in das Tipi, in dem sich auch der Zaubermann noch befand. Nach geraumer Zeit trug er einen Toten heraus. Der Tote war Alte Antilope. In seiner Brust steckte ein Pfeil, der Schaft war eingekerbt. Jeder wußte sofort, daß es Mattotaupas Pfeil war, der den Mann getroffen hatte. Aber wie dies geschehen sein konnte, vermochte sich noch niemand zu erklären. Als der jüngste Sohn aufgewacht war, hatte er den Vater mit dem Pfeil in der Brust auf dem Lager liegen sehen, als ob er noch schlafe, und der Knabe hatte vor Schreck aufgeschrien.

Die Frauen und Kinder wurden in die Zelte geschickt, und die Männer suchten Spuren. Sie suchten den ganzen Tag. Als es Abend wurde, erfuhren die Zeltbewohner endlich, was geschehen sein mußte.
Mattotaupa war heimlich im Zeltdorf gewesen. Er mußte das Tipi seines Beleidigers erklettert und den Pfeil durch den Rauchabzug auf den Schlafenden abgeschossen haben. Das war vor Mitternacht geschehen; die Wunde Antilopes war schon einige Stunden alt. So unbemerkt, wie er gekommen war, hatte sich Mattotaupa dann zurückgezogen.
Bei dem Zelte Alte Antilopes erscholl der Klagegesang. Der Zaubermann trommelte in seinem Zelte, und die Verwandten des Getöteten stießen wilde Rachegelöbnisse aus.
Von diesem Tage an wurde Uinonah noch stiller und scheuer.
An Untschida wagte sich kein feindseliger Blick, kein verächtliches Wort heran. Stolz und unzugänglich bewahrte sie ihren Ruf als Geheimnisfrau, und selbst Hawandschita unternahm nichts gegen sie.
Von alledem wußten Mattotaupa und Harka nichts. Aber sie hatten sich verändert, und um alles, was sie empfanden, bildete sich eine Kruste, die hart wurde. Bei Harka bildete sie sich noch härter als beim Vater, weil das Verschließen der Empfindungen in seinem jugendlichen Alter noch mehr wider die Natur wirkte und noch größerer Anstrengung bedurfte.
Als der Vater nach jener Nacht zu dem Knaben zurückkehrte, sagte er nichts weiter als: „Er ist tot, und alle wissen es." Harka sah, daß der Vater den Pfeil nicht wieder mitgebracht hatte. Bald danach machten sich die beiden daran, aufzubrechen.
„Wir werden uns umsehen, wie die weißen Männer leben", sagte Mattotaupa. „Du hast keine Patronen mehr für deine Büchse, und wir müssen uns also Munition eintauschen. Wir müssen auch eine Behausung für den Winter finden. Du bist zu jung, um zu sterben."
Harka brütete vor sich hin. „Was willst du den weißen Männern für die Munition geben, die wir für mein Mazzawaken brauchen?"

Mattotaupa zog die Mundwinkel herab und griff in seine Gürteltasche. „Hier, dies!" Er zeigte Harka das Goldkorn, das der Knabe am Flusse zu Füßen der Black Hills gefunden und das sich zuletzt im Besitze des Zauberers befunden hatte.
„Das? Woher hast du es?"
„Hawandschita war nicht wachsam. Als ich mich zu den Zelten schlich, um Antilope zu töten, hing das Korn wieder einmal in dem Säckchen an der Stange vor dem Zauberzelt. Ich habe es mitgenommen. Aber vielleicht brauchen wir diese Tauschware auch gar nicht zu bieten. Wir werden sehen."
„Wir werden den Langmessern kein Gold geben. Ich habe nicht vergessen, was du mir gesagt hast, Vater, als du diesen Stein in das Wasser geworfen hast. Aber die alte Flinte des Pani?"
„Habe ich Hawandschita gelassen. Sie ist schon verrostet. Mag er sie behalten."
„Deine neue Büchse?"
„Keiner der Krieger hat sie im Kampf benutzt. Tatanka-yotanka wird sie damals mit sich genommen haben."
Wenn Mattotaupa „damals" sagte, klang das Wort bitter wie Galle. Er meinte den Tag seiner Verbannung.
Harka fragte nicht weiter. Er stand auf. Was er vom Plane des Vaters halten sollte, wußte er noch nicht genau. Er mußte erst darüber nachdenken. Muniton für seine Büchse brauchte er, daran war nicht zu rütteln. Aber dann? Wenn er sie hatte? Harka wollte nicht bei den weißen Männern leben. Am liebsten wollte er im Herbst mit dem Vater Büffel jagen und dann, mit Wintervorrat wohl versehen, in einer Höhle unterschlüpfen.

Nach dem Sandsturm

Der Sturm trieb den Flugsand auf der Grassteppe vor sich her. Hoch auf wirbelte der Sandstaub und legte sich im Fallen wie Dünen auf die Landschaft. Täler und Hügel verschwanden un-

ter den Sandmassen, neue Erhebungen und Täler bildeten sich und wurden abermals fortgewirbelt, um andernorts wieder niederzufallen. Die Luft heulte in ihrer rasenden Bewegung. Der Tag verdunkelte sich, die Sandwolken schlossen das Sonnenlicht aus. Hilflos waren Tiere und Pflanzen dem Wüten des Sturmes und dem Erstickungstod unter den Sandmassen preisgegeben. Die Herbststürme, die das Land alljährlich quälten, hatten damit eingesetzt.
Als die wirbelnde Luft bei beginnender Nacht zur Ruhe kam und aller Sand, den sie noch mit sich getragen hatte, herabgesunken war, schauten Mond und Sterne auf die weithin sich breitenden Sandwellen, die unberührt vom Leben schienen wie eine Vorwelt oder ein fremder Stern. Licht und Schatten, vom Monde hervorgerufen, war alles, was sich auf diesem Sandmeer unterschied.
Aber als der Mond am Himmel um ein weniges gestiegen war und die Luft so still blieb, als habe sich nie ein Hauch von ihr bewegt, rührte sich in dem Totenmeer des Sandes da und dort ein schüchterner Versuch übriggebliebenen Lebens. Ein paar Büffel arbeiteten sich hervor, gelb von Staub, blind von Staub, taub von Staub, der sich in Augen und Ohren gesetzt hatte, fast erstickt vom Staub in den Nüstern. Sie schüttelten sich, schnaubten, wischten den sandbestaubten Kopf an den Vorderbeinen ab, rieben sich aneinander, und als sie wieder etwas erkennen konnten, schauten sie lange über das veränderte, erstorbene Land. Einer fand seine Stimme wieder und brüllte dumpf. Aber er fand kein Echo. Die Herde war zerstreut, und vielleicht war die kleine Gruppe der Büffel das einzige, was noch übriggeblieben war. Von den fünf Tieren, aus denen die Gruppe bestand, waren zwei einem elenden Tod verfallen, da der Sturm sie durch die Luft gewirbelt hatte und ihre Knochen gebrochen waren. Die drei, die sich noch bewegen konnten, drängten sich aneinander und blieben für die Nacht beieinander stehen. Am nächsten Morgen mußten sie die große Suche beginnen, wo die neugebildete Flugsandwüste endete und wo sich Gras und Wasser finden ließen.

In derselben frühen Nachtstunde wie die Büffel arbeiteten sich noch andere Lebewesen aus dem Sande heraus. An einem Hügel, der gegen Süden zu mit breitem, flach ansteigendem Rücken eine große Sandlast auf sich genommen hatte, lag die Sandmasse am steileren Nordhang verhältnismäßig dünn. Hier zeichneten sich in den Sandwellen Figuren ab, und darunter begann es sich zu bewegen, so etwa, als ob ein Maulwurf Erde hebe, um herauszukriechen. Die Bewegung wurde sehr rasch lebhaft, Sand wurde beiseite geschleudert, eine Decke abgeworfen, und dann erschienen fast gleichzeitig zwei Pferde und zwei Menschen. Die Pferde stampften, schüttelten die Mähnen, niesten und schnaubten, und die Menschen suchten ebenfalls den Sand loszuwerden. Doch waren sie davon in viel geringerem Maße behaftet als die Büffel, da die beiden Menschen und die Pferde wenigstens den Kopf und damit die Atmungs- und Sinnesorgane durch die Büffelhautdecke geschützt hatten. Auch diese kleine Gruppe blieb für die Nacht in der Gegend, in der sie den Wirbelsturm überstanden hatte.
Die Büffel und die Menschen konnten einander nicht sehen. Sie waren zu weit voneinander entfernt. Der Sandsturm hatte riesige Strecken des Landes verheert.
Auch die beiden Menschen, ein Mann und ein Junge, hielten aber Ausschau. Sie umgingen den versandeten Hügel, der sie geschützt hatte, um von Süden her auf die dünenartige Sandaufhäufung hinaufzuklettern. Das war nicht leicht. Sie versanken bei jedem Schritt und konnten nur dadurch weiterkommen, daß sie sich hinlegten und vorwärts robbten. Endlich lagen sie oben und blickten rings über die endlos erscheinenden Sandwellen.
Der Sturm hatte sich völlig ausgetobt. Es bestand keine Gefahr mehr. Da die beiden Menschen auf alle Fälle im Sande lagen, ob oben auf dem Scheitel oder unten am Fuße des Hügels, blieben sie für die Nacht ruhig auf der einmal gewonnenen Höhe und wachten und schliefen in den folgenden Stunden abwechselnd. Die Pferde verhielten sich ganz ruhig, auch ohne daß sie festgemacht wurden. Sie hatten am Abend vorher gegrast und gesof-

fen, noch ehe der Sturm begann, und nichts konnte sie locken, im Mondschein in den Sanddünen spazierenzugehen. Ihr Instinkt hatte ihnen die Gefahr vermittelt, und sie waren jetzt froh, daß sie noch lebten.
Gegen Morgen waren die Indianer beide wach. Die Sonne, die am Tage vorher mit einem merkwürdig matten Schein für den Erfahrenen das Unwetter schon angekündigt und die Indianer zu ihren Vorsichtsmaßnahmen veranlaßt hatte, ging nun mit ihrer immer wiederkehrenden Reinheit und Klarheit über dem zerstörten Lande auf. Viel weiter noch als bei Nacht konnte die Sehkraft des Auges an diesem Morgen wirksam werden. Mattotaupa und Harka spähten umher, während sich die Mustangs am Fuße des Hügels leise rührten. Die Tiere nahmen Witterung auf.
Mattotaupa schirmte die Augen mit der Hand gegen die Sonnenstrahlen ab, um noch deutlicher sehen zu können. Der Junge hatte den Blick auf denselben Punkt gerichtet wie der Vater. Nicht allzu weitab von dem Hügel, auf dem die beiden lagen, war etwas in Bewegung geraten, und in der absoluten Stille der Todeslandschaft vernahmen sie auf einmal menschliche Stimmen, wenn auch nur als fernen, kaum deutbaren Hall. Vielleicht waren es Rufe, mit denen Männer einander suchten oder aufmunterten.
Die beiden Indianer sagten nichts zueinander, denn jeder wußte vom anderen, daß er dasselbe beobachtete. Sie konnten allmählich etwa ein Dutzend Menschen unterscheiden, die sich erhoben hatten; klein waren diese in der Perspektive, aber unzweifelhaft erkennbar. Sie schienen sich zu dehnen und zu strecken, versuchten zu laufen, was ihnen jedoch zu mißglücken schien, denn sie verschwanden dabei zur Hälfte, als ob sie versunken seien. Wo der Sand hoch aufgeweht war, trug er nicht. Mattotaupa und Harka vergnügten sich einige Zeit damit, zu beobachten, wie ungeschickt die meisten dieser Männer sich benahmen.
„Reiten wir hin!" sagte Mattotaupa schließlich. „Vielleicht ist mit diesen Männern im Sande auch noch etwas Munition üb-

riggeblieben. Wir werden sehen, wer sie sind, aber wir wollen ihnen unsere Namen nicht nennen."
Die beiden Indianer schoben sich in dem rieselnden Sande wieder abwärts und gelangten ohne Zwischenfall zu ihren Pferden, von denen sie freudig begrüßt wurden. Sie stiegen auf, nahmen Decke, Proviant und Waffen mit und leiteten ihre Tiere mit leichtem Zeichen des Schenkeldrucks. Der Ritt ging langsam, mit vielen Umwegen vor sich. Die Erfahrung Mattotaupas und der natürliche Spürsinn der Mustangs vereinten sich, um die gangbaren Strecken zu finden. Harka lernte dabei. Als die Indianer der Stelle, an der sich die fremden Menschen befanden, auf Rufweite nahe kamen und man sich schon deutlich genug sehen konnte, hielten sie an.
„He! Ho!" tönte es ihnen lautstark entgegen.
Mattotaupa setzte sein Tier jedoch nicht wieder in Bewegung, sondern wartete stumm und hob nur die unbewehrte Hand zum Zeichen, daß er keine feindlichen Absichten hege.
Die Männer, von denen einige verletzt schienen, besprachen sich mit lauten Stimmen untereinander, ohne daß die Indianer verstehen konnten, was sie sagten. Mattotaupa und Harka machten aber gleichzeitig eine Beobachtung, die sie sehr interessierte. Unter den dreizehn Männern befand sich ein roter Mann. Die Dakota versuchten sofort zu erkennen, welchem Stamme er zugehöre, konnten darüber aber nicht ins reine kommen. Der Indianer trug eine Lederhose. Sein Hemd aber war aus einem Stoff gefertigt, der dem der einstigen zerschlissenen Kleidung von Schwarzhaut glich. Um den Hals hatte er ein buntes Tuch geschlungen. Der Kopf war unbedeckt, und er ging barfuß. Harka erbitterte sich im stillen darüber, daß ein roter Mann so wenig auf sich hielt. Wo mochte dieser Indianer herstammen?
Einer der Weißen, die in hohen Schaftstiefeln in dem hinderlichen Sande umherwateten, rief den Indianer mit dem Halstuch an, und nach einem Hin und Her, bei dem der Weiße viel, der Indianer aber wenig Worte machte, kamen die beiden auf Mattotaupa zu. Sie gingen im Sande wie der Storch im Salat. Matto-

taupa und Harka hielten zu Pferd und stiegen auch jetzt nicht ab.
Der Weiße, der auf sie zukam, war weder so groß und sehnig wie Red Jim noch so schlank wie Weitfliegender Vogel. Er war mittelgroß, hatte breite Schultern und einen kurzen Hals. Obgleich Harka schon an die Vorstellung von blonden Haaren und Hüten auf dem Kopfe gewöhnt war, wunderte er sich nun wieder, wie verschieden die weißen Männer gewachsen waren. Auch bei den roten Männern, die er kannte, gab es gewisse Unterschiede im Wuchs, aber sie waren doch alle schlank und groß. Der Weiße trug ein dickes Lederwams, hohe Schaftstiefel und einen breitkrempigen Hut. Dadurch wurde der Eindruck des Massigen und Schweren noch verstärkt. Er fing an zu sprechen und ließ den Indianer, der neben ihm stand, übersetzen. Harka hörte genau zu und verstand auch einige Worte unmittelbar. Der Indianer sprach den Dakotadialekt nicht als Muttersprache, aber doch gewandt.
„Blödsinnige Gegend hier! Wie auf dem Mond! Ein Glück, daß die Sonne noch am Himmel hängt, so daß man weiß, was Ost und West ist. Seid auch aus dem Sand gekrochen, was? Sieht aus, als ob es im großen Land Amerika nichts weiter mehr als Sand gäbe. Sandfloh müßte man werden, Sandfloh! Wie soll ein anständiger Mensch hier noch leben und was zu saufen und was zu fressen finden? He? Wißt ihr das vielleicht?"
„Vielleicht finden wir Wasser, vielleicht auch nicht", antwortete Mattotaupa sachlich. „Wenn wir nach drei Tagen keines gefunden haben, werden wir verdursten."
„Das ist so sicher wie das Amen in der Kirche, mein verehrter Indsman! Aber ich habe keine Lust zu krepieren, verstehst du? Wo wollt ihr denn nun hinreiten?"
„Ist das wichtig für den weißen Mann, dies zu erfahren?"
Während des Gesprächs wateten und stapften allmählich weitere sechs Männer herbei. Sie waren alle ähnlich gekleidet, mit guten Lederjoppen versehen, aber Büchsen oder Flinten schienen die meisten nicht oder jedenfalls nicht mehr zu haben. Doch trugen sie teils Revolver, teils Pistolen bei sich.

„Häuptling der Indianer, was redest du so umständlich!" sagte der untersetzte Weiße, der das Gespräch führte, ungeduldig. „Wir sitzen alle zusammen in der Patsche. Wir dreizehn hier wissen kaum, wie wir hierhergekommen sind; die Sache war etwas turbulent und mit mehreren Purzelbäumen und salti mortali verbunden; mir brummt der Schädel immer noch, und wo die übrigen zwanzig von uns geblieben sind, weiß keiner. Vielleicht wird es auch nie einer erfahren. Fünf von uns sind lahm, gebrochene Knochen, geprellte Glieder, angeschlagene Köpfe. Wir anderen wundern uns und möchten nach Hause. Mögen die Geier oder die Wölfe, oder was sonst noch in diese gottverlassene Gegend kommt, das Land weitervermessen. Wir jedenfalls gedenken den Winter woanders zu verbringen, und wenn die company aufgeben muß... Von uns aus! Bitte!"
„Was für eine company?"
„Aber ich kann dir doch die Geschichte nicht von Adam und Eva an erzählen! Der Sündenfall war jedenfalls der größte Fehler; wäre der nicht passiert, brauchte ich nicht zu arbeiten. Aber davon hast du keine Ahnung. Vielleicht stammt ihr Roten gar nicht von Adam ab. Mag dem sein, wie ihm wolle, die company, das ist die company! Die company, das ist die company, die hier mal ein Stück Eisenbahn bauen will, und dafür müssen wir den Schienenweg vermessen. Hast du schon mal was davon gehört, ja? Im Sommer war's ein schönes Leben, Büffel zu Hunderten und Tausenden, wir konnten gar nicht genug abknallen, um sie nur halbwegs loszuwerden. Einen Nigger hatte ich auch zur Bedienung, schönen Nigger, mit einem kleinen Boy dazu. Schlaue Füchse waren sie und sind mir entkommen. Der Kleine ist mir nachts entwischt, und was den Großen anlangt, so hat sich so eine alte Habichtsnase von Indianer dazwischengemengt, und ich mußte ihn laufenlassen. Aber die alten Geschichten beiseite! Sag mir lieber endlich, wie wir aus dieser Menschenfalle hier wieder rauskommen! Du schweigst so umständlich. Auf diese Weise kommen wir doch niemals weiter!"
Mattotaupa betrachtete den Sprecher, wie ein Kind einen sonderbaren Molch betrachtet. „Wohin wollt ihr?"

„Häuptling der Indianer, das ist uns, offen gestanden, ganz egal, aber jedenfalls irgendwohin, wo es etwas zu saufen und zu fressen gibt, ehe wir verdursten und verhungern!"
„Wo sind eure Pferde?"
„Das mußt du euren Sturm fragen, euren vermaledeiten, verdammten, verfluchten Sturm! Der hat sie irgendwohin geweht und irgendwo zugedeckt! Was weiß denn ich! Wenn wir auch noch nach unseren Pferden suchen wollten, hätten wir viel zutun. Wahrhaftig, sehr viel."
Mattotaupa lächelte ironisch. „Wahrhaftig, sehr viel", wiederholte er in der Sprache der weißen Männer, die aus seinem Munde fremdartig klang. Dann ließ er wieder den Indianer mit dem Halstuch übersetzen, der auch alle Reden des Weißen getreulich und ohne Ungeduld in der Sprache der Dakota wiederholt hatte: „Wo sind eure Büchsen und Flinten?"
„Beim Teufel, Mann, beim Teufel und seiner allverehrten Großmutter! Sonst vielleicht noch eine Auskunft gefällig? Mein Name ist Bill! Ich bin kein Landvermesser, sondern ein erfahrener Scout, berühmt von Alaska bis Mexiko, Sieger in vierundzwanzig Hahnenkämpfen, sechsundzwanzig Jahre alt, geboren, getauft, noch nicht verstorben, aber dem Verrecken offenbar nahe, denn ich habe heute nacht viel Staub geschluckt, und in diesem elenden Lande hier kannst du nur noch Sand, aber keinen Tropfen Brandy mehr finden. Bist du nun zufrieden, wie? Oder womit darf ich noch dienen, bis du dich endlich entschließt, uns aus dieser Sandbüchse hier zu retten?"
„Darüber könnten wir beraten."
„Beraten, Allmächtiger! Ich will dir jetzt mal klipp und klar was sagen, du dreckiger Indsman, du verfluchte Rothaut! Entweder führst du uns aus diesem Sandwellenmeer in eine anständige Gegend für anständige Menschen, oder wir schlagen dir und deinem Lausejungen hier ganz einfach den Schädel ein."
Der Indianer, der die Weißen begleitete, übersetzte teilnahmslos, wie eine Maschine.
„Versucht das doch!" erwiderte Mattotaupa, ebenfalls mit steinerner Ruhe.

„So war es nun auch wieder nicht gemeint. Wer soll sich mit euch Rothäuten auskennen! Also kurz und gut: Was verlangst du?"
„Munition."
„Da sieh einer an! Munition. Munition! Wenn es weiter nichts ist... Was für ein Kaliber? Aber halt, laß uns doch lieber erst die Beratungs- und Friedenspfeife rauchen. Sonst ist man vor eurer Hinterlist nicht sicher. Friedenspfeife – einverstanden?"
„Wir rauchen zusammen."
„Das erste vernünftige Wort, was ich aus deinem Munde höre, Häuptling der Indianer. Die Munition wirst du nicht benutzen, um uns zu killen?"
„Nein."
„Ehrenwort?"
„Mein Wort ist mein Wort. Ich kenne keine Lüge."
„O du Unschuld, das Lügen wirst du auch noch lernen. Aber wenn du es bis heute wirklich noch nicht verstehst, um so besser. Also bitte, rauchen wir!"
Mattotaupa stieg ab und behielt die Weißen dabei sehr vorsichtig im Auge. Harka blieb zu Pferd und ließ sich den Zügel des Fuchses geben, um auch diesen zu halten.
Der Mann, der sich als „Bill" vorgestellt hatte, setzte sich, und Mattotaupa ließ sich ihm gegenüber nieder. Das feierliche Zeremoniell hatte in den Augen des Indianers wenig Bedeutung, da es nicht mit der hierfür bestimmten heiligen Pfeife ausgeführt wurde. Bill dachte nicht einmal daran, nach Mattotaupas Namen zu fragen, und redete ihn auch weiterhin mit der Bezeichnung „Häuptling" an, als einer Art Höflichkeitsfloskel. Nach einigen Zügen und vielen gegenseitigen Versicherungen des Wohlwollens und der Hilfsbereitschaft erhoben sich beide wieder, und Mattotaupa ging zu seinem Pferd zurück, ohne aufzusteigen. Bill lief von einem seiner Gefährten zum anderen und forderte jeden auf, Munition zusammenzusuchen, die unnützer Ballast für die Männer geworden war, nachdem sie die Waffen verloren hatten.
Nicht alle schienen mit dem Handel einverstanden zu sein, aber

Bill überredete sie mit einem nicht endenden Wortschwall. Was er dabei alles versicherte und erzählte, konnten Mattotaupa und Harka nur zum geringsten Teil verstehen.
In der Pause, die den Dakota durch die Besprechungen der Weißen untereinander blieb, ließ sich Harka noch einmal alle Worte durch den Kopf gehen, die zwischen Bill und Mattotaupa gewechselt worden waren. „Dreckiger Indsman" und „verfluchte Rothaut" hatte Bill gesagt, und Mattotaupa hatte diese frechen Beleidigungen nur mit Ruhe und Ironie und nicht mit dem Messer beantwortet.
Warum nicht? Alte Antilope hatte sterben müssen, weil er den Häuptling beleidigt hatte. Dieser Bill hier mit dem kurzen Hals und den kurzen Beinen und sein Indianer mit dem lächerlichen Halstuch aber konnten plappern und übersetzen, was sie wollten. Mattotaupa tat so, als seien sie Mücken, deren Stiche er nicht spürte. Sie waren wohl sehr verächtliche und kümmerliche Geschöpfe und zu nichts weiter gut, als für Harkas Büchse neue Patronen zu liefern.
Bill kam schließlich mit fünfzig Stück an. Er gab dem Knaben zwei davon, und Harka lud seine Büchse. Das Kaliber stimmte.
„Alle!" sagte Mattotaupa kurz.
„Aber selbstverständlich alle!" erwiderte Bill. „Was denn sonst! Alle! Und zwar dann, wenn ihr uns dahin geführt habt, wo Menschen wie wir existieren können! Das würde euch so passen, die Munition einstecken und euch mit euren Gäulen davonmachen und uns hier dann die Sandkörner zählen lassen, bis uns der Atem ausgeht! Nein, Gentlemen, so wird nicht gerechnet. Das Einmaleins stimmt nicht."
„Alle!"
„Aber nicht hier, sage ich dir, und ich sage dir das, ich, Bill, der schon vierundzwanzig Hahnenkämpfe bestanden hat! Sobald wir die Oase des Lebens gefunden haben – alle. Aber nicht hier!"
Mattotaupa gab Harka einen Wink, seinem Beispiel zu folgen, und ließ sich im Sande nieder. Harka setzte sich neben ihn.
„Was soll denn das!" schrie Bill nervös.

„Alle! Wir warten hier."
„Mann, Häuptling, du bist aber dumm! Glaubst du, du krepierst hier im Sande nicht auch?"
„Gewiß. Aber erst nach den weißen Männern. Mein Sohn und ich, wir halten den Durst länger aus, weil wir geübter sind."
„Ach, du höllisches Feuer und heilige Dreifaltigkeit! Das ist ja der komplette Wahnsinn! So was habe ich noch nicht erlebt, obwohl ich schon vierundzwanzig Hahnenkämpfe bestanden habe. Mann, ich habe meinen Gegnern die Nasen abgebissen und ihnen das Gesicht zerquetscht, und ich bin berühmt von Alaska bis Mexiko! Mir kannst du keinen solchen Schabernack spielen! Du kannst doch nicht... Also, das kannst du wirklich nicht!"
„Ich kann es."
Bill ließ sich auf sein breites Gesäß in den Sand plumpsen.
„Du kannst... Weißt du, dein Verstand ist verwirrt. Deshalb habe ich Mitleid mit dir. Ich will mal eine Probe machen, wie das wirkt, wenn man euch fünfzig Patronen in die Hand gibt! Schlimmstenfalls haben wir ja noch unsere Pistolen schußbereit!" Er zog die seine und legte die Patronengurte vor sich hin.
Harka holte die Munition.
Mattotaupa machte eine zustimmende Kopfbewegung und saß auf; auch Harka schwang sich auf seinen Grauschimmel. Die sieben Weißen, die noch laufen konnten, und der Indianer mit dem Halstuch fanden sich bei den Berittenen ein. Die fünf Verletzten, die nicht folgen konnten, schrien verzweifelt auf und baten flehentlich, daß man sie mitnehme.
„Ruhe! Wir kommen zurück und holen euch!" brüllte Bill sie an, als er sah, daß die indianischen Führer noch zögerten.
Aber die Zurückbleibenden beruhigen sich nicht bei diesem Trost.
„Nie kommt ihr zurück! Ihr Schweine, ihr Verräter, ihr gemeinen... ihr... ihr... Krepieren sollen wir! – Laßt uns doch nicht im Stich, Freunde, Brüder, Kameraden, bitte, das..."
Harka konnte nicht alles verstehen, aber aus dem Tonfall ahnte er, was hier gesagt wurde. Er kannte diese Männer nicht, die ei-

nem erbärmlichen Tod ausgeliefert werden sollten, aber er verachtete aufs tiefste diejenigen, die ihre Gefährten im Stich ließen.
Einer der Zurückbleibenden, der schwer verletzt war, zog seinen Revolver und erschoß sich selbst; er hatte an die Schläfe angelegt und war sofort tot.
„Das bleibt euch allen als Ausweg!" sagte Bill brutal. „Aber im übrigen – wir kommen zurück. Ihr braucht die Hoffnung nicht aufzugeben."
Er machte sich auf den mühsamen Marsch. „Vorwärts!" herrschte er Mattotaupa an.
Der Indianer mit dem bunten Halstuch hatte sich bis dahin den Vorgängen gegenüber völlig gleichgültig gezeigt. Jetzt sagte er leise zu Bill und gleich darauf zu Mattotaupa in der Sprache der Dakota:
„Aufpassen. Sie werden nach uns schießen."
Das war das Signal zum Mord. Sechs Mann legten an und töteten mit einer Salve ihre verletzten Gefährten.
„Das sind weiße Männer", dachte Harka. „Niemals will ich bei solchen Männern leben. Für fünfzig Patronen muß ich helfen, die Mörder zu Wasser und Nahrung zu führen. Ich würde sie lieber im Sande sterben lassen, aber Mattotaupa hat gesprochen, und so wird es geschehen. Denn wir lügen nicht."
Harka beobachtete, wie der indianische Begleiter der Weißen sich die Revolver der Toten holte und diese Waffen samt dazugehöriger Munition in einem Sack verstaute, den er bei einem der Erschossenen fand. Der Knabe wandte sich mit Ekel ab. Der Marsch begann.
Die Sonne schien herbstlich milde, aber der Weg war so mühsam, und es mußten so viele Schleifen und Windungen gemacht werden, um die tiefen Verwehungen zu umgehen, daß die Strecke endlos erschien. Die weißen Männer, die alle schweigsam geworden waren, torkelten am Abend vor Erschöpfung. Durstig und hungrig schliefen sie ein. Mattotaupa und Harka vermieden es, ihre Vorräte sehen zu lassen. Erst weit nach Mitternacht, als alle in tiefem Schlaf lagen, aßen sie etwas.

Teilen konnten sie nicht, denn sie hatten wenig bei sich, und niemand wußte, wie weit der tödliche Sand sich ausgebreitet hatte.
Nach der vollkommenen Windstille des ersten Tages nach dem Sturm begann es am nächsten Morgen wieder zu wehen. Leichte Sandwolken wurden aufgewirbelt. Sie erschwerten die Sicht und damit die Orientierung und das Vorwärtskommen. Zeitweise wurde es unmöglich, den Sonnenstand zu erkennen und damit die Himmelsrichtung festzustellen, in der man sich bewegte. Der Sand drang in die Augen und behinderte die Atmung. Trübselig stapften die Pferde und hinter ihnen die Männer durch die Wellentäler der Sandwüste. Da kein gerader Weg eingehalten werden konnte, war die Gefahr, jede Richtung zu verlieren, sehr groß.
Bill brabbelte einige Zeit Flüche vor sich hin. Endlich machte ihn der Indianer mit dem Halstuch darauf aufmerksam, daß er seinen Atem unnütz verschwende und sich selbst noch mehr Durst verursache als nötig. Da verstummte der geschwätzige Prahlhans.
Als es zum zweitenmal Abend wurde und noch kein Ende des erbarmungslosen Sandes abzusehen schien, begann der Streit. Einige wollten rasten, andere weiterlaufen. Zwei schalten, daß die Indianer hinterlistige Banditen seien und sie falsch geführt hätten. Bill grollte vor sich hin, und niemand konnte wissen, was er im nächsten Augenblick tun würde. Alle besaßen noch ihre Revolver und Pistolen, und jeder Streit konnte blutig enden, wenn einem der Männer die Nerven rissen.
Im Laufe des Marsches hatten Mattotaupa und Harka die Kräfte, die Geschicklichkeit und den Charakter jedes einzelnen schon etwas unterscheiden gelernt. Der vernünftigste unter den Weißen schien ein Mann in mittleren Jahren, in dessen Haar sich schon die ersten eisgrauen Fäden zeigten. Harka war er zuerst aufgefallen, weil er nicht mit den anderen zusammen auf die Verletzten geschossen hatte. Er redete auch jetzt zum Guten und bat die Männer, nicht den Verstand zu verlieren. Man müsse wohl oder übel wenigstens drei Stunden rasten, wie

Mattotaupa und der indianische Führer mit Namen Tobias vorgeschlagen hatten.
Den Männern wankten allen die Knie, die Zungen klebten ihnen am Gaumen, und ihre Erschöpfung siegte noch einmal über ihre nervöse Überreizung. Sie ließen sich in den Sand fallen, und einige schliefen gleich ein.
Mattotaupa und Harka standen bei ihren Mustangs, die immer wieder Witterung nahmen. Tobias und der ältere Weiße, der Tom angeredet wurde, kamen zu den beiden Dakota herbei.
„Was haltet ihr denn nun von unserer Situation, ernsthaft und unter Männern gesprochen?" fragte Tom.
„Wir sind nicht weit vom Niobrara. Die Tiere spüren schon Wasser."
„Häuptling, das wäre ja ... wäre ja ... die Rettung! So nah!"
An Stelle Mattotaupas nahm Tobias das Wort: „So nahe, aber nicht so einfach zu gewinnen. Wir haben ein sehr schwieriges Stück Weg vor uns, das schwierigste von allen, denn wir müssen durch die Großen Sandhügel hindurch, und wenn der Sturm dort auch gewütet hat, wird es schlimm aussehen."
Mattotaupa stimmte dem zu. Tom seufzte leise. Tobias schaute sich um. Als er sich überzeugt hatte, daß die erschöpften sechs Männer fest schliefen, begann er auch ihnen die Revolver und Pistolen wegzunehmen. Tom und auch Mattotaupa halfen ihm sofort bei diesem Vorhaben. Als drei der sechs Schläfer erwachten, waren schon alle Schußwaffen in den Händen der Indianergruppe und Toms. Nur Messer besaßen die anderen noch. Sie waren ihre einzige Waffe.
„Verfluchte Diebe! Mordgesindel! Rote Halunken!"
„Und der Tom macht halbe-halbe mit euch! Das merken wir uns!"
„Daß der Tobias ein Verräter ist, habe ich ja immer gesagt!"
„Der Teufel soll euch holen! Uns in die Irre führen und dann ausrauben und krepieren lassen!"
Das Schelten hatte auch die letzten drei Schläfer geweckt. Mit entsetzten, aufgerissenen Augen starrten sie in die Dunkelheit und brüllten unartikuliert los wie scheu gewordenes Vieh.

Mattotaupa, der Indianer mit dem für die Dakota unverständlichen Namen Tobias, auch Tom und Harka hatten sich mit den Pferden so weit von den anderen entfernt, daß diese ihnen nicht mit den Messern nahe kommen konnten, ehe ein Schuß sie traf. Die Revolver und Pistolen waren geladen.
„Ruhe!" sagte Tobias herrisch. „Wir töten und berauben euch nicht. Wir sind nicht weit vom Niobrara, aber das Stück Weg ist noch schwer. Wir beschützen euch nur vor eurer eigenen Tollwut! Ihr habt noch eine Stunde Ruhe!"
Weniger die Worte als die drohenden Revolver brachten die Männer zum Nachgeben. Sie legten sich wieder hin. Der Durst quälte sie, und sie träumten jetzt, zuckten und wälzten sich.
In der einen Stunde, in der die Indianer und Tom noch unter sich waren, entstand ein Gespräch zwischen ihnen.
„Du kennst das Land", sagte Mattotaupa zu Tobias. „Deinen Worten habe ich entnommen, daß du es wahrscheinlich besser kennst als ich. Warum vertrauen dir die weißen Männer so wenig? Warum haben sie nicht dich als Führer gewählt, sondern mir fünfzig Patronen für meinen Sohn gegeben, damit ich sie führe?"
Der Gefragte gab einen Laut von sich, als ob er lachte. „Das weißt du nicht? Hast du nicht verstanden, was Bill den Männern sagte?"
„Nein."
„Sie trauen mir nicht, weil sie glauben, daß ich sie in dem Sandsturm umkommen lassen wollte."
„Vielleicht wolltest du es", sagte Mattotaupa.
Der Indianer mit Namen Tobias schwieg.
Es hielt sehr schwer, die Männer nach dem Schlaf wieder auf die Beine zu bringen. Tom, Tobias und Mattotaupa schrien die Erschöpften, die willenlos zu werden drohten, an, rissen sie auf, stießen sie, bis endlich wieder alles in Marsch gesetzt war.
„Bald Wasser!" sagte Tobias. „Bald Wasser!"
Das war das Zauberwort, das die letzten Kräfte noch einmal anspornte. Der Wind wehte immer noch und wirbelte Sand umher, und nach drei Stunden weiteren mühseligen Laufens be-

gann die Verzweiflung zu wüten. Die Männer blieben stehen.
„Falsch laufen wir!"
„Im Kreis laufen wir!"
„Hundsfötter! Verlauste Rothäute!"
„Laßt uns doch umkehren!"
„Hinlegen bis zum Morgen!"
„Ich würde sie in ihr Verderben rennen lassen", dachte Harka wieder. „Das haben sie verdient. Aber Mattotaupa hat versprochen, sie zu führen, und ein Dakota lügt nicht."
„Lauft weiter, oder ich schieße euch alle nieder!" sagte Tobias so gleichmütig, als ob er ein Glas Bier bestellte.
Mit grauenvollen Flüchen tappten und torkelten die Männer weiter.
Die Indianer rechneten damit, daß der Wind sich in den letzten Nachtstunden noch verstärken würde. Aber das trat nicht ein. Der Luftzug wurde im Gegenteil schwächer und legte sich ganz. Der Sand sank nieder, und der Blick wurde wieder frei. Alle blieben einen Augenblick stehen und schauten nach den Sternen, um die Orientierung neu zu finden. Es war bald gewiß, daß man sich in der gesuchten Richtung bewegte.
Bill heulte vor Freude auf wie ein Hund, der seinen verlorenen Herrn wiederfindet. „Mann, Männer, Kinder, Himmel und Hölle! Wir sind richtig! Richtig sind wir!"
„Hoffentlich auch noch im Kopf", sagte Tom vor sich hin. Die Erkenntnis, daß man die Richtung nicht verloren hatte, belebte alle. Der Marsch ging in der nächsten Stunde besser voran. Als die Sandwüste jedoch kein Ende nehmen wollte, sank der Mut wieder. Der Weg wurde jetzt so schwierig, wie Tobias vorausgesagt hatte. Aber die Pferde strebten mit Macht vorwärts. Sie mußten Wasser in der Nähe wittern.
Ganz unvermittelt, mit einem der Höhenzüge, hörte die Sandwüste auf. Der Bereich des verheerenden Sturmes endete hier. Das Land war sandig, von steppen- und wüstenartigem Charakter, aber es war immerhin Land mit zähem Gras, Land mit festen Formen. Es war Land, auf dem man laufen konnte, ohne zu versinken, ohne in hundert Windungen die Dünen zu umgehen.

Der Zug der zehn Menschen machte einen Augenblick halt. Die meisten hatten einen Ausdruck, als ob ihnen die Erscheinung eines guten Geistes begegnet sei, die sie noch nicht für wahr halten konnten. Waren sie gerettet?
Die Pferde ließen sich kaum mehr halten, und Mattotaupa und Harka gaben dem Fuchs und dem Grauschimmel den Kopf frei. Erschöpft, halb verdurstet, setzten sich die Tiere doch in Galopp, und es dauerte nicht lange, da sahen ihre Reiter im ersten Morgenlicht die trüben, gelben, in der sommerlichen Trockenheit und durch die Sandverwehungen am Oberlauf träge gewordenen Fluten des Niobrara. Wasser! Wasser!
Die Pferde standen schon am Ufer und soffen, und die beiden Indianer schlürften auch das Naß. Erst jetzt gestanden sie sich ein, was sie gelitten hatten, und daß auch ihre Kräfte am Ende gewesen waren. Der Vater schaute auf seinen Jungen, ohne daß dieser es merkte. Harka war nach allen Strapazen der vergangenen Wochen nur noch ein hautüberzogenes Skelett. Sein Gesicht wirkte wie das eines ausgezehrten Fünfzehnjährigen. Die Backenknochen traten über den eingefallenen Wangen hervor. Der Blick war scharf, vielleicht überscharf. Seine Bewegungen waren auch nach dem Durst- und Hungerweg und dem erneuten Mangel an Schlaf der letzten Tage noch sicher, man konnte sogar sagen lässig, von einer Lässigkeit, in der sich Verachtung und Ablehnung gegenüber der Umwelt ausdrückten und die jede jugendlich-heftige oder zarte Empfindung verbarg.
Die beiden Indianer hatten sich schon erfrischt und waren vom Ufer zurückgetreten, als die zu Fuß marschierenden Männer nachkamen. Diese tranken; sie wollten gar nicht mehr aufhören. Dann warf man sich ohne ausdrückliche Abrede hin und schlief. Auch die Pferde ruhten. Die weißen Männer hatten noch nicht einmal daran gedacht, ihre Pistolen und Revolver zurückzuverlangen. Aber die Indianer und Tom steckten sie ihnen jetzt stillschweigend wieder in die Taschen. Die Schläfer grunzten nur dazu.
Mattotaupa und Harka hatten sich mit ihren Pferden zusammen abseits gelegt. Tobias und Tom schliefen zwischen den ande-

ren. Nachdem die unmittelbare Gefahr überwunden war, schieden sich die Gruppen wieder nach den Gesichtspunkten, die für das tägliche Leben maßgebend blieben.

Die beiden Dakota schliefen nicht lange. In stillschweigendem Einverständnis wachten sie fast gleichzeitig auf und bereiteten ihren Aufbruch vor. Das Versprechen Mattotaupas gegenüber den weißen Männern war erfüllt. Er hatte sie aus der Sandwüste hinaus bis auf bewohnbares Land geführt. Sie konnten sich leicht selber weiterhelfen. Nach den Beschreibungen, die Tobias gegeben hatte, befand sich die Handelsstation des zahnlosen Ben nur zwei Flußwindungen weiter ostwärts.

Der Aufbruch Mattotaupas und Harkas wurde nur von wenigen bemerkt. Tobias sagte nichts dazu. Tom lief den beiden Dakota noch nach und fragte, ob sie ihm nicht das gestickte Mädchenkleid abgeben wollten, das sie bei sich hatten. Er habe genug von der Prärie, wolle in der Stadt einen kleinen Laden mit indianischen Raritäten aufmachen. Die beiden Dakota beantworteten diese Anfrage nicht, und Tom blickte den Davonreitenden bedauernd nach.

Mattotaupa und in seiner Spur Harka lenkten die Tiere flußabwärts. Es schien Mattotaupas Absicht zu sein, Bens Blockhaus zu besichtigen. Flußaufwärts zu reiten war jetzt auch sinnlos und Selbstmord, da man in dieser Richtung, ebenso wie im Süden, in den Flugsand gelangte. Nordwärts, den Black Hills zu, lagen die Kerngebiete des Dakotalandes, das Mattotaupa nicht mehr betreten sollte und daher nur unter ständiger Todesdrohung betreten konnte. So blieb zunächst der Ritt ostwärts, in Richtung des Blockhauses. Was weiter werden sollte, war noch nicht entschieden, oder es war die Entscheidung jedenfalls noch nicht ausgesprochen. Harka wußte auch nicht, wohin die Gedanken des Vaters sich in den letzten Tagen gewandt hatten und wo er den bevorstehenden Winter nun endgültig zu verbringen gedachte.

Die Mustangs waren zäh. Nachdem sie wieder saufen und am Büschelgras rupfen konnten, trugen sie ihre Reiter mit gewohnter Schnelligkeit bald im Schritt, bald im Galopp voran. Nach-

mittags kündigte sich die Nähe des Blockhauses an. Die Indianer rochen zuerst den Rauch, dann eine Fülle anderer Gerüche, die auf eine Ansammlung von Menschen und Tieren schließen ließen. Der leichte Ostwind brachte sie mit. Allmählich häuften sich die Fährten, denen die beiden Reiter begegneten. Endlich gewannen sie auch den Überblick über die Handelsstation.
Das Blockhaus war fertiggestellt, von einem festen Dach geschützt und gut geteert. Der Eingang war von Westen her nicht zu sehen, wohl aber eine Umzäunung an der südlichen Schmalseite des Hauses. In der Umzäunung standen Pferde, gesattelte und ungesattelte. Das Haus war für die beiden Indianer schon in Hörweite. Sie vernahmen Hundebellen. Mattotaupa betrachtete die Handelsstation lange. Endlich setzte er sein Tier wieder in Bewegung und ritt hin. Harka folgte ihm.
Als die beiden Reiter näher kamen, rannten ihnen sechs Hunde bellend entgegen. Es waren Hunde, wie die weißen Männer sie zogen, groß, mit breiten Schlappohren, bis dahin hatte man diese Rasse der Bluthunde zum Bewachen und Wiedereinfangen von Sklaven benutzt. Die Indianer kümmerten sich nicht um das Gebell, und die Hunde, sich selbst überlassen und nicht aufgehetzt, dachten nicht daran zu beißen. Mattotaupa schien es nicht oder noch nicht für angebracht zu halten, die Pferde in die Umzäunung zu geben. Er ritt mit Harka um Blockhaus und Zaun herum, musterte die Tiere, die hier untergebracht waren, und horchte auf das Durcheinander vieler Stimmen, die – durch die Wände gedämpft – aus dem Hause herausdrangen. Er betrachtete die Weißen und die Indianer, die an dem milden Herbsttag östlich des Blockhauses, in der Nähe des Flusses lagerten, um ihre Handelsgeschäfte abzuschließen und Branntwein zu trinken. Der zahnlose Ben war als ein behender Wirt sofort herauszuerkennen. Mattotaupa und Harka hielten an. Man hatte ihnen bisher kaum Beachtung geschenkt. Tagtäglich ritten hier Fremde ein und aus. Aber sie selbst hatten eine Beobachtung gemacht, über die sie jetzt sprechen wollten.
„Hast du die beiden Pferde und die Maultiere gesehen?" fragte Mattotaupa.

„In der Umzäunung, ja. Langspeer und Weitfliegender Vogel Gelbbart sind hier!" Aus Harkas Stimmklang sprach eine frohe Erwartung.
„Sie haben ihre Pferde und ihre Maultiere hier. Vielleicht sitzen sie im Blockhaus."
Mattotaupa und Harka zögerten nun nicht länger, auch ihre Mustangs in die Umzäunung zu bringen. Dann traten sie in das Blockhaus ein.
Der Innenraum des Hauses war nicht unterteilt; er bildete einen einzigen Raum. An der westlichen Breitseite war ein Türrahmen eingebaut. Hier sollte wohl noch ein Anbau angebracht werden, vermutlich für Vorräte des Wirts, die sich jetzt in einem abseits stehenden Zelte befanden. Wandbänke, einige schwere Tische und Hocker und ein Herd waren das ganze Mobiliar des Blockhauses. Da durch die Schießluken sehr wenig Tageslicht eindrang, hatte Ben in Haken an der Wand zwei brennende Pechfackeln angebracht, die in dem Dämmer des Raums einen flackernden Schein verbreiteten. Der Raum war von Rauchgeruch und Branntweingestank geschwängert. Harka atmete diese dicke Luft mit Widerwillen. Daheim in den Zelten hatte der Rauchabzug besser funktioniert.
Die Indianer, an schnelles Beobachten gewöhnt, hatten sofort den Maler und seinen Begleiter Langspeer herausgefunden. Die beiden saßen, wie eine Art Ehrengäste, an einem kleinen Tisch in der linken hinteren Ecke allein, während sich die Gäste an den übrigen Tischen drängten. Mattotaupa und Harka gingen auf die beiden zu.
Langspeer schien dem Maler etwas zuzuflüstern, worauf sich dieser, offenbar verblüfft, erhob und den beiden Dakota mit Langspeer zusammen entgegenkam.
„Unsere roten Freunde!" sagte er, halb freudig, halb fragend. „Kommt an unseren Tisch!"
Die kleine Begrüßungsszene wurde von den Gästen der Nachbartische im allgemeinen flüchtig, von einigen aber auch aufmerksam betrachtet. Mattotaupa und Harka ließen sich nieder. Harka saß zum erstenmal in seinem Leben auf einer Bank. Er

fand diese Art des Sitzens, bei der die Beine herabhingen, sehr unbequem, ließ es sich aber nicht anmerken, sondern hörte den Männern aufmerksam zu. Mattotaupa formulierte knapp, was er über sein Schicksal zu sagen hatte, und bat Langspeer, diese Mitteilungen nicht in der Wirtsstube zu übersetzen, sondern sie dem Weitfliegenden Vogel einmal unbeobachtet weiterzugeben. Jetzt wollte Mattotaupa den Namen „Geheimnishund" oder „Pferd" führen und Harka den Namen „Büffelpfeil". Harka fühlte, wie Langspeers Blick mit schwermütiger Anteilnahme auf ihm ruhte.

Ben war schon flink herbeigeeilt und nahm die Essensbestellung des Malers für vier Personen entgegen. Der Maler erkundigte sich nach den Auswirkungen des Wirbel- und Sandsturmes, dessen Wüten allgemeinen Schrecken verbreitet hatte. Bei der Einsilbigkeit des Indianers schlich sich das Gespräch schleppend hin. Langspeer brachte das Thema des Nachtlagers auf.

„Bei unseren Pferden", sagte Mattotaupa bestimmt.

„Etwas kalt draußen in der Nacht", meinte der Maler. „Aber wenn ihr da draußen schlaft, wollt ihr auch ein wenig auf unsere Tiere aufpassen?"

„Ja."

„Dafür sind wir euch sehr dankbar. Es haben sich hier allerhand Figuren und Gestalten gesammelt, denen man nicht ohne weiteres trauen kann."

„Auf Handelsstationen wird selten geraubt", bemerkte Langspeer. „Sie müssen ihren Ruf wahren, damit die Leute ihre Ware dahin bringen. Aber ich weiß nicht, ob der zahnlose Ben hier noch ganz Herr der Lage ist."

Harka hatte schon bemerkt, daß Langspeer die schöne Kette aus Gold und edlen Steinen, die Harka und seine Gefährten im heimatlichen Dorf der Bärenbande so sehr bewundert hatten, nicht um den Hals trug. Er wollte keine Diebes- und Raubgelüste herausfordern. Er schlug jetzt auch vor, ob nicht er selbst und der Maler ebenfalls bei den Pferden schlafen wollten, aber Gelbbart lächelte teils nachsichtig gegenüber diesem Ansinnen,

teils für sich Verzeihung heischend, und meinte: „Im Sommer hätte ich das noch mitgemacht, gewiß, Langspeer! Wir haben oft genug miteinander in der freien Prärie genächtigt! Weißt du noch damals, als wir im Gebirge dem Grizzly begegneten und er uns in die Flucht schlug? Aber nun ist es Herbst, die Nächte sind schon kalt, und ich habe ein Magenübel, auf das ich etwas Rücksicht nehmen muß. Also werde ich im Hause bleiben."
Langspeer widersprach dem nicht, aber Harka spürte, wie unruhig und mißtrauisch der Cheyenne war, und nach allem, was Harka in der Sandwüste gesehen und gehört hatte, teilte sich ihm Langspeers argwöhnische Unruhe in steigendem Maße mit. Unter gesenkten Lidern beobachtete er die anderen Gäste.
Draußen dunkelte es, und die beiden Indianer gingen zu den Pferden, um sich dort für die Nacht einzurichten. Langspeer kam mit, um ihnen Decken zu geben, die er für den Maler und sich auf den Lasttieren mitführte. Es war schon lange her, daß Harka so viele Decken des Nachts zur Verfügung gehabt hatte, und er lag bei seinem Grauschimmel bequemer als seit Monaten. Mattotaupa hatte sich bei seinem Fuchs niedergelassen. Die Indianer befanden sich mit ihren Pferden innerhalb der Umzäunung und hatten die Tiere nicht festgemacht, so daß sie ihnen notfalls sofort zur Verfügung standen.
Die beiden Dakota schliefen noch nicht, sondern dösten, die offenen Augen auf den Nachthimmel gerichtet, die Ohren aber für den geringsten Laut in ihrer Umgebung offen.
Das erste, was sich ereignete, war die Ankunft der sieben Langmesser und Scouts unter Führung von Tobias. Tobias blieb draußen und bat Tom, ihm etwas zu essen zu bringen. Das konnten Mattotaupa und Harka hören. Tom erfüllte den Wunsch des indianischen Scouts, der offenbar auch im Freien schlafen wollte, und ging dann in das Blockhaus, wo großer Lärm entstand, als die Ankömmlinge zu trinken und zu erzählen begannen. Bills endloses Geplapper war deutlich herauszuhören, wenn die Indianer die einzelnen Worte auch nicht verstehen konnten. Sie fragten sich im stillen, ob der Maler bei diesem Lärm im Haus wohl werde schlafen können.

Der Wirt kam nach einiger Zeit heraus, scheinbar um nach den Pferden und Hunden zu sehen, hielt den Schritt aber dann bei Mattotaupa an und schien eine Unterhaltung anspinnen zu wollen. Mattotaupa beantwortete kaum jede dritte Frage. Als Ben begriff, daß ihm die Umwege nichts nützten, steuerte er sein Ziel geradezu an.

„Der Rote Jim sucht euch!" Ben hatte sich für seine Handelsgeschäfte so viel von der Dakotasprache angeeignet, daß er sich verständigen konnte.

„Wer ist das?" fragte der Dakota, ohne eine Miene zu verziehen.

„Ihr kennt euch doch! Mann! The Red oder Red Jim oder Red Fox oder wie er immer genannt wird, der war doch bei euch! Feiner Kerl, was?"

Mattotaupa verzog nur die Lippen.

„Er sucht euch! War hier, ist dann nach Westen geritten! Hoffentlich nicht im Sandsturm umgekommen. Aber ich glaub's nicht, denn Jim weiß sich zu helfen. Na, ihr seid recht müde, dann also gute Nacht. Feine Bekanntschaft habt ihr da auch mit dem Maler! Feine Bekanntschaft! Das ist einer, der was ausgeben kann!" Da Mattotaupas Schweigsamkeit nicht aufzubrechen war, entfernte sich Ben wieder.

Wenn die Indianer vielleicht geglaubt oder gefürchtet hatten, daß das lärmende Treiben der Trinker im Blockhaus die Nacht hindurch währen würde, so hatten sie sich getäuscht. Ben und Bill, deren Stimmen sie herauskannten, sorgten verhältnismäßig früh für vollständige Ruhe. Möglicherweise hatte der Maler ein ansehnliches Trinkgeld gegeben, um sich eine erträgliche Nacht zu verschaffen. Langspeer kam noch einmal zu den Pferden heraus und deutete etwas dergleichen an. Er schien aber das Verhalten des Malers sehr unvorsichtig zu finden und beschrieb den beiden Dakota dreimal genau, wo er und Gelbbart schlafen würden, bemerkte auch noch, daß der Maler eine Pfeife habe, mit der er schrill und durchdringend pfeifen könne. Sie klinge ähnlich wie eine indianische Kriegspfeife. Nach diesen Erklärungen, die seine wachsende Besorgnis verrieten, entfernte er sich, um wieder zu Gelbbart ins Blockhaus zu gehen. Gleich darauf kam Ben heraus, ging zu Tobias und ließ sich von diesem die Revolver der erschossenen Verletzten zeigen. Die Weißen hatten beim Brandy wohl davon erzählt. Ben bot einen Preis, den Tobias als lächerlich bezeichnete, worauf Ben hoch und heilig versicherte, daß er derartiges Räubergut überhaupt nie ankaufen werde. Er ließ Tobias stehen, kam aber noch einmal zu Mattotaupa herüber und fragte diesen, ob er nicht zwei Revolver mit Munition kaufen wolle.

Mattotaupa drehte sich wortlos in seinen Decken, so daß er dem zahnlosen Ben den Rücken zukehrte. Daraufhin verschwand der Wirt wieder in dem still gewordenen Haus. Die Indianer hörten, wie er die schwere Tür von innen zuschloß.

Mattotaupa hob den Kopf, als ob er lausche, und als alles ruhig blieb, stand er auf und ging weg. Harka schaute ihm nach, konnte ihn von seinem Platz aus aber nur auf eine kurze Strecke beobachten. Als Mattotaupa nach einigen Minuten zu Harka und den Pferden zurückkam, hatte er die Axt bei sich, mit der auf einem Amboß beim Hause Holz klein gemacht wurde. Er nahm sie unter seine Decke und schien einzuschlafen. Harka war todmüde. Der Schlaf überwältigte ihn. Er wußte nicht, wie lange er geschlafen hatte, als er bei einem Ton hochfuhr, den er aus Gewohnheit und Übung für den Ton der Kriegspfeife hielt. Er hatte schon die Waffen in der Hand, als er erst begriff, daß er nicht im heimischen Zelte geweckt worden war, sondern bei seinem Pferde, neben einem verdächtigen Blockhaus. Die Nacht war still, auch im Hause war es ruhig, bis auf einen halb erstickten Schrei, der noch herausdrang. Mattotaupa war ebensoschnell wie Harka aus den Decken gefahren, und der Knabe erblickte den Vater bei der Tür, die Mattotaupa mit der Axt krachend einschlug. Harka eilte zum Vater. Er vergaß dabei nicht, einen Blick hinüber zu Tobias zu werfen. Der Indianer mit dem bunten Halstuch bestieg eben ein Pferd und ritt in gestrecktem Galopp nordostwärts davon. Er schien wie ein Mann zu handeln, der es nicht liebte, in Konflikte verwickelt zu werden, die ihn nichts angingen.

Aber Mattotaupa hatte mit einigen Axthieben in die Tür eine Öffnung geschlagen, durch die er in das Haus gelangen konnte. Harka gab einen Warnschuß aus seiner Büchse ab und stürzte hinter dem Vater in den finsteren Innenraum des Hauses hinein. Beide drängten nach der linken hinteren Ecke, wo sie die Schlafplätze von Langspeer und Gelbbart wußten.
Schon bei den ersten Axthieben des Dakota war im Hause ein wildes Durcheinander entstanden. Harka fand sich jetzt mitten in den Menschenknäueln. Ein Hilferuf ertönte, das war Langspeers Stimme. Mattotaupa antwortete aus dem Instinkt langer Gewohnheit heraus mit dem Kriegsruf der Dakota. Harka stimmte ein.
„Hi-jip-jip-jip-hi-jaaah."
Das wirkte einen Moment lähmend auf alle im Hause. Draußen, bei dem Lager der Indianer, die ihre Ware zum Blockhaus gebracht hatten, erhob sich aber ein Geheul in verschiedenen Stammessprachen. Die sechs Hunde bellten wütend.
Mattotaupa schien mit seiner Axt, die er mit beiden Händen zum Schlage hob, schon zu der gesuchten Ecke durchgedrungen zu sein.
Es rief von dort wie erlöst: „Mattotaupa! Mattotaupa!" Das war Gelbbart, der im Augenblick höchster Angst und Erregung den Dakota mit seinem wahren Namen nannte und ihn als seinen Retter begrüßte. Harka konnte sich aber der Freude über das erfolgreiche Handeln des Vaters nicht hingeben, denn irgend jemand hatte den Lauf seines Mazzawaken gepackt und rang mit ihm um die Waffe, auf die Harka durchaus nicht verzichten wollte. Der andere war stärker, der Knabe sehr geschickt. Aber er wurde von hinten gepackt, und eine Stimme, die er daran zu erkennen glaubte, daß sie sich zwischen zahnlosen Kiefern hervorquetschte, schrie: „Ins Loch mit dir!"
Harka wurde jetzt von zwei Männern im Rücken gepackt und konnte keinen erfolgreichen Widerstand mehr leisten. Mit rohen Griffen bezwungen, wurde er kopfüber in ein Loch im Boden hinuntergestoßen, und ein Deckel klappte mit dumpfem Poltern über ihm zu.

Er stürzte, mit dem Kopf voran, und kam unter Wasser. Es war gut, daß er von früher Kindheit an mit harten Proben erzogen worden war, so daß er auch in diesem Augenblick der Überrumpelung und äußersten Lebensgefahr die Nerven nicht verlor. Da er sofort spürte, daß ihm das Wasser über Kopf und Schultern bis zu den Hüften reichte, die Beine in dem engen Loch aber nicht im Wasser, sondern in der Luft standen, griff er rechts und links an die Wände und hantelte sich, seinen schmalen Jungenkörper zusammenziehend und wieder ausstreckend, aufwärts. Die Wände fühlten sich wie Holz, weiter oben wie Erde an. Es gelang ihm, mit dem Kopf über den Wasserspiegel zu gelangen, und er atmete tief und spie Wasser aus.

Was war das für ein Loch, in das ihn die Räuber geworfen hatten? Ein Wasserloch unter dem Fußboden des Hauses war es ganz offenbar, mit einem Deckel verschlossen. Eine Art Brunnenloch im Hause hatte der zahnlose Ben. Sehr zweckmäßig war das, wenn das Haus belagert wurde. Aber für Harka war die Lage gefährlich.

Von den Menschen oben hatte er nichts zu erwarten, als daß sie den Deckel zuhalten würden, um ihn hier unten umkommen zu lassen. Ob der Vater aber je ahnen würde, wohin man Harka hatte verschwinden lassen, das war so ungewiß wie das Schicksal des Vaters oben im Blockhaus überhaupt. Der Junge war auf sich allein gestellt. Er mußte sich hier unten selbst helfen, oder er kam um. Was tun?

Harka konnte sich nur mit großer Mühe über dem Wasserspiegel halten. Es war ihm nicht möglich, sich umzudrehen und den Kopf nach oben zu bekommen, dazu war der Schacht zu eng. Wie tief wohl der Brunnenschacht war? Wo mochte das Wasser herkommen? War das Grundwasser? Ob der Schacht unter Wasser vielleicht breiter wurde, so daß man sich darin umdrehen konnte?

Harka wollte das untersuchen. Er war ein sehr guter Taucher und hielt lange unter Wasser aus. Nun sollten ihm diese lange geübten Fertigkeiten einmal in einer verzweifelten Lage nützlich werden! Tief atmend speicherte er Luft in der Lunge, nahm

Hände und Füße von den Wänden des Brunnenschachts ab und ließ sich mit vorgestreckten Armen ins Wasser hinabfallen. Die Entdeckung, die er dabei machte, war erstaunlich.
Er kam verhältnismäßig bald auf Grund. Der Schacht blieb bis unten ziemlich eng, nur eben so weit, daß ein Mensch sich etwa hindurchquetschen konnte, wenn er schlank war. Aber auf dem Grund war der Schacht nicht zu Ende. Es kam Wasser von der Seite herein, und der jugendliche Taucher begann in diesen seitlich führenden Schacht, dessen Wände sich als Holz anfühlten, hineinzukriechen. Er hatte sofort begriffen, daß es in dieser Richtung nach dem Fluß ging, und da er genug Luft geschöpft hatte, um ein paar Minuten auszuhalten, wollte er den waghalsigen Versuch machen, hier durchzukommen. Er konnte nicht wissen, ob es eine Öffnung geben würde – aber er wollte danach suchen.
Harka glitt wie ein Fisch durch die Röhre. Er arbeitete mit allen Kräften. Wenn es noch lange so weiterging, erstickte er doch noch. Aber vielleicht war dies nicht nur als Brunnen, sondern auch als Fluchtweg gebaut, und dann mußte er sich hinausarbeiten können. Ah! Ah!
Harka gelangte mit dem Kopf an eine halb versandete Öffnung der eigentümlichen Wasserleitung. Hier mußte der Fluß sein, hier ging es nach oben! Mit aller Anstrengung zwängte sich der Knabe so schnell wie nur möglich hinaus und gelangte ins Freie. Er tauchte in der Mittelrinne des Flusses auf und sah über sich den Sternenhimmel.
Wasser speiend und tief Luft holend, schwamm er ein kleines Stück abwärts, stieg dann aus dem Wasser und legte sich erst einmal flach auf eine Sandbank, um wieder ganz zu sich zu kommen. Dabei lauschte er und überlegte.
Beim Blockhaus war es stiller geworden. Die Hunde knurrten nur noch. Die Indianer in dem Lager auf der Wiese am Fluß saßen beieinander und wisperten. Die Reste der Blockhaustür hingen in den Angeln. Was mochte aus dem Vater geworden sein, aus Gelbbart, aus Langspeer?
Harka beschloß, in das Indianerlager auf der Wiese zu gehen.

So herabgekommen diese roten Männer auch sein mochten, ein Indianerkind würden sie nicht ermorden. Vielleicht waren einige darunter, die die Dakotasprache verstanden und ihm Auskunft geben konnten. Er rollte sich wieder ins Wasser, schwamm noch ein Stück hinunter und gewann das Ufer. Durch eine Bodenwelle in Deckung gegen das Blockhaus lief er dem Indianerlager zu.

Noch waren dort alle wach. Als sie merkten, daß der Junge die Dakotasprache kannte, wiesen sie ihn zu ein paar Männern hin, die ihre schwarzen Haare gescheitelt hatten und in Zöpfen trugen. Der Junge setzte sich stillschweigend zu diesen.

„Wir kennen dich", sagte einer der Männer nach einiger Zeit.

„Dein Vater hat die Türe eingeschlagen und den Kriegsruf erhoben. Jetzt halten ihn die weißen Männer gefesselt in dem Hause, weil sie behaupten, er habe den weißen Geheimnismann und Langspeer töten und berauben wollen."

„Was machen Gelbbart und Langspeer?"

„Sie reden für Mattotaupa, aber vergeblich. Sie müssen sich selbst hüten, zu laut zu reden. Ihr Geld haben sie behalten."

„Was kann ich tun?"

„Bleibe hier, wir verstecken dich. Für deinen Vater kannst du noch gar nichts tun. Warte."

Damit mußte Harka sich zunächst abfinden.

Als die Sonne aufging, gaben ihm die Männer zerschlissene Kleidung und ein buntes Tuch, das er um die Stirn binden konnte. In dieser Verkleidung fiel er nicht auf. Sie gaben ihm auch zu essen, was er brauchte. Das war nicht viel.

Harka beobachtete Ben. Er beobachtete auch Langspeer und Gelbbart, die frei aus- und eingingen. Sie waren gerettet, aber Mattotaupa lag in Fesseln. Der Vater war am Leben, dessen vergewisserte sich der Junge durch seine Freunde immer wieder. Harka schmiedete viele Pläne, um seinen Vater zu befreien, verwarf sie aber alle wieder. Er wagte es nicht einmal, sich mit Langspeer in Verbindung zu setzen. So vergingen drei Tage.

Ben kam in dieser Zeit nicht in das Indianerlager. Er hatte sehr niedrige Preise geboten, die die Indianer nicht zugestehen woll-

ten. Um sie mürbe zu machen, ließ er sich nicht sehen und hoffte, daß sie nachgeben würden, sobald ihre Vorräte zu Ende gingen. Die Indianer hingegen wollten dem Wucherer zeigen, daß sie warten konnten. Sie sonnten sich, das machte keinen Hunger. Einige jüngere veranstalteten auch Spiele.
Harka sah den Spielern zu. Sie hatten zwei Tore bestimmt und trieben einen Ball mit Stöcken hin und her. Harka fiel ein, wie oft er dieses Spiel mit den Jungen Hunden, mit Kraushaar, mit seinem Bruder Harpstennah, selbst mit dem älteren Tschetan gespielt hatte. Es kam ihm vor, als ob dies in einem ganz anderen Leben geschehen sei, als ob er, Harka, überhaupt nicht mehr derselbe Junge sein könne, der zwischen den Zelten der Bärenbande mit den Gefährten nach dem Ball gerannt war. Dennoch zuckten ihm die Glieder, wenn er einen Spieler ungeschickt spielen sah. Er hätte sich am liebsten den Stock geben lassen, um den anderen einmal vorzumachen, was spielen hieß! Aber das durfte er nicht wagen. Ben hätte ihn erkennen können.
Am dritten Tag ereignete sich etwas Neues und Wichtiges.
Red Jim kam.
Obgleich er von Westen her erwartet worden war, ritt er aus dem Osten zu dem Blockhaus. Er galoppierte stracks, nach Cowboyart, auf das Blockhaus zu, in dessen Öffnung Ben stand, riß sein Pferd hoch und schwenkte den Schlapphut.
„Guten Morgen, zahnloser Zweibeiner!" Er sprach so laut, daß es rings zu hören war. „Was macht das Geschäft?"
Ohne eine Antwort abzuwarten, sprang Jim vom Pferd, brachte es in die Umzäunung und schien dort von Überraschung geradezu überfallen zu werden. „Hoi! Hoi! Was ist hier alles versammelt! Die Tierchen kenne ich doch!"
Ben war ihm nachgekommen. „Soso, die Tierchen kennst du! Wolltest mir aber im Sommer durchaus nicht zugestehen, daß du der alte Freund von Mattotaupa und seinem verlausten Jungen bist!"
„Was redest du da für Unsinn! Wo stecken die beiden?"
„Der Junge ist ersoffen..."
„Dich hat wohl einer mit der Axt auf den Kopf gehackt, daß

dein Verstand ein Loch bekommen hat wie deine Tür da! Dir sind wohl nicht nur die Zähne, sondern auch schon die Augen ausgefallen! Der Junge sitzt doch da drüben bei den Rothäuten!"
„Da drüben..." Ben erschrak.
„Aha!" lachte Jim. „Böses Gewissen, wie man so schön sagt, wie? Hallo!!" Er legte die Hände an den Mund. „Hallo! Harka Wolfstöter Büffelpfeilversender!"
Der Junge erhob sich. Die Namen hatten ihn getroffen. Er ging zu Red Jim hin.
„Junge, Junge, wie siehst du denn aus? Was macht dein Alter, Mattotaupa?"
Harka setzte jetzt alles auf eine Karte.
„Mein Vater Mattotaupa wird von Ben und den anderen weißen Männern gefangengehalten. Sie verleumden ihn, er habe Weitfliegenden Vogel und Langspeer angreifen wollen, aber in Wirklichkeit hat er Weitfliegenden Vogel gegen die Räuber und Diebe beschützt!"
Ben wollte wütend auffahren, aber Jim schlug ihm mit seiner schweren Hand derart auf die Schulter, daß der Wirt in die Knie knickte.
„Ben, zahnloses Scheusal, ich habe dir gleich gesagt, daß du ein schlechtes Gewissen hast. Bei deinem ersten Wort habe ich das schon gewittert wie ein Büffel den Präriebrand. Also ohne Umschweife, führ mich sofort zu meinem Freunde Mattotaupa!"
Ben gehorchte schweigend und ging mit Jim in das Blockhaus. Harka kam mit; niemand wies ihn zurück.
Im Hause war es dämmrig, aber durch die offene Tür fiel genügend Licht herein, um alles ohne Mühe erkennen zu lassen. Es befanden sich nur wenige Männer im Raum, die sich jetzt möglichst schnell zurückzogen. Ben führte in die linke hintere Ecke. Dort lag Mattotaupa lassoumschnürt am Boden, ohne sich rühren zu können. Er hatte aber die Augen offen und sah nach seinem Jungen, mit einem Blick, der Harka die Nerven zusammenzog. Der Vater hatte ihn wohl tot geglaubt. Harka kniete sich, ohne irgend jemanden darum zu fragen, zu seinem Vater und

wollte die Lassoknoten lösen. Da sie jedoch sehr festgezogen waren, nahm er kurzerhand das Messer aus der Scheide und zerschnitt die Fesseln. Es war die Steinklinge, die er im Bergschutt gefunden und zu der ihm der Vater den Griff gemacht hatte. Sie schnitt vorzüglich.

Mattotaupa streckte die angeschwollenen Glieder, in denen sich das Blut gestaut und ihm heftige Schmerzen verursacht hatte. Dann sprang er plötzlich auf die Füße. Er richtete es so ein, daß er sich im Stehen an die Wand lehnen konnte, denn es fiel ihm noch schwer, das Gleichgewicht zu halten.

„Mattotaupa", rief Jim, volltönend wie immer. „Was für Banditen haben dich gefesselt, dich, meinen Freund! Verdammte Schweinerei hier! Ben, du bist ein Kojote! Räudig nicht nur deine Haut, sondern auch dein Herz! Verschwinde und bringe uns was zu essen! Aber streue kein Gift hinein, du hinterlistiger Handelsmann!"

Ben zog grimmig ab.

Harka mochte das volltönende Gerede des Roten Jim nicht hören. Wie anders klang das hier und jetzt als damals im Dorf, wo Jim fast wie ein Häuptling bewundert und behandelt worden war. Auch Ben gehorchte Jim, aber Harka schien es, daß hier ein Räuberhauptmann über einen Räuber gebot. Den Knaben hatte das große Mißtrauen gegen alle Menschen erfaßt, das die Heimat- und Schutzlosen aus bitteren Erfahrungen heraus zu beseelen pflegt.

Mattotaupa ließ sich mühsam an dem Ecktisch nieder, an dem der Maler und Langspeer am ersten Abend gesessen hatten. Harka setzte sich zu ihm. Jim war hinter Ben für einen Augenblick hinausgelaufen, um den Maler zu suchen, und so blieben die beiden Dakota für kurze Zeit allein.

„Sie wollten von mir das Geheimnis des Goldes erpressen", sagte Mattotaupa leise zu Harka. Bei den ersten Worten lallte er fast, dann fand er seine Sprache wieder. „Sie haben mir gesagt, daß sie dich martern, bis ich gestehe."

Er schaute Harka fragend an.

„Das war eine Lüge, Vater. Sie wollten mich ermorden, aber ich

bin ihnen entkommen und habe mich draußen im Lager versteckt, bis Red Jim mich erkannte."
Mattotaupa atmete tief. „Also ist es gut, daß ich geschwiegen habe."
„Gut, Vater."
„Dein Goldkorn habe ich verschluckt, ehe sie es fanden. Sie wissen nichts davon."
„Gut, Vater."
Jim kam lange nicht wieder, auch Ben ließ sich nicht sehen. Aber der Maler und Langspeer traten ein, zögerten und setzten sich schließlich, auf eine einladende Handbewegung Mattotaupas hin, mit an den Tisch. Sie hatten etwas zu essen und zu trinken mitgebracht. Mattotaupa trank durstig. Harka griff zu und aß. Alle suchten nach den Worten, mit denen man beginnen könne, sich zu verständigen.
Unterdessen hatte Jim den zahnlosen Ben draußen beiseite geführt, so daß niemand das Gespräch dieser beiden belauschen konnte.
„Ben", sagte er, „zahnloser Aasfresser, ich habe dir einmal gesagt, du sollst mir nicht ins Gehege kommen, und jetzt sage ich es dir zum zweiten und zum letzten Male! Mißbrauche meine Geduld nicht so unverschämt! Dazu hast du nicht das Zeug. Du bist dazu nicht geboren. Du bist einfach dumm, verstehst du? Die Black Hills sind mein Revier, und Mattotaupa ist mein Freund. Nicht weil er was von Gold weiß – nichts weiß er, gar nichts –, aber weil er eben mein Freund ist. Ich will es so und nicht anders! Also laß deine und deiner dreckigen Kumpane Hände weg von dieser Rothaut und seinem Sohn! Wenn sie je wieder einmal in deine Bude kommen – viel Lust werden sie nicht dazu haben –, aber wenn je, so behandelst du sie mit allem Respekt und billigen Preisen, oder ich mache dir den Schnitt über den Ohren und ziehe deine schwarze Kopfhaut ab! Verstanden, ja? Benimm dich endlich, wie es dir zukommt!"
„Also gewiß, aber ich war's doch gar nicht..."
„Halt den Mund, spare dir deine dummen Redensarten. Es ist in deinem Haus geschehen, also warst du's, da gibt's doch mir

gegenüber nichts zu leugnen. Übrigens war es auch Blödsinn, daß ihr den Maler ausrauben wolltet."
„Hast du mir selbst vor ein paar Wochen empfohlen!" widersprach Ben, fast weinerlich.
„Halt die Schnauze!" Jim hob den Arm, als ob er dem Zahnlosen ins Gesicht schlagen wollte. „Hab ich dir je empfohlen, Dummheiten zu machen? Einen Maler auf einer Handelsstation überfallen! Hat man so etwas schon gehört! Und dann noch mit einem Aufwand, als ob Krieg los sei! Mann, Mann, man sollte es nicht für möglich halten. Der Morris Gelbbart hat doch Beziehungen, der ist doch bekannt, dem wird nachgeforscht, wenn er krepiert, das gibt Geschrei bis in die großen Städte hinein! Ja, so ist das. Ich meine, dem kannst du mal heimlich in die Tasche greifen..."
„Mehr wollte ja auch keiner."
Jim begann zu lachen, er bog sich vor Lachen und hielt sich den Bauch. Als er wieder zu sich kam, sagte er: „Du bist so rührend dumm, Ben, daß es mir ans Herz geht. Also mehr wolltest du auch gar nicht, du samt deinen Kumpanen! Dann müßt ihr eben geschickter vorgehen. Jetzt bleibt euch nichts als der schlechte Ruf. Ihr hattet noch Glück, daß der Indianer dazwischenkam und euch mit seiner Axt vor den größten Torheiten bewahrte. Das Geld habt ihr zurückgegeben?"
„Wir sind gar nicht erst dazu gekommen, es uns zu nehmen. Der Indianer mit seiner Axt..."
Jim lachte wieder. „Ja, ja, der Indianer mit seiner Axt. Auf den hattest du nicht gewartet, aber er kam rechtzeitig. So, und nun keine Feindschaft, und serviere uns noch eine Bärentatze zum Versöhnungsmahl!"
„Brandy?"
„Trinkt der Dakota nicht. Frisches Wasser schaffst du herbei!"
Ben entfernte sich kopfschüttelnd.
Red Jim blieb allein und sah dem Schwarzhaarigen verächtlich und verärgert nach. „Idiot", murmelte er vor sich hin, und dann dachte er, ohne seine Gedanken auszusprechen, weiter: „Der dumme Hund hat den Dakota in Harnisch gebracht und feind-

selig und mißtrauisch gemacht. Ich muß jetzt Mattotaupas Freund spielen, seinen großen Freund, seinen mächtigen Freund, seinen zuverlässigen Freund! Bis sich vielleicht wieder ein günstiger Moment ergibt, in dem ich ihn weiter befragen kann. – Das alberne Gerücht, daß Mattotaupa Goldvorkommen kenne, muß verstummen, sonst hat er viel zu viele Hunde auf seiner Fährte. Meine Beute soll er werden, meine allein!"
Jim steckte sich eine Pfeife an und schlenderte in das Indianerlager, um die Leute auszuhorchen, was Ben ihnen für ihre Ware geboten hatte. Sobald die Bärentatzen fertig gebraten sein konnten, wollte er wieder in das Blockhaus gehen. Nur nicht aufdringlich erscheinen, das wirkte bei Indianern nicht gut. Er behielt aber die Tür im Auge.
Daher sah er Harka herauskommen, der die Pferde holte und zum Fluß zur Tränke führte. Bald darauf trat auch Mattotaupa ins Freie, schaute sich um und ging langsam zu Harka ans Flußufer. Red Jim beobachtete, wie die beiden Indianer sich niederließen, ohne die Pferde festzumachen. Er beobachtete sie weiter, rührte sich aber nicht vom Platze, damit die beiden ihn nicht bemerken sollten. Zu seinem Leidwesen konnte Red Jim nicht verstehen, was die Indianer miteinander sprachen. Sie sprachen so leise, daß er nicht einmal ihre Stimmen hörte. Nur ihre Haltung verriet ein Gespräch.
Es war Abend, die Sonne sank über dem sehr fernen Felsengebirge und der tödlichen Dünenlandschaft über der Prärie. Das Wasser des Niobrara schwemmte in der Mittelrinne unlustig den mitgebrachten Sand dahin. Der Fuchs war zu Mattotaupa, den er lange vermißt hatte, ganz nahe herbeigekommen und legte seine Nüstern an die Schulter des Mannes, an der die Kratznarben von den Krallen des Grizzlys noch zu sehen waren. Mattotaupa strich dem Mustang freundlich über das Maul und klopfte ihm den Hals.
„Wie denkst du, Harka Steinhart?" fragte er.
„Wir wollten uns umsehen, wie die weißen Männer leben. Nun, wir haben es gesehen, denke ich."
„Einige weiße Männer haben wir gesehen, Harka, solche, die

sich hier befinden, wo sie nichts zu suchen haben, weil dieses Land den Dakotastämmen gehört. Gelbbart mag recht haben, daß die weißen Männer in ihren eigenen Dörfern und Häusern eine andere Lebensweise haben und daß dort nicht so viele von ihnen Räuber und Mörder werden. Das mag wohl sein. Aber ich weiß nicht, ob wir in den Häusern der weißen Männer leben möchten. Wir sind den Atem der freien Prärie gewöhnt. Wohin gehen wir?"
„Weit fort!" antwortete Harka bitter.
„Ein Leben wie das von Langspeer und Gelbbart würde dir nicht gefallen?"
Harka verneinte. „Gelbbart kann malen, und Langspeer beschützt ihn, so gut und so schlecht er es eben versteht. Sie wissen, wozu sie da sind. Aber was sollen wir beide tun?"
Mattotaupa zuckte zusammen. „Vielleicht können wir die Begleiter des Roten Jim werden. Er hat uns befreit, und er ist ein großer Jäger."
„Aber wofür jagen wir, Vater? Was wir brauchen, erlegen wir auch ohne den Roten Jim. – Sogar ohne das Mazzawaken, das er mir schenkte und das mir die weißen Männer, mit denen er auch freund ist, wieder geraubt haben."
Harka fügte die letzten Worte leise und selbstquälerisch hinzu. Er erinnerte sich einen Moment daran, daß er im Sommer für dieses Mazzawaken noch zu geben bereit gewesen wäre.
„Was wollen wir also tun, Harka?"
„Etwas hat mir gefallen, was Langspeer berichtete", sagte der Knabe nach einem gewissen Zögern.
„So sprich."
„Was er von den Schwarzfüßen erzählte, meine ich. Von den Schwarzfüßen, die weit oben im Norden in rauhen Prärien leben. Die Siksikau sind tapfer, sie sind frei, sie sind Jäger wie wir, sie leben in Zelten wie wir. Sie haben gleiche Sitten wie wir. Sie sind mächtige Feinde der Dakota, und sie sind grimmige Feinde der weißen Landräuber. Ich will zu den Siksikau reiten und dort, sobald die Zeit dafür gekommen ist, die Proben bestehen, die mich zum Krieger machen."

Mattotaupa dachte nach. „Du hast einen großen Plan, Harka. Der Plan ist nicht schlecht. Der Weg zu den Siksikau aber ist weit, sehr weit. Es ist auch nicht leicht, in den Zelten der Siksikau aufgenommen zu werden, denn sie sind ebenso harte und verschlossene Krieger wie die Dakota. Aber ich bin bereit, mit dir dahin zu gehen, sobald es wieder Frühling wird. Ich habe gesprochen, hau! Wenn der Schnee, der kommen wird, wieder schmilzt, wenn das Gras wieder grün wird, die Büffel nach Norden ziehen und die Lerchen bei Sonnenaufgang aus dem Grase wieder wie Pfeile in die Höhe steigen und singen, dann wollen wir miteinander zu den Schwarzfüßen reiten. Du sollst ein kräftiger Bursche und ein großer Krieger unter ihnen werden, gefürchtet von den Dakota, die uns verstoßen haben, und gefürchtet von den Langmessern, die das Land der roten Männer rauben wollen. Das wird im Frühling sein. Auch mein Herz wird wieder stark und froh, Harka, wenn ich an diesen deinen Plan denke, der jetzt auch der meine geworden ist. Den Winter, der zunächst noch vor uns liegt, werden wir zusammen überstehen; unser großes Vorhaben gibt uns die Kraft dazu."
„Wo werden wir hausen, und was werden wir essen, und wie werden wir uns kleiden, Vater, wenn der Schnee fällt?"
„Wir haben keine Büffelpelzröcke, keine Decken, kein Zelt. Lange wird der Schnee das Gras decken, und die Winterstürme werden darüber hinwegbrausen. Wir haben einen großen und guten Plan für die kommenden Sommer und Winter, Harka, aber für diese eine Winterszeit sind wir noch gar nicht gerüstet. Das ist wahr. Ich denke, wir nutzen sie, um größere Erfahrungen zu sammeln, als wir sie bis jetzt besitzen."
„Auf welche Weise, Vater?"
„Du hast von Kind an gehört, daß der Kampf unserer Krieger gegen die Weißen seit Hunderten von Sommern und Wintern im Gang ist. Unsere Häuptlinge haben viele große Taten vollbracht, aber die weißen Männer sind trotzdem immer weiter vorgedrungen. Du und ich, wir wissen, wie die Dakota leben und kämpfen. Wie die weißen Männer leben und kämpfen, das haben wir an der Grenze gesehen. Aber ich will wissen, wie

viele weiße Männer es in Wahrheit gibt und was für eine Lebensweise sie weit hinten im Lande, wo sie in Frieden wohnen und schlafen, wohl haben. Ich will das endlich mit eigenen Augen sehen und nicht nur merkwürdige Geschichten glauben. Darum möchte ich für den Winter mit Langspeer und Gelbbart in eine Stadt gehen. Kommst du mit?"

Harka überlegte. „Das ist auch ein großer Plan. Nicht ein einziger unserer frei lebenden Krieger und Geheimnismänner hat bisher die weißen Männer in ihren eigenen Höhlen beobachtet. Aber dürfen wir dort jagen? Oder wie sollen wir essen und wohnen?"

„Sobald ich will, kann ich Gold genug haben, um Gelbbart für das zu entschädigen, was er uns gibt. Aber vielleicht können wir bei den weißen Männern auch etwas Nützliches tun und unsere Nahrung selbst gewinnen. Ich mag die weißen Männer nicht wissen lassen, daß ich Gold beschaffen kann, und was ich beschaffen kann, ist auch bei weitem nicht soviel, wie die weißen Männer zu glauben scheinen. Was an Goldkörnern dort liegt, kann uns beiden mehr als einmal aus der Not helfen, aber auch nicht mehr. Vielleicht enthält das Gestein noch mehr Gold. Doch das vermögen nur weiße Männer zu gewinnen und auch von diesen niemals einer allein."

„Gehen wir ins Haus, Vater, und hören, was Gelbbart sagt!"

Die beiden Indianer pfiffen ihren Pferden und schlenderten zum Blockhaus. Ihre Mustangs liefen mit ihnen wie Hunde. Sie brachten die Tiere in der Umzäunung am alten Platz unter und gingen dann in das Haus. Es duftete nach gebratenen Bärentatzen; sie mußten schon gar sein. Schwere Tritte ließen sich hören. Red Jim kam nach den Indianern herein. Ben beeilte sich, auf dem kleinen Tische aufzutragen, der in der Ecke links hinten stand. Dort saßen noch der Maler und Langspeer. Mattotaupa und Harka ließen sich bei diesen nieder, und Red Jim tat, ohne dazu aufgefordert zu sein, das gleiche. Er hatte einen ganzen Arm voll Sachen mitgebracht, legte das Bündel aber zunächst auf die Wandbank, ohne eine Bemerkung zu machen. Man aß. Ben hatte nicht eine, sondern fünf Tatzen gebraten und

frisches Wasser beschafft, was in der Gegend um diese Jahreszeit nicht leicht war. Er stellte aber auch einen Krug mit Brandy dazu. Die Männer und der Junge speisten mit Genuß. Für Harka hatte sich die Welt wieder verändert, nachdem er einen neuen Plan und eine neue Hoffnung gefaßt hatte, die ihm mit ihren Zielen allen Krafteinsatzes wert erschienen. Er spürte, daß auch im Vater das Blut wieder schneller pulste. Obgleich die beiden Indianer körperlich noch genauso elend und abgeschunden aussahen wie eine Stunde zuvor, merkten ihnen alle an, daß sie einen anderen Blick und eine andere Haltung angenommen hatten. Die Gäste am Tisch glaubten, daß dies der Genuß der Bärentatzen bewirkte, aber darin irrten sie sich. Es konnte nur sein, daß die Bärentatzen den Indianern besser mundeten und sie mehr Freude daran fanden, als es eine Stunde vorher noch der Fall gewesen wäre.
Nach dem Essen bot Jim das frische Wasser an, das alle gern tranken. Nur er selbst zog den Branntwein vor.
Als alle reichlich gesättigt waren und den Durst gestillt hatten, kramte Jim die Sachen hervor, die er auf der Wandbank verstaut hatte. Zuerst hielt er die doppelläufige Büchse in die Höhe, die Harka sehr gut kannte. „Dein Eigentum, mein Junge, habe ich dir am Pferdebach geschenkt, und diese Büchse soll dir keiner wegnehmen."
Der Junge nahm die Waffe an sich. Aber da er innerlich schon darauf verzichtet gehabt hatte, empfand er jetzt nicht die enorme Freude, die Jim wohl erwartete. Harka bedankte sich auch nicht. Dankesworte zu machen war nicht indianische Sitte. Er nahm die Waffe einfach entgegen.
Jim mochte enttäuscht sein, ließ sich das aber nicht anmerken. Er packte das große Bündel aus.
„Hier! Zwei Büffelpelzröcke, besser haben sie euch eure Weiber im Zelt auch nicht genäht! Hab ich von den Rothäuten da draußen auf der Wiese eingehandelt. Einen großen – probiere an, Mattotaupa! Paßt! Und hier den für dich, Harka. Der Winter kommt! Ihr dürft nicht erfrieren! Wäre schade um so zwei schöne Indsmen. Dann hier gut gegerbte Büffelfelle als Dek-

ken. Die können eure Mustangs noch mitschleppen. Maultiere werdet ihr euch wohl kaum halten wollen."
Während dieser Geschenkaktion zeigten der Maler und Langspeer sehr verlegene Mienen. „Es wäre an uns gewesen, euch zu beschenken", sagte Gelbbart zu den beiden Dakota. „Uns habt ihr das Leben gerettet."
„Und das Geld!" fügte Jim ungeniert hinzu.
„Also dürfen wir dir den Betrag für diese Sachen geben?" fragte der Maler Jim.
„Bitte, wenn es sein soll – warum nicht?"
Zufrieden kassierte Jim eine erhebliche Summe.
Harka wunderte sich, und Red Jim sank eine Stufe tiefer in seiner Achtung. Sicher hatte dieser rothaarige Mann den Indianern draußen nicht soviel für die Sachen gegeben, wie er jetzt selbst einstrich.
„Wie soll's denn nun weitergehen?" erkundigte sich Jim und schüttete noch einen Becher Branntwein hinunter.
„Wir möchten im Winter eine Stadt der weißen Männer kennenlernen", sagte Mattotaupa und schaute dabei den Maler an.
„Ihr habt ja viel vor!" mischte sich Jim sofort ein.
Aber der Maler bemerkte kurz: „Das ist eine Sache, die Mattotaupa mit mir besprechen möchte! Ich lade dich ein, Häuptling", fuhr er fort, zu dem Dakota gewandt. „Zum Winter muß ich doch zurück in die Städte. Wir gedenken, morgen früh aufzubrechen. Es hält uns nichts mehr hier. Wahrhaftig, nichts hält uns mehr in dieser Räuberhöhle! Wir reiten flußabwärts zum Missouri. Dort wachsen jetzt die Städte wie die Pilze aus der Erde, und dort gibt's genug Typen für mich, wie ich sie studieren will. Wenn du Lust hast mitzukommen, so ist es mir eine große Freude."
„Wir werden morgen früh bereit sein."
„Das paßt genau in meine Pläne", sagte Jim unverfroren. „Habt ihr etwas dagegen, wenn ich mich bis zum Missouri anschließe? Ein Mann allein, das ist nicht gut. Ich hätte gern etwas Gesellschaft bis zur Stadt. Würde auch euch jederzeit beistehen, versteht sich."

Der Maler hätte gern abgelehnt, aber das merkwürdig bestimmende Wesen des Roten Jim lenkte jetzt auch seinen Entschluß.
„Wenn ihr durchaus mit wollt, steht dem nichts entgegen."
„Also abgemacht. Morgen früh!"

Zwischen zwei Welten

Die Stadt am Missouri, die erst vor acht Jahren gegründet worden war, glich noch immer einem großen, ständig wachsenden Heerlager von Auswanderern. Alles war improvisiert, wie aus dem Boden gestampft, aber alles tat auch schon seinen Dienst: die fast über Nacht entstandenen einstöckigen Häuser und die Notunterkünfte, das Schlachthaus, die Getreidespeicher am Stromufer, die Wasserleitung, die Gasthäuser und Schenken. Schiffspfeifen schrillten, Kähne knarrten an den Landungskais, Vieh brüllte, während es zum Schlachthof getrieben wurde. Die Straßen wimmelten von Menschen, Barbiere boten ihre Dienste in offenen Läden an, große und kleine Ladengeschäfte lockten zu Kauf und Tausch. Viele Sprachen waren zu hören, Englisch, Französisch, Italienisch, Deutsch, auch das Grenzeridiom, in dem sich die europäischen Sprachen mit indianischen Dialekten mischten. Viele Weiße, auch Schwarze und einige Rote schlenderten durch die Straßen, die keineswegs sauber waren. Händler mit Bauchläden priesen schreiend die Güte ihrer Ware an. Auf dem Schlachthof, in den Speichern und Mühlen am Hafenplatz, in den Gasthäusern und Unterkünften, in den Läden und Schenken, in den Banken und Wechselstuben arbeiteten Tausende und aber Tausende von Menschen, um so rasch wie möglich der Not zu entkommen und reich zu werden. Es hatte kaum einer Zeit, sich nach dem anderen umzusehen.
Aber auf einmal wandelte das Gewimmel in der Hauptstraße seine Richtung und das Tempo. Hälse reckten sich, viele Menschen blieben stehen, Kinder zerrten ihre Mütter an den Rök-

ken und wollten auf den Arm genommen werden, um weiter ausschauen zu können. Gäste und Kunden kamen aus den Gasthäusern und Geschäften an die Türen, horchten und blickten nach einer Richtung. In der Mitte der Straße bildete sich eine Gasse, die im Nu von dichten Spalieren gesäumt war. Die Menschen drängten und stießen sich schon. Lauter Trompetenschall erklang in regelmäßigen Abständen. Dazwischen verkündete eine Stimme etwas, was jetzt noch nicht zu verstehen war, aber bald darauf schon von allen verstanden wurde:
„Der große, weltberühmte, einzigartige Zirkus mit seinen nie dagewesenen, einmaligen, einzigartigen, unübertrefflichen Darbietungen beehrt die bedeutende Stadt Omaha an den Ufern des Missouri mit seinem Besuch! Sogleich wird er sein Riesenzelt aufbauen, heute am Abend findet die Galavorstellung statt, die erste, einzige und unwiederholbare Vorstellung in dieser Stadt! Als größtes Unternehmen der Neuen Welt hat der Zirkus atemberaubende Sensationen zu bieten! Löwen, Tiger, Bären, Elefanten, Affen, Krokodile, Nashörner, Seehunde sind zu sehen! Der Kopf der Dame im Rachen des Löwen, der Tiger auf dem Pferd, der Affe im Spitzenkleid, der musizierende Elefant, der ballspielende Seehund! Cowboys und Indianer bieten nie dagewesene Meisterleistungen im Schießen, Reiten und Messerwerfen! Zu sehen ist der berühmte Überfall auf die Postkutsche. Großer Preis der kühnen Männer: Wer unter den Zuschauern vermag den wildesten Wildesel der Welt zu reiten, ohne herunterzufallen? Er erhält zehn Dollar! Ohne Abzug. Kunstreiterinnen tanzen auf Pferden, Drahtseilkünste ohnegleichen, ohne Netz! Trapez, Parterreakrobatik! Clowns, Clowns! Sie platzen vor Lachen!
Ladies and gentlemen, das haben Sie noch nie gesehen, das werden Sie nie wiedersehen! Versäumen Sie nicht die einmalige Gelegenheit! Heute ist der Zirkus da, heute und nie wieder! Billigste Preise, billigste Preise! Sichern Sie sich die Karten im Vorverkauf! Schon stehen die Menschen zu Hunderten und Tausenden vor unserer Kasse! Eilen Sie, eilen Sie, versäumen Sie nicht die einmalige Sensation!"

Wieder erklangen die Trompeten.
Drei Elefanten führten den Zug und sorgten dafür, daß die Menschenmauern rechts und links die Gasse frei ließen. Auf den breiten Nacken der Elefanten saßen Jungen mit Turbanen auf dem Kopf und Stachelstecken in der Hand. Es folgten Pferde mit glänzendem Fell und glitzerndem Geschirr, auf dem Rücken des einen stand ein Mädchen im Ballettrock. Die Clowns saßen zu zweit auf einem Esel und riefen den Umstehenden ihre Späße zu. Von fern, vom großen Zeltplatz her, erklang schon das Brüllen von Löwen und Tigern, das Gebrumm von Bären. Ein Käfig mit Krokodilen wurde im Zuge mitgezogen. Es folgten Kamele und Ponys, Artisten auf einem Wagen. Cowboys zu Pferd, mit silbernen Schnallen und großen Sporen, Flinten in der Hand, bildeten den Schluß. Die Clowns warfen Süßigkeiten in die freudig erregte Menge, und die Kinder balgten sich darum. Der Erfolg der Abendvorstellung war bereits gesichert. Die dicke goldgelockte Dame an dem Kassenwagen verkaufte vorausschauend gleich die Karten für drei Abende und zwei Nachmittagsvorstellungen.
In der ersten Reihe des Zuschauerspaliers in der Hauptstraße standen fünf Personen, die offensichtlich zusammengehörten; zwei Weiße und drei Indianer. Der eine der beiden Weißen, in Leder gekleidet wie ein Rinderhirte, groß, starkknochig, mit rötlichem Haar, hatte zynisch in sich hineingelacht, als der „Überfall auf die Postkutsche" als Nummer der Galavorstellung versprochen wurde.
„Wie der Herr Zirkusdirektor sich so etwas vorstellt, das möchte ich wissen", murmelte er vor sich hin. Dann wandte er sich an den schon hochgewachsenen Indianerjungen, der neben ihm stand und bis dahin still und äußerlich unbewegt alle bunten Eindrücke in sich aufgenommen hatte. „Den bockenden Esel kannst du reiten, Harka. Die zehn Dollar verdienst du dir am ersten Abend, das möchte ich wetten!"
„Gehen wir zur Vorstellung?" fragte der zweite Weiße. Er war mit sehr guten Stoffen zweckmäßig und unauffällig gekleidet wie ein Mann, der sich zu Pferd auf Reisen befindet. „Das Un-

ternehmen, das hier einzieht, hat, so scheint es, wirklich etwas zu bieten. Hast du Lust, Harka, dir eine Zirkusvorstellung anzusehen?"
„Ja", sagte der Junge.
„Also dann hole ich fünf Karten!" rief Jim. „Ich lege aus", fügte er großzügig hinzu, als der Maler in die Tasche greifen wollte. „Wir können dann verrechnen!"
Es war erst früher Nachmittag. Während Jim sich zur Zirkuskasse drängte, gingen Gelbbart und Langspeer in das Hotel, wo alle wohnten; der Maler wollte sich ausruhen und über ein Bild nachdenken, das ihm vorschwebte. Harka und Mattotaupa gingen zusammen, langsamer als Jim, zu dem großen Platze, auf dem das Zirkuszelt aufgebaut wurde. Der Zeltbau interessierte sie. Mit erstaunlicher Schnelligkeit, gut eingeübt und Hand in Hand arbeitend, wurden die riesigen Masten errichtet und die Planen gespannt. Die weißen Männer verstanden mehr vom Zeltbau, als die beiden Dakota ihnen zugetraut hatten. Innerhalb von zwei Stunden stand das Zelt, und im Innern wurden die Logen um die Manege purpurrot ausgeschlagen und die ansteigenden Sitzreihen, die aus einfachen Brettern bestanden, aufgebaut. Es wirkte wie ein Zauberkunststück, dessen Rätsel die Schnelligkeit war.
Hinter dem Zelt befand sich die Tierschau. Der Maler hatte Mattotaupa schon am Tage vorher, als man Quartier bezogen hatte, Taschengeld gegeben, und so konnte der Indianer jetzt für sich und seinen Jungen den Eintritt zur Tierschau bezahlen. Harka interessierte sich aber weder für Elefanten noch für Löwen, Tiger, Krokodile, Kamele oder Seehunde, schon gar nicht für die Bären, die ihm viel besser in Wald und Prärie zu passen schienen als in den Käfig. Er strebte sofort zu den beiden großen Stallzelten, in denen die Pferde untergebracht waren, denn hier vermutete er auch den Esel, der am Abend in der Vorstellung bocken sollte. Dieses Tier wollte er sich schon bei Tage genau besehen. Im ersten Zelt befanden sich nur Pferde. Sie waren größer als die halbwilden Mustangs der Indianer, von edlem Wuchs und sorgfältig gepflegt. Es gab einige darunter, bei

denen sich Mattotaupa und Harka aufhielten, da sie ihnen sehr gut gefielen. Im zweiten Stallzelt waren die Ponys untergebracht, die Zebras und die vier Esel. Harka ging zu den Eseln.
„Wir treffen uns hier wieder", sagte der Vater zu ihm. „Ich will mir unterdessen die Pferde noch einmal ansehen."
Harka nickte, und Mattotaupa ging.
Der Junge blieb bei den Eseln stehen, jedoch nicht so nahe, daß dies auffallen konnte. Er hielt sich ein wenig abseits. Die vier Esel standen still und teilnahmslos in ihrer Box vor der Krippe. Sie waren am Zaumzeug, das sie um den Kopf trugen, angehängt. Die Tiere waren gleich groß, von gleicher Färbung, sogar von gleicher Zeichnung. Sie schienen alle noch jung zu sein. Auf den ersten Blick war nicht zu sagen, welches von ihnen sich besonders widerspenstig zeigen konnte oder ob sie alle vier imstande waren, jeden Reiter abzuwerfen.
Harka ging etwas näher heran, und er ging von Tier zu Tier. Einer der Wärter wurde darauf aufmerksam und sprach den Jungen an. Aber Harka verstand nicht, was der Mann sagte. Da es ihm unangenehm war aufzufallen, entfernte er sich aus dem Stall und suchte den Vater bei den Pferden. Nachdem die Indianer noch an den Raubtieren vorbeigegangen waren, verließen sie die Tierschau und begaben sich zu dem Hotel, in dem sie mit dem Maler und den anderen Gefährten zusammen wohnten. Das Hotel war die beste Unterkunft am Platze. Die Zimmer waren sehr einfach, enthielten nur Bettstellen, Wolldecken, Waschgeschirr und Schrank. Für die Pferde war ein geräumiger Stall da. Das Hotel war Station der Eilpostwagen, die nach dem Westen gingen. Es herrschte lebhaftes Treiben, besonders in der Gaststube im Erdgeschoß.
Die beiden Indianer legten sich auf ihre Betten und warteten die Stunde ab, in der man sich treffen wollte, um zu der Zirkusvorstellung zu gehen. Der Maler hatte vorgeschlagen, daß man vorher noch etwas essen wolle, aber die beiden Dakota begriffen nicht, warum der Mensch unaufhörlich essen müsse. Sie hatten doch erst zu Mittag gegessen! Daher ließen sie Gelbbart bei seinem „dinner" allein und trafen sich erst abends mit ihm

und Langspeer an der Hoteltür. Auch Jim fand sich ein und verteilte die Karten. Er hatte eine ganze Loge erworben, mit erheblichem Aufgeld, wie er versicherte, da die Vorstellung schon ausverkauft gewesen sei.
„Aber diese Plätze waren noch zu haben?" erkundigte sich der Maler.
„Die hatte die Kassiererin für gute Kunden reserviert!"
Der Maler vermied es, mehr zu fragen, und zahlte die Summe, die Jim ihm nannte.
Lautes Leben und Treiben umwogte den Zirkus. Lampen leuchteten auf und ließen bunten Flitter aufschillern. Die einlaßbegehrende Menschenmenge war so groß, als ob die ganze Stadt sich aufgemacht habe. Jetzt, eine Stunde vor Beginn der Vorstellung, kostete es Jim schon einen erheblichen Kraftaufwand und rücksichtslosen Gebrauch der Ellenbogen und Schultern, um die Passage für die fünf Personen frei zu machen. Er sagte eine ganze Litanei von Flüchen und Witzen auf und brachte die Männer und Frauen, die er grob zur Seite geschoben hatte, auch wieder zum Lachen, bis endlich der Eingang zum Zirkuszelt erreicht war. Zwölf Ordner in rotem Frack bildeten hier schon vor der Kartenkontrolle eine erste Sperre. Sie hatten große Mühe, das andrängende Publikum so lange zurückzuhalten, bis die Karten der Eintretenden ordnungsgemäß kontrolliert waren. Jim blitzte einen der Ordner mit seinen grünblauen Augen an und flüsterte ihm etwas zu, was die anderen nicht verstanden. Die Gruppe der fünf durfte aber nun schneller passieren und wurde auch bei der Kartenkontrolle im Umsehen durchgelassen. Jim blieb bei dem Kontrolleur zurück, um ihm bei seinem schweren Amt behilflich zu sein, und sagte seinen Gefährten nur schnell die Nummer der Loge und die Nummern ihrer Sitzplätze an, während er die Eintrittskarten bei sich behielt.
Der Maler hatte die Loge schnell gefunden. Er bat Harka und Mattotaupa, auf den beiden vordersten Stühlen Platz zu nehmen, unmittelbar bei der Barriere um die Manege, und ließ sich dann mit Langspeer dahinter nieder. Zwei Plätze blieben noch frei.

Das Publikum strömte herein. Der Raum füllte sich schnell mit Menschen, mit Gerüchen, mit Geräuschen. Erfrischungen wurden von niedlichen jungen Mädchen angeboten. Die Zirkuskapelle nahm ihren Platz auf dem Podium über dem Manegeneingang ein und stimmte die Instrumente.
Da wurde am Zelteingang ein Wortgefecht laut. Beschimpfungen wie Banditen, Räuber, Betrüger, Gesindel, Pack, Esel, Idioten, Hunde, Gänseschnäbel hagelten hin und her, und es schien ein Handgemenge zu entstehen. Ordner, die sich im Zelt befanden und die Plätze anwiesen, stürzten zum Eingang. Einen Augenblick trat Stille ein. Dann wurde mit vereinter Kraft eine Gruppe von Menschen, die sich in das Zelt hineindrängen wollte, an die Luft gesetzt und dort noch so kräftig traktiert, daß sie sicher das Wiederkommen vergaß. Bald darauf erschien Jim in der Loge zusammen mit der blondgelockten dicken Dame aus dem Kassenwagen und nahm mit ihr die beiden noch leeren Plätze ein.
„Was war denn los?" fragte der Maler.
„Unerhörter Schwindel", erklärte Jim. „Es kamen sechs Rowdys, die behaupteten, Karten für unsere Logenplätze gekauft zu haben."
„Vor dir?"
„Vor mir! So eine Frechheit. Nun, sie sind abgefertigt."
Die Dame mit den Locken schmunzelte.
Der Maler seufzte und sah davon ab, gegen solche Methoden zu protestieren. Es wäre zwecklos gewesen, das sah er ein. Aber er mußte darüber nachdenken, wie er diesen Jim schleunigst loswerden konnte.
Die Zirkuskapelle intonierte den schmissigen Einzugsmarsch. Die Artisten, die auftreten sollten, machten in der Manege die Runde. Es klang ein erster, noch schwacher, aber doch gutgelaunter Beifall auf.
Die Vorstellung begann mit einer Nummer der Parterreakrobaten. Harka verfolgte alle die gewandten Bewegungen genau. Zu klatschen hatte er nie gelernt, tat es auch nicht. Die Musik war ihm zu laut. Aber er freute sich auf die Nummern mit den Pfer-

den, und er war sehr gespannt auf die Indianer und die Cowboys, die hier auftreten sollten. Daran dachte er noch mehr als an den bockenden Esel. Der Maler hatte ein Programm in der Hand, und zwischen zwei Nummern, als Teppich und Gerüste umgeräumt wurden, las er vor. Die Vorführung der Cowboys und Indianer hatte als eine Glanznummer der Galavorstellung ihren Platz gleich nach der großen Pause. Vor der Pause sollte die Sache mit dem Esel als eine Clown-Einlage vor sich gehen.
Die Kunstreiterin zeigte ihr Können. Harka betrachtete das Mädchen sehr kritisch, denn vom Reiten verstand er etwas. Auf einem derart breiten Pferderücken und bei einem so gleichmäßig laufenden Tier war es natürlich nicht schwierig, sich auf die Zehen zu stellen oder sich auf einem Bein zu halten. Auf das Pferd springen konnte das Mädchen nur mit Hilfe eines kleinen Sprungbrettes. Ob sie das in der Prärie immer mit sich herumtragen wollte? Aber sie war ja auch nur ein Mädchen. Es lohnte sich daher nicht, weiter über sie nachzudenken.
Viel erstaunlicher erschienen Harka die Freiheitsdressuren, obgleich sie weniger Beifall ernteten als die lächelnde Kunstreiterin. Auf einen Peitschenknall und einen kurzen Zuruf hin lief eine ganze Gruppe edler Pferde Figuren, kniete nieder, legte sich, stellte sich tot, erhob sich. Alles ohne Reiter! Das war eine Dressurleistung! Harka dachte darüber nach, was er seinem Grauschimmel noch beibringen wollte. Totstellen zum Beispiel konnte sehr nützlich sein.
Mit einem Sondersignal der Trompete kam der Esel herein. Ein komisch bemalter Clown in weitem Gewand, auf dem Schädel einen winzigen Hut, an den Händen lange Handschuhe, saß als Reiter auf dem Eselsrücken, und zwar verkehrt herum, den Schwanz in den Händen. Allgemeines Gelächter empfing ihn.
Der Clown machte eine beschwichtigende Handbewegung, als bitte er das Publikum, mit Lachen aufzuhören, und als er sich verständlich machen konnte, erzählte er, er habe den Eindruck, falsch zu sitzen, weil er den Kopf des Esels nicht finden könne. Aber vielleicht habe der Esel auch gar keinen Kopf, das möge

ihm das verehrliche Publikum doch bitte sagen! Langspeer übersetzte Harka flüsternd, was der Clown vorgebracht hatte. Die Zuschauer machten den Spaß vollkommen naiv mit und schrien dem Clown zu, er müsse sich umdrehen.
„Wie?" fragte der Clown und hielt die Hand hinter die Ohrmuschel, als höre er nicht gut.
„Umdrehen!" brüllte das Zirkusrund im Chor.
„Ah, ah so! Umdrehen!" Der Clown nickte ein paarmal vor sich hin. „Danke, danke! Das ist gut, umdrehen! Das werden wir gleich versuchen, gleich. Halt mal an, gutes Eselstier." Der Esel blieb jedoch nicht stehen, sondern lief weiter rund in der Manege, auch an der Loge, in der Harka saß, vorbei. Der Clown schüttelte den Kopf, das Publikum kicherte.
„Umdrehen", sagte der Spaßmacher wieder, „also los, umdrehen!" Er schwang die Beine hoch, so daß er mit dem Rücken auf dem Esel lag und mit dem Kopf den Hals berührte, ohne jedoch den Schwanz loszulassen, dann wippte er wieder zurück. „So geht's nicht! Was mach ich bloß!"
„Umdrehen!" grölte das Publikum.
„Ja, ja, umdrehen!" Der Clown beugte den Kopf jetzt vor die Brust, als wolle er einen Purzelbaum in Richtung des Eselsschwanzes schlagen, aber dabei fiel er herunter und landete in Sand und Sägespänen der Manege. Da saß er und sperrte den Mund auf. Der Esel blieb stehen, streckte den Kopf vor und schrie: „Iaaa!"
„Richtig aufsitzen", rief das Publikum, das guter Laune war. „Siehst du jetzt, wo der Esel seinen Kopf hat?"
Der Clown erhob sich, rannte geschwind zu dem Esel und schwang sich auf wie ein erfahrener Rinderhirte. Aber der Esel stieg, und schon saß der komisch bekleidete Reiter wieder im Sand.
„Dich soll doch! Verfluchtes Vieh! Na warte!" Er wiederholte den Versuch dreimal, immer mit dem gleichen Mißerfolg.
Da wandte er sich von dem Grautier ab, machte eine verächtliche Gebärde und sprach: „Mit mir nicht, mein Lieber, mit mir machst du das nicht! Das kannst du mit anderen machen!"

Der Clown verließ die Manege und wies noch einmal mit dem Finger auf die Stirn und dann auf den Esel, um zu bedeuten, daß dieser, nicht aber er selbst verrückt sei. Sobald der Clown verschwunden war, betrat der Dresseur, der die Pferde vorgeführt hatte, in seinem eleganten Frack die Manege, die lange Peitsche in der Hand.

„Meine Damen und Herren! Hier sehen Sie den wildesten Wildesel der Welt!"

Nicht enden wollendes Gelächter unterbrach ihn. Er wartete ab.

„Meine Damen und Herren! Die Direktion hält Wort! Wer diesen Esel in der Manege drei Minuten lang zu reiten vermag, ohne herunterzufallen, erhält zehn Dollar."

Das Hallo, das jetzt entstand, schien die Zeltstangen zittern zu machen.

„Auf dem sanften Vieh! Auf diesem Sofa von einem Reittier! Auf so 'nem Esel! Mann, ihr macht Konkurs! Auf dem reitet doch der ganze Zirkus! Laßt den Damen den Vortritt!"

Der Mann im Frack wartete wieder, bis der Lärm abebbte. Endlich sagte er: „Also bitte! Aber auf eigene Gefahr!"

Es entstand Verblüffung und Unruhe. Bekannte und Freunde, Familien besprachen sich untereinander. Dann ertönte aus einer der hintersten Reihen die Stimme eines jungen Burschen:

„Los, ich fange an, damit wir keine Zeit mit dem lieben Tierchen da unten verlieren. Aber die zehn Dollar bitte vorher deponieren! Die hole ich mir in drei Minuten!"

„Bitte sehr, mein Herr! Sehen Sie selbst!" Der Mann im Frack ließ den jungen Wagemutigen, der inzwischen in die Manege gekommen war, zu sich herantreten, zählte ihm die zehn Dollar vor und gab sie dann dem Inspizienten der Vorstellung, der beim Manegeneingang stand.

„Es kann losgehen!"

Der Bursche trat an den Esel heran, der weder Sattel noch Zaumzeug trug, und schwang sich blitzschnell auf. Der Esel stand einen Augenblick wie ein Steindenkmal, dann ging er mit allen vieren in die Luft, überschlug sich und wälzte sich im Sand. Der Bursche wälzte sich neben ihm. Der Zirkus dröhnte von Hohngelächter. Leise vor sich hin schimpfend, machte sich der erfolglose Reiter unsichtbar.

Jetzt war das Interesse erst recht wach geworden. Die Bewerber um die zehn Dollar standen schon Schlange. Der nächste schwang sich auf. Der Esel galoppierte eine Runde und legte dann seinen zweiten Reiter ebenso elegant in den Sand wie den ersten. Die Zuschauer tobten vor Vergnügen.

Harka, Mattotaupa, Jim, Langspeer und der Maler betrachteten das Schauspiel stumm und gespannt. Sie konnten alle reiten, und mit Ausnahme des Malers ritten sie alle ausgezeichnet. Die Indianer hatten erlebt und mitgemacht, wie ungezähmte Pferde zugeritten wurden, und Red Jim hatte schon einen Reiterwettbewerb auf wilden Rindern gewonnen.

Aber was sich hier abspielte, war ihnen neu. Der Esel schien ein Esel, eine Schlange und ein Tiger in einer Person zu sein. Er schlug aus, stieg, wälzte sich und schien eine Art von Salto mortale zu beherrschen, mit dem er auch weiterhin jeden Reiter außer Fassung brachte. Zehn hatte er in den nächsten zwanzig Minuten bereits bewältigt.

Das Publikum war in heller Aufregung. Wetten wurden abgeschlossen. Zwei Reiter mußten schwerverletzt weggeschleppt werden, weil der Esel sie gebissen hatte. Ein Dutzend Bewerber nahm bereits Abstand davon, sich auf dem gefährlichen Tier zu versuchen. Als der fünfzehnte wieder auf seinen Platz schlich, wurde der Esel hinausgeführt, und ein neuer, noch nicht ermüdeter kam herein.

„Die Sache muß einen Trick haben! Die haben der Bestie das beigebracht", schimpfte Jim vor sich hin. „So benimmt sich kein normales Tier, so schlau kann nur ein Mensch sein. Aber wartet, ich nehme euch die zehn Dollar doch noch ab, ihr Gauner! Mit mir soll das Vieh nicht fertig werden! Oder wie wär's, Harka? Willst du dich nicht ranwagen?"

„Nach dir."

„Nach mir? Hör mal, du denkst doch nicht, daß Jim von einem Esel runterfällt?"

„Wir werden sehen!"

„Jawohl, das werden wir sehen!" Jim kletterte über die Brüstung der Loge, rannte quer durch die Manege und saß auch schon auf dem Tier, das völlig ruhig blieb. Er streichelte ihm den Hals, klopfte ihn und gab ihm einen leichten Schenkeldruck. Der Esel setzte sich in Bewegung und machte die Runde in der Manege. Red Jim winkte Harka zu, aber dieser winkte nicht zurück. Jim ließ unter dem schweigenden Erstaunen des ganzen Publikums den Esel im Schritt, im Trab und im Galopp gehen. Er ritt eine Minute, zwei Minuten, drei – nein, drei Minuten ritt er nicht. Urplötzlich und ohne daß der Reiter in diesem Moment darauf gefaßt war, ging auch dieser Esel wieder mit allen vieren hoch und kugelte sich dann seitlich durch den Sand, während er nach dem Reiter biß.

Jim hatte losgelassen. Unter dem Gelächter der Zuschauer ging er mit langen Schritten zurück in die Loge. Die Leute, die schon gefürchtet hatten, irgendwie betrogen worden zu sein, freuten sich derart über den Erfolg des Esels, daß sie bis zu Tränen lachten.

„Also, Harka", sagte Red Jim wütend zu dem Jungen. „Jetzt kommst du! Nach mir!"

Harka stand auf, legte alle Kleidung bis auf den Gürtel ab und ging langsam auf den Mann im Frack zu, um sich zu melden.

„Bitte, mein Junge! Aber nimm dich in acht!"

Harka begab sich ohne Eile in die Nähe des Esels, sprang auf und parierte sofort alle üblichen Versuche des Tieres, den Reiter abzuwerfen: steigen, ausschlagen, mit allen vieren in die Luft gehen und einen Katzenbuckel machen. Der Esel war gut ausgeruht, und seine Gymnastik machte ihm selbst Spaß, aber Harka war auch gut ausgeruht und kam mit seiner Gegenwehr nie auch nur den Bruchteil einer Sekunde zu spät. Der Kampf zwischen dem Esel und diesem jugendlichen Reiter zog sich durch die Manege, dahin und dorthin. Die Zuschauer begannen Beifall zu spenden. Neue Wetten wurden abgeschlossen, für und gegen den Esel, für und gegen den Indianerjungen. Red Jim sah sich die Sache in Ruhe an. Dem wichtigsten Trick des Esels würde auch Harka nicht gewachsen sein! Der Junge

schwitzte schon, ihm war heiß vor Anstrengung. Zwei Minuten hatte er bereits den Kampf geführt, das war in diesem Tempo eine lange Zeit. Zwei Minuten, noch eine halbe Minute ... jetzt mußte die Entscheidung fallen! Die Zuschauer brüllten, johlten, grölten, sie sprangen auf und fuchtelten mit den Armen. Harka sah kommen, daß der Esel in den letzten Sekunden seinen Haupttrick gegen ihn anwenden würde. Dann konnte er abspringen, wie es in einem gewöhnlichen Kampf zwischen Reiter und Tier üblich gewesen wäre, und gleich darauf wieder aufspringen. Aber das würde ihm nicht als Sieg angerechnet werden. Oder er mußte auf dem Rücken bleiben, sich von dem wälzenden Tier schlagen und quetschen und wahrscheinlich beißen lassen – oder er tat etwas ganz anderes.
Harka drehte sich auf dem bockenden Esel um, so daß er verkehrt saß wie am Anfang der Clown, und griff nach dem Schwanz. Sofort hielt der Esel still, und als Harka ihm einen Schenkeldruck gab, begann er friedlich wie ein Lamm im Rund zu laufen. Einmal, zweimal, dreimal. Die dritte Minute war abgelaufen, und Harka saß noch auf dem Rücken des Tieres!
Die Zuschauer warteten jetzt stumm, sozusagen mit offenen Mund, aber als die dritte Minute endgültig und unwiderruflich abgelaufen war, brach ein Orkan des Beifalls los. Schreien, Klatschen, Trampeln mischten sich.
Harka sprang ab, klopfte dem Esel den Hals, ging zu dem Inspizienten, nahm die zehn Dollar in Empfang und begab sich wieder in die Loge. Er schlüpfte in seine Kleider und saß da, als sei nichts gewesen.
Mattotaupa lächelte nur. Der Maler und Langspeer sprachen ihre Bewunderung aus. Jim fluchte und sagte: „Verdammt! Der Junge ist schlau. Das war also der Dressurtrick, um die Eselsbestie zur Ruhe zu bringen. Hätt ich mir auch denken können!"
Auf den Eselsritt folgte die große Pause. Ein Teil des Publikums strömte zur Tierschau, die in der Pause nochmals gezeigt wurde. Jim ging mit der blondgelockten Kassiererin hinaus. So blieben der Maler und Langspeer mit den beiden Dakota allein in der Loge. Gelbbart schmunzelte immer noch vergnügt, wenn

er daran dachte, wie Harka den Esel bezwungen hatte.
Nach einigen Minuten kam der Herr im Frack, der die Pferdedressur und den Eselsritt dirigiert hatte, zu der Loge, stellte sich dem Maler vor und fragte sehr höflich, ob der Indianerjunge denn den Trick gekannt habe und vielleicht schon im Zirkus aufgetreten sei? Gelbbart versicherte lachend, Harka sehe zum erstenmal in seinem Leben eine Zirkusvorstellung.
„Aber Sir, das ist ja erstaunlich, das ist unglaublich, das ist ein Naturtalent, wie man es alle hundert Jahre einmal findet! Zu welchem Stamm gehört denn der Junge, und wer hat die Erziehungsgewalt?"
„Zu den Dakota, mein Herr, und hier sitzt der Vater!"
Der Herr im Frack betrachtete Mattotaupa, wie man ein als schwierig bekanntes Reitpferd vor dem Aufspringen mit Aufmerksamkeit taxiert und auf seine möglichen Launen einschätzt. „Ich habe eine große Bitte! Würden Sie mich unterstützen, Sir?" sagte er dabei zu dem Maler.
„Das kommt auf die Natur Ihrer Bitte an!"
„Wir sind in der furchtbarsten Verlegenheit! Die angekündigte Indianergruppe hat uns im Stich gelassen, ist in der letzten Stadt, in der wir aufgetreten sind, einfach zurückgeblieben. Wahrscheinlich hat die Konkurrenz sie bestochen. Die Menschen sind unerhört gewissenlos! Wenn die Pause zu Ende geht, und wir können die angekündigte Nummer nicht bringen, sind wir blamiert, wir sind ruiniert! Die Leute sind imstande und demolieren die Bänke und das Zelt, sie stürmen die Kasse, es ist überhaupt nicht auszudenken! Wir müssen also die Indianer-Cowboy-Nummer unter allen Umständen bringen, verstehen Sie? Cowboys gibt es hier genug, aber Indianer, die wirklich etwas können, die sind ja so schwer zu bekommen, so fürchterlich schwer!"
„Ja, und was hat das mit uns hier zu tun?"
„Also, ich meine, der Junge kann reiten wie zehn Teufel, das kann der Vater natürlich auch, ich zweifle nicht daran! Ich nehme an, die beiden können auch schießen und Lasso werfen. Es käme auf eine kleine Probe an, auf eine ganz kleine vorberei-

tende Probe, und vielleicht würde der Herr hier neben Ihnen sich auch beteiligen. Meine Herren, ich bitte Sie, das nicht falsch zu verstehen, aber wir sind in vollständiger Verzweiflung. Wenn die Leute uns das Zelt demolieren, sind wir ruiniert, gerade jetzt vor dem Winter, und nur Sie können uns helfen. Sie sind Gentlemen, ich weiß, Sie sitzen in der Loge, bitte glauben Sie mir, daß ich Sie nicht mit Artisten verwechsle! Sie würden das zum Spaß tun, ich würde es auch so ankündigen ... Also, ich bitte Sie flehentlich und inständig ... Sie bekommen dann keine Gage, Sie sind keine Artisten, aber ich werde dem Jungen ein Geschenk überreichen. Der Junge ist jetzt schon der Liebling des Publikums, und es würde ausgezeichnet wirken, wenn ich eine Nummer mit ihm ankündigen könnte!"

Langspeer übersetzte für Mattotaupa und Harka.

"Sir, ich bitte Sie kniefällig, überreden Sie alle Ihre roten Freunde."

Langspeer lächelte in einer Art und Weise, als ob er Lust habe, auf die Bitte einzugehen. Mattotaupa hatte bis jetzt mit keiner Wimper gezuckt.

"Was denkst du, Mattotaupa?" wandte sich Langspeer direkt an ihn. "Wir könnten den Leuten hier den Kampf um den Fuchsschwanz vorführen – drei der Cowboys, die sie hier haben, gegen uns drei. Das wäre ein Spaß!"

Mattotaupa zog die Lippen zusammen. "Kann ich eine Frage an diesen weißen Mann stellen?"

"Aber selbstverständlich!"

"Warum hat er die Nummer mit den Indianern angekündigt und laut in der Stadt ausgerufen, wenn er doch wußte, daß diese Truppe nicht mehr bei dem Zirkus ist?"

Der Mann im Frack geriet in einige Verlegenheit. "Häuptling der Dakota, das ist das Geschäft, das macht das Geschäft! So ist das eben. Die Dakotanummer war gedruckt, ich mußte die Plakate herausgeben; ich muß auch ausrufen, was auf den Plakaten steht ... Außerdem ist unser Manager der Indianertruppe unterwegs, um sie doch noch hierher nachzuholen! Vielleicht

gelingt es ihm! Ich hoffe, daß es ihm gelingt. Bis morgen spätestens haben wir die Truppe hier! Es wäre nur heute einmal auszuhelfen!"
„Der weiße Mann mag doch die Reihenfolge wechseln und uns erst seine Löwen und Tiger und den Mann auf dem Seil zeigen! Am Ende werden seine Cowboys auftreten..."
„Und ihr mit diesen, Häuptling?"
„Das überlegen wir uns."
Mattotaupas Worte wirkten sehr ablehnend. Er hätte „nein" gesagt, wenn er nicht gefürchtet hätte, unhöflich gegen Langspeer zu werden.
„Ich gebe die Hoffnung nicht auf!" rief der Mann im Frack. „Wir haben über Winter einen tollen Kundschafter und Cowboy bei uns, einen jungen Menschen, großartig! Er ist der Führer der Indianer- und Cowboytruppe. Wenn er noch vor Ende der Vorstellung zurückkommen sollte, schicke ich ihn hierher! Ihm werdet ihr nicht widerstehen können."
„Sein Name?"
„Buffalo Bill."
Langspeer zuckte die Achseln. Er kannte den Namen nicht. Der Hahnenkampf-Bill konnte hier nicht gemeint sein. Leute mit Namen Bill gab es wie Sand am Meer.
Die Pause ging ihrem Ende zu. Die Kasse war während der Pause geöffnet; die blonde dicke Dame saß daher im Kassenwagen.
Jim kam mit strahlender Laune in die Loge zurück. Über den Grund seiner guten Laune gab er von sich aus keine Auskunft, und es fragte ihn auch keiner danach. Aber Langspeer berichtete von dem Gespräch mit dem Mann im Frack. Jim schlug sich klatschend auf die Schenkel.
„Mann, das ist eine Sache! Eine Sache ist das! Der Buffalo Bill! Den kenn ich, hab ihn bei den Vermessungsarbeiten gesehen, im Sommer. Toller Bursche ist er, hat eine Zukunft. Noch sehr jung, aber es wird etwas aus ihm werden. Bin neugierig, ob er die Indianer wieder zum Zirkus lotst. Die streiken nämlich, hab ich bereits gehört. Sie wollen Gage haben."

„Wieso zahlt man ihnen die Gage nicht?" Der Maler war empört.

„Gage hin, Gage her, wie das so ist. Das Essen wird darauf verrechnet und das Wohnen im Wagen und die gute Kleidung, die sie für die Manege brauchen. Viel übrig bleibt dann nicht mehr. Aber die kommen schon wieder. Buffalo Bill versteht mit Indianern umzugehen."

Mattotaupa ließ sich übersetzen, was Jim gesagt hatte. Er ließ es sich von Langspeer übersetzen, weil er fürchtete, daß Jim in der Dakotasprache nicht ganz genau das wiederholen werde, was er auf englisch ausgesprochen hatte. Langspeer übersetzte wörtlich.

„Wir gehen heute nicht in die Manege. Ich habe gesprochen, hau!" war die Schlußfolgerung, die Mattotaupa zog.

Die Kapelle spielte schon, das hohe Gitter zum Schutz des Publikums gegen die Raubtiere war bereits aufgerichtet. Die großen Raubkatzen kamen durch das Laufgitter herein und setzten sich auf die ihnen zugewiesenen Hocker. Es war eine gemischte, für den Dompteur sehr schwierig zu bewältigende Raubtiergruppe, vier Löwen und zwei Königstiger. Als Nervenkitzel für die Zuschauer reizte der Dompteur die Tiere durch harte, kurze Zurufe und mit dem Knall der Lederpeitsche. Sie antworteten brüllend und schlugen mit der Tatze, sobald er sich ihnen näherte. Er hatte eine lange Stange bei sich, die er den Tieren hinhielt und auf die sie mit der Pranke einschlugen. Die Stange war von vielen Prankenhieben und von Bissen schon eingekerbt.

„Bello! Bello!"

Uaah – uaah!

„Tigra! Tigra, Tigra!"

Die Tigerin fletschte das prächtige Gebiß und zeigte die großen Reißzähne. Sie brüllte nicht, sie knurrte grollend. Wütend schlug sie die Stange und biß auf das Holz.

Der Dompteur wurde nervös. Harka erkannte die Schweißtropfen auf dem geschminkten Gesicht. Ein Helfer gab jetzt einen flammenden Reifen durch das Gitter herein. Der Dompteur be-

fahl dem zahmsten der vier Löwen hindurchzuspringen. Das Tier zögerte, setzte dann aber an und sprang, sich lang ausstreckend, ohne Mühe durch den Reifen, an dem es nur das Feuer gescheut hatte. Die drei anderen Löwen folgten schnell dem Beispiel.
Dann legte der Dompteur die Peitsche weg, zog eine große Pistole und knallte in die Luft. Dumpf knurrend ging der männliche Königstiger auf den Absprungplatz. Der Dompteur schoß zum zweitenmal, und fast verbrannte er dem Tier das Fell. Es sprang mit einer lässigen Eleganz, in der Harka Kummer und Verachtung zu spüren glaubte. Ganz andere Sprünge würde dieser Tiger in der Freiheit ausführen können! Herr der Wildnis, jetzt in Gefangenschaft, hinter Gittern, von Peitschen und Pistolen zum Vergnügen der Zuschauer gehetzt! Das Herz des Jungen schlug für die Tiger. Jagen mußte man solche Tiere, aber nicht kindische Sprünge machen lassen! Langspeer sollte ihm erzählen, wo solche Tiger lebten.
Als letzte kam die Tigerin an die Reihe. Die anderen fünf Raubtiere saßen schon wieder auf ihren alten Plätzen, aber sie waren unruhig und ebenso nervös wie der Dompteur in der schwarzseidenen Bluse, unter der er ein Kettenhemd trug.
„Tigra – Tigra! – Tigra!"
Die Tigerin knurrte böse und biß wieder in die Stange. Die Musik setzte aus. Alle Zuschauer gerieten in höchste Spannung. Es war alles still im Zirkus.
„Tigra!" Der Dompteur gab drei Schüsse schnell hintereinander ab. Aufheulend sprang die Tigerin zu dem Absprungplatz. Der Dompteur hielt in der Linken den flammenden Reifen, in der Rechten die Pistole. Das Tier knurrte mit offenem Rachen.
„Tigra!"
Das Knurren wurde heiser. Die Tigerin machte sich sprungbereit, aber sie nahm nicht Richtung auf den flammenden Reifen. Sie sprang, der Dompteur duckte sich rasch, und das Tier gelangte über seinen Nacken weg in den Sand.
Frauen und Kinder schrien laut. Eine schwelende Unruhe verbreitete sich unter den männlichen Zuschauern. Harka wurde

bewußt, wie hohlwangig der geschminkte Dompteur war, wie seine Augen fiebrig vor Aufregung glänzten.

„Tigra!"

Das Tier saß im Sand, hatte sich geduckt und fletschte die Zähne. Es knurrte leise und drohend. Der Dompteur hielt der Tigerin die Stange entgegen, aber sie biß nicht mehr an. Sie hatte den Menschen im Auge.

Viele Frauen unter den Zuschauern hielten die Hände vor das Gesicht, um nicht sehen zu müssen, was jetzt kommen würde. Harka beobachtete zwei Zirkusdiener, die mit Wasserschläuchen außerhalb des Gitters bereitstanden. Aber er wußte nicht, was man mit solchen Schläuchen bewerkstelligen konnte. Langspeer erklärte es ihm rasch. Vor Wasser scheuten sich die Raubkatzen ebenso wie vor Feuer.

Die Tigerin sprang abermals den Menschen an, und der Dompteur wich ihr zum zweitenmal aus. Das Tier ging jetzt wieder auf den Absprunghocker, aber nicht für lange. Es ließ sich in den Sand hinabgleiten und schlich durch die Manege. Der männliche Tiger und die Löwen gerieten in Aufruhr.

Der Dompteur schrie etwas, was Harka nicht verstehen konnte. Langspeer übersetzte. Die Helfer sollten die Falltür zum Laufgitter öffnen, damit der Dompteur die Tiere oder wenigstens einige der Tiere aus der Manege treiben konnte. Aber der Inspizient gab mit kaltem Gesicht einen Gegenbefehl, und die Falltür blieb geschlossen.

„Tigra! Tigra!"

Der Dompteur hatte den brennenden Reifen wieder hinausgegeben und zur Peitsche gegriffen. Er knallte, und er schlug mit dem aus Nilpferdhaut geflochtenen Riemen zu. Die vier Löwen auf ihren Hockern knurrten nur noch das erneute Rückzugsgefecht ihres eben erwachten Selbstbewußtseins. Aber der männliche Tiger geriet in Wut, sprang in den Sand und begann mit der Tigerin zusammen den Bändiger zu umschleichen. Auch er verweigerte jetzt, nach der Stange zu schlagen.

Der Dompteur ließ sich den flammenden Reifen wieder geben, sprang tollkühn in den Weg der Tigerin und schoß.

„Tigra!"
Das Tier, von dem nahen Knall erschreckt, von der Kugel gestreift, glitt durch den Reifen. Der männliche Tiger sprang am Gitter hoch und krallte sich an der oberen Querstange fest. Das ganze Gitter schwankte. Die Zuschauer schrien entsetzt auf, und es drohte eine Panik zu entstehen. Der Inspizient gab jetzt einen kleinen Wink. Ein Wasserstrahl traf den Tiger, der sich sofort vom Gitter herunterfallen ließ. Die Zuschauer atmeten auf. Eine Frau, die von Schreikrämpfen befallen wurde, wurde von den Dienern unauffällig hinausgetragen.
Der Dompteur, der jetzt gegen die anderen Tiere wieder gesichert war, zwang die Tigerin auf den Absprungplatz. Er hatte die Peitsche und die Stange beiseite gelegt und arbeitete mit Pistole und Flammenreifen. Das Tier gehorchte und führte den Sprung mißmutig aus. Gleich darauf stand es vor der Falltür zum Laufgitter. Beifall brandete auf.
Harka sah, daß der Dompteur erschöpft war. Der Mann konnte sich kaum mehr auf den Füßen halten, doch blieb er in der Mitte der Manege stehen, verbeugte sich und bedankte sich für Klatschen und Beifallsrufe, während die Diener die Falltür zum Laufgitter von außen her öffneten. Die Raubkatzen trotteten hinaus. Die Diener schlugen mit Stöcken von oben durch das Gitter, um die Tiere anzutreiben.
Auch unter den Zuschauern wischten sich viele den Schweiß von der Stirn. Das große Gitter wurde abgebaut, der Dompteur zog sich unter immer erneuten Verbeugungen zurück. Clowns rannten herein und trieben ihre Späße. Aber Harka vergaß das Lachen. Er beschloß, am nächsten Tage in die Tierschau zu gehen und sich lange vor den Tigerkäfig zu stellen.
Es folgten die letzten Nummern der Artistik, Drahtseil und Trapez. Der Junge war erstaunt, was Menschen für eine Geschicklichkeit erwerben konnten. Einmal glitt der Drahtseilkünstler unversehens vom Seil, aber er vermochte sich noch mit der Hand zu fangen, so daß er nicht abstürzte.
Endlich stand die Schlußnummer bevor. Es war schon Mitternacht. Die Zuschauer schwatzten, lachten, aßen Süßigkeiten

und tranken. Harka wartete, ob der Herr im Frack sich noch einmal sehen lassen und sich wiederum einen ablehnenden Bescheid holen würde. Mattotaupa hatte gesprochen, und seine Entscheidungen wurden nicht umgestoßen. Ob sich der Jäger mit Namen Buffalo Bill zeigen würde? Ob er überhaupt schon zurück war? Für diesen Mann interessierte sich Harka mehr als für den Herrn im Frack, denn obgleich dieser seine schönen Pferde ausgezeichnet dressierte, war er doch eine Erscheinung, die mit der Prärie nicht das geringste zu tun hatte. Aber Büffel-Bill, das atmete Wind, Weite, braunwollige Massen, die im Galopp den Sand aufwirbelten! Nicht den Manegensand, der mit Sägespänen gemischt war, sondern Sandwolken über der Prärie. Harka dachte an die Pfeile, mit denen er einen Büffelrücken gespickt hatte. Seitdem war er nicht mehr dazu gekommen, einen Büffel zu verfolgen. Aber jetzt war es Herbst, und die großen Jagden standen bevor. Er aber saß hier in einem Zelte, in dem es nicht nach Büffel roch, sondern nach Stall stank.

Vom Manegeneingang her kam ein Mann durch den Rundgang, der hinter den Logen durchführte, und machte bei der Loge halt, in der Harka saß. Der Junge hatte das gehört, sich aber absichtlich nicht umgesehen, denn hier sollte niemand glauben, daß er ihm Beachtung schenke. Der Mann sagte kein Wort, sondern machte kehrt und ging zu dem Manegenaus- und -eingang zurück. Harka, der hinter ihm her schaute, erkannte, daß er die Kleidung eines Rinderhirten trug.

„Den haben wir abgeschreckt", sagte Langspeer. „Du, mein älterer Bruder Weitfliegender Vogel, warst ihm wohl zu teuer gekleidet, Mattotaupa war ihm zu stolz und Harka ihm zu widerspenstig. Sie werden ihre Nummer ohne uns durchführen."

„Buffalo Bill ist das jedenfalls nicht gewesen", stellte Jim fest. „Wenn er selbst zurückgekommen sein sollte, uns hier aber nur irgendeinen schieläugigen Knecht schickt, um uns zu besichtigen, so braucht er sich keine Hoffnung zu machen, daß wir darauf hereinfallen!"

Der Mann war kaum durch den Manegeneingang verschwunden, als die Musik einen Tusch blies.

Eine Gruppe Cowboys galoppierte herein. Jim schlug sich nach seiner Gewohnheit klatschend auf die Schenkel und grölte: „Buffalo Bill! Buffalo Bill!"
Kaum einer der Zuschauer kannte diesen Namen, der einige Jahre später so berühmt werden sollte, aber Jims Ausruf genügte, um alle zu der Meinung zu bringen, daß man diesen Namen eben kennen müsse, wenn man in Angelegenheiten der Grenze und des Wilden Westens gut beschlagen sei, und so riefen gleich einige Gruppen junger Leute: „Buffalo Bill! Buffalo Bill!"
Der Reiter an der Spitze, der damit gemeint war, hatte sich prächtig gekleidet, in feinstes Leder, mit hohen Stulpenstiefeln und Schlapphut. Er grüßte mit der Hand wie ein gnädiger König in seinem Reich. Harka studierte das Gesicht. Es war hübsch, schmal, die Nase kräftig gebogen; die Augen waren blau. Der Mann trug einen Bart, der aber anders gewachsen war als der des Malers; er trug Kinnbart und Schnurrbart. Was die weißen Männer sich alles ausdachten! Die Cowboys begannen unter Führung Buffalo Bills ihre Reiterspiele vorzuführen. Es gab dabei nichts, was für Harka neu gewesen wäre, aber sie ritten wirklich gut und schossen sicher. Indianer waren nicht zu sehen.
Mit allgemeinem Lärm, mit Hufgetrampel, sich bäumenden Pferden, Schießen, Schreien schloß die Vorstellung. Das Publikum spendete freigebig den Schlußapplaus. Als die Cowboytruppe durch den Manegenausgang hinauspreschte, erhoben sich die Zuschauer und drängten dem Ausgang zu.
Die fünf in der Loge blieben sitzen, bis die Menge hinausgeströmt war. Die Lampen wurden schon gelöscht, als auch sie sich endlich, durch das leere Zelt gehend, hinausbegaben. Nach der Fülle der Menschen, der Musik, dem Lärm und allen Aufregungen machten das dunkle Zelt, die Stille und Leere einen ganz eigenartigen Eindruck. In der Manege kehrten die Stallburschen den Schmutz mit den Sägespänen fort und nahmen ihn auf große Schaufeln.
Draußen standen noch Menschengruppen. Die meisten wollten

noch nicht nach Hause, sondern in die Schnapsbuden gehen. Frauen stritten darüber mit ihren Männern. Die Kinder waren müde. Ein paar kleinere plärrten.
Plötzlich erhob sich ein Lärm, der alle aufhorchen ließ. Eine sich überschlagende Stimme schrie nach der Polizei. Sofort drängten die Menschen zu dem Platze dieses neuen Vorfalls hin. Es entstand ein großer Auflauf.
„Das muß ich mir mal ansehen!" sagte Jim und verschwand in der Menge. Die beiden Dakota und der Maler mit Langspeer blieben vor dem Zirkuseingang zusammen und warteten. Noch begriff keiner von ihnen, was eigentlich geschehen war.
Jim kam aber bald zurück und grinste: „Die Kasse ist ausgeraubt!" sagte er. „Das ist ein Streich, meine Damen und Herren, einmalig, einzigartig und unwiederholbar, denn es ist auch wirklich kein Penny mehr darin! Die Sensation des Abends, wahrhaftig!"
„Wo ist die Kassiererin?" erkundigte sich der Maler.
„Na, durchgegangen! Oder was dachtest du? Als weitfliegender Vogel hat sie sich vermutlich entpuppt."
„Also ist sie nicht ermordet?"
„Aber woher denn! Doch nicht immer gleich etwas Schlimmes denken. Es geht auch mal anders! Aber gelohnt hat sich dieser Fischzug, das ist sicher. Nach der Raubtiernummer hatte die schon für vier Abende und drei Nachmittage ausverkauft. Bloß weil die Leute draußen das Gebrüll hörten und sich die Sensation für den nächsten Tag sichern wollten."
„Und die gesamte Einnahme für vier Tage ist weg?"
„Das ganze Geld."
„War denn die Frau allein im Kassenwagen? Überhaupt nicht bewacht?"
„Schwer bewacht, selbstverständlich. In so 'ner Stadt wie dieser hier! Aber die schauten und horchten mehr nach draußen. Wer kümmert sich schon darum, wenn 'ne Kassiererin mal rausgeht. Den Griff in die Kasse muß sie natürlich fix abmachen. Vielleicht hat sie die Wache beteiligt."
„Wie soll der Zirkus nun die Tiere füttern, die Leute bezahlen,

den Standplatz ... Ob das Unternehmen Reserven auf der Bank hat?"
„Das kümmert mich nicht. Wollen wir ins Hotel gehen?"
Die kleine Gruppe trat den Heimweg an. Es war großer Betrieb auf der Hauptstraße, fast lauter als am Tage, und die meisten Läden hatten noch immer geöffnet.
Als Harka sich mit dem Vater zusammen wieder in dem kleinen Hotelzimmer befand und auf der Wolldecke ausstreckte, wollte ihm fast schwindeln. Er bemühte sich aber schnell einzuschlafen, da er für den nächsten Tag viel vorhatte. Er wollte nicht nur zu dem Tigerkäfig gehen, sondern auch beobachten, ob die Indianer nun kommen würden oder nicht. Über den Kassenraub machte er sich seine eigenen Gedanken, sprach sie aber nicht einmal dem Vater gegenüber aus.
In der Nacht schlief er schlecht, nicht, weil seine Nerven nicht stark genug gewesen wären, aber die Zimmerluft, die er nicht gewöhnt war, quälte ihn. Überall in der Stadt roch es nach seinem Empfinden widerwärtig, am muffigsten in den geschlossenen Räumen.
Unruhe im Hause weckte ihn noch vor Morgengrauen. Er hörte, daß an der Tür des Nachbarzimmers, in dem der Maler und Langspeer schliefen, stark angeklopft wurde, vernahm die ärgerliche und müde Stimme des Malers und dann schwere Schritte, die nebenan eintraten, auch zwei kräftige barsche Stimmen. Nach einiger Zeit wurden die Stimmen ruhiger, und zwei Männer mit schweren Schritten gingen wieder weg. Kein Weißer konnte wirklich leise laufen.
Gleich darauf kamen der Maler und Langspeer zu den beiden Dakota herein. Der Maler konnte sich denken, daß die Indianer die Geräusche in seinem Zimmer gehört hatten, und begann gleich zu erklären.
„Die Polizei war hier. Jim ist natürlich im Zirkus in unserer Loge mit der blondgelockten Kassiererin gesehen worden, und ein Verdacht fiel auch auf ihn. Die Polizei hat gefragt, was ich über ihn wisse. Ich konnte nicht mehr sagen, als daß er im Kleinen zwar gern schwindle und sich ein paar Dollar extra ergau-

nere, im Großen aber für uns eine äußerst wirksame Hilfe in dem unheimlichen Blockhaus des zahnlosen Ben gewesen sei. Im übrigen konnte er, wie ich von den Polizisten erfahren habe, in einer kleinen Privatbank hier in der Stadt ein erhebliches Konto nachweisen. Die Polizei wird seine Person daher aus dem Kreis der vermutlichen Täter ausscheiden."
„Ist Jim hier im Hause?" fragte Mattotaupa.
„Er soll unten in der Gastwirtschaft sitzen und alles unter den Tisch trinken. Der Wirt scheint ihm daher wohlgesinnt zu sein. Die Rechnung wächst." Der Maler lächelte ironisch. Er konnte sich denken, daß diese Rechnung auf sein und nicht auf Jims Konto gehen würde.
Von Schlafen war nun keine Rede mehr. Langspeer und die beiden Dakota bestellten sich eine ausgiebige Morgenmahlzeit aufs Zimmer, Fleischbrühe und gebratenes Fleisch. Die übrigen Speisen der weißen Männer mundeten ihnen nicht. Den Dakota reichte die Mahlzeit für den ganzen Tag. Der Maler wollte überhaupt nichts essen. Er fühlte sich nicht wohl und hatte die Absicht, im Bett zu bleiben. Langspeer war besorgt um ihn, ließ sich dann aber doch überreden, mit dem Jungen zur Tierschau zu gehen, während Mattotaupa bei dem Maler bleiben wollte. Harka konnte zwar nicht glauben, daß er jetzt schon eingelassen werden könne, aber Langspeer sagte nur:
„Komm, die brauchen jetzt Geld. Wir werden schon hineingelangen."
Der Cheyenne behielt recht. Es brauchte keines langen Parlamentierens, und schon öffnete ein Stallbursche für ein Trinkgeld die Tür im Zaun und ließ die beiden ein. Er hatte den Jungen gleich wiedererkannt. Zu der frühen Morgenstunde, in der sonst noch kein Publikum Zutritt hatte, war die Arbeit im Zirkus doch schon im Gange. Die Ställe und Käfige wurden gereinigt, die Käfige der Raubtiere mit langstieligen, schmalen Besen, mit denen man unter dem Gitter durchfahren konnte. Die Käfige, die alle auf Wagen transportiert werden mußten, waren klein. Die vier Löwen lagen neben- und übereinander in einem Käfig, die beiden Tiger in dem Käfig daneben. Sie hatten nicht

Platz genug, um hin- und herzulaufen. So lagen sie da und schauten mit ihren großen Bernsteinaugen durch die engen Lücken zwischen den Gitterstäben.
Harka betrachtete die Tigerin. Langspeer schlenderte unterdessen durch die Pferdeställe. Er wollte den Schimmel Buffalo Bills besichtigen.
Der Junge blieb regungslos an dem Seil stehen, das vor dem Käfigwagen gespannt war, um die Beschauer in gebührender Entfernung zu halten. Er stand so lange ruhig und schaute die Tigerin so lange unverwandt an, bis diese ihren gläsernen Blick endlich einfangen ließ. Sie spielte leise mit den Krallen, die sie eingezogen hatte, aber doch, wenn auch fast unmerklich, rührte.
Harka war so in seinen schweigenden Gedankenaustausch mit dem Tier versunken, daß er nicht einmal bemerkte, wie zwei Männer hinter ihm stehenblieben. Er bemerkte aber, daß der Blick der Tigerin abirrte und ihre Schnurrbartspitzen zu zittern begannen. Daher drehte er sich um. Hinter ihm standen Langspeer und der Dompteur. Der letztere hatte einen Bademantel übergeworfen.
„Willst du doch noch zu uns kommen?" fragte er. „Der Direktor und der Inspizient sind ganz verrückt darauf, eine große Nummer aus dir zu machen. Dein Vater könnte eine hohe Gage verlangen, wenn wir nicht gestern abend allesamt arme Leute geworden wären. Der Herr Direktor will Selbstmord begehen, und der Inspizient rauft sich die Haare. Das verfluchte Räubergesindel! Da schuftet man sich ab, und die Banditin geht mit dem Geld durch!"
Der Dompteur war jetzt am Morgen nicht geschminkt. Harka sah in ein aschfahles Gesicht. Er sah, wie die Augenlider zuckten, er sah die mageren Hände.
„Warum reizt du die Tiere so?" fragte der Junge. „Sie würden dir viel besser gehorchen und auch mehr lernen, wenn du sie mit Geduld behandelst."
„So, das hast du bemerkt. Ich muß die Tiere aber jeden Abend reizen, damit das Publikum auf seine Kosten kommt. Einmal

wird es schiefgehen, ich weiß, ich weiß. Was hilft das. Ich bin an die hohe Gage gewöhnt. Willst du dir die Probe ansehen? Ich bin zuerst damit dran."

Harka nickte. Die Stallburschen bauten schon den Laufkäfig auf. Die Raubtiere wurden unruhig, denn sie kannten diese Vorbereitungen. Der Dompteur ging mit Harka und Langspeer in das Zelt, wo das große Gitter bereits stand. Hier wurde überall schnell gearbeitet!

Der Dompteur warf den Bademantel ab und stand nun in einer einfachen Hose und einem Trikothemd vor der Käfigtür, die in die Manege führte. „Komm", sagte er zu dem Jungen. „Du kannst ruhig mit hereinkommen. Es passiert nichts!" Der Mann hatte die Peitsche bei sich, aber weder Pistole noch Stange. Er öffnete die kleine Käfigtür, um durch sie hineinzuschlüpfen. Harka besann sich keinen Augenblick. Er folgte dem Mann, der bis zur Mitte der Manege ging und dort stehenblieb. Die Raubtiere spielten miteinander, sprangen auf die Hocker und wieder herab, wälzten sich, um sich Bewegung zu verschaffen. Dazwischen äugten sie nach dem fremden Knaben, aber da er sich ruhig und zuversichtlich verhielt, fanden sie ihn vertrauenswürdig. Der zahmste der Löwen, der schon zweimal den Dompteur gestreift hatte, um sich in der Mähne kraulen zu lassen, streifte jetzt auch Harka. Die Tigerin fauchte heiser und zeigte die spitzen Reißzähne.

„Sie ist eifersüchtig und darum auch unzuverlässig", sagte der Dompteur und ging zu der gestreiften großen Raubkatze hin. Sie schnappte, mehr mahnend als bösartig, und bewegte die Spitze des langen Schwanzes leicht hin und her. Der Dompteur hielt den Reifen hoch, und sie sprang, aus dem Sande ansetzend, mit einem wunderbaren Sprung hindurch.

„So wäre es natürlich eine ganz langweilige Nummer", sagte der Dompteur zu Harka.

Die Probe mit den Raubtieren dauerte nur eine halbe Stunde, da sie nichts Neues zu lernen, sondern nur die alten Kunststücke zu wiederholen hatten. Harka verließ mit dem Dompteur zusammen den Käfig. „Du bist für den Zirkus geboren, Junge",

sagte dieser, während er die Tür des großen Käfigs schloß und die Löwen und Tiger ganz von selbst den Laufkäfig suchten. „Überlege dir das. Es ist deine Zukunft!"
„Wirst du heute abend die Tiere wieder reizen und dein Leben für ein so unnützes Spiel wagen?"
„Heute abend und jeden Abend. Daran geh ich kaputt."
Harka antwortete darauf nichts mehr. Er schloß sich stillschweigend wieder Langspeer an, der am Gitter stehend das Gespräch vermittelt hatte.
„Eine Neuigkeit", sagte jetzt der Cheyenne zu Harka. „Die Indianergruppe kommt. Das Essen ist ihnen ausgegangen. Geld hatten sie nicht. Wo sollten sie also hin? Sie reiten schon in die Stadt ein, und wie ich höre, gaffen die Leute, als ob sie noch nie in ihrem Leben einen Indianer gesehen hätten. Es ist ein dummes Volk."
„Zu welchem Stamm gehören die Indianer?"
„Dakota."
„Dann können wir mit ihnen sprechen!"
„Wenn der Manager es uns erlaubt. Weißt du, wer in den Direktionswagen hineingegangen ist und jetzt überall im Zirkus herumschnüffelt? Jim. Es heißt, er gibt der Direktion Geld zur Überbrückung. Für hohe Zinsen." Da der Cheyenne sich der Dakotasprache bediente, mußte er viele Worte und Begriffe umständlich umschreiben. Für „Zinsen" hatte diese Sprache keine Bezeichnung.
Von der Hauptstraße her waren wieder Trompetenschall und die gellende Stimme des Ausrufers zu hören. Langspeer horchte, um so aufmerksamer, je näher der Zug dem Zirkuszelt kam. Harka bemerkte den wachsenden Ärger in den Mienen des Cheyenne. „Was sie alles zusammenlügen!" sagte er. „Du seist der Sohn von Tatanka-yotanka, bei einem Raubüberfall auf die Landvermesser gefangengenommen und würdest heute abend wieder auftreten! Es sollen dafür Sonderkarten verkauft werden. Sie wollen sich wieder die guten Plätze zum zweitenmal bezahlen lassen, um ihre Kasse wieder zu füllen."
Langspeer und Harka sahen zu, wie Hunderte von Stühlen und

auch Bänke angefahren und in den Gängen zwischen den Sitzreihen verteilt wurden. Wenn die Plätze alle besetzt wurden, konnte sich kein Mensch mehr rühren.
Die beiden gingen dann zu dem Pony- und Eselstall, in dem noch zahlreiche Boxen frei waren. Da die Dakotagruppe zu Pferde kam, mußten sie ihre Tiere hierherbringen, und dabei konnte man sie am leichtesten unauffällig beobachten. Harka und Langspeer versteckten sich bei den vier Eseln. Der Clown hatte sie zwar gesehen, das wußten sie. Sie glaubten aber nicht, daß er sie stören werde. Der große breite Mann mit dem Kindergesicht, der ohne seine komische Kleidung und Bemalung nicht komisch, sondern freundlich-ernst wirkte, kam aber doch herbei und kroch kurzerhand zu den beiden ins Stroh.
„Kind", sagte er traurig zu Harka. „Du hast mir meinen Trick verdorben. Wie konntest du ihn nur verraten? Jetzt habe ich keine Nummer mehr! Was mache ich mit den Eseln ohne Nummer? Der Inspizient will mich hinauswerfen. Ich soll mir einen neuen Trick ausdenken, sagt er. So schnell geht das nicht! Aber wie denkst du? Der Clown, der Knabe und der Wildesel? Damit müßte sich doch etwas machen lassen!"
„Etwas, aber keine ‚Nummer'", sagte Harka. Das Wort Nummer hatte er schon in seinen Wortschatz aufgenommen. Er legte die Finger auf den Mund, um Schweigen bittend, denn soeben kam der Zug der Indianer von der Straße her an. Es war zu hören, wie er sich auflöste, und gleich darauf kamen auch die ersten schon mit ihren Pferden in den Stall. Es waren unverkennbar Dakota, Männer, Frauen und Kinder.
„Da ist einer, den ich kenne!" flüsterte Langspeer hastig. „Wir waren zusammen auf der Reservation. Ich spreche ihn an."
Langspeer ging zu dem Mann hin, der sich verwundert und nicht eben freundlich umdrehte, als er angesprochen wurde. Aber dann blieb er bei Langspeer stehen und unterhielt sich mit ihm, bis ein zierlicher, magerer Weißer kam und das Gespräch unterbrach. „Was wird da gefaselt!" kreischte er den Dakota an. „Vorwärts, die Probe beginnt, es ist schon viel zuviel Zeit verloren worden!"

Der Indianer brach das Gespräch ab, und ohne ein Wort zu erwidern, ging er zur Probe. Langspeer kam zu Harka und dem Clown zurück.
„Der Dakota, mit dem ich gesprochen habe, heißt ‚Der Singende Pfeil'", sagte er. „Schon sein Vater wurde auf die Reservation gebracht. Ihm ist es gelungen, von dort wegzukommen. Die anderen Dakota stammen aus Minnesota und konnten nach dem Aufstand voriges Jahr nicht mehr nach Kanada fliehen. Der Zirkus hat sie angeworben, und nun sind sie ihm ausgeliefert, da sie nur die Dakotasprache verstehen und kein Geld in Händen haben."
Der Cheyenne und der Clown erfuhren nicht, was Harka hierüber denken mochte, denn der Knabe fragte nur: „Sehen wir uns die Probe an?" und lief auch schon aus dem Stall hinaus. Langspeer und der Clown mit dem ernsten Gesicht und den Kinderaugen kamen mit. Sie setzten sich zusammen wieder in die gewohnte Loge. Der Inspizient, der am Manegeneingang stand, zwinkerte Harka und Langspeer zu. Der Knabe mochte aber das fleischig-blasse Gesicht des Inspizienten nicht leiden und schaute weg.
In der Manege, die nicht mehr durch ein Gitter abgeschlossen war, fanden sich die Mitglieder der Dakotagruppe zusammen. Der Manager, der vorher den Singenden Pfeil angefahren hatte, leitete die Probe. Er schrie viel, ohne daran zu denken, daß ihn keiner verstand, rannte umher und brachte durch seine Mimik zum Ausdruck, was die anderen nach seinem Vorbild zu tun hätten. Die Pferde kamen in einem Zuge mit Frauen und Kindern herein. Es waren nicht alle Tiere der Truppe, sondern nur einige ausgewählte. Rasch wurden von den Frauen zwei Zelte aufgeschlagen, die Harka als echte Tipi erkannte. Die Kinder wurden in die Zelte geschickt, als ein indianischer Reiter in die Manege sprengte und mit lauter Stimme Worte rief, die außer den Mitgliedern der Truppe nur Harka und Langspeer verstanden. „Männer der Dakota!" rief er. „Hierher haben die weißen Männer uns gebracht. Sie haben uns betrogen. Wir sind ihre Gefangenen ohne Fesseln. Wir müssen ihnen gehorchen ohne

Worte. Sie füttern uns, wie wir unsere Pferde füttern, und sie haben die Zügel in der Hand. Sie haben uns befohlen, eine Postkutsche zu überfallen und ein Mädchen zu fangen und zu martern. Schande über uns, aber wir müssen vor den weißen Männern Räuber und Diebe spielen!"
Nach dieser Ansprache riefen alle „Hau! Hau!" und ritten hinter dem Sprecher her im Kreise der Manege.
Durch den Manegeneingang kam eine vierspännige Eilpostkutsche, mit Pferden, viel schöner und mit viel glänzenderem Fell, als sie je an die Deichsel einer Postkutsche angespannt gewesen waren. Die Dakota erhoben ein wildes Gebrüll, griffen in die Zügel, knallten mit Pistolen und zerrten das Mädchen aus der Kutsche, das Harka als die Kunstreiterin erkannte. Sie wurde an eine schmale Bretterwand angebunden, die die Zirkusdiener inzwischen aufgestellt hatten, und ein fürchterlich bemalter Dakota warf Messer nach ihr, die jeweils zwei bis drei Zentimeter entfernt von dem Körper des Mädchens im Holz steckenblieben. Als die Reihe der im Holz steckenden Klingen die ganze Figur des Mädchens nachzeichneten, brüllten die Dakota wieder und tanzten, Messer und Beile hochhebend, in der Manege herum.
In diesem Augenblick knallte eine Flinte vom Manegeneingang her, und eine Stimme rief auf englisch: „Wo ist die gefangene Lady? Vorwärts, ihr Männer, Kundschafter und Cowboys, Rächer des Unrechts, wir befreien sie!" Unter vielem Geknalle stürmten die Cowboys in die Manege. Die messerschwingenden Indianer fielen pflichtgemäß in den Sand, und Buffalo Bill nahm das Mädchen auf seinen Schimmel, um im Triumphritt dreimal ums Rund zu galoppieren.
Dieses Schauspiel wurde zweimal wiederholt. Der Manager mit der zierlichen Gestalt, dessen Körper durch Laster abgemagert war, kreischte, die Indianer gehorchten. Endlich klappte alles nach den Wünschen des Inspizienten. Das blonde Mädchen war rührend, die Indianer wirkten greulich, und die Cowboys traten siegreich genug auf.
Harka saß in der Loge im leeren Zirkuszelt, aber mit seinen Ge-

danken war er nicht da. Seine Gedanken drangen auch nicht nach außen; niemand konnte sie lesen. Er hatte die Laute seiner heimatlichen Sprache gehört, nicht von Fremden als eine fremde Sprache gesprochen, sondern von Dakota für Dakota. Was hatte er in dieser Sprache vernommen! Dann folgte die Schande, das alberne Schauspiel, Hohn auf die Sitten und das Recht der Dakota, der Sieg der Feinde. Das war zuviel, und in dem Knaben reifte ein gefährlicher Entschluß. Große Entschlüsse pflegten die Indianer weder rasch zu fassen, noch pflegten sie viel darüber zu reden. Wenn Harka seine Gedanken jetzt hätte in Worte fassen wollen, so wäre er vor den Inspizienten hingetreten und hätte so zu ihm gesprochen, wie Mattotaupa zu Alte Antilope gesprochen hatte: „Das ist dein Tod. Du kannst darauf warten. Ich komme!" Aber Harka befand sich nicht in der Prärie, darum verschwieg er seine Gedanken.

Vor seinen Augen lief die Probe weiter ab. Auf den „Überfall auf die Postkutsche" folgte das Siegesfest der Cowboys, das in Schießen und der Vorführung von Reiterkunststücken wie am vergangenen Abend bestand. Der Inspizient erinnerte sich an Harka und ließ durch den Manager anfragen, ob der Junge nicht Lust habe, an diesen Reiterspielen teilzunehmen.

„Ich werde meinen Vater fragen", erwiderte Harka so, wie Langspeer es von ihm erwartet hatte.

Der Clown schaute mit seinen Augen, die viel kindlicher waren als die des Knaben, wieder traurig auf den jungen Indianer.

„Willst du nicht in meiner neuen Nummer mitmachen?"

„Auch das werden wir sehen."

„Kannst du lesen und schreiben?"

„Eure Schrift nicht. Nur unsere Bildzeichen."

„Ich könnte dich noch viel lehren, Junge. Hast du schon einen Atlas gesehen?"

„Nein."

„Komm mit in meinen Wagen. Hier bei den Proben ist jetzt doch nichts mehr los. Wir müssen heute statt zwei sogar drei Vorstellungen geben, um wieder Geld hereinzubringen. Im Wagen zeige ich dir die Karte von Amerika."

Harka und Langspeer gingen mit dem freundlichen und nachdenklichen Mann. Er führte die beiden in seine Stube im Zirkuswagen, die praktisch eingerichtet und sehr ordentlich gehalten war. Auf einem Wandbrett lagen einige Bücher, eines davon war ein Atlas.
„Ich heiße Bob", erklärte der Clown. „Damit du weißt, wie du mich anreden kannst! Und wie heißt du?"
„Harka."
„Harry?"
„Harka!"
„Bleiben wir lieber bei Harry, das ist mir geläufiger. Nun sieh hier die Karte!" Er schlug den Atlas auf und begann zu erklären. Da es sich um eine bildliche Darstellung handelte, begriff Harka außerordentlich schnell. Er fragte nach den Black Hills, fand die Berge, in denen sein Adlerfreund hauste, und zeigte schon selbst den Niobrara, der von den Dakota Miniatankawakpala genannt wurde. Er erkundigte sich nach der Route, die der Zirkus plante, und suchte nach den Gebieten der Schwarzfußindianer. Langspeer interessierte sich für die Lage der Reservation, aus der er entlassen worden war.
Als Harka mit Langspeer schließlich wieder in das Hotel zurückkehrte, erfuhren sie dort keine guten Nachrichten. Das Befinden des Malers hatte sich verschlimmert, und der Arzt, den der Wirt hatte rufen lassen, wollte die Verantwortung nicht übernehmen. Er hatte dem Maler geraten, sich sofort ein Gespann zu nehmen und in eine größere Stadt mit einem wohl eingerichteten Krankenhaus zu fahren, denn vielleicht werde eine Operation nötig. Es scheint eine Vereiterung vorzuliegen. Der Maler wurde von heftigen Schmerzen geplagt und war entschlossen, dem ärztlichen Rat zu folgen. Er bat Langspeer, sich um eine gut gefederte Kutsche und vier schnelle Wagenpferde zu bemühen, da er dem Wirt allein in dieser Angelegenheit nicht genügend vertraute. Langspeer machte sich sofort auf den Weg. Er schien sehr aufgeregt zu sein.
Jim hatte seine Rechnung erstaunlicherweise selbst bezahlt, einschließlich aller Getränke, die er in der Gastwirtschaft be-

stellt hatte, und war dann nach einem kurzen Abschied von Mattotaupa und dem Maler mit unbekanntem Ziel abgereist. Er hatte vorher noch darauf hingewiesen, daß er eine „kleine Barschaft" in den Zirkus investiert habe und Mattotaupa nur raten könne, dort über den Winter eine lohnende Beschäftigung anzunehmen. Er habe dem Direktor einen für die beiden Indianer günstigen Vertrag vorgeschlagen und werde sich im Laufe des Winters auch wieder bei dem Unternehmen sehen lassen. Der Vertragsentwurf befand sich bei dem Maler. Die wichtigste Bestimmung darin war eine gewisse Vorauszahlung.
„Was für ein sonderbarer Mensch, dieser Jim", sagte der Maler. „So undurchsichtig."
Als Langspeer zurückkehrte und der Kranke noch einige Stunden ruhen wollte, ehe er die anstrengende Fahrt wagte, zogen sich Mattotaupa und Harka in ihr eigenes Zimmer zurück. Sie legten sich wieder auf die Betten, und der Junge erzählte dem Vater alles, was er bei den Proben erlebt hatte, leise und mit knappen Worten. Dann lagen sie zwei Stunden ruhig auf den Wolldecken und dachten gemeinsam nach. Es war tatsächlich ein gemeinsames Denken, da sie von den gleichen Voraussetzungen ausgingen und ihre Gedanken aus den gleichen Empfindungen und Vorstellungen heraus entwickelten. Nach zweistündigem Schweigen sagte Mattotaupa:
„Nicht du wirst ihn töten. Du bist ein Knabe. Ich töte ihn, sobald der Schnee gefallen und wieder geschmolzen ist. Hau."
Eine Stunde später rief Langspeer die beiden Dakota. Die Kutsche wartete schon vor der Tür, und der Maler wollte sich verabschieden. Seine Krankheit beschäftigte und ängstigte ihn sehr. Er schluckte eine Medizin, die der Arzt ihm verschrieben hatte, und trank ein halbes Glas Wasser nach. Es herrschte eine verlegene Stimmung, wie sie entsteht, wenn Pläne zunichte werden.
„Mein Versprechen bleibt natürlich unberührt von dieser unglücklichen Wendung", sagte der Maler. Er zupfte nervös an seinem blonden Bart. „Ihr seid über den Winter meine Gäste, Mattotaupa und Harka. Wir können nicht miteinander durch

die Staaten fahren, und ich kann euch nicht hundertmal skizzieren und malen, wie ich es beabsichtigt hatte. Aber ich besitze ein kleines Haus an der Küste, und dort könnt ihr bleiben, bis ich – hoffen wir es – wieder gesund werde! Ich bitte euch also, haltet eure Pferde bereit und reitet mit meiner Kutsche mit, wie es auch Langspeer tun wird. Eine sicherere Begleitung kann ich mir nicht denken."

„Langspeer wird Schutz genug für dich sein, und wir wollen dir keine Last werden", antwortete Mattotaupa mit seiner natürlichen Würde. „Wir gehen mit dem Zirkus. Dort sind Dakota, mit denen wir uns verständigen können. Wir werden einiges dazulernen zu dem, was wir bis jetzt gelernt haben, und wir werden viele Städte sehen. Die weißen Männer können uns nicht wie Hunde behandeln, da sie uns vorweg das Geld zu geben haben, mit dem wir auch allein weiterkommen."

Der Maler widersprach, aber nur schwach, denn er hatte Schmerzen, und die Kutschpferde stampften vor dem Hause.

„Es ist das zweite Mal, daß wir uns verabschieden", sagte er schließlich. „Nach dem ersten Mal haben wir uns zufällig und wunderbarerweise in einem Augenblick wiedergetroffen, in dem ich deiner Hilfe, Mattotaupa, dringend bedurfte. Wenn wir jetzt wieder auseinandergehen, weil du es willst, so bitte ich dich, mir zum Abschied einen Wunsch zu nennen!"

Mattotaupa zog das Goldkorn aus der Tasche, das Harka am Flusse bei den Black Hills gefunden und das Mattotaupa im Blockhaus verschluckt hatte, um es zu verbergen. „Dieser glänzende Stein ist wieder da", sagte er. „Ich möchte ihn Langspeer für seine Kette schenken. Für mich ist es nicht gut, Gold in der Hand zu haben."

Langspeer nahm das Goldkorn, in der stillschweigenden Art, in der Indianer Geschenke entgegenzunehmen pflegten. Dann übergab er Mattotaupa einen kleinen schweren Beutel. „Weitfliegender Vogel und ich, Langspeer, haben schon gefürchtet, daß ihr uns jetzt verlassen werdet. Dies hier ist ein Abschiedsgeschenk, das wir beide euch beiden machen. Möget ihr noch viel Ruhm ernten, so daß eure Namen in Prärie und Felsengebirge und in den Städten der weißen Männer bekannt werden als die Namen von kühnen und gerechten Kriegern. Ich habe gesprochen, hau."

Auf Langspeer und Mattotaupa gestützt, ging der Maler die Treppe hinab zu der Kutsche; die gut gefütterten Pferde stampften sehr ungeduldig. Er stieg ein, wurde in Decken gewickelt und bequem auf die gepolsterte Bank gelegt. Das Gepäck war bereits untergebracht. Langspeer gab dem Wirt und dem Schuhputzer des Hotels noch ein Trinkgeld und betonte in Gegenwart von Mattotaupa, daß Zimmer und Pferdefutter für die beiden Indianer für eine Woche im voraus bezahlt seien.

Rings standen Neugierige umher; ein Teil davon mußte jetzt rasch beiseite springen, denn die Peitsche des Kutschers knallte, und das Viergespann setzte sich in schnellen Trab. Die beschlagenen Hufe klapperten. Langspeer ließ sein Pferd mitgaloppieren und führte das Reittier des Malers am Zügel. Die Maultiere waren an den Wirt verkauft.

Mattotaupa und Harka blickten dem Gefährt noch einen Augenblick nach. Neben dem Kutscher saß ein schwerbewaffneter Begleiter.

Als die beiden Dakota wieder auf ihr Zimmer kamen, öffnete Mattotaupa den Beutel. Er enthielt Gold- und Silberdollars. Harka studierte das eingeprägte Bild. Es zeigte einen Adler, der einen Zweig und einen Blitz in den Fängen hielt.

„Der Donnervogel!"

Die beiden Dakota bereuten ihren Entschluß, dagebliebenzu sein, nicht. Das größte Hindernis, was sie zunächst zu bewältigen hatten, war ihre Unfähigkeit, mit den Weißen fließend zu sprechen. Sie verstanden zwar schon viel von dem, was auf englisch gesagt wurde, viel mehr, als sie sich hatten anmerken lassen. Aber es fehlte ihnen die Übung im Sprechen. Diese mußten sie zuerst und vor allem erwerben, um denjenigen gewachsen zu sein, von denen sie keine Freundschaft erwarteten.

Als Mattotaupa und Harka noch an demselben Tage, an dem der Maler und Langspeer abgereist waren, den Direktionswagen des Zirkus aufsuchten, mußten sie lange warten. Als Mat-

totaupa endlich erreicht hatte, daß er mit Harka von dem Direktor und dem Inspizienten empfangen wurde, sagte ihnen der Inspizient zunächst, daß der Vertrag nicht in Kraft trete, ehe sie eine Prüfung abgelegt hätten. Mattotaupa blieb so hartnäckig, wie er sich gegenüber Hahnenkampf-Bill in der Unterhandlung um die Munition gezeigt hatte, und schließlich schrie der überreizte Direktor seinen Inspizienten an:
„Lappalien werden mir hier vorgesetzt, Albernheiten, Kindereien! Warum hat man diese Indsmen überhaupt bei mir vorgelassen! Keine Nummer, noch vollständig unreif, und kommt hier in meinen Wagen wie Pontius Pilatus ins Credo! Wenn Sie nicht besser zu arbeiten verstehen, Ellis, schließe ich den ganzen Laden. Was soll ich mit solch einer Inkarnation der Unfähigkeit, wie Sie es darstellen, überhaupt anfangen!"
„Sollen wir..."
„Mund sollen Sie halten und hinausgehen! Ich bin mit den Kreditfragen beschäftigt! Wenn Sie so weit ausgeschlafen haben, daß Sie das begreifen, dann guten Morgen – und vorläufig ab!"
„Bis Sie Ihren Kredit bekommen und Ihre gute Laune wiedergefunden haben!" antwortete der Inspizient spöttisch. Er war Personalchef, Regisseur und Inspizient in einer Person, bezog ein Gehalt nur als Inspizient und wurde auch nur als solcher betitelt, um ihm keine Handhabe für höhere Gehaltsansprüche zu geben. Doch war er die rechte Hand des Direktors, lebte im sicheren Gefühl seiner Unentbehrlichkeit und ließ Ausbrüche des Direktors wie Wasser an einem Ölmantel ablaufen.
Er wies jetzt die beiden Dakota aus dem Wagen, als ob sie es seien, die sich unangemessenerweise hereingedrängt hätten, und rief nach Buffalo Bill. Zwei Stallburschen und drei jüngere Artisten, die auch andere Arbeiten mit erledigen mußten, flitzten gleichzeitig davon, um den Gesuchten herbeizuschaffen. Als er kam, befand er sich in Begleitung des Singenden Pfeil und des Managers, dessen keifende Art zu sprechen Harka in unangenehmer Erinnerung hatte. Buffalo Bill gab sich ein Ansehen, als ob nicht der Inspizient ihn gerufen, sondern er den Inspizienten zu einer Audienz befohlen habe.

„Die Indsmen prüfen, und wenn sie etwas können, hierbehalten!" sagte der Inspizient, ebenfalls mit gespielter Überlegenheit und abfällig gegenüber Mattotaupa.
Bill zwirbelte eine Schnurrbartspitze, maß Mattotaupa und Harka und befahl dem Singenden Pfeil zu übersetzen: „Meine roten Brüder sind mir willkommen! Wir werden zusammen reiten und schießen! Wo sind eure Pferde?"
Harka holte den Grauschimmel und den Fuchs, die bei dem Direktionswagen angehängt waren, und die beiden Dakota gingen mit Bill und Singendem Pfeil in die Manege, die jetzt leer war. Bill ließ sich seinen Schimmel bringen, der größer und ansehnlicher war als die beiden halbwilden Mustangs, und ritt mit den beiden Dakota und Singendem Pfeil im Rund, warf ein Taschentuch auf die Erde, das Harka ohne Mühe vom galoppierenden Pferd aus aufhob, sah befriedigt zu, wie die beiden Dakota sich unter ihren galoppierenden Pferden durchschlängelten und dann die Tiere hochrissen, um kurz vor Bills Schimmel zu halten.
„Schießen?"
„Mit Feuerwaffen noch zu üben", erwiderte Mattotaupa.
„Pfeil und Bogen?"
„Jedes Ziel."
Auf einen Wink Bills schleppten die Diener die Bretterwand herein, die als Marterpfahl für die Lady gedient hatte und deren Holz weich genug war, um eine Pfeilspitze eindringen zu lassen. Mattotaupa und Harka zielten und schossen.
Bill rieb sich den Kinnbart und verbarg seine Bewunderung für die absolute Zielsicherheit, die hier bewiesen wurde. „Angenommen", sagte er. „Mit Feuerwaffen natürlich noch zu üben. Wenn ihr welche habt!"
„Wir haben eine Büchse, und wir werden eine zweite kaufen."
„Ihr habt Geld? Das müßt ihr abliefern!" kreischte der Manager.
„Wir erhalten einen Vorschuß laut Vertrag."
„Ach so. Aber egal. Ihr wohnt bei der Indianergruppe, Geld ist abzuliefern. Es wird nicht geraucht, nicht getrunken und nicht ausgegangen. Dafür bin ich verantwortlich. Lewis ist mein

Name. Ich bin der Manager für euch Indsmen und Bills Vertreter."
„Wir wohnen nicht bei der Truppe, und wir liefern nichts ab. Wir leben wie die freien Artisten. Ich habe gesprochen, hau!"
„Mein roter Bruder, das ist unmöglich", mischte sich Bill wieder ein. „Ihr habt keine eigene Nummer. Ihr wirkt bei dem ‚Überfall auf die Postkutsche' mit."
„Nein."
„Nein?"
„Nein."
„Dann habe ich keine Verwendung für euch."
„Wir arbeiten mit Bob", sagte Harka.
„Mit Old Bob?"
„Ja."
„Hm. Warum laßt ihr euch dann von mir prüfen?"
„Zum Spaß. Die Schlußrunden können wir mitreiten", erwiderte Mattotaupa.
„So, ja, hm. Gedanke gar nicht schlecht. Baue euch heute abend gleich ein. Ihr haltet euch bereit. Sobald ich winke, führt ihr das mit dem Taschentuch und dem Durchschlängeln vor. Abgemacht?"
„Hau."
„Hallo!" sagte Bill zu dem Singenden Pfeil. „Die beiden roten Gentlemen zu Old Bob führen!"
Bob war bei seinen vier Eseln im Stallzelt zu finden. Er schaute den beiden Dakota freundlich entgegen, besonders dem Jungen. Als Mattotaupa und Harka mit ihrem Begleiter zu ihm herangekommen waren, fragte er: „Wie steht's, Harry? Hast du eine Idee für eine neue Nummer?"
„Ja."
„Ja? Harry – komm, erkläre mir das sofort."
„Es sind vier Esel. Wir müssen vier Kinder sein."
„Vier Kinder? Ja, Kinder, das zieht immer. Was sollen die tun?"
„Das Komische an deinen Eseln ist, daß sie dressiert sind, wild zu sein. Dadurch sind sie viel wilder als Wildesel."
„Großartig! Du hast Sinn dafür, wie Komik entsteht. Weiter?"

„Wir werden vier Kinder sein und vier Esel reiten."
„Jawohl, im Pagenanzug, entzückende Kinder, ganz elegant, Kinder eines Lords, finden die Esel im eigenen Garten! Zwei Jungen, zwei Mädchen. Du bist der älteste." Harka ging auf das Fantasiebild ein:
„Wir steigen ohne Wissen des Vaters auf. Die Esel fangen an zu bocken. Sie bocken alle vier gleichzeitig auf die gleiche Art: scheues Galoppieren, Steigen, Ausschlagen, Katzbuckel mit allen vieren in der Luft. Das muß wie ein wilder Eselstanz sein. Die Kinder parieren auf die gleiche Art und gleich geschickt."
„Wie Kunstreiter. Jawohl. Weiter, weiter!"
„Du bist der Vater, kommst dazu, bist entsetzt und verzweifelt. Die Esel machen den Haupttrick. Wir springen ab."
„Gut, gut! Weiter?"
„Du rufst die Stallburschen, die alle abgeworfen werden. Die Kinder lachen die Stallburschen aus. Ich springe auf, sitze verkehrt, packe den Schwanz; die anderen Kinder folgen meinem Beispiel, und vor den erstaunten Augen des Vaters verlassen wir winkend die Manege."
„Große Nummer! Aber woher nehmen wir die Kinder?"
„Ich suche sie mir aus der Indianertruppe."
„Wie lange müßt ihr üben?"
„Das sage ich dir morgen, wenn ich gesehen habe, was die anderen Kinder können."
Damit waren Mattotaupa und Harka in die Reihen der Artisten aufgenommen. Trotz des erfolgreichen Anfangs aber waren die folgenden Wochen und Monate für beide sehr schwer. Harka mußte auf Bobs Verlangen den Salto mortale auf dem Boden und auf dem Esel erlernen. Er mußte jeden Morgen mit zwei Mädchen und einem anderen Indianerjungen die neue Nummer stundenlang proben, bis die Esel müde und die Kinder völlig erschöpft waren. Die Kinder fanden kaum Zeit, miteinander ein Wort zu sprechen, das nicht zur Probe gehörte. Sie freuten sich aber am Zusammensein. Harka lernte außerdem nach seinem eigenen Willen lesen und schreiben, nachdem er englisch

sprechen gelernt hatte. Er übte sich mit dem Vater zusammen täglich im Schießen mit Feuerwaffen. Das war für die beiden etwas ganz anderes als eine Probe für eine Nummer. Es war die Übung für die Freiheit, und es waren diese Stunden, in denen ihre Kräfte immer wieder wuchsen.

Die beiden bewohnten gemeinsam einen winzigen Eckraum in einem Wagen; Bob hatte ihnen diese eigene Unterkunft mit viel Mühe verschafft. Sie schliefen in Hängematten, in denen sie krumm lagen, weil der Raum nicht ausreichte. Sie erhielten ein Essen, das ihnen widerstand, und mußten sich oft erbrechen. An jedem Tag, den der Zirkus nicht für seine Reise brauchte, fanden zwei Vorstellungen, morgens aber die Proben statt. Es blieben am Tage knapp zwei Stunden zum Ausruhen, und in dieser Pause gingen die beiden Dakota in die Stadt, in der sich der Zirkus jeweils aufhielt.

Das Leben wurde etwas leichter, als die neue Nummer mit den Eseln klappte und die vier Indianerkinder, stark geschminkt, vier kleine englische Adlige spielten. Bob redete wochenlang auf Harka ein, daß er seine langen Haare abschneiden solle, die immer unter der Kopfbedeckung versteckt werden mußten; eine blonde Perücke werde viel besser in die Nummer passen. Aber Harka tat, als höre er nichts. Old Bob biß auf Granit und sah davon ab, Harka zu der blonden Perücke zu zwingen. Er fürchtete, der Junge würde imstande sein, sie mitten in der Vorstellung abzusetzen.

Als Harka weniger Proben zu machen hatte, schlief er vierzehn Tage lang alle die Stunden hindurch, die er dadurch für sich gewann, und erholte sich von der Überanstrengung. Danach benutzte er die Zeit, um sich bei seinem alten Bekannten, dem Dompteur, sehen zu lassen. Die Raubtiernummer war einige Tage ausgefallen, weil die Tigerin ihren Bändiger am Kopf verletzt hatte. Nun war die Vorführung wieder angekündigt.

Es war wieder wie damals, als die beiden sich zum erstenmal gesprochen hatten, früh am Morgen. Die Käfige wurden mit Wasser durchspült, und der Dompteur stand dabei. Er trug eine Kappe, so daß man den Verband nicht sah.

„Na, der junge Lord?" begrüßte er Harka. „Auch mal wieder gnädiger Laune zu einem schlichten Manne?"
„Probst du heute?"
„Muß ich wohl. Aber ich traue den Bestien überhaupt nicht mehr, nachdem sie mir einmal wirklich über den Kopf gehauen und mein Blut gerochen haben. Wie geht's dir? Warum kümmerst du dich eigentlich gar nicht um deine Stammesgenossen? Die sind dir wohl auch nicht mehr fein genug, die armen Schlucker? Bist ja eine eigene Nummer geworden! Und was für eine! Hab ich es dir damals nicht gleich gesagt?"
„Man läßt mich nicht zu den anderen hingehen. Den Vater auch nicht. Die Kinder müssen immer zu mir herauskommen."
„Warum denn das? Der Bill ist doch sonst nicht so kleinlich."
„Sie haben Angst. Meine Stammesbrüder haben in dem Minnesota-Aufstand vor zwei Sommern mitgekämpft. Jetzt sind sie wie Gefangene."
„Aufstand ist ja auch Blödsinn. Als ob meine Tiger aus dem Käfig ausbrechen wollten! Zwecklos."
Harka ließ den Dompteur stehen. Er konnte es nicht anhören, daß über das Schicksal seines Volkes in einer solchen Weise gesprochen wurde. So lief er in den Wagen, in den kleinen kajütenartigen Raum, in dem Mattotaupa saß und eine Landkarte studierte. Der Vater hatte sich verändert. Das konnte Harka sehen. Sich selbst sah er nicht. Mattotaupas Augen hatten jenen schwermütig-verschlossenen Ausdruck angenommen, wie er dem gefangenen Tier und dem gefangenen Menschen eigen ist. Fast täglich fand ihn Harka jetzt über die Landkarte gebeugt in dem winzigen Raum sitzen.
Der Junge hockte sich auf den Boden zu Füßen des Vaters. „Es sind ihrer zu viele!" sagte Mattotaupa.
Harka wußte, wovon der Vater sprach. Sie hatten im Winter zusammen die Städte des Ostens gesehen, und sie ahnten jetzt, wieviel größer die Zahl der weißen Männer war als die der roten.
„Es sind ihrer zu viele, und sie sind ungerecht", sagte Mattotaupa. „Die roten Männer müssen kämpfen, sonst wird ihnen

alles geraubt, was sie besitzen: Prärie, Berge, Büffel, Nahrung und Leben."

Auch in der Stadt und in den engen Wagen hinein, auch in das Zirkuszelt zog die Luft, die nach Frühling zu riechen begann, nach Hochwasser, nach weither kommendem Wind, nach tauenden Wiesen. Die Mustangs verloren schon ihr Winterfell. Harka mußte sie für die Vorstellung striegeln und bürsten. Daheim, bei den Zelten der Bärenbande in der Prärie, brauchte kein Pferd gestriegelt zu werden. Bei seiner ungewohnten Arbeit und in der stillen Zwiesprache mit seinem Büffelpferd haßte der Junge den Zirkus, er haßte das Manegenrund, die Sägespäne, das Zelt, die Menschen, den Geruch, den Lärm. Er spürte, wie traurig der Grauschimmel und der Fuchs waren, hoffnungslos und traurig, weil sie nicht mehr über die Prärie galoppieren und den Büffeljagdruf nicht mehr hören durften. Die kreischende Stimme des Managers, die gehässigen Worte des Inspizienten, das anspruchsvolle Gehabe Bills wirkten auf Harka wie Gift, das er schlucken mußte, das er aber lieber ausspeien wollte.

In dieser Stimmung entzweite er sich auch mit Old Bob. Er sagte ihm eines Tages im Stall, als er die Esel fütterte:

„Es wird Frühling. Bald nehmen mein Vater und ich Abschied von euch hier."

„Wie?" fragte Old Bob und hielt die Hand hinter die Ohrmuschel wie in der Vorstellung, wenn er das Publikum gefragt hatte: „Umdrehn?"

„Es wird Frühling. Bald nehmen mein Vater und ich Abschied von euch hier."

„Du bist verrückt, Harry!"

Harka gab dem zweiten Esel das Heu. Das war das Tier, mit dem er am Tage seines ersten Zirkusbesuches den Trick entlarvt hatte. Er sagte nichts zu Bobs Bemerkungen, er tat seine Arbeit einfach weiter.

„Verrückt, habe ich gesagt! Willst du mir nicht wenigstens Antwort geben?"

„Wie soll ich deine Meinung ändern? Wir werden eben gehen!"

Bob wurde weiß wie Kalk. „Und die Nummer?"
„Die spielst du mit drei Kindern weiter."
„Du bist verrückt, Harry, sage ich dir. Was du hier geschwatzt hast, erfährt sofort Frank Ellis." Frank Ellis war der Inspizient.
„Eine solche Nummer kaputtmachen, die eben erst steht, den Zirkus schädigen, mich ruinieren – das kann auch nur ein ganz ungebildeter, ungewaschener Indsman! So ein richtiges unzuverlässiges Zigeunerblut! Wozu habe ich dir Schreiben und Lesen beigebracht!" Bob war rot angelaufen. Er war jähzornig, und im Jähzorn sagte er oft etwas, was seinem guten Herzen nicht anstand.
„Soll ich dir die Stunden bezahlen?" fragte Harka, tief verletzt.
„Blödsinn. Jedenfalls bleibst du! Dafür sorge ich schon! Dein Vater wird hoffentlich etwas vernünftiger sein als du!"
Harka hatte dem vierten Esel das Heu hingeschüttet und ging. Als Old Bob sich am nächsten Morgen mit ihm versöhnen wollte, blieb der Junge stumm und ernst.
Der Inspizient erfuhr jedoch vorläufig nichts von dem Zwist. Die Zirkusleitung hatte alle Hände voll zu tun und viel schwerere Sorgen als Bob um seinen kleinen Lord. Der Winter hatte viele Mittel verschlungen, da immer wieder feste Unterkünfte hatten bezogen werden müssen, die hohe Mieten kosteten. Die Kredite, die im Herbst aufgenommen worden waren, liefen im Frühjahr ab. Der Zirkus mußte sich noch sehr hohe Tageseinnahmen verschaffen, wenn er seine Zins- und Rückzahlungsverpflichtungen erfüllen wollte. Die Nervosität, die den Direktor ergriff, teilte sich dem Inspizienten und über diesen dem gesamten Personal mit. Die Löhne wurden nicht regelmäßig gezahlt, die Gagen gekürzt. Die erstklassige Trapeztruppe hatte sich schon ein anderes Engagement verschafft, obgleich dies sehr schwer war. Buffalo Bill war der zweite, der ging. Er hatte sich nur den Winter über angenehm und einträglich beschäftigen wollen. Jetzt nahm er wieder Dienst als Kundschafter und Jäger für die Eisenbahnbaugesellschaften an. Der Bürgerkrieg ging dem Ende zu, und die Arbeiten sollten verstärkt fortgesetzt werden. Für die Arbeiter in der Prärie brauchte man Nah-

rung, die Konserven allein genügten nicht. Es waren gute Zeiten für eine rücksichtslose Jagd. Bill verließ daher den Zirkus. Er wurde nicht ersetzt. Die Gage wurde eingespart. Die Verantwortung für die Indianertruppe übernahm der kreischende Manager allein. Er verstand mit Indianern nicht umzugehen, und es gab täglich Reibereien. Harka verkehrte aber jetzt viel ungestörter mit seinen Stammesgenossen. Der Manager Lewis hatte nicht Bills Kundschafteraugen!

Obgleich die Direktion versuchte, ihre Schwierigkeiten zu verheimlichen, um die Gläubiger nicht zu beunruhigen, sickerten die Nachrichten bis zum letzten Stallburschen durch, schon allein darum, weil die Löhne nur schleppend ausbezahlt wurden. Harka erfuhr durch den Dompteur, was im Gange war. Er gab die Nachricht an Singenden Pfeil weiter, damit die Dakotatruppe wahrheitsgemäß unterrichtet wurde.

Es war in der Nacht nach einer Vorstellung. Die Zelte waren schon abgebrochen und verladen, die Wagen fahrbereit. Mattotaupa und Harka lagen in ihren Hängematten.

„Wir fahren nach Minneapolis", sagte Mattotaupa zu seinem Sohn. „Ich habe mir das auf der Karte angesehen. Diese Stadt liegt am oberen Mississippi, in Minnesota. Von dort reiten wir in die Prärie und in die Wälder."

Über Harka kam eine solche befreiende Freude, daß er kaum ein Wort hervorbringen konnte. Endlich, als der Wagen schon fuhr und die Hängematten leicht schaukelten, sagte er: „Ja, Vater!"

Ein letzter Schuß

Die Stadt am oberen Mississippi wurde durch den Handel mit Weizen und ihre Mühlen schnell reich. Sie wuchs in dem gleichen Tempo wie viele Städte nach dem Bürgerkriege, und es befand sich dort schon eine nicht geringe Zahl von Häusern und Villen wohlhabender Bürger.

In einer der Villen, die einer alten Dame gehörte und von einem zierlich bepflanzten Garten umgeben war, stand ein Fenster offen, so daß die Frühlingsluft in das Zimmer eindringen konnte. Am Tisch saß ein kleines Mädchen, ganz allein, und schrieb mit hochrotem Kopf eine Schönschriftaufgabe in ihr Schreibheft, tadellos auf die Linie, alle Buchstaben gleichmäßig hoch, den Druck gut verteilend. Am offenen Fenster standen Blumen; eine Biene summte, von dem süßen Duft angezogen, aber das kleine Mädchen sah und hörte nichts. Sie schrieb. Sie hörte nicht einmal den dunklen langsamen Schlag der Uhr. Auch auf die Stimmen im Nebenzimmer achtete sie nicht. Sie mußte sich ganz und gar auf ihre Aufgabe konzentrieren. Ein einziges Mal strich sie eine blonde Locke, die ihr immer wieder in die Stirn hereinfiel, ungeduldig zurück. Ihre Schläfen waren feucht vor Aufregung. Wenn sie auch nur einen einzigen Buchstaben schlecht schrieb, durfte sie nicht in den Zirkus gehen.
So hatte Tante Betty gesagt. Tante Betty wünschte nicht, daß Cate mit in den Zirkus ging, obgleich Cates Vater es erlaubt hatte. Die Tante würde also die Schönschrift mit strengen Augen prüfen, und wenn sie das geringste auszusetzen fand, mußte das kleine Mädchen auf eine große Freude verzichten. Aber der Vater wollte bald wiederkommen, er war nur in die Stadt gegangen, und vielleicht konnte er Tante Bettys Urteil revidieren, falls es ungerecht ausfiel.
Punkt! Endlich war es geschafft. Cate betrachtete die Schönschrift und war selbst sehr befriedigt davon. Jetzt hörte sie auch die Bienen summen, die Vögel im Garten singen, die Uhr schlagen und die Stimmen im Nebenzimmer wispern und anschwellen. Tante Betty hatte Besuch von einer alten Freundin. Cate lehnte sich zurück und dachte darüber nach, welches Kleid sie in den Zirkus anziehen würde. Der Vater brachte Karten für Logenplätze, das war sicher. Zwar hatte Vater bei weitem nicht soviel Geld wie Tante Betty. Aber er zeigte nicht gern, daß er ärmer war. Es war auch nicht seine Schuld, gewiß nicht. Schuld waren die Indianer, die Dakota. Diese Räuber und Mörder hatten bei einem schrecklichen Aufstand die Farm der Großmutter

in Minnesota niedergebrannt, und von der Großmutter selbst hatte der Vater nie mehr etwas erfahren können. Durch den Brand war die Familie ärmer geworden. Das wußte das kleine Mädchen Cate, nicht weil sie sich sonderlich für Geld interessiert hätte, aber weil Tante Betty es ihr täglich erzählte. Tante Betty war die Witwe eines sehr reichen Mühlenbesitzers. Sie hatte die mutterlose Cate bei sich aufgenommen, nachdem die Großmutter, die Cate bis dahin erzogen hatte, bei dem Aufstand umgekommen war. Nach Tante Bettys Meinung war Cate auf der Farm im Wilden Westen falsch erzogen worden. Es gab vieles besser zu machen.

Cates Vater war Offizier, und sie hatte ihn in den Jahren des Bürgerkrieges nur selten gesehen. Aber jetzt war er auf Genesungsurlaub bei der Familie, und bald würde er von seinem Gang in die Stadt zurückkommen. Er wollte erlauben, daß Cate mit in die Zirkusvorstellung ging, natürlich in die Nachmittagsvorstellung. Es war Freitag.

Tante Betty sprach nebenan jetzt sehr laut. „Ach, du nimmst Douglas sogar in die Abendvorstellung mit? Gewiß, er ist ein Junge, das ist etwas ganz anderes! Aber unsere kleine, zarte Cate, die schon solch furchtbare Szenen erlebt hat, die sollte man doch schonen! Ich verstehe den Vater nicht. Gewiß, es ist eine Galavorstellung, doppelte Preise am Abend! Die gute Gesellschaft geht hin, es soll ein renommierter Zirkus sein. Aber diese furchtbare Idee, hier bei uns Sioux auftreten zu lassen, diese Dakota, diese Mörder und Brandstifter. Ich zweifle nicht, daß das Volk gerade darum hinläuft. Aber wenn ich an den Schaden denke, der durch den Brand auf der Farm entstanden ist! Cate ist sozusagen eine süße kleine Bettlerin geworden, mein charity-child, verstehst du. Und nun soll man sich diese Menschen – was sage ich, Menschen! –, diese Banditen ansehen, die eine Farm abgebrannt haben. Ich halte es für unausdenkbar und ganz unpädagogisch, und übrigens glaube ich auch nicht, daß Cate ihre Fleißaufgabe schön genug schreiben wird, um eine solche Belohnung zu verdienen ... Ich bitte dich, eine Galavorstellung mit doppelten Preisen! Mein Neffe ist ein

Verschwender, leider, er versteht es nicht, sich seinem Vermögensstande anzupassen. Er wird die Karten bringen . . ."
„Ist er jetzt erst danach unterwegs?"
„Allerdings. Das dürfte ja auch wirklich früh genug sein. Im Vorverkauf!"
„Die Nachmittagsvorstellung ist längst ausverkauft, Betty. Sie ist auch minderwertig, da geht man nicht hin. Der Raubtierakt wird nur abends gebracht, auch ein paar andere sensationelle Nummern. Jedenfalls kommt nur noch der Abend in Frage."
„Dann selbstverständlich ohne Cate."
„Das wird Douglas sehr bedauern."
„Es tut mir leid, Ann, aber man soll den Kindern auch nicht immer nachgeben. Prinzipien muß man haben. Prinzipien! Nur dann bilden sich Charaktere!"
Der unfreiwilligen kleinen Lauscherin im Zimmer nebenan liefen die Tränen über die Wangen. Am liebsten hätte sie die Schönschrift zerrissen. Aber das wagte sie auch nicht, denn dann erzählte Tante Betty dem Vater jeden Tag, wie schlecht seine Tochter erzogen sei, und verdarb ihm den ganzen Urlaub. So klein Cate noch war, es blieb ihr nichts anderes übrig, als schon sehr verschiedene Seiten der menschlichen Verhaltensweisen kennenzulernen und sich danach zu richten.
Sie beobachtete durch das Fenster, daß der Vater nach Hause kam. Er war mittelgroß und schlank. Sein Anzug saß tadellos, wenn er auch nicht mehr neu war; aber er hatte ihn sehr geschont. Seine hellblauen Augen hatten Cate durch das Fenster schon entdeckt, und er lächelte jetzt flüchtig. Das Kind strahlte auf und versuchte rasch, alle Tränenspuren zu beseitigen.
Als Cate in das Nebenzimmer gerufen wurde, hatte der Vater Tante Betty schon einige Blumen überreicht, und sie bedankte sich wirklich erfreut, aber so gespreizt, daß Cate sich darüber ärgerte. Die Freundin, Frau Ann Finley, zupfte an Cates Kleidchen, während Tante Betty die Blumen in eine Vase stellte. Die Gegenwart und die gemessene Liebenswürdigkeit von Samuel Smith verbesserten die Laune der beiden angejahrten Damen sichtlich. Smith hatte schlohweißes Haar seit jener Schreckens-

nacht, nach der er seine Mutter auf der brennenden Farm nicht mehr wiedergefunden hatte, das Kind aber erst nach langem Suchen. Das weiße Haar stand im Kontrast zu dem noch jugendlichen Gesicht. Menschen, die noch nie eine Schreckensnacht durchgemacht hatten, fanden die Erscheinung von Samuel Smith interessant.

„Ich habe Karten, allerdings für die Abendvorstellung, aber diese bietet auch bedeutend mehr", sagte er eben. „Es ist mir sogar gelungen, Tante Betty, für uns die Nachbarloge neben Familie Finley zu sichern, ich habe Mister Finley unterwegs getroffen. Die Kinder können also nebeneinander sitzen."

„Aber Samuel! Verstehe ich dich recht? Du willst doch nicht etwa Cate mit in die Abendvorstellung nehmen?!"

Frau Finley mischte sich ein. „Aber was für ein reizender Gedanke mit den Nachbarlogen!"

„Gewiß, gewiß, Ann. Reizend. Ich meine nur – Cate ... und ... und diese Aufregung am Abend! Das Kind schläft mir die ganze Nacht nicht."

„Wir haben den heiligen Sonntag kurz vor uns, die Kirche beginnt erst um zehn Uhr", beschwichtigte Smith. „Ich habe mich überzeugt, daß eine sehr hübsche Kindernummer gebracht wird, ‚Im Garten des Lords', das ist etwas für Cate. Im übrigen wird sie Pferde sehen; sie kann selbst schon reiten."

„Leider, leider! Aber wie du willst, Samuel, du bist der Vater! Die Nachbarlogen für uns und Familie Finley sind natürlich ein vortrefflicher Gedanke!"

Smith ließ die Damen mit einigen höflichen Worten wieder unter sich und ging mit Cate in das Nebenzimmer, um sich ihre Arbeit anzusehen.

„Aber das hast du wirklich gut gemacht!"

Cate wurde rot. „Du bist wenigstens immer gerecht", sagte sie. „Ich habe mir große Mühe gegeben."

„Wirst du nicht erschrecken, Kind, wenn Indianer auftreten? Dann gehe ich vor der letzten Nummer mit dir nach Hause. Diese letzte Nummer können wir uns ruhig schenken."

„Ich habe keine Angst, Vater, wenn du bei mir bist. Überhaupt

nicht. Nur allein habe ich Angst. Im Zirkus sind auch gewiß nicht diese schlimmen Indianer, die unsere Weizenfelder in Brand gesteckt haben. Diese dürften doch nicht hier in unsere Stadt kommen! Es gibt auch Indianer, die Christen und gute Menschen sind."
„Meinst du!" Im Gesicht von Samuel Smith zuckte es, und einen Moment nahmen seine Züge einen so harten Ausdruck an, wie Cate ihn nur selten am Vater sah.

An dem Morgen, an dem im Hause der vermögenden Witwe die Auseinandersetzung um das Mädchen Cate und den Zirkusbesuch stattfand, hatten Leben und Aufregung im Zirkus schon viel früher begonnen. Mattotaupa und Harka waren eben gewaschen und angekleidet, als ein zwar erwarteter, gerade an diesem Tage aber doch überraschender Besuch bei ihrem Wagen auftauchte. Red Jim streckte den Kopf durch die Tür.
„Eh, wahrhaftig, das sind die beiden! Top und Harry! Bedeutende Artisten, Zierde jeder Erfolgsnummer! Guten Morgen!" Er zog die Tür zu und versuchte, seinen großen Körper in dem kleinen Raum noch neben den beiden Indianern zu verstauen.
„Will euch nur schnell unterrichten: Die Bude hier wird wohl letzten Endes doch noch pleite gehen. Macht euch für den Ritt in den Wilden Westen bereit. Am besten gehen wir drei zusammen. Wir müssen nur noch ein paar Tage abwarten. Die Kasseneinnahmen heute sind von der Kreditbank bereits gepfändet. Die ist mir leider zuvorgekommen. Aber die Einnahmen morgen und übermorgen gehören mir. Dann habe ich mein Geld wieder heraus. Die Schufte haben mir doch noch keinen Penny zurückgezahlt seit vorigem Herbst. Aber nun habe ich den Pfändungsbefehl in der Hand, und sie sollen mir nicht mehr entgehen! Freut euch, alte Freunde, daß ihr morgen und übermorgen zum glücklichen Abschluß für mich arbeiten werdet. Und dann – heidi! – hinein in die Prärie, wo wir hingehören. Die Vorstellung heute muß natürlich großartig werden, unübertrefflich, damit wir morgen und übermorgen noch einmal ein volles Haus haben. Ich habe dem Herrn Direktor und

Frank Ellis noch einige glänzende und energische Vorschläge dazu gemacht. Und nun gehabt euch wohl bis Montag!"
Red Jim hatte es eilig. Er verschwand, ehe Mattotaupa und Harka viel hätten sagen können. Sie hatten aber auch nicht die Absicht gehabt.
Als die beiden Indianer zu den Stallzelten gingen, um nach Pferden und Eseln zu sehen, fiel ihnen das hastige Treiben auf dem Gelände auf und auch wieder die Art und Weise, wie dieser mit jenem herumstand und tuschelte. Der Inspizient rannte mit neuen Plakaten umher, die unbedingt noch überall in der Stadt angeschlagen werden sollten. Harka stellte fest, was alles auf einem solchen Plakat versprochen wurde:
„Sensation über Sensation! Mahatma, der weltberühmte indische Dompteur, tritt ungezähmten bengalischen Tigern mit nackter Brust entgegen!"
So?
„Harry, der Sohn Sitting Bulls, verrät die weiße Lady an den Marterpfahl! Einmalige Reiterkämpfe! Meisterschützen! Es wird scharf geschossen!"
So.
„Die Kinder des Lords. Eine heitere Gartenszene."
Wahrscheinlich zum Ausruhen vor Mord und Totschlag.
In Harka stieg der Zorn auf. Er suchte den Dompteur, und er brauchte nicht lange zu fragen, denn dieser hatte auch schon nach Harka gefragt. Die beiden trafen sich beim Löwenkäfig. Die Stallhelfer bauten den Laufkäfig für die Probe auf.
Der Dompteur flog am ganzen Leibe. Er war nur in einen Ärmel des Bademantels geschlüpft, und dieser rutschte ihm von der Schulter. Er zerrte daran, riß den Ärmel dabei aus der Schulternaht, zog endlich den Mantel aus und warf ihn über den Absperrstrick, der vor den Käfigen gespannt war. Harka sah, daß der Mann sein Kettenhemd unter dem Trikot trug.
„Ich probe heute scharf, verstehst du?" sagte er zu Harka. „Komm mit, ich will dich bei der Falltür am Laufkäfig haben. Du hast wenigstens Verstand genug zu merken, wann du sie unbedingt aufmachen mußt."

Harka schloß sich stillschweigend an, um diese Aufgabe zu übernehmen. Seine Nerven vibrierten auch.

Die Nervosität der Menschen übertrug sich auf die Raubtiere. Sie waren unaufmerksam, widerwillig, aufsässig. Selbst der zahmste der Löwen machte Fehler, setzte sich auf einen falschen Hocker und knurrte, als er den Platz wechseln mußte. Die beiden Tiger schlichen umher und waren überhaupt nicht zu bewegen, ihre Plätze einzunehmen. Der Dompteur schrie sie nicht darum an, weil er sie bewußt reizen wollte, sondern weil er selbst gereizt war. Die Tiger fauchten, schlugen und bissen auf die Stange. Die Löwen waren sehr unruhig, wenn ihr Mißmut sich auch gedämpfter äußerte.

„Gut, gut", sagte eine Stimme neben Harka. Der Junge schaute auf. Der Inspizient Frank Ellis trat neben ihn. „Es kann noch etwas lebhafter gearbeitet werden!" Er blieb stehen.

Der Dompteur hängte die Peitsche an den Gürtel und nahm die Pistole in die Hand. Er knallte. Die Tiere waren das bei einer Probe nicht gewöhnt. Sie hatten sich auf ihre Spielstunde gefreut und wurden ebenso rachsüchtig wie Menschen, denen die einzige Freude ihres Tages verdorben ist. Der männliche Tiger sprang den Dompteur überraschend an und schlug ihm mit der Pranke auf den Arm, der die Pistole hielt. Der Mann wankte, hielt sich aber noch auf den Füßen und brannte dem Tier eins über das Fell. Der Tiger fauchte kampfbereit.

„Gut", sagte Frank Ellis.

Die Tigerin schlich hinter dem Dompteur herum. Sie bewegte leise das Schwanzende, das war das Zeichen, daß sie springen wollte. Der Dompteur durfte sich aber jetzt nicht umdrehen, er mußte den wütenden, fauchenden männlichen Tiger im Auge behalten.

„Den Schlauch her!" sagte Harka zu dem Inspizienten. „Und die Tigra muß sofort hinaus." Er griff nach der Falltür, um sie zu heben.

„Laß das sein, dummer Junge!" zischte Ellis.

Der Dompteur hatte die Pistole eingesteckt und den Tiger mit der Nilpferdpeitsche über die Schnauze gehauen. Es war aber

zu sehen, daß sich das Tier vom Angriff nicht abbringen ließ.
„Die Tigra hinter mir weg!" schrie jetzt der Dompteur selbst.
Harka hob dem Verbot des Inspizienten entgegen die Falltür.
Zwei Löwen liefen sofort hinaus. Die Tigerin schien dadurch verwirrt, und auf einmal entschloß sie sich, hinter den beiden herzulaufen. Auch wenn Harka dazu bereit gewesen wäre, er hätte die Tür nicht mehr vor der Tigerin fallen lassen können, da sich die drei Tierkörper eng aneinandergedrückt durchdrängten, während der Dompteur mit Peitschen- und Pistolenknall gegen den aufsässigen Tiger vorging. Endlich gelang es dem Bändiger, auch diesen zurück- und schließlich hinauszutreiben. Der Junge ließ die Falltür wieder herunter. Der Dompteur stand keuchend im Käfig und massierte seinen von der Tigerpranke angeschlagenen Arm.
Ellis wandte sich Harka zu. Der Junge wußte, daß er jetzt einen schweren Tadel, vielleicht eine schwere Strafe zu erwarten hatte, aber er schaute dem Inspizienten ohne jegliche Furcht oder Reue in die Augen. Ellis spielte mit der Reitpeitsche, die er immer bei sich trug.
„Nach der Vorstellung heute abend meldest du dich bei mir! Bob hat dich verzogen! Dir fehlt weiter nichts als eine feierliche Tracht Prügel!"
„Nach der Vorstellung heute abend meldet sich niemand mehr bei Ihnen", sagte Harka leise und ging weg.
Der Inspizient schaute den Jungen verblüfft an. „Was hat er da noch gequasselt?" fragte er den Dompteur, der jetzt durch die kleine Käfigtür herauskam. Aber er wartete nicht ab, ob der Mann etwas darüber sagen werde, und bemerkte nur: „Heute abend arbeiten Sie vermutlich besser! Ihre Tigergruppe ist auch verpfändet. Wenn wir nicht genügend Einnahmen haben werden, können Sie ... Na ja, das können Sie sich selbst ausdenken."
Der Dompteur setzte sich in eine Loge. Er wartete, bis der Inspizient verschwand und das große Käfiggitter abgebaut war, rauchte verbotenerweise eine Zigarette und ging dann in seinen Wagen.

Harka suchte seinen Vater und fand ihn zwischen den Wagen im Gespräch mit dem Singenden Pfeil. Die beiden schienen sich ohne Worte noch mehr zu sagen als mit den wenigen Worten, die sie miteinander wechselten. Sie sprachen in der Dakotasprache, und Harka verstand, daß der Singende Pfeil eine Botschaft der Indianergruppe an Mattotaupa ausrichtete. Mattotaupa möge zu den Männern kommen. Der kreischende Manager Lewis sei für eine Stunde weggegangen, um in irgendeiner Spelunke Brandy zu trinken. Er hatte Singenden Pfeil beauftragt, dafür zu sorgen, daß der Inspizient ihn nicht vermißt.

„Ich komme", sagte Mattotaupa und zu Harka gewandt: „Kannst du mitkommen? Oder fällt es auf, wenn du nicht zu finden bist?"

„Es fällt jetzt nicht auf."

Die Indianertruppe bewohnte zwei eigene Wagen, die durch eine Absperrung von den übrigen Wohnwagen getrennt waren. Die Stallburschen kümmerten sich nicht darum, wo die beiden Dakota mit dem Jungen zusammen hingingen. Aus der Selbstverständlichkeit, mit der die drei durch die Absperrung gingen, schloß jedermann, daß der Weg für sie befohlen oder mindestens erlaubt worden sei.

Die Indianertruppe hatte sich samt und sonders in dem einen der beiden Wagen zusammengefunden. Es waren zehn erwachsene Männer, ein Greis, zehn Frauen und Mädchen und fünf Kinder. Eng zusammengedrängt hockten und standen sie in dem Wagen, dessen Inneres nur einen einzigen Raum bildete. Die Schlafdecken hatten sie ordentlich zusammengelegt und aufgeschichtet. Der Boden war so sauber wie in einem heimatlichen Zelt. Für die Eintretenden blieb ein kleiner freier Platz. Harka schloß die Tür hinter sich.

„Hier bin ich", sagte Mattotaupa.

Der Älteste trat vor. Er schien uralt zu sein. Vielleicht hatte er schon hundert Sommer gesehen. Er war dürr. Seine Gesichtshaut war eingeschrumpft, in tausend Falten und Fältchen gelegt, und wirklich lebendig erschienen nur noch die Augen. Sicher war er noch älter als Hawandschita.

„Mattotaupa", sprach er, „sind deine Ohren offen? Ich höre das Rauschen des Mississippi und das Donnern, mit dem seine Wasser über die Felsen stürzen. Es sind noch nicht zehn Sommer und Winter vergangen, seit ich im Kanu auf dem Strom durch die Schlucht dahinjagte. Atmest du die Winde, Mattotaupa? Der Schnee auf den Prärien und in den Wäldern ist getaut, die Erde trinkt, das Gras sprießt, und die Knospen der Bäume brechen auf. Können deine Augen sehen, Mattotaupa? Hier siehst du zehn Krieger vom Stamme der Dakota. Sie stehen wieder auf dem Boden ihrer Heimat. Aber sie sind gefangen und geschlagen, wie man Wölfe und Füchse fängt und schlägt. Väter von uns, Brüder von uns, Söhne und Töchter sind vor den weißen Verfolgern geflohen und in die Wildnis des Nordens, nach Kanada, gegangen. Wir wurden von ihnen getrennt, aber wir möchten ihnen folgen. Der Weg zu ihnen kann von hier aus nicht mehr weit sein. Was rätst du uns? Wir sind unruhig wie dürstende Büffel, die plötzlich das Wasser wittern."
„Geht", sagte Mattotaupa ohne Zögern.
„Die weißen Männer werden uns hindern."
„Sie werden es versuchen, aber ihr müßt listig sein. Ihr seid wenige. In der Nacht, während der Vorstellung, oder bei Morgengrauen müßt ihr euch die Haare abschneiden – sie wachsen nach! –, ihr müßt Kleider wie die weißen Männer anlegen, und dann geht ihr und zerstreut euch. Ihr kennt das Land hier und werdet euch leicht wieder treffen."
„Wir besitzen keine Kleider wie die weißen Männer."
„Singender Pfeil kauft sie euch noch heute. Ich gebe ihm Gold und Silber mit dem Zeichen des Donnervogels."
„So warten wir darauf, daß er uns solche Kleider bringt."
„Hau. Aber auch ich habe eine Frage an euch!"
„Sprich."
„Werdet ihr den Namen der Dakota auch heute noch schänden und die weißen Männer glauben machen, daß ihr ein Mädchen martert?"
Auf diese Frage hin herrschte langes Schweigen.

„Was sollen unsere Männer tun?" fragte der Alte schließlich.
„Was ich befehle. Heute werde ich euch führen, wenn ihr die Postkutsche anhaltet und das Mädchen herausholt."
„Hau, hau! Mattotaupa handelt wie unser Häuptling. Wir werden ihm gehorchen!"
Der Älteste und Mattotaupa rauchten die Pfeife miteinander, obgleich das Rauchen auf dem Zirkusgelände streng verboten war. Aber Mattotaupa besaß noch Tabak und Feuerzeug.
Als die Pfeife ausging, stand Harka bei dem Jungen, der in der Eselsnummer mitwirkte. Mattotaupa händigte Singendem Pfeil einige Dollar aus. Dabei horchte er auf, denn draußen auf dem Gelände machte sich eine große Unruhe bemerkbar. Menschen begannen umherzurennen. Rufe ertönten. Es schien, daß jemand gesucht wurde. Mattotaupa und Harka verließen daher schnell den Wagen. Bis zur Absperrung und auch auf dem Platz davor war jedoch alles leer, und sie konnten unbeobachtet bis zu den Stallzelten eilen. Jetzt verstanden sie die Aufregung.
„Die Tigerin ist weg! Tigra ist weg!"
Harka rannte zu den Raubtierkäfigen, um sich selbst zu überzeugen. Tatsächlich, Tigra war nicht zu sehen. Der Käfig war ordnungsgemäß geschlossen.
„Wo ist der Dompteur! Ronald, Ronald!"
Harka überlegte. Der Dompteur war nach der Probe schließlich in seinen Wohnwagen gegangen, das hatte der Junge beobachtet. Von da aus ließ sich vielleicht eine Spur finden, die weiteren Aufschluß gab. Während der Junge zu dem Wagen rannte, blieb Mattotaupa bei den Pferden im Stallzelt. Wenn die Tigerin frei umherlief, war zu fürchten, daß sie die Pferde anfiel. Doch zeigten auch die beiden Mustangs noch keine Zeichen der Unruhe; sie schienen kein Raubtier in ihrer nächsten Nähe zu wittern. An den Geruch der Raubtierkäfige, der sie in den ersten Wochen sehr gestört hatte, waren sie nun schon gewöhnt.
Merkwürdig war es, daß Frank Ellis sich nirgends blicken ließ. Er war doch sonst allgegenwärtig. Aber wahrscheinlich hielt er sich jetzt im Direktionswagen versteckt.
Wenn die Tigerin schon aus dem Zirkusgelände entlaufen war,

mußte die Polizei benachrichtigt werden. Was für ein Aufruhr würde entstehen! Schon jetzt war das Durcheinander groß genug, und Singender Pfeil konnte den Zirkus verlassen und in die Stadt zum Einkauf gehen, ohne beachtet zu werden.
Harka hatte den Wagen des Dompteurs erreicht. Ronald, der zu den Stars des Unternehmens rechnete, bewohnte eine Wagenhälfte für sich allein. Der Junge klinkte auf, und da die Tür sich ohne Mühe öffnen ließ, trat er ein. Ganz leise zog er die Tür wieder hinter sich zu und blieb regungslos stehen. Er stand neben dem Inspizienten.
Auf dem Klappbett lag Ronald, noch im Kettenhemd. Er stützte sich auf einen Ellbogen. Neben ihm auf der Bettstelle, die jeden Augenblick herunterzubrechen drohte, lag die Tigerin. Sie hatte dem Mann eine Tatze auf die Brust gelegt, hielt den Kopf in die Höhe und ließ sich an der Kehle kraulen. Die Augen zwickte sie zu. Ihr Schweif spielte vor Wohlbehagen. Eben drehte sie einmal den Kopf, weil sie Harka hatte hereinkommen hören. Dabei kam ihr auch Frank Ellis wieder in den Gesichtskreis. Sie fauchte zu ihm hinüber. Was hatte sie für herrliche Zähne, weißglänzend neben der roten langen Zunge! Ihr Fauchen klang nach Urwald und Nacht!
Harka hielt den Kopf ein wenig seitlich und schaute Frank Ellis an, der nicht größer als der Junge war. Sie maßen beide 1,72 Meter. Ellis war bleich und durchscheinend wie Alabaster. Er schien keinen Tropfen Blut mehr in den Wangen zu haben.
„Bleiben Sie nur ganz ruhig stehen, vollständig ruhig, Ellis", sagte der Dompteur. „Ich würde Ihnen wirklich nicht empfehlen, sich im geringsten zu rühren. Das Tier merkt es sofort und springt Sie an; dann sind Sie verloren, und ich würde zu meinem Leidwesen zu spät kommen, um Sie noch zu retten. Aber wenn Sie stehenbleiben wie eine Salzsäule, geschieht Ihnen gar nichts. Wir können die Zeit nützen. Ich kann Ihnen einiges erzählen! Aber bitte antworten Sie nicht, denn Tigra hat eine Abneigung gegen Ihre Stimme; jedes Wort von Ihnen würde sie zu unvorhergesehenen Handlungen reizen. Ja, was ich Ihnen also sagen wollte: Ich weiß tatsächlich nicht, wer Tigra hinaus-

gelassen hat. Ich bin doch nicht somnambul; wenn ich es selbst getan hätte, würde ich mich vermutlich daran erinnern. Jedenfalls ist sie in meinen Wagen gekommen. Das Tier ist intelligent, nicht? Stellen Sie sich vor, es hätte unsere besten Pferde zerrissen, der Schreck wäre nicht auszudenken. Aber sie ist zu mir gekommen. Der ungebändigte bengalische Dschungeltiger als Hauskatze! Es ist einmalig, unwiederholbar, die Sensation der Sensationen! Finden Sie nicht auch? Sie müssen die Tierpsyche besser studieren, Ellis, im Grunde haben Sie von nichts eine Ahnung. Sie wollen, daß die Tiere brüllen, fauchen und die Zähne fletschen, weil Sie damit Geld verdienen, aber warum die Tiere fauchen und was so ein Tier im Schilde führt, das wissen Sie nie. Der Tierverstand fehlt Ihnen vollkommen. Heute morgen zum Beispiel wollte mich das gestreifte Kätzchen wirklich von hinten anfallen und mir den Garaus machen, weil sie sehr ärgerlich war. Das glauben Sie nicht? Darum, weil Sie nichts begreifen, treffen Sie auch immer falsche Entscheidungen. Wie wäre es denn, wollen wir heute abend nicht die Nummer aufführen, die Sie soeben vor Augen haben? Ich garantiere Ihnen vollen Erfolg und trete mit ›nackter Brust‹ auf. Wie es beliebt, Herr Ellis, wie es beliebt. Noch einen kleinen Rat darf ich hinzufügen! Prügeln Sie den Indianerjungen heute nacht lieber nicht. Lassen Sie ihn auch nicht prügeln, falls Ihr eigener Arm Ihnen sowieso zu schwach dazu erscheint! Machen Sie das nicht. Indianer sind ehrliebend und rachsüchtig, sie sind genauso unberechenbar wie jeder Mensch, und Sie selbst haben ebensowenig Ahnung von einem Indianer wie von einem Tiger, mein Herr. Rühren Sie also den Jungen nicht an. Er schießt Sie sonst eines Tages über den Haufen, und schade würde es ja sein um solch ein Prachtstück von einem Inspizienten, wie Sie es sind, und gerade jetzt, nachdem die Bank alle Einnahmen gepfändet hat! Übrigens trenne ich mich nicht von meinen Tieren. Wenn uns irgendeiner trennen will, dann gibt's eine Katastrophe. Ich gebe meine Tiere in keine andere Hand. Ich habe sie gezähmt, als sie aus der Freiheit kamen, als sie jung, wild und traurig waren. Wir gehören zusammen, verstehen Sie! Ich war

schon lange bei diesem Zirkus hier, ehe Sie Inspizient wurden! Ich bin beim Zirkus aufgewachsen. Aber nun habe ich genug geredet, und ich will mich noch ein bißchen ausruhen. Tigra, mein gestreiftes Kätzchen, mache es dir bequem!"
Harka hörte zu und freute sich über die Maßen, obgleich ihm das Risiko, das Ronald hier einging, gefühlsmäßig klar war. Auch Frank Ellis war ein Raubtier, ein heimtückisches Tier, und einmal mußte Ronald ihn laufenlassen. Töten würde Ronald den Inspizienten nicht.
Draußen mußte man die Situation inzwischen begriffen haben, denn Ronald, der Dompteur, sprach laut genug, um auch vor dem Wagen wenigstens bruchstückweise gehört zu werden.
„Harry, mein Junge!" sagte er noch, während er sich gähnend streckte. „Ich will dich nicht länger als nötig aufhalten, denn du gehörst hier zu denen, die arbeiten. Du kannst ruhig gehen, Tigra war dir immer gewogen. Du weißt dich auch richtig und ruhig zu bewegen. Aber bitte, Frank Ellis, versuchen Sie nicht etwa, die Gelegenheit zu benutzen und auch durch die Tür zu entweichen. Das würde Ihnen vollständig mißlingen. Sehen Sie, ich bin kein Unmensch. Ich will gar nicht, daß Sie angefallen werden, so wie Sie hier stehen, ohne Kettenhemd, wenn auch nicht mit nackter Brust. Ich meine es gut mit Ihnen! Ich will wirklich weiter nichts, als ein einziges Mal in Ruhe mit Ihnen über meine Angelegenheiten reden, das erste und einzige Mal nach drei Jahren. Sie hatten ja nie Zeit. Meine Heimat ist übrigens nicht Indien, meine Heimat ist die Steiermark. Hübsches Land. Nie davon gehört? Ich erzähle Ihnen noch ein bißchen, damit die Zeit nicht zu lang wird bis zur Vorstellung. Wenn meine Nummer heute abend dran ist, nehme ich Tigra mit und lasse Sie laufen. Das Tier kennt seine Zeit. Aber vor der Vorstellung wird es beim besten Willen nicht von hier wegzubringen sein. Also denn, gehab dich wohl, Harry!"
Der Junge zog sich, rückwärts gehend, zurück. Als er die Tür weit genug geöffnet hatte, um hinauszuschlüpfen, versuchte Ellis eine Bewegung. Fauchend sprang die Tigerin auf, und der Inspizient erstarrte wieder.

Harka wurde draußen vom Direktor, von den Managern der einzelnen Nummern, von Old Bob empfangen; in einiger Entfernung standen die Stallburschen und Helfer.
„Liegt ein Fall von Irrsinn vor?" fragte der Direktor und wischte sich den Schweiß von der Stirn.
„Glaube nicht", berichtete Harka. „Der Raubtierakt wird heute abend ganz neu gespielt. Es geht noch um die Einzelheiten. Wir dürfen nur die Wagentür hier nicht öffnen."
„Der Inspizient?"
„Wird zur Zeit der neuen Raubtiernummer seinen Dienst wieder aufnehmen. Bis dahin müssen Sie eine Vertretung bestimmen."
„Gott sei Dank. Der Raubtierakt findet statt. Also ist ja alles in Ordnung." Der Direktor entfernte sich.
Old Bob kam zu Harka heran. „Junge, nun sag mir nur noch das eine: Wie ist denn der Ellis da hineingekommen?"
„Weiß nicht."
Ein Stallbursche hatte Frage und Antwort gehört. „Ganz einfach", erklärte er. „Ronald hat den Kopf aus dem Fensterchen gestreckt und mich gebeten, den Ellis zu rufen. Er wolle wegen der Vorstellung heute abend was ganz Wichtiges mit ihm besprechen. Da ist Ellis hineingegangen! Aber wie Ronald vorher schon die Tigra in den Wagen dirigiert hat, das hat keiner gemerkt."
Der Stallbursche drehte sich um, lief in den Stall, warf sich zu einem Pferd in die Box auf den Boden und lachte so, wie er in seinem ganzen Leben noch nicht gelacht hatte. Er konnte überhaupt nicht aufhören. „Der Ellis!" rief er dazwischen immer wieder. „Kinder, das muß dem Ellis passieren!"
„Doch noch ein Fall von Irrsinn", meinte Old Bob und schmunzelte, so daß sich seine Mundwinkel bis zu den Ohren zogen. „Auf den Abend heute bin ich neugierig. Das wird unwiederholbar! Wenn der Ellis aber aus dem Wagen lebend wieder rauskommt, läuft noch ein Tiger frei umher! Mit zwei Beinen."
Harka entnahm den Worten, daß Old Bob dieselben Besorgnisse hatte wie er selbst.

Die Nachmittagsvorstellung verlief ohne Zwischenfall. Die Raubtiernummer und der Überfall auf die Postkutsche waren in das Nachmittagsprogramm nicht eingebaut, um den Publikumsandrang auf die Abendvorstellung mit den verdoppelten Preisen zu lenken.

Als es gegen Abend ging, wurde das kleine Mädchen Cate hübsch angezogen. Sie trug nach der Kindermode der Zeit lange Spitzenhöschen, einen Rock, der bis über die Knie ging, eine Weste und eine Bluse mit weißem gestärktem Kragen. Das Kapotthütchen mit der langen Schleife, die um das Kinn gebunden wurde, lag schon bereit. Das Kind machte jeden Schritt auf den Zehen, um Tante Betty nicht noch im letzten Augenblick unangenehm aufzufallen. Der Vater saß still auf einem seidenbezogenen Stuhl ohne Armlehnen und wartete. Die Tante war noch mit der eigenen Toilette beschäftigt. Sie hatte anspannen lassen; die Kutsche stand schon bereit.

Obwohl Tante Betty lange für ihre Toilette brauchte, war sie doch frühzeitig fertig. Ihr Herz, sagte sie, vertrage durchaus keine Hast der Vorbereitungen mehr. Es müsse stets alles in Ruhe vor sich gehen, dann bleibe sie gesund. Cate mit ihrer ewigen Unruhe sei ihr Sargnagel. Das letzte allerdings pflegte sie nur dann zu sagen, wenn Samuel Smith es nicht hörte.

Die kleine Familie nahm in der Kutsche Platz, und die beiden Pferde, ältere, ruhige und sehr gepflegte Tiere, trabten los. Der Bart des Kutschers war weiß, kraus, er trug den Backenbart mit offenem Kinn. Die ganze Familie machte nicht den Eindruck von Menschen einer in wildem Tempo wachsenden Handels- und Industriestadt, und als Tante Betty auf der Fahrt entdeckte, daß schon wieder neue Häuser entstanden, sagte sie:

„Weißt du, Samuel, ich fühle mich hier im Norden nicht wohl. Ich habe mich hier nie wohl gefühlt. Nachdem ich nun doch allein stehe und der Krieg bald beendet ist, werde ich wohl verkaufen und weiter nach dem Süden ziehen. Der Winter war auch wieder unerträglich kalt."

„Wie du meinst, Tante Betty", antwortete Smith geduldig.

Die Kutsche hielt vor dem Zirkusgelände. Ein rotlivrierter Die-

ner sprang herbei und half Cate aussteigen, da Smith selbst sich schon um Tante Betty bemühte. Der Rotbefrackte führte die Familie, deren Logenbilletts er in der Hand von Smith erkannte, durch das Menschengewimmel hindurch, an den grellen Plakaten vorbei und geleitete sie durch die Kontrolle, die höflich beiseite trat, zu den Plätzen. Tante Betty war von der Behandlung, die sie hier erfuhr, befriedigt und bemerkte:
„Ich sagte ja, ein renommierter Zirkus."
Die Familie gehörte zu den ersten Zuschauern, die ihre Plätze einnahmen. Die Nachbarloge war noch leer. Tante Betty zog das Lorgnon, betrachtete kritisch die Lampen auf mögliche Feuersgefahr, noch kritischer die anderen Zuschauer, die sich allmählich einfanden.
„Finleys kommen meistens zu spät", sagte sie. „Das liegt aber nicht an Ann. Ann ist pünktlich. Aber der Mann! Es ist immer so unangenehm, wenn die Menschen unpünktlich sind. Merke dir das, Cate. Auch dein Vater ist stets die Pünktlichkeit selbst. Du kannst dir ein gutes Beispiel an ihm nehmen."
„Gewiß, Tante Betty", erwiderte Cate artig, aber ihre Gedanken waren ganz woanders. Von überall her drangen die neuen Eindrücke auf sie ein. Hoch oben im Zelt hingen Stangen und Schnüre, deren Verwendungszweck sie nicht kannte. Auf einem Holzgerüst über dem Manegeneingang befand sich die Kapelle und stimmte ihre Instrumente. Die unfertigen Tonfolgen waren gerade der richtige Ausdruck der großen Erwartung auf etwas Unbekanntes, das noch kommen mußte. Rotbefrackte Diener liefen als Platzanweiser umher, hübsche junge Mädchen boten Süßigkeiten an.
„Kaufe das Zeug bitte nicht", sagte Tante Betty. „Es verdirbt nur die Zähne."
„Wie du meinst."
Cate spürte mit dem sicheren Instinkt des Kindes, daß ihr Vater nicht willenlos war. Er war es nur müde, über Belanglosigkeiten zu diskutieren. Auch seine Gedanken waren nicht bei Tante Bettys Bemerkungen.
Tante Betty aber vermißte den Widerspruch. Sie liebte es, wenn

ihr in Grenzen widersprochen wurde und sie dann den anderen kraft ihrer Zungenfertigkeit widerlegen konnte. Ihre gute Laune drohte nachzulassen, als zum Glück Familie Finley in der Nachbarloge Platz nahm.
„Sitzen wir der Manege nicht allzu nahe?" fragte Herr Finley, ein gesetzter Mann, der seine finanziellen Interessen auf das Mühlengeschäft gelenkt hatte. „Man wird die Tiere und den Schweiß der Artisten riechen, der Manegenstaub wird aufwirbeln. Das kann unangenehm für dich sein, Ann. Du verträgst doch keine staubige Luft. Denke an dein Asthma!"
Während Herr Finley so sprach, schnitt der junge Douglas, einige Jahre älter als Cate, eine nur von Samuel Smith und Cate bemerkte lustige Grimasse, als ob er Staub einatme und niesen müsse. Das Mädchen lächelte; es hätte gern gekichert, aber das schickte sich in Gegenwart von Tante Betty nicht. Die Tante hatte ein Thema gefunden; sie unterhielt sich mit Herrn Finley über gute und schlechte Plätze im Zirkus, im Theater, in bezug auf Grundstücke und im Leben überhaupt. Herr Finley nahm Tante Betty ernst; sie hatte Geld in einer Mühle investiert, an der er stark interessiert war; ihr geschäftliches und ihr persönliches Wohlwollen pflegten sich zu verquicken.
Cate und Douglas fieberten. Die Musik spielte den schmissigen Einzugsmarsch, und der Zug der Artisten und Tiere machte die Runde in der Manege. Diese Zirkusparade unter den Klängen der Musik, die mit ihrem Rhythmus durch die Nerven floß, machte auf Cate und Douglas keinen geringeren Eindruck, als sie im vergangenen Herbst auf den Knaben Harka gemacht hatte. Aber die Lieblinge, die Cate und Douglas sofort für sich herausfanden, waren ganz andere. Mit runden Augen starrten die beiden die Kunstreiterin an, die in Ballettrock und Flitter, mit der kleinen Krone im blonden Haar, lächelte, grüßte, Handküsse verteilte und sich in ihren weißseidenen Schuhen auf der breiten Kruppe des Schimmels auf die Zehen stellte. Cate träumte sich selbst sofort in diese Rolle hinein, und Douglas stellte sich vor, wie er als kühner Kunstreiter hinter der kleinen Prinzessin aufs Pferd springen würde. Auf den oberen Rängen

rauschte bereits der erste Beifall auf, und die beiden Kinder klatschten.
„Nicht so laut!" flüsterte Tante Betty mahnend. „Eine junge Lady ist immer sparsam mit ihrem Beifall und trachtet, nicht aufzufallen!"
Cate, in ihrem schönen Traum gestört, verzog schmollend die Lippen. Gleich darauf aber wurde ihr Interesse von anderen Attraktionen gefangengenommen, und Tante Betty war schon wieder vergessen. Kamele und Elefanten zogen vorbei. Auf dem Nacken des ersten Elefanten saß vor dem jungen Treiber mit Turban und Stachelstecken ein Äffchen, angezogen wie ein Mädchen, mit Rock, Bluse und Kopftuch! Es ahmte die voranreitende Kunstreiterin treffend nach, stellte sich auf die Zehen, winkte und verteilte Küßchen. Alle Kinder lachten und gaben damit das Signal dafür, daß sich die Heiterkeit auch bei den großen Leuten verbreitete.
„Schau!" rief Cate dann und griff impulsiv über die Logenseitenwand hinüber, um Douglas nicht nur mit ihrem Ausruf, sondern auch durch ein Klopfen auf seinen Arm aufmerksam zu machen.
Tante Betty packte Cates Händchen und legte es auf den Schoß des Mädchens zurück, wo dieses Händchen ihrer Ansicht nach ruhig zu liegen hatte.
Aber Douglas wußte schon, was er sich ansehen sollte. In der Parade erschienen vier wunderhübsche Pferde, zwei Rappen, zwei Schimmel – „wahrhaftig Araberblut!" murmelte Samuel Smith –, auf den Rappen saßen Jungen im Herren-, auf den Schimmeln Mädchen im Damensattel. Jungen und Mädchen trugen den englischen Reitdreß. „Die Kinder des Lords", flüsterte Douglas. Cate und ihr kleiner Freund waren gefangengenommen. Kinder, Kinder wie sie selbst, in der Manege! Auf Cates Bäckchen brannten rote Flecken der freudigen Erregung.
Sie merkten gar nicht, daß in diesem Augenblick die drei bis dahin noch leeren Stühle in der Loge von drei Herren eingenommen wurden. Aber Tante Betty entging das nicht, und sie war tief befriedigt, weil sowohl das Äußere als auch das Benehmen

dieser Herren einen Eindruck machten, den sie in Gedanken als sehr gepflegt bezeichnete.

Tante Betty wurde erst wieder auf die Manege aufmerksam, als der Beifall des Publikums sie aus ihren eben angestellten Betrachtungen aufstörte. Die Zirkusparade war bereits wieder durch den Manegenausgang verschwunden; nur der größere der beiden „Söhne des Lords" auf dem tänzelnden Rappen hielt noch in der Mitte, und mit einem leichten Anziehen der Zügel, einem kaum hörbaren Zuruf nahm er das Pferd steil hoch und ließ es sich einmal auf den Hinterbeinen drehen.

„Der Junge ist Klasse!" flüsterte einer der drei gepflegten Herren in der Loge der Familie Smith. „Aus dem Material könnte man einen Schulreiter entwickeln. Aber dazu braucht es Zeit, das heißt Kapital. Das Unternehmen hier ist für die heutigen Anforderungen in seinen Mitteln zu beschränkt."

„Warum nimmt er den Zylinder nicht ab, er müßte jetzt grüßen", kritisierte der zweite Herr.

„Gewisse Unsicherheit, beide Hände am Zügel. Um große Klasse zu werden, gehört der Junge in eine andere Hand."

„Glaube ich nicht. Sitzt doch wie angegossen auf dem Gaul. Haltung exakt, und ruhig bleibt er auch. Sache des Regisseurs. Hätte dem Jungen die Manieren beibringen müssen."

Das alles hörte Tante Betty mit Befriedigung, aber Cate hörte es nicht. Sie hatte selbst reiten gelernt, und sie sah nichts, als daß ein Kind in der Manege ein Pferd dirigierte und ganz allein der Mittelpunkt des Beifalls war.

Douglas aber war fest entschlossen, noch ganz andere Reiterkunststücke zu lernen.

Der junge Reiter in der Manege ließ das Pferd herunter und ritt hinaus.

Die Diener legten, vom Clown mit Witzen bedacht, den großen roten Teppich. Die Parterreakrobaten sprangen herein, wirbelten in Saltos vorwärts und rückwärts, sprangen übereinander weg, fingen sich und bauten Pyramiden. Die Nummer war auf Tempo abgestellt und machte, kaum daß die Zuschauer richtig begriffen, was geschah, schon der nächsten Platz. Die Kunstreiterin, die Freiheitsdressuren der Pferde und „Die Szene in der Schule" mit dem kleinen Äffchen folgten. Cate mußte husten, weil sie nicht so laut lachen durfte, wie sie wollte, über alles das, was das Äffchen Dolly in der Schule anstellte. Als der „Lehrer", der heute von Old Bob gespielt wurde, endlich streng werden wollte, saß die Schülerin Dolly hinter ihm auf der großen Schreibtafel und äffte alle seine zornigen Bewegungen nach.

„Niedlich, aber ganz unpädagogisch", bemerkte Tante Betty, nachdem sie sich beinahe so weit vergessen hatte zu lachen.

„Ich glaube kaum, daß Cate in der Lage sein wird, die Szene zu kopieren", beruhigte Samuel Smith mit ungerührtem Gesicht. Tante Betty schaute ihn von der Seite an. Manchmal wußte sie nicht genau, was Samuel eigentlich meinte.

Laut dem Programm, das Herr Finley erworben hatte, traten als letzte Nummer vor der großen Pause die „Kinder des Lords" auf. Die Diener schleppten eine Schloßfassade und eine Gartendekoration herein. Im Winter, mitten im schärfsten Konkurrenzkampf, hatte Old Bob in die eigene Tasche gegriffen, um seiner Nummer noch einen würdigeren Rahmen zu geben. Die Kinder erschienen wieder zu Pferd, auf ihren Rappen und Schimmeln. Sie sprangen ab; die Jungen ohne Hilfe; den beiden Mädchen wurden von Dienern die Steigbügel gehalten. Die Mädchen knöpften den Rock ihres langen Reitkleides ab und standen nun in kleinen Stulpenstiefeln, langen Spitzenhöschen, Weste und Bluse da, nach Gestalt und Aussehen zwei kleine „Cates", während sich Douglas mit dem größeren der beiden Jungen identifizierte. Die Kinder gingen im Garten spazieren, vier Esel kamen hereingelaufen, ohne Sattel, ohne Zaumzeug, und auf Anstiften eines der Mädchen bestiegen die Kinder die Tiere.

„Wie richtig gesehen!" seufzte Tante Betty. „Stets sind die Mädchen die Anstifterinnen, und die Jungen fallen darauf herein."

Niemand in der Loge fand jedoch Zeit, über die weibliche Psyche weiter nachzudenken, denn die Esel hatten ihr gut eingeübtes rhythmisches Bocken begonnen, und die Kinder parierten, auf die Sekunde, mit der gleichen Disziplin.

„Eine Idee, und gekonnt, ohne Zweifel", sagte wieder der eine der drei Herren in Loge 7. „Die Dekoration müßte noch ganz anders aussehen."

Cate und Douglas stand der Mund offen, ohne daß sie selbst es bemerkten. In der Manege lief alles wie am Schnürchen. Old Bob spielte den entsetzten Vater, die Stallburschen kamen, wurden abgeworfen, die vier Kinder des Lords lachten und setzten sich verkehrt auf die Esel, um friedlich hinauszureiten. Für den Beifall bedankten sie sich wieder auf den schönen Pferden, den Rappen und den Schimmeln, auf denen sie jetzt ohne Sattel ritten. Der größere Junge nahm das Pferd wieder hoch und hielt sich sattellos, nur mit den Schenkeln angeklammert.

„Alle Achtung!" sagte Samuel Smith laut.

Aber den Zylinder nahm der Junge wieder nicht ab.

„Es ist alles doch nur äußerlich angelernt", flüsterte Tante Betty. „Eine wirklich gute Erziehung – wie sollen diese unglücklichen Zirkuskinder dazu kommen!"

Cate hörte von dem ganzen Satz nur zwei Worte: „Kinder" und „unglücklich". Warum waren diese Kinder, die jetzt wieder der Beifall umtoste, unglücklich? Was führten sie überhaupt für ein Leben? Wie sah ihre Wirklichkeit aus, wenn sie die Manege verlassen hatten und den Augen der Zuschauer entschwunden waren? Wie hatten sie solche Kunststücke gelernt?

„Papa", sagte Douglas zu seinem Vater, dem gesetzten Herrn Finley. „Den Jungen möchte ich mal kennenlernen! Geht das?"

„Aber keineswegs, Junge. Artistenpack und wir, das sind zwei verschiedene Welten. Der Junge bewegt sich zwar wie ein Lord, aber er ist eben keiner."

Douglas hatte schon einmal eine ähnliche Antwort erhalten, als der Vater ihn im Gespräch mit einem der Sträflinge angetroffen hatte, die in der Mühle beschäftigt waren. Damals hatte der Junge lange nachgedacht. Diesmal war sein innerer Widerstand gegen die väterlichen Auffassungen schon geringer. Vielleicht war das alles so, weil es eben so war, und der Vater hatte recht.

Aber eine letzte Bemerkung zur Sache mußte der Junge sich noch erlauben, sonst wäre er erstickt. „Wenn sein Vater ein wirklicher Lord wäre, würde er vielleicht mich nicht empfangen!"
Douglas bekam eine Ohrfeige. Der gut republikanische Herr Finley schlug nach seiner Gewohnheit mit dem Handrücken, so schnell, daß niemand es bemerkte außer Tante Betty und Cate. Cate wurde für Douglas rot. Der Junge setzte eine trotzige Miene auf. Da seine Gedanken nach wie vor frei waren, fing er an, sich Geschichten von ganz und gar zufälligen, aber höchst spannenden Begegnungen mit den Kindern des Lords auszudenken. Die Pause begann, und er fand die Möglichkeit, sich leise mit Cate zu unterhalten. Es war wunderbar, daß er sich seine Geschichten mit dem kleinen Mädchen zusammen ausdenken konnte. Sie war wirklich schon sehr vernünftig für ihr Alter, fand er.
Tante Betty versuchte zu horchen, was die Kinder zu tuscheln hatten. Aber da die drei unbekannten Herren gegangen waren und Herr Finley in die Loge herüberkam, wurde ihre Aufmerksamkeit von dem Gespräch mit diesem in Beschlag genommen.
Von der Manege aus gab ein Ansager bekannt, in der Pause könne die Tierschau besichtigt werden. Samuel Smith ergriff diese Gelegenheit, aus der Loge zu entkommen. Er nahm die beiden Kinder mit.
Tante Betty fragte unterdessen Herrn Finley aus. Sie hatte natürlich beobachtet, daß einer der gepflegten Herren im Hinausgehen Herrn Finley erkannt und mit zurückhaltender Liebenswürdigkeit gegrüßt hatte. Finley mußte also wissen, wer diese Herren waren!
„Der eine ist ein Vertreter der Kreditbank", teilte er Tante Betty mit unterdrückter Stimme mit. „Nach den Gesprächsfetzen, die ich aufgefangen habe – ganz unfreiwillig, versteht sich –, sind der Bank im Winter wohl einige Gelder in diesem Zirkusunternehmen hier festgefroren, und die will sie jetzt wieder auftauen. Der zweite Herr scheint mir ein Manager des Riesenzirkus B & B zu sein, vielleicht hat er Interesse zu fusionieren –

oder sich einige Nummern herauszufischen. Wer der dritte war, kann ich nicht sagen. Ich kenne ihn nicht, und er hüllte sich vollständig in Schweigen."
Frau Finley kam ebenfalls zu Tante Betty herüber. In der Loge, in der sie saß, auf den Stühlen Nr. 4, 5 und 6, hatten sich Personen niedergelassen, die nach ihrer Ansicht nicht vertrauenswürdig wirkten: ein maskulines Individuum und zwei markante, aber nicht eben solide wirkende weibliche Personen. In diesen Städten an der Grenze der Zivilisation war man vor dem Pöbel nirgends sicher! Vielleicht war der große, verwegen aussehende Mensch irgendein Digger, der einen guten Fund gemacht hatte und sich nun ohne weiteres in dieselbe Loge mit einer Familie setzen konnte, die Vorfahren hatte. Frau Finley war froh, diese Sitzgemeinschaft wenigstens in der Pause aufgeben zu können.
Der große Käfig für die Raubtiernummer, die nach der Pause bevorstand, wurde schon aufgebaut, die Hocker für die Raubtiere wurden hereingebracht, die Reifen zurechtgestellt.
„Ob das bißchen Gitter uns im Ernstfall gegen bengalische Tiger sichern kann, Ann?"
„Aber gewiß doch, Ladies", sagte der unzivilisierte und verwegen aussehende Mensch in der Nachbarloge, ohne angesprochen zu sein. „Wenn sich aber eine Bestie schlecht benehmen sollte, knalle ich sie einfach runter. Seien Sie ganz ohne Sorge!"
Tante Betty zog ein Fläschchen mit Erfrischungswasser und betupfte sich das Gesicht, noch weniger aus Angst vor den Raubtieren als aus dem Bedürfnis, den aufdringlichen Menschen in seine Grenzen zu weisen.

Harka hatte sich in den kleinen Raum im Wagen zurückgezogen, den er mit dem Vater bewohnte, und hatte auch Mattotaupa dort angetroffen. Der Junge riß den Reitdreß herunter, schminkte sich ab, löste die Zöpfe, so daß sie ihm wieder über die Schultern fielen, und sprang in die Hängematte, in der er sich zusammenrollte wie ein Igel, der rundum nichts als seine Stacheln zeigen will. Schon seit Wochen war er jedesmal in

schlechter Stimmung, wenn die Eselsnummer abgespielt war. Er fand die Esel nicht mehr komisch, sondern lächerlich, seinen Anzug albern. Das Reiten mit Sattel und Steigbügel kostete ihn Anstrengung und sehr viel Aufmerksamkeit, da er es neu hatte erlernen müssen und es von ihm eine andere Gewichtsverteilung, eine ganz andere Art der Fühlungnahme mit dem Pferd verlangte als das sattellose Reiten, das er gewohnt war. Seitdem die Eselsnummer fertig durchgefeilt und bis zum letzten geübt war, wollte er nichts mehr davon wissen. Es ekelte ihn an, jeden Tag dasselbe zu tun, und wenn die Leute in diesen lauten und schlecht riechenden Städten der weißen Männer dem „Sohn des Lords" klatschten, hätte er am liebsten seinen Zylinder heruntergerissen, um ihnen zu beweisen, daß er der Sohn eines Häuptlings war und in die Prärie gehörte. Heute sollte dieser Konflikt auf irgendeine Weise gelöst werden, aber Harka wußte noch nicht wie. Der Vater hatte nichts weiter darüber gesagt, was er am Ende der Vorstellung unternehmen wollte.
Er sagte aber jetzt: „Mache dich fertig, Harka Steinhart, und gehe hinüber zu Ronald. Er braucht dich."
Das ließ sich hören. Harka fuhr in seine Gamaschenhosen und in die Mokassins und lief zu dem Wagen des Dompteurs. Als er eintrat, fand er noch dieselbe Situation vor wie am Tage. Ronald zündete eben mit einer Hand etwas umständlich die Lampe an. Dieser eine Arm tat ihm von dem Prankenhieb in der Probe noch weh. Frank Ellis lehnte an der Wand. Der Schweiß war ihm schon wieder angetrocknet.
„Harry", sagte Ronald, „in zwanzig Minuten beginnt meine Nummer. Ich werde sie vollkommen neuartig spielen, Improvisation. Ich habe mir das heute gründlich überlegt, da ich endlich mal Zeit und Ruhe hatte, und habe es Herrn Ellis auch vorgetragen. Er scheint mit allem einverstanden zu sein. Zieh jetzt den Zwischenvorhang hier am Fußende von meinem Klappbett vor, damit Tigra Herrn Ellis nicht mehr sieht. Sobald der Vorhang gezogen ist, soll Frank Ellis sofort durch die Tür verschwinden und sich möglichst nirgends mehr zeigen, wo Tigra ihn wittern kann. Ich garantiere sonst für nichts. Das Tier ist

ganz unzuverlässig, das ist das Resultat der ungleichmäßigen Behandlung, zu der ich in den letzten Jahren gezwungen war. Ich habe das Herrn Ellis erklärt. Auch ein Mensch wird tückisch, wenn er bald gestreichelt und bald angebrüllt wird. Das nur nebenbei. Wenn Frank Ellis sich in Sicherheit gebracht hat, sorgst du dafür, daß mit dem ersten Klingelzeichen alles aus dem Gelände hier verschwindet, auch die Stallburschen. Ich bringe Tigra dann allein hinüber in den Laufkäfig."
„Gut."
Harka zog den Vorhang so ruhig zu, als schließe er daheim den Zelteingang. Tigra schaute aufmerksam auf den Jungen, rührte sich aber nicht.
Zur selben Zeit der Pause war Samuel Smith mit Cate und Douglas in der Tierschau unterwegs. Sobald die drei dem Gesichtskreis von Tante Betty und Herrn Finley entschwunden waren, zeigten die Kinder ihre Freude und bedankten sich stürmisch. Der Weg führte sie zuerst in die Stallzelte, wo die Elefanten, die Kamele, die Esel und die Pferde angekettet standen. Smith interessierte sich für die Pferde, und der Stallbursche, der sich über den Hereinfall von Frank Ellis hatte kranklachen wollen, erspähte den gut gekleideten Vater mit den beiden Kindern und zeigte sich bereit, Auskunft zu geben. Er hoffte auf ein Trinkgeld, da er nur eine geringe Abschlagszahlung auf seinen Lohn erhalten hatte. Smith belohnte ihn mäßig und suchte vor allem eine Information über die Indianertruppe zu erhalten. Über diese wußte der Bursche nicht viel zu sagen. Er versicherte nur immer wieder, daß die Schlußnummer an diesem Abend „unerhört und sensationell" ablaufen werde. Cate brachte schüchtern die Frage vor, wo die Kinder des Lords jetzt seien.
„Bedaure, mein kleines Fräulein, bedaure, aber es ist den Artisten von der Direktion ausdrücklich untersagt, während der Vorstellung mit Zuschauern zu sprechen."
„Es herrscht hier eine angenehm strenge Ordnung!" meinte Smith anerkennend.
„Kann man sagen, Herr, kann man sagen. Das ist das Werk des Herrn Ellis, unseres Inspizienten. Er hat die Augen überall und

nirgends. Ich meine, sonst überall, heute abend nirgends."
Smith zog erstaunt die Augenbrauen hoch, denn er fand diesen letzten Satz etwas konfus und unverständlich. Daher ließ er den Stallburschen, der ihm allmählich geschwätzig zu werden schien, stehen und ging mit den Kindern zu dem Käfig des Äffchens hinüber, das gekränkt in einer Ecke saß, weil ihm in dieser Frühlingsnacht am oberen Mississippi viel zu kalt war. Die Löwen- und Tigerkäfige wurden für das Publikum schon weithin abgesperrt. Die Vorstellung sollte nach der Pause mit dem Raubtierakt beginnen.

Der Zuschauerraum hatte sich wieder gefüllt. Ein leises Summen erwartungsvoller Gespräche ging durch das große Zelt. Die Musik setzte mit wildem Rhythmus ein. Ronald betrat durch die kleine Käfigtür die Manege und schloß sorgfältig hinter sich. Die Helfer am Laufgitter und die beiden Helfer mit dem Wasserschlauch standen bereit.
Der Dompteur trug eine Fantasiekleidung, die exotisch wirken sollte. Die linke Schulter und die Brust waren von einem imitierten Leopardenfell bedeckt. Ein breiter Ledergürtel hielt Peitsche und Pistole. Die Riemen der Sandalen gingen kreuzweise bis zum Knie herauf. Die Handgelenke und der Unterarm waren von Armschienen geschützt. Auf dem Kopf trug der Dompteur einen Helm mit Raupe. Hinter dem Fallgitter des Laufkäfigs lauerte schon Tigra mit ihren bernsteingelben Augen. Ihre Pranke kratzte am Gitter, und als es hochgerissen wurde, lief sie rasch in die Manege. Ihr folgten gleich der männliche Tiger und etwas langsamer die vier Löwen. Die Löwen nahmen von selbst und mit gemächlichen Sprüngen ihre Plätze auf den Hockern ein. Sie zeigten dadurch, daß sie gut gezähmt und dressiert waren. Die drei Herren in Loge 7 runzelten die Stirn, alle drei gleichzeitig, wenn auch nicht aus denselben Motiven. Tigra war stehengeblieben und sah sich zweifelnd um. Ihre Schwanzspitze bewegte sich leise.
„He! Tigra!" Ronald hob die Hand wie zum Gladiatorengruß. Die Tigerin setzte sofort an und schnellte mit einem Satz über

einen Abstand von fünf Meter weg auf den Dompteur zu, den
sie durch den Schwung ihres Sprungs und ihr Gewicht umwarf.
Ein Schreckensschrei ertönte aus dem Publikum. Tigerin und
Mensch wälzten sich im Sand der Manege; das Tier hatte den
Mann mit den Pranken umfaßt. Endlich lag er still unter der
Raubkatze, auf dem Rücken, unbeweglich, die Augen auf die
Tigerin gerichtet. Von der Stirn der gepflegten Herren verschwanden die Runzeln.
Die Musik hatte ausgesetzt. Es war totenstill im Rund.
Mit einer urplötzlichen Bewegung, deren Vorbereitung niemand erkannt hatte, warf Ronald die Tigerin, die ihre Krallen
eingezogen hatte, beiseite. Mit zwei Sätzen war er bei dem Absprunghocker, schwang sich hinauf und gelangte mit einem
Hechtsprung durch den auf einem Halter befestigten Reifen. Er
kam mit den Händen auf, schlug einen Salto und stand gerade
auf den Beinen, als Tigra, den vorbereiteten Absprungplatz verachtend, langgestreckt in hohem Sprung durch denselben Reifen glitt. Sie landete im Sand; Ronald war in dem letzten Bruchteil einer Sekunde beiseite gesprungen.
„Tigra", rief er lobend, freundlich.
Das Tier ging einen Meter zur Seite und duckte sich. Auf der
anderen Seite der Manege fauchte der Tiger. Es war das erste
Fauchen, das an diesem Abend laut wurde, und in der vollständigen Stille klang es unheimlich. Unter den hochgezogenen
Lefzen waren die großen Reißzähne des Tigers sichtbar. Cate
und Douglas wurden blaß. Die Tigerin befand sich nur wenige
Meter von ihnen entfernt, wenn auch hinter Gittern. Tante
Betty preßte das Taschentuch auf den Mund. In ihrer Aufregung vergaß sie die Kinder vollkommen.
Für das Publikum nicht sichtbar, weit hinten im Dunkel des
Manegenausgangs, stand Harka. Er sah nur Ronald, und er war
der einzige, der wußte, worum Ronald spielte. Um seine Tiere
spielte er und damit um sein Leben. Bei seinen Tieren wollte er
bleiben, auch wenn er den Herrn und Geldgeber wechseln
mußte. Jene gestriegelten Herren in der Loge sollten am Ende
der Nummer sagen: „Große Klasse – den Mann können wir

brauchen." So wie im römischen Zirkus der Kaiser die Macht hatte, den Daumen zu heben oder zu senken, so hatten diese Männer in der purpurrot ausgeschlagenen Loge die Macht über Leben und Tod.

Ronald war ein Risiko eingegangen, wie es der Dompteur nach den Regeln seiner Arbeit eigentlich nicht eingehen durfte und wie nur ein Mann es sich leisten konnte, der sich einer einzigartigen Gewalt über seine Tiere gewiß war. Er hatte beim Sprung durch den Reifen seine Tiere aus dem Auge lassen müssen, und seine Bewegung war ihrer einfachen Natur nach, wie Raubtiere sie begreifen konnten, eine Fluchtbewegung gewesen. Die Wirkung war deutlich. Die Raubtiere waren unruhig und selbstbewußt. Ein Löwe wollte von seinem Hocker heruntersteigen!

„Bello! Auf!"

Bello überlegte sich das. Aber dann sprang er mit einem ärgerlichen Laut wieder an seinen Platz. Die Bewegung seiner Schwanzquaste deutete weitere Überlegenheit an. Der Tiger hatte zum zweitenmal und bösartiger gefaucht. Was Tigra tun würde, spielen oder anfallen, war noch ungewiß. Ronald griff nach dem zweiten Reifen, der ihm brennend durch das Gitter gereicht wurde.

„Allez – hopp!"

Tigra sprang. Wie unter Suggestion führte sie den Sprung, den sie schon geplant hatte, nun durch den brennenden Reifen hindurch aus, der ihr verhaßt war. Wieder flog der wunderbar gebaute Tigerkörper, geschnellt von der Kraft der Sehnen und Muskeln, wieder kam sie im Sande auf. Sie drehte Kopf und Oberkörper und äugte nach dem Mann; sie fauchte, ihre Augen glühten, der Schwanz spielte. Das Fauchen des Tigers mischte sich mit dem ihren. Die Zuschauer hielten den Atem an. Der Dirigent der Kapelle hatte den Kopf gewandt und schaute über die Schulter in die Manege hinunter, während er seinen Stab, ohne es selbst zu wissen, in die Luft streckte.

„Takur! Takur!" Das war der Name des Tigers.

„Rrrrhhh ..."

„Takur!"

Ronald hatte noch nicht zur Peitsche oder Pistole gegriffen. Mit nackter Brust und bloßen Händen trat er dem fauchenden Tiger zwei Schritte näher.
„Takur!"
Der Tiger ging vorsichtig einen Schritt zurück, um Abstand zu gewinnen. Das bedeutete Gefahr.
„Takur! Allez!"
„Rrrrhhh..."
In diesem Augenblick schlug Tigra mit blitzartiger Schnelligkeit dem Tiger mit ihrer Pranke eine kräftige Ohrfeige. Der Tiger fauchte Angriff, die Tiere waren bereit, sich zu beißen. „Tigra! Takur!" Die beiden kamen um ein weniges auseinander, und Ronald sprang dazwischen, so daß er sie beide im Auge hatte. „Tigra! Takur!"
Das stumme Ringen der Willenskräfte dauerte eine ganze Minute. Die beiden Tiger und der Mann wirkten wie eine Bronzegruppe. Nur das leise, heiser rollende Fauchen verriet, daß die Tiere lebten. Dann gab der Tiger nach, seine Muskeln wurden schlaffer, und er schloß die Schnauze.
„Tigra – Platz!"
Die Tigerin wandte sich, als sei sie ein gescholtenes Kind, und sprang auf ihren Hocker.
„Takur! Allez!"
Der Befehl war hart, und Ungehorsam war ausgeschlossen. Der Tiger sprang auf den Absprunghocker und dann kurz und leicht durch den brennenden Reifen.
„Brav, Takur, brav!"
Der Tiger begab sich auf seinen Platz.
Es folgten die Leistungen der Löwen, die von den beiden Tigern auf den Hockern mit Knurren und Zähnefletschen begleitet wurden. Als Bello seinen Reifensprung ausgeführt hatte, kam er zu dem Dompteur und strich ihm um die Knie.
„Rhhh..." Das war Tigra.
Ronald kraulte Bello in der Mähne. Die starren Mienen der Zuschauer lösten sich. Da und dort zeigte sich ein befreites Lächeln. Tigra aber war anderer Stimmung.

„Rhhh ..."
„Platz!"
Die Tigerin zog die Pfote, mit der sie schon hatte heruntersteigen wollen, wieder zurück. Aber sie hatte sich mit der Situation offenbar noch nicht abgefunden.
Die Musik intonierte einen leisen Walzer.
„Allmächtiger Gott", sagte Tante Betty. „Es ist großartig. Wenn es nur schon vorbei wäre!"
Ronald gab einen Wink, das Fallgitter zu öffnen. Die Tiere zogen ab. Nur Tigra hatte er noch in der Manege behalten.
„Tigra! Komm."
Die Tigerin kam. Ronald streichelte sie. Die Musik setzte wieder aus. Ronald streichelte weiter. Er ließ die Hand von der Zunge berühren und legte sie dem Raubtier in die Schnauze. Aus dem dunklen Hintergrund des Manegenausgangs schaute Harka noch immer zu. Er hatte bis jetzt kaum ein Lid gerührt. Wenn sich nur jetzt, in diesem Augenblick, auch kein anderer rührt. Wenn das Tier erschreckt wurde, konnte es wider Willen zubeißen.
Ronald bog den Unterkiefer des Raubtieres zurück und hielt den Oberkiefer mit der Linken. Dann legte er langsam, ganz behutsam, den Kopf zwischen die Kiefer. Tigra hielt still. Unbeschädigt nahm der Mann den Kopf wieder aus dem Rachen.
„Brav, Tigra, brav!"
Er legte sich hin und spielte mit der großen Katze.
Cate und Douglas atmeten auf, und weit im Hintergrund, wo ihn niemand sah, rührte sich Harka. Die Musik nahm den Walzer wieder auf. Beifall erklang erst zögernd, da niemand wußte, ob er damit störte, wurde lauter, und als Ronald aufsprang und die Hand wie als Gruß eines siegreichen Gladiators hob, donnerte das Klatschen, Trampeln und Rufen wie das Donnern des Mississippi, wenn er die Wasserfälle hinabstürzte.
„Ganz große Klasse", sagte einer der gepflegten Herren. „Diesen Mann brauchen wir unbedingt."
Zögernd, mit Bedauern, entfernte sich Tigra durch den Laufkäfig. Ronald mußte zwölf Hervorrufen folgen und seine Tigerin

noch einmal hereinrufen. Sie stellte sich neben ihn, während er für den nicht endenden Beifall dankte, hob den Kopf und brüllte gegen den Beifall an, mit jenen Lauten tief aus der Kehle, die in nächtlicher Wildnis Tiere und Menschen wecken und erzittern lassen. Sie brüllte ein zweites Mal, bis der Beifall in erwartendem Staunen erlosch; dann schaute sie sich triumphierend um. Sie hatte die Menschen, die sie haßte, mit ihrem Brüllen zum Schweigen gebracht.

Als in der Manege das Gitter unter flotten Klängen und den Witzen der Clowns abgebrochen wurde, ging Ronald endgültig hinaus. Er sah Harka stehen, stützte sich einen Augenblick auf den Jungen, sagte „gewonnen" und schwankte dann wie ein Betrunkener zu seinem Wagen. Harka ging mit ihm. Als Ronald auf dem Klappbett lag, gab der Junge ihm eine Zigarette. Er wußte genau, wo Ronald sie versteckt hatte. Das geschminkte Gesicht war eingefallen, die Pulse hämmerten. Langsam, ganz langsam wurde der Atem ruhiger. „Ich schicke Old Bob zu dir", sagte Harka schließlich. „Ich muß weg; unsere Nummer kommt noch."

Der Junge suchte Old Bob und fand ihn endlich in der Kabuse bei Mattotaupa. Die beiden hockten beieinander und beschauten im schwachen Lampenlicht ein Buch mit Text und Bildern. Sie waren so vertieft, daß sie Harka nicht fragten, was ihn herführte, sondern ihm winkten, sich die Bilder mit anzuschauen, und der Junge wollte wenigstens feststellen, was es hier zu sehen gäbe, ehe er darum bat, sein eigenes Anliegen vorbringen zu dürfen. So kauerte er sich zu den beiden Männern. Das Buch war groß, in Leder eingebunden, mit Goldschnitt, und dies beides gefiel Harka.

Auf den Bildern waren Indianer und Weiße zu sehen; einige abstoßende Indianer und auch abstoßende Weiße, einige Indianer und auch einige Weiße, die sogleich Freundschaft und Vertrauen erweckten. Harka fragte, wer das Buch geschrieben und die Bilder gemalt habe, und erfuhr, daß der Schreiber dieses Buches Cooper geheißen habe und schon gestorben sei.

In diesem Buch, das den Titel „The Deerslayer" trug, erzählte der Mann mit Namen Cooper von den Kämpfen der roten und der weißen Männer in den Wäldern und an den Seen des Ostens, von denen die roten Männer jetzt schon längst vertrieben waren. Auf dem letzten Bild sah man einen Mann an einen Baum gefesselt und das davor angefachte Feuer, ferner einen Häuptling und eine große Schar Krieger, zwei junge weiße Mädchen, die bei einer schönen jungen Indianerin saßen, und im Hintergrund, noch hinter Bäumen, uniformierte Soldaten mit gefälltem Bajonett.

Obgleich Harkas Interesse sofort gefesselt war, fühlte er sich nun doch verpflichtet, seine Bitte vorzubringen, daß Old Bob sich um Ronald kümmern möge, und dieser ging auch sogleich. So blieb Harka mit dem Vater allein.

„Wir haben Zeit", sagte Mattotaupa. „Es werden heute alle Nummern gespielt, das Programm läuft bis über Mitternacht, und es wird eine zweite Pause eingelegt. Laß mich dir jetzt erklären, wie wir spielen werden. Ich habe es mir genau überlegt. Red Jim ist hier. Er sitzt in der Loge Nummer 6, du hast ihn gesehen. Jim war bei mir. Er will an Stelle von Buffalo Bill mit uns auftreten; von den Cowboys, die noch beim Zirkus sind, können nur ganz wenige wirklich etwas. Mit diesen werden wir arbeiten. Old Bob hat mir von der Geschichte erzählt, deren Bild du in dem Buch hier siehst. Diese Geschichte kennen auch viele unter den Zuschauern. Etwas Ähnliches werden wir spielen, das gefällt den weißen Männern und entwürdigt uns nicht. Aber zum Schluß kommen nicht die Langmesser, sondern eine Gruppe Cowboys. Einige von diesen und einige von uns fallen in den Sand. Dann kämpft der Anführer der Cowboys mit seinen zwei oder drei besten Leuten gegen uns, gegen mich und dich und vielleicht gegen Singenden Pfeil oder einen anderen Krieger der Dakotagruppe. Der Ausgang des Kampfes bleibt offen; wir werden sehen, wer geschickter ist. Wir werden einander nicht töten oder verwunden, aber wir werden viel knallen und versuchen, einen den anderen mit dem Lasso zu fangen und zu fesseln. Es wird viel Staub aufwirbeln, und es wird großes Getöse geben und lange dauern. Was danach geschehen wird, kann ich dir noch nicht sagen; aber halte die Augen und Ohren offen und achte auf jeden Wink, den ich dir gebe. Richte dich nach mir!"

„Ja, Vater."

Im Zirkuszelt, dessen Planen sich vom aufkommenden Nachtwind leicht bauschten, hatte sich die Stimmung eines großen Tages durchgesetzt. Jedermann war zufrieden mit dem, was ihm für den erlegten doppelten Eintrittspreis bereits geboten worden war, und erwartete noch Besseres. Stellvertreter von Frank Ellis war der Pferdedresseur im Frack, der im Herbst in der Pause Harka für den Zirkus anzuwerben versucht hatte. Er hatte heute noch keinen Ärger erlebt und als stellvertretender Inspizient nicht viel zu tun gehabt. Die Vorstellung rollte ab wie ein Rad, das ein für allemal auf das ihm zukommende Gleis gesetzt ist. Die erste besondere Maßnahme, die der Stellvertreter traf, war die Anweisung, daß alle jeweils entbehrlichen Stallburschen und Zirkusdiener sich bei den Pflöcken und Stricken bereitzuhalten hätten, mit denen das mächtige Zelt befestigt war. Die Einheimischen, die Witterung und Wind am oberen Mississippi kannten, hatten in der Stadt Sturmwarnung verbreitet.

Unterdessen erschienen in der Manege die Elefanten, die durch Masse und Kraft, gepaart mit Gutmütigkeit und Geschicklichkeit, und eben durch diesen Gegensatz wirkten. Keines der Tiere besaß mehr seine Stoßzähne. Ein Ansager gab bekannt, daß in der nächsten Pause „auf allgemeinen Wunsch" ein Kamel- und Elefantenreiten für anwesende Kinder stattfinden werde. Karten seien bei der Tierschau-Kasse erhältlich. Douglas teilte seinem Vater durch einen einzigen eindeutigen Blick mit, daß er auf einem Elefanten reiten werde.

„Für Mädchen schickt sich so etwas nicht", sagte Tante Betty zu Cate. „Du würdest dich auch nur schmutzig machen."

Cate durfte nie widersprechen; älteren Personen zu widersprechen schickte sich sowenig wie ein Elefantenritt. Sie durfte nicht weinen, wenn die Leute es sahen. Weinen in der Öffentlichkeit schickte sich überhaupt nicht. So saß sie stumm auf ih-

rem Stuhl Nummer 2, hatte die Händchen in den Schoß gelegt, wie es sich gehörte, und erstickte fast an dem Kloß in ihrem Halse. Die Bären tanzten ohne Gitter, nur an der Kette geführt und mit verbundenem Maul; die Seehunde spielten Ball und balancierten diesen auf der Schnauze. Old Bob kam wieder herein und brachte selbst Cate zum Lachen. Er hatte in der Mitte der Manege sein Zimmer aufgestellt: Tisch, Stuhl und einen hohen Schrank. Er spielte einen Gelehrten. Nachdenklich umherwandelnd, steckte er das große Taschentuch, das er benutzt hatte, nicht ein, sondern ließ es neben dem Schrank niederfallen. Auf einmal mußte er wieder niesen, suchte das Tuch und bat die Kinder, ihm zu sagen, wo er es verloren hätte. Von allen Seiten erhielt er Zurufe; auch in der Abendvorstellung waren nicht wenige Mädchen und Jungen unter den Zuschauern. Er legte wieder die Hand hinter die Ohrmuschel, begriff endlich, sagte: „Oh! Oh! So weit weg! Sehr schwierig!" und begann unter allgemeinem Gelächter an der einen Schmalseite des Schrankes mit einem Klimmzug hinaufzuklettern, um dann über den Schrank weg mit einem doppelten Salto wieder auf dem Boden, direkt bei dem Taschentuch zu landen.
„Oh! Oh! Da ist es! Danke schön."
Die Zuschauer freuten sich und klatschten.
„Warum denn einfach, wenn's auch kompliziert geht!" sagte der Dirigent der Kapelle zu seinem ersten Geiger auf deutsch und lächelte. Die Kapelle bestand aus Hinterpfälzern, Kindern armer Leute, die sich seit Generationen ihr Geld durch Musizieren verdienten. Der nächste Walzer wurde gespielt.
Als die Pause und damit für Cate wieder der kritische Moment kam, stand Samuel Smith auf, winkte dem kleinen Mädchen und nahm es an der Hand. „Laß den Jungen reiten", sagte er, „das brauchst du dir gar nicht anzusehen. Es ist etwas für kleine Kinder, die noch nicht im Sattel gesessen haben. Siehst du, wie die Tragsessel angebracht werden? In so etwas würden sich die „Kinder des Lords" auch nicht hineinsetzen. Komm, wir gehen noch einmal zur Tierschau spazieren!"
Er lächelte Tante Betty grüßend zu und verschwand mit seinem

Töchterchen, dem einzigen auf der Welt, was er voll und ganz liebte. Cate war durchaus der Meinung des Vaters. Schade, daß Douglas die Worte nicht gehört hatte; er war schon zur Tierschau und Kasse unterwegs. Aber er konnte sich nicht das geringste darauf einbilden, daß er sich in einem Tragsessel an einen Elefanten hängen ließ wie ein Henkelkörbchen an Tante Bettys Arm.

Als Smith mit Cate das Zelt verlassen hatte, ging er nicht zur Tierschau-Kasse, an der sich die Jungen und Mädchen angestellt hatten, sondern blieb einen Moment stehen und sagte sehr ernst zu seiner Tochter:

„Cate, ich habe etwas mit dir zu besprechen, und ich erwarte von dir, daß du dich verhältst wie ein großes Mädchen. Du weißt, daß beim Zirkus hier eine Nummer mit einer Indianertruppe angekündigt ist. Ich gebe nicht viel auf diese marktschreierischen Ankündigungen. Aber auf den Plakaten wird behauptet, daß die ganze Truppe aus Sioux-Dakota bestehe, und dem muß ich nachgehen. Wir müssen handeln wie Detektive, wir beide, und dürfen uns nicht die geringste Möglichkeit entgehen lassen, über das Schicksal deiner lieben Großmutter etwas zu erfahren."

Als Cate den Vater so sprechen hörte, fielen die verspielten Interessen von ihr ab, wie ein Cape abfällt, das auf einmal aufgeknöpft ist und von den Schultern gleitet, und sie war das kleine-große Mädchen, das erst vor eineinhalb Jahren auf der einsamen Farm Stunden der Todesangst durchgemacht hatte.

Smith steuerte auf die Direktionswagen zu, teilte einem der herbeieilenden Diener sehr knapp und befehlend mit, daß er jemand von der Direktion sprechen müsse, und da in diesem Moment der allgemeinen Inanspruchnahme niemand anderes als Ellis im Wagen anwesend war, wurde Smith zu diesem geführt. Samuel Smith grüßte höflich und musterte, Cate an der Hand, den etwa vierzigjährigen Mann, den er vor sich hatte. Ellis war frisch rasiert, hatte ein frisches Hemd an, und seine Haare waren mit Hilfe von Pomade sehr glattgelegt. Das Gesicht war fleischig, blaß, nichtssagend. Am Finger steckte ein übertrieben

großer Siegelring. Der Blick der blaßblauen Augen lief unruhig umher.
„Ellis. – Womit kann ich dienen?"
„Smith. – Gestatten Sie, daß ich Sie um eine Auskunft bitte, die ganz außerhalb Ihres Programms steht."
Smith hatte als Offizier den Tonfall des Herrn, der bei einem Ellis immer und auch unverzüglich zu wirken pflegte.
„Bitte." – Ellis bemühte sich, den bequemen Stuhl, auf dem er selbst gesessen hatte, aus der Ecke hervorzuzerren.
„Danke, ich halte Sie nicht auf. Eine Frage: Die Indianertruppe, die bei Ihnen auftritt, besteht aus Sioux-Dakota?"
„Gewiß, mein Herr."
„Wissen Sie vielleicht, von welcher Stammesabteilung die Leute sind, Ost- oder Westdakota, oder wo sie überhaupt herkommen?"
„Bin ich überfragt, mein Herr. Es handelt sich, soviel ich weiß, um Angehörige verschiedener Stammesabteilungen. Aber Sie gestatten, einen Moment, ich werde Sie sogleich genauer unterrichten lassen."
Smith setzte sich nun doch, Ellis eilte hinaus, kam rasch wieder und beeilte sich mitzuteilen.
„Ich habe einen Dolmetscher besorgt. Wenn Sie sich zu der Truppe bemühen wollen – oder soll ich den Ältesten hierherrufen?"
„Danke, ich komme mit."
Ellis rief sich zwei Stallburschen als Begleiter herbei, und rechts und links von diesen flankiert – wie ein Tyrann, der einen Attentatsversuch fürchtete –, geleitete er Smith und Cate bis vor die Wagen der Indianertruppe. Singender Pfeil hielt sich hier in Gegenwart des Managers Lewis als Dolmetscher bereit.
Als Vertreter der Indianer waren der Alte und noch zwei Krieger gekommen, baumlange Menschen. Die Stallburschen hatten Laternen mitgebracht, das Licht huschte umher.
Smith begann zu sprechen. „Gehört ihr Männer zu den Stämmen der Dakota?"
„Hau."

„Lebte einer von euch bis vor zwei Sommern in den Zelten der Dakota in Minnesota?"
„Hau. Im Lande des Nordsterns."
„Du selbst, alter Vater?"
„Hau."
„Hast du den Roten Fluß und die Wälder und Siedlungen um seine Ufer gesehen?"
„Hau."
„Ich suche meine Mutter, eine weiße Frau. Ich habe sie seit dem vergangenen Sommer nicht mehr finden können."
Der Alte hielt die Augenlider weiterhin offen, aber es war, als ob sein Blick hinter Glas verschwände. Die Augen hatten keinen Ausdruck mehr. „Wo hat die weiße Frau gelebt?"
Smith beschrieb Lage und Charakter der Farm. Der Alte hörte sich alles an, sprach auf dakota mit seinem Begleiter, ohne daß Singender Pfeil übersetzte, und sagte dann: „Wir rufen unseren Sohn, den Bruder des ‚Großen Wolf'."
Cate fiel es als stummer Zuhörerin auf, daß der Indianer den Namen desjenigen, der jetzt gerufen wurde, nicht genannt hatte.
Singender Pfeil ging in den einen der Wagen und kam bald mit der gewünschten Person herbei. Smith wiederholte mit kurzen Worten, was von der Farm zu sagen war, auch die Tatsache, daß er Haus und Felder abgebrannt vorgefunden habe. Das kleine Mädchen, das er hier an der Hand halte, sei hilflos umhergeirrt. Die Indianer besprachen sich wieder untereinander, schließlich trat der Herbeigerufene, der Bruder des Großen Wolf, vor. „Ich habe diese Farm und deine Mutter und deine Tochter nicht gesehen", sagte er. „Aber mein Bruder Großer Wolf hat mir berichtet, und was meine Ohren von ihm gehört haben, soll meine Zunge dir sagen. Ich spreche die Wahrheit. Auf dieser Farm war keine Frau. Auf dieser Farm waren sechs Männer, fünf große und ein kleinerer. Wir sandten einen Boten zu ihnen und ließen ihnen sagen, daß sie wegziehen möchten, da sie das Land nicht von uns gekauft, wir es ihnen auch nicht geschenkt hatten. Unser Bote wurde uns mit Schimpf und Schande zurückgeschickt.

Da ritten wir hin. Es war unser Land, das sie genommen hatten! Sie schossen auf uns, als wir kamen. Unsere Krieger schossen zurück und haben die sechs Männer getötet. Durch die Schüsse wurden andere weiße Männer herbeigelockt, die uns bedrohten. Durch Feuer haben wir diese Männer vertrieben und die Farm vernichtet. Als unsere Männer weiterzogen, sahen sie ein kleines Mädchen, das sich verstecken wollte. Sie ließen es laufen."
Smith und Cate hörten erregt und innerlich schauernd zu.
„Du sagtest ‚wir'", sagte Smith. „Du warst also dabei."
„Nein."
„Wie dem auch sei. Sechs Männer, sagst du, fünf große und ein kleiner. Der kleine Mann ist meine Mutter gewesen. In Zeiten der Gefahr ritt sie in Hosen; sie schoß gut. Was wurde aus den Leichen."
„Das wissen wir nicht. Das Feuer war groß."
Smith starrte die Indianer an, die langen schattenhaften Gestalten, die im Laternenschein vor ihm standen. Cate schmiegte sich an den Vater. Als das Schweigen lange dauerte, fragte Ellis: „Wünschen Sie noch etwas zu wissen?"
„Danke. Nein. Das genügt mir."
Die Indianer wurden fortgeschickt. Sie entfernten sich langsam, und der Manager kreischte hinter ihnen her wie ein Treiber. Smith wollte sich schon mit einer scharfen Wendung umdrehen, als ihm ein Gedanke durch den Kopf schoß, der seinen Fuß mitten in der Bewegung anhielt. Er setzte die Fußspitze noch einmal auf den Boden und fragte den Inspizienten halb zögernd, halb entschlossen:
„Dieser, dieser... ‚Sohn Sitting Bulls', den Sie auf Ihren Plakaten ankündigen, befindet sich nicht bei der Gruppe, mit der wir soeben gesprochen haben?"
„Nein. Aber bitte, wenn Sie wünschen..." Frank Ellis wartete nicht erst ab, ob der Herr wünschte, sondern schickte den einen seiner Begleiter auf die Suche. „Der Harry... sofort hierher!"
Es dauerte nicht lange, bis der Mann den Jungen gefunden hatte und mit ihm zu der wartenden kleinen Gruppe herbeikam.

Es war schwer, sich in dem Halbdunkel des Zirkusgeländes gegenseitig zu erkennen. Der Wind blies und machte den Aufenthalt im Freien ungemütlich.

„Das ist also angeblich der Sohn Sitting Bulls?" fragte Smith, mit sich selbst unzufrieden. Er hätte diesen Aufenthalt hier nicht verursachen sollen. Vielleicht erkältete sich Cate, und was sollte ein junger Mensch aus den Stämmen der West-Dakota von dem wissen, was Samuel Smith beschäftigte? Aber wenn der Indianer wirklich aus einem der großen Häuptlingsgeschlechter stammte – so beruhigte Smith sich wieder –, konnte er vielleicht doch über etwas Auskunft geben, was für einen Offizier der Armee von Bedeutung war. Die militärischen Auseinandersetzungen mit den Weststämmen standen noch bevor, davon war Smith überzeugt.

„Harry, der Sohn Sitting Bulls!" hatte Ellis unterdessen eifrig vorgestellt.

Der Indianer, den Smith nach seiner Erscheinung für vierzehn bis fünfzehn Jahre alt hielt, wartete schweigend. Cate schaute den Schattenriß aufmerksam und beinahe ängstlich an. Ihre bedrückenden Erinnerungen waren zu wach geworden.

Smith begann zu fragen: „Zu welchem Stamm gehörst du?"

„Sioux."

„Ach, du verstehst englisch. Zu welchen Sioux?"

„Dakota."

„Zu welchen Dakota? Ost oder West?"

„West."

„Zu welchem Stamm der West-Dakota?"

„Teton."

„Und unter diesen?"

„Oglala."

„Wo stehen eure Zelte?"

„Nahe dem Platte."

„Deine Angaben sind auf etwa tausend Kilometer genau!" bemerkte Smith ironisch.

„So ist es", erwiderte der junge Indianer, ohne sich aus der Ruhe bringen zu lassen.

„In diesem weiten Gebiet weilt auch dein Vater Sitting Bull?"
„Sitting Bull vielleicht, mein Vater sicher nicht."
„Was soll das heißen? Sitting Bull da, dein Vater dort? Ich denke, Sitting Bull ist dein Vater?"
„Nein."
Ellis machte eine Bewegung, als ob ihn der Schlag treffe. Dann versuchte er die Situation noch zu retten: „Der Junge kennt die englische Form des Namens seines Vaters nicht, sondern nur die indianische!"
„Also versuchen wir es mit der indianischen Namensform", meinte Smith, spöttisch-amüsiert. „Du bist der Sohn Tatanka-yotankas?"
„Nein."
„Wer ist dein Vater?"
„Der indianische Artist, von den weißen Männern genannt Top, mit dem ich hier zusammen engagiert bin."
Frank Ellis ging die Luft aus, und er wurde für einen Moment klein wie eine Ziehharmonika, die zusammengedrückt wird. Smith beendete das Gespräch, das ihm endgültig und völlig unnütz erschien. „Auf einen Schwindel mehr oder weniger kommt es bei einem Zirkus wohl nicht an", sagte er zu Ellis, mit einer vernichtend-verächtlichen Handbewegung. Er vollführte die geplante scharfe Wendung, nahm Cate fester an der Hand und zuckte zusammen, als das Kind niesen mußte. Es hatte sich erkältet, und er war daran schuld. Tante Betty würde darüber ohne Zweifel eine Bemerkung machen.
Der junge Indianer hatte eine ebenso scharfe und bewußt unhöfliche Wendung gemacht wie Smith und ging nach der anderen Seite weg, ohne sich noch einmal umzusehen. Ellis wuchs auf wie eine Ziehharmonika, die wieder Luft bekommt, und schrie hinter Harry her:
„Das kommt zu dem übrigen! Nach der Vorstellung mach dich auf was gefaßt!"
Smith ging so schnell, daß das kleine Mädchen Cate trappeln mußte. Trotzdem fragte sie, noch ehe das Zelt erreicht war:
„Papa?"

„Ja, Kind?" Smith mäßigte seinen Schritt etwas.
„Hast du gehört? Der böse Mann will den Indianerjungen bestrafen, weil er uns die Wahrheit gesagt hat, daß er nämlich nicht Sitting Bulls Sohn ist!"
„Darum mache dir keine Sorgen, Kind. Indianer haben ein dickes Fell. Die spüren das viel weniger, wenn sie Prügel bekommen als du."
Daß Kinder mit Prügeln bestraft würden, war Smith wie Cate eine selbstverständliche Vorstellung. Sie ahnten beide nicht, daß Indianerkinder von ihren Eltern nie geschlagen wurden.
„Papa!"
„Was noch, Kind?" Smith wurde schon ein wenig ungeduldig.
„Papa, kannst du nicht dem bösen Mann verbieten, daß er den Indianerjungen schlägt? Ein Kind soll doch immer die Wahrheit sagen. Das ist doch richtig!"
„Komm jetzt, Cate. Ich kann dem Mann nichts verbieten, und Indianer sind schlechte Menschen. Für irgend etwas verdienen die immer ihre Prügel."
„Vielleicht ist es aber doch ungerecht, Pa!" sagte Cate ganz leise. Cate betrachtete den großen Indianerjungen nicht mehr als Angehörigen eines Volkes, das ihre Großmutter getötet hatte, sondern als ein Kind, das ungerecht behandelt wurde; sie fühlte sich mit ihm solidarisch, weil Frank Ellis etwas an sich hatte, was Cate an Tante Betty erinnerte. Obgleich Smith von Haß gegen die Indianer besessen war, teilte er bis zu einem gewissen Grade das Gerechtigkeitsempfinden seines Töchterchens und bemerkte zu des Kindes und seiner eigenen Beruhigung, sich zu ihr niederbeugend:
„Der Vater des Indianerbengels gehört zum Zirkus. Also brauchen wir uns nicht einzumischen, haben auch kein Recht dazu."
Als der Vater und seine kleine Tochter die Loge wieder erreichten, war die nächste Nummer schon im Gange; eine neue Trapezgruppe zeigte ihre Kunst. Smith setzte sich auf seinen Stuhl Nummer 3 in Loge 7. Aber er sah weder Tante Betty noch das Trapez, noch die drei scharf beobachtenden Herren. Er vergaß sogar Cate und sah, ganz sich selbst und seinen Gedanken

überlassen, nichts mehr als eine Vision: seine Mutter und dann die Flammen. Jetzt endlich hatte er diese indianische Mörderbande gefaßt. Er mußte sie verhaften lassen. Es war nur die Frage, wann. Noch in dieser Nacht oder erst am nächsten Morgen? Gemäß der Ankündigung wollte der Zirkus noch zwei Tage bleiben. Nach dem heutigen Erfolg wurde die Spielzeit in dieser Stadt wahrscheinlich verlängert. Smith konnte mit der Polizeiinspektion die notwendigen Maßnahmen also in Ruhe besprechen und durchführen.
Aus der Zirkuskuppel ertönten die Zurufe der Artisten. Einer machte den Salto in der Luft zwischen der Trapezstange, von der er sich abschwang bis zu den Händen des Fängers, der, in den Kniekehlen hängend, mit der zweiten Trapezstange hin- und herschaukelte. Smith erkannte die Vorgänge um sich wieder. Sein Entschluß hatte die Fantasiebilder verscheucht.
Während die Trapezkünste die Zuschauer entzückten, hatte sich Frank Ellis, begleitet von seinen zwei starken Wächtern, wieder in den Direktionswagen begeben. Er fand dort den Direktor selbst, der nicht so übler Laune wie sein Inspizient, aber doch sehr erregt schien.
„Ellis!" rief der Direktor den Eintretenden gleich an. „Wir müssen uns klar werden, was wir wollen. Die Entscheidungen rükken näher. Die Bank hat einen guten Eindruck gewonnen, der Vertreter von B & B auch – ich weiß nicht, soll ich sagen ‚leider' oder ‚Gott sei Dank', denn er berichtet der Bank zwar relativ günstig, aber er scheint das nur für sein eigenes Unternehmen ausschlachten zu wollen. B & B will uns, ohne Umschweife gesagt, fressen wie ein großer Hai einen guten Happen, und es fragt sich, ob wir uns im Magen des Hais wohler befinden werden oder auf der weiteren Flucht vor ihm. Was meinen Sie?"
„Ich bin nicht beteiligt", sagte Ellis abweisend, „ich bin Angestellter. Was fragen Sie mich!"
„Ellis, Sie sind immer meine rechte Hand gewesen, Personalchef, Regisseur und Inspizient..."
„... genannt Inspizient, bezahlt als Inspizient, und mit zwei Monatsgehältern ist die Kasse im Rückstand."

„Ellis, reden Sie doch keinen Unsinn. Wer kennt unsere Lage besser als Sie! Ich bin dafür, daß wir uns fressen lassen, möglichst rasch, und mit wenig Schaden in den Rachen hineinschlüpfen. Die Selbständigkeit war schön, aber wir halten sie nicht mehr durch. B & B wird sicher bereit sein, auch Sie irgendwie zu übernehmen. Die Kontrakte mit Ronald und Old Bob sind schon gesichert, und wenn wir nicht zugreifen, engagiert B & B uns einfach die tragenden Nummern weg, und wir beide sitzen da und falten die Hände."

„Wie kann B & B diesen unfähigen Dompteur, eine derartige Verbrechertype engagieren wie Ronald. Der Mann ist doch einfach gemeingefährlich. Ich verlange, daß Sie diese Sache zur Sprache bringen. Er gehört auf die schwarze Liste! Harry übrigens auch. Dieser freche Bursche sagt ganz einfach, er sei nicht der Sohn Sitting Bulls, und blamiert uns bis auf die Knochen!"

„Ellis, was haben Sie denn, nun fangen Sie doch nicht an, irre zu reden. Sie sind heute einfach unvernünftig. Nervenklaps oder so was Ähnliches. Legen Sie sich schlafen. Gute Nacht, ich muß sofort zurück; es beginnt der letzte Akt, ‚Der Überfall auf die Postkutsche.' Ich muß hören, was die Herren in der Loge dazu sagen werden."

Der Direktor stürzte hinaus, und Ellis blieb wieder allein. „Blöder Alter!" murmelte er vor sich hin, öffnete sein Versteck und trank einen Brandy. Dann rückte er den Sessel, den er für Smith vorgesehen hatte, wieder in die Ecke und warf sich hinein.

„Als ob ich mir das gefallen ließe", dachte er. „Diese Bestie mit zwei Beinen, dieser Ronald, dieser hundsgemeine Nichtskönner. Mich an den Marterpfahl stellen und mir vorquatschen! Dann soll er noch von B & B übernommen werden, Stargage vielleicht auch noch, und ich bettle hinterher, ob man vielleicht einen Inspizienten brauchen könnte. Weil man mir heute überhaupt keine Gelegenheit gibt, meine genialen Fähigkeiten zu demonstrieren! Na wartet nur. Ellis ist auch noch da!"

Er ging an ein anderes Schränkchen, suchte ein Päckchen hervor und las die Aufschrift: „Gift – Das wirkt nicht nur bei Ratten, mein Herr!"

Im Zirkuszelt war die Spannung der Zuschauer auf den Schluß-
akt, „Überfall auf die Postkutsche", sehr groß. Viele der Anwe-
senden hatten selbst Grenzerkämpfe mitgemacht oder besaßen
Verwandte, die davon erzählten, oder hatten Freunde, die aus
dem Mittelwesten nach dem fernen Westen unterwegs waren,
wo jetzt die erste Eisenbahn quer durch das ganze Land mit
dem letzten Abschnitt in Angriff genommen werden sollte. Ein
Ansager kündigte an, daß die Cowboynummer ganz neu ein-
studiert sei und noch nie gehörte Sensationen bringen werde.
Die Mitwirkenden seien samt und sonders grenzerfahrene
Cowboys und berühmte Indianerhäuptlinge. Es werde gebeten,
über Schüsse nicht zu erschrecken; die Sicherheit des verehrten
Publikums sei in jeder Weise gewährleistet.
Dann blies die Musik einen Tusch und begann wieder mit wild-
bewegten Rhythmen. Die Indianer zogen mit ihren Frauen und
Kindern in einer langen Reihe ein. An der Spitze ritt Mattotaupa auf seinem Fuchs, ihm zur Seite der Älteste der Dakotatruppe, der sich heute zum erstenmal hatte bewegen lassen, die
Manege zu betreten. In einer Reihe folgten dann, einer hinter
dem anderen, der Große Wolf mit seinem Bruder, der Singende
Pfeil und die übrigen Männer; in einer zweiten, von den Kriegern gleichsam abgeschirmt, die Frauen und Kinder. Sie hatten
sich zwei Rutschen gebaut und auch zwei Kinder in Fellsäcken
verstaut, die je rechts und links am Pferde hingen, über den
Pferderücken verbunden. Bei der Bewegung des Pferdes wipp-
ten sie, so daß bald das eine Kind über den Pferderücken hinwegschauen konnte, bald das andere. Daraus entstand eine Art
stillen Versteckspiels, mit dem sich Indianerkinder auf weiten
Wanderungen stundenlang vergnügten. Eine der Frauen trug
ein Kind auf dem Rücken.
Das Publikum schwieg und beobachtete interessiert. Die kleine
Cate war sehr aufgeregt, als die Indianer kamen. Ihre Handflä-
chen wurden naß von kaltem Schweiß.
Die Truppe ließ sich an einer Seite der Manege nieder, die Zelte
wurden im Nu aufgebaut, ein Kochtopf über aufgeschichtetem
Holz aufgehängt und ein Pfahl aufgestellt, in den indianische

Zeichen rot eingekerbt waren. Auch das Viereck, Symbol der vier Weltenden, fehlte nicht. Die Indianer schienen in Ruhe zu lagern, da sprengte der junge Indianer, den Smith und Cate schon kannten, auf einem Grauschimmel herein. Er hing fast am Hals des Pferdes, riß das Tier jetzt vor dem Kriegshäuptling Mattotaupa hoch, sprang ab und meldete in der Dakotasprache: „Weiße dringen in unser Land! Sie sind nicht mehr fern!"
Frauen und Kinder schlugen die Zelte ab, so schnell, daß selbst die Zirkushelfer anerkennend nickten. Der Zug der Frauen bildete sich wieder und zog mit den Indianerkindern aus der Manege ab. Die Krieger machten ihre Waffen bereit und hielten in einer Reihe. Diese Reihe war so aufgestellt, daß die Zuschauer in Loge 7 den Reitern ins Gesicht sehen konnten.
Cate schaute diese Männer unverwandt an. Die Unterredung des Vaters mit den Indianern hatte all ihre Erinnerungen an den Sommer vor zwei Jahren wachgerufen. Sie suchte unter den Reitern den Mann, mit dem der Vater gesprochen hatte. Aber die Erinnerung an sein Aussehen war zu undeutlich, da der Indianer im Dunkeln von den Stallaternen nur schlecht beleuchtet gewesen war. Sie gab den Vergleich also auf und schaute die Männer nur in Gedanken an ihr schweres Erlebnis vor zwei Jahren an.
„Vater!" sagte sie plötzlich, aber leise wie ein Hauch, so daß nicht einmal Tante Betty recht aufmerksam wurde. „Da ist er!"
„Wer, Kind?"
„Der mich damals schon auf dem Arm hatte und mich wieder hinsetzte, weil ich so schrie."
„Welcher?" Die Stimme von Smith bebte auch.
„Der vierte von der linken Seite her gezählt."
„Nicht der fünfte?"
„Nein, der vierte."
„Der fünfte ist der Bruder des Großen Wolf, und mit ihm habe ich gesprochen. Der neben ihm hält, sieht ihm sehr ähnlich. Das muß der Große Wolf selbst sein."
„Was habt ihr denn!" sagte Tante Betty tadelnd. „Seid doch ruhig!"

Smith, der sich zu Cate hingebeugt hatte, richtete die Schultern wieder auf. Er brauchte nichts weiter zu sagen oder zu hören. In seinen Augen waren die Mörder identifiziert.
Die Musik spielte den Rhythmus schnell rollender Räder, und ein Viergespann zog eine Postkutsche im Galopp in die Manege. Mattotaupa pfiff, und schon waren die Reiter an der Seite des Gefährtes. Vier fielen den Pferden in die Zügel und stoppten die Tiere im vollen Lauf. Zwei drangen von rechts und links in die Kutsche ein. Einer holte den Kutscher vom Bock, diesen jungen großen Kerl mit dem rotblonden Haar. Die blonde Lady schrie laut und herzzerreißend. Der Kutscher wehrte sich mit beachtlicher Gewandtheit und Kraft, ließ sich dann aber, wie die Sachverständigen unter den Zuschauern sofort erkannten, gutwillig fesseln. Er wurde an den Pfahl angebunden, wobei er laut fluchte und schimpfte. Die vollständig echt wirkende Skala seiner Schimpfworte über die verdammten roten Räuber und Banditen versöhnte auch die jungen Sachverständigen auf den Zuschauerbänken wieder vollkommen mit ihm.
Di Dame fand sich, halbe Ohnmacht gewandt spielend, auf der erhöhten Umrandung der Manege wieder, wo die Sieger sie höflicherweise hingesetzt hatten. Sie saß vor Loge 7.
„Die Kunstreiterin", sagte Smith zu Cate, um deren Aufregung zu dämpfen und sie daran zu erinnern, daß dies alles hier nur ein Spiel sei. Aber Tante Betty wurde ärgerlich. „Du bist immer so illusionslos, Samuel."
Mattotaupa trat vor den gefangenen Kutscher hin, gebot ihm zu schweigen, worauf der Gefesselte prompt den Mund hielt, und erklärte dann sowohl auf englisch als auch in der Dakotasprache, so daß die Indianertruppe in der Manege und auch die Zuschauer ihn verstehen konnten:
„Was habt ihr in unseren Jagdgründen zu suchen? Habt ihr uns gefragt, ob ihr sie betreten dürft, habt ihr die heilige Pfeife mit uns geraucht, haben wir einen Vertrag geschlossen?"
Der Gefangene antwortete nicht.
„Du schweigst. Ihr seid eingedrungen, ohne uns zu fragen! Ihr habt unser Wild geschossen, ihr habt unser Land genommen.

Wir roten Männer wollen nichts als unser Land und unser Recht. Die weißen Männer aber mögen dort bleiben, wo ihr Land liegt und ihr Recht besteht. Wer als Räuber zu uns kommt, wird getötet, wie es Räubern gebührt!"
Einige unter den Zuschauern wurden unruhig. Eine Gruppe junger Leute pfiff mißbilligend. Die Herren in Loge 7 runzelten wieder die Stirn.
„Diese Rede müßte natürlich aus der Nummer verschwinden", bemerkte der Vertreter von B & B. Smith hatte die Worte verstanden und nickte. Die Zornesröte war ihm in die Stirn gestiegen.
Harka stand in der Manege stolz an der Seite seines Vaters.
Die Lady am Manegenrand erhob sich in ihrem langen Rock, lief zu dem grausamen Häuptling hin und bat um Gnade für den Gefangenen. Der Häuptling schickte sie weg, da sie sich nicht in Männerangelegenheiten zu mischen habe, und wandte sich wieder dem Gefangenen zu, während die Lady in die Knie sank und um das Leben des Unglücklichen zum Himmel flehte.
Mattotaupa kringelte eine der rötlichen Locken des Gefangenen in die Höhe und versprach, diese mit der Schneide seines Beils am Pfahle festzuklammern. Er nahm gehörigen Abstand, fast den ganzen Durchmesser der Manege, und wog das Schlachtbeil in der Hand. Die Musik setzte aus, und die Zuschauer gaben sich sämtlich einem prickelnden Gruseln hin.
Mattotaupa warf das Beil. Er hatte die Technik des Wirbelwurfes mit dieser Art Tomahawk mit Stahlschneide erst seit einigen Monaten erlernt, da er bei seiner Dakotaabteilung bis dahin nur die elastische Steinkeule in Gebrauch gehabt hatte. Aber er fühlte sich schon sicher genug, um den Wurf zu wagen.
Das Beil sauste in hohem Bogen und wieder herab, unmittelbar über dem Kopf des Gefangenen in den Pfahl. Die aufgezwirbelte Locke wurde dabei abgeschnitten.
Die Gruppe der jungen Leute hoch oben auf den letzten Bänken pfiff achtungsvoll, und dann lohnte großer Beifall den meisterlichen Wurf. Die beiden Vertreter von der Bank und vom Zirkus B & B machten sich Notizen. Der Direktor, der auf Platz 6

derselben Loge saß, lächelte zufrieden.
Mattotaupa holte sich sein Beil wieder, und der Gefangene nahm die Gelegenheit wahr, ihm zu versichern, daß er sich geehrt fühlte, Gefangener eines so großen Häuptlings der Sioux-Dakota zu sein. Der Häuptling antwortete:
„Weißer Mann, das ist nur ein Spiel, und ein Knabe ist bei uns geschickter als bei euch ein erwachsener Mann!" Er rief seinen Sohn herbei, denselben, der auf dem Grauschimmel die Meldung von der nahenden Postkutsche gebracht hatte, und befahl ihm, dem Weißen zu zeigen, was Indianerjungen konnten. Als der Gefangene des Knaben ansichtig wurde, schrie er: „Ah, du Verräter! Ich erkenne dich wieder! Du bist unser Kundschafter, der uns verraten hat. Das Fell werden wir dir abziehen, sobald uns Hilfe naht!"
„Dieser Junge ist doch identisch mit dem ältesten ‚Sohn des Lords', wenn mich nicht alles täuscht", sagte der Vertreter von B & B, der ebensowenig Illusionen kannte wie Smith. „Kein Wunder, daß er den Zylinder nicht abnehmen wollte."
„Auch kein Wunder, daß ein solcher Junge noch keine Erziehung genossen hat", bemerkte Tante Betty, halb zurückgewandt, damit die Herren hinter ihr die Worte verstehen sollten.
„Gemeiner Schwindel!" schalt Douglas leise vor sich hin.
„Aber er hat wirklich wie der Sohn eines Lords ausgesehen", sagte Cate, noch leiser. Nur Douglas, der den Ellbogen auf die Logenseitenwand stützte und auf Cates Bemerkung geachtet hatte, verstand sie. Er war unzufrieden mit Cate, weil er ein wenig eifersüchtig war, aber er bezwang sich selbst und urteilte sachlich: „Jetzt sieht er wirklich wie der Sohn eines Häuptlings aus."
In der Manege ließ sich Harka eben von dem Vater das Schlachtbeil geben und versprach dem Manne am Marterpfahl, ihm noch eine zweite Locke abzuschneiden.
„Bin ich denn unter Frisöre geraten!" rief der unglückliche Gefesselte ganz aufgebracht. „Du räudiger kleiner Kojote, laß mir meine Locke stehen!"
Harka begab sich auf denselben Platz, von dem aus Mattotaupa

das Beil geschleudert hatte. Der Junge beugte, den Oberkörper wiegend, die Knie; ein Bein hatte er vorgestellt. Er wog das Beil noch einen Augenblick, und dann schleuderte er im Wirbelwurf. Das Beil flog nahe über den Boden und stieg dann, wie von einem Zauberstab gezogen, steil auf, bis es über dem Kopf des Gefangenen die zweite Locke abschnitt und wie beim ersten Wurf in dem Pfahle festsaß.

„Verfluchter Bengel!" schrie der Gefesselte in echter Wut. „Du hast Nerven! Häuptling, bring die kleine Kröte weg! Ich bin ein großer Krieger und lasse mich nicht von Kindern zum besten halten!"

„Der Mann am Pfahl mag ruhig sein. Es ist mein Sohn, der das Beil geworfen hat, und in wenigen Sommern wird sein Name in der Prärie und dem Felsengebirge berühmt werden. Ich habe gesprochen, hau."

Als Harka seinen Vater so sprechen hörte, versanken für ihn Manege, Zuschauer, Zirkus und Stadt, und er meinte den Sturm zu spüren, der über weites Grasland dahinfegte, den Galopp von Reiterscharen zu hören und den Kriegsruf roter Männer zu vernehmen. Er hatte gewußt, daß dieser Abend, den er jetzt erlebte, anders sein würde als jeder Abend zuvor, aber nun empfand er, wie das ganz andere zu wirken begann. Er war schon nicht mehr Harry, der Artist, der seine wahren Gefühle und Vorstellungen tief in sich verschloß. Er war wieder Harka, der Sohn des Häuptlings, der aus Lust und List hier für einige Stunden eine Rolle vor den weißen Männern spielte, eng verbunden mit den Männern und Frauen der Dakota, die das Schicksal gleich ihm in die Manege verschlagen hatte.

Die Indianer horchten auf, denn beim Manegeneingang wurden Geräusche einer Reitergruppe laut, und gleich darauf stürmten die Cowboys herein, schwangen die Waffen und knallten mit Revolvern und Pistolen. Von der Menge der Zuschauer wurden sie mit lautem Geschrei begrüßt, als ob es wirklich einen Gefangenen zu befreien gäbe. Es entstand ein ungeheurer Tumult in der Manege, ganze Salven krachten, Pferde ließen sich fallen, Reiter wälzten sich im Sande. Auf den oberen

Sitzreihen sprangen die Zuschauer auf, pfiffen, heulten, winkten, trampelten. Die Fesseln des Gefangenen wurden durchgeschnitten; er sprang auf ein lediges Pferd, dessen Reiter gestürzt und geflohen war, und verkündete laut:
„Männer! Retter! Befreier! Nehmt die Lady mit. Bringt sie in Sicherheit! Dann gilt es Rache zu nehmen!"
Die junge Dame sank einem Cowboy an die Brust und wurde in die Kutsche getragen. Einige der Reiter und einige der Indianer verschwanden bei dieser Gelegenheit unauffällig, wie verabredet, um das Gedränge in der Manege zu mindern. Ein Cowboy sprang auf den Kutschbock, wendete das Viergespann und brauste im Galopp aus der Manege davon. Die Musik spielte wieder einen Tusch.
In der Manege befanden sich am Ende des Trubels nur noch Red Jim mit zwei Cowboys, Mattotaupa, Harka und Großer Wolf.
Über diese Besetzung des letzten Aktes war sich Mattotaupa mit Red Jim einig geworden. Drei Männer – darunter ein Red Jim! – gegen zwei Männer mit einem Knaben, das schien für die Weißen Überlegenheit genug zu verbürgen, auch wenn das Spiel, das jetzt folgen sollte, in seinen Einzelheiten nicht abgekartet war, sondern sportlich mit offenbleibendem Ergebnis durchgeführt werden sollte. Red Jim und Mattotaupa ritten als Anführer der feindlichen Gruppen aufeinander zu.
„Häuptling der Dakota!" sprach Jim pathetisch. „Ihr seid besiegt! Ergib dich!"
„Ein Dakota ergibt sich nie", antwortete der Indianer. „Wenn die weißen Männer Mut haben, so mögen sie kämpfen!"
„Immer diese unmöglichen Redensarten, und auch noch auf englisch!" sagte der Vertreter von B & B. „Es ist zu überlegen, ob wir diesen Top überhaupt brauchen können. Besser wäre es, nur den anderen zu behalten, den Harry. Der ist noch jung und läßt sich eher erziehen."
„Hoffentlich", murmelte Smith vor sich hin.
Red Jim hatte das Rededuell in der Manege inzwischen fortgesetzt. „Häuptling, wir gewähren dir und deinen Männern freien

Abzug in ferne Jagdgefilde, wenn du uns diesen Burschen, deinen Sohn, auslieferst. Er hat uns verraten."
„Niemals!"
„So werden die Waffen sprechen!"
„Hau."
Was sich dann abzuspielen begann, nahm ein Tempo und eine Leidenschaft an, wie sie noch keiner der Zuschauer im Zirkus erlebt hatte. Nach den letzten Worten waren alle sechs zu Pferde wie der Blitz in Bewegung und galoppierten kreuz und quer in der Manege umher, während Schüsse krachten, die von einigen Sachverständigen für scharfe Schüsse gehalten wurden. Die Männer hatten ihre Lassos wurfbereit zur Hand. Red Jim und seine beiden Gefährten gingen darauf aus, Harka zu fangen; die Indianer aber wollten Red Jim als den feindlichen Anführer ergreifen. Der Staub wirbelte auf; Indianer und Cowboys schrien kurz und gellend, wenn sie scharf aneinander vorbeiritten oder der Junge, auf der Flucht vor einer sich senkenden Lassoschlinge, vom Mustang sprang und die Pferde der Cowboys unterlief, während die drei Weißen vergeblich den ledigen Grauschimmel zu fangen trachteten. Die drei kleinen Indianerpferde waren auf dem engen Raum viel gewandter und weniger behindert als die größeren Tiere der Cowboys. Der ledige Grauschimmel begann den Kampf ernst zu nehmen. Er schlug aus, traf einen Cowboy hart am Knie, biß nach dem nächsten und entwich über die Brüstung, gewandt einen der strahlenförmigen Aufgänge hinauflaufend, die als Zugänge für die oberen Sitzreihen dienten. Einige Zuschauer schrien angstvoll auf, andere lachten die Cowboys aus. Ein paar Reiter und Pferdekenner, die nahe am Aufgang saßen, sprangen herbei, um das Tier am Zügel zu greifen, was aber nur den Erfolg hatte, daß es ausriß und mit erstaunlicher Schnelligkeit weiter aufwärts lief.
Inzwischen entkam jedoch sein jugendlicher Reiter den Cowboys, die ihre Aufmerksamkeit geteilt hatten und besorgt nach dem Treiben des ledigen Pferdes ausschauten. Harka eilte den Gang zwischen den Zuschauerreihen hinauf, seinem Pferd

nach, griff es, wendete es rasch, saß auf und ritt hinab, zurück zur Manege. Dort erwarteten ihn die Cowboys mit ihren Lassos, aber der Vater und der Große Wolf hielten sich bereit, ihn zu decken. Der ganze Zirkus geriet in Erwartung und Aufregung.
„Wie entsetzlich, wie entsetzlich!" rief Tante Betty. „Was wird noch alles passieren!" Cate hob ihr das Fläschchen mit Erfrischungswasser auf, obgleich sie selbst zitterte.
Harka klopfte seinem Tier den Hals, um es zu beruhigen, und verständigte sich mit seinem Vater durch einen Blick. Mattotaupa stieß unerwartet einen grellen Ruf aus und drängte seinen Mustang innerhalb der Manege in Harkas Nähe. Der Junge stellte sich auf den Rücken seines eigenen Mustangs, und von da sprang er mit einem großen Satz zu seinem Vater aufs Pferd. Er hatte seine Verfolger wieder genarrt. Der Grauschimmel blieb am Platz.
Als Harka dem Tier pfiff, hatte er selbst den Vater schon wieder verlassen und unter dem Bauch des Mustangs Schutz gefunden, den Großer Wolf ritt. Der Grauschimmel setzte sich wieder in Bewegung. Die Pferde, die wild aufgewachsen waren, ständig auf der Flucht vor Wölfen und Menschen, waren im Ausweichen und Entkommen, im Beobachten und schnellen Reagieren außerordentlich geschickt und entwickelt. Der Grauschimmel lief auf den Pfiff seines Herrn hin nicht direkt zu diesem und dabei in die Lassos der Cowboys hinein, er umkreiste die Manege auf der Brüstung, stieg, schlug aus, so daß die Zuschauer in den Logen erschreckt zusammenfuhren, und galoppierte, wenn es sein Vorteil erlaubte, quer durch die Manege. Plötzlich saß Harka wieder auf dem Rücken seines eigenen Tieres, und sein Triumphruf schrillte allen in den Ohren. Red Jim ließ seine Pistole in die Luft knattern, um zu beweisen, daß er auch noch zur Stelle sei.
Wie einst im Herbst bei dem gefährlichen Eselsritt, aber mit ungleich größerer Leidenschaft, spalteten sich die Zuschauer jetzt in Parteien. Geschäftstüchtige junge Leute, die die Gunst des Augenblicks erkannten, machten fliegende Wettbüros auf. So-

bald der Ausgang des Kampfes zum Gegenstand der Wetten wurde, war selbst in dieser Stadt, die vor nicht langer Zeit einen Aufstand an sich hatte vorbeiziehen lassen, die Frage von „Rot" oder „Weiß" vergessen, und es ging nur noch um „Sieg" oder „Niederlage", Gewinn oder Verlust. Smith beobachtete das mit innerer Empörung.

Großer Wolf warf das Lasso nach dem Cowboy, dessen Knie durch den Grauschimmel angeschlagen war und der sich mit diesem schmerzenden Bein mehr als mit den Absichten seiner Gegner beschäftigte. Die Schlinge senkte sich, von hinten her geworfen, über die Schultern des Reiters, und Großer Wolf zog sie mit einem Ruck zu. Der Cowboy wurde aus den Steigbügeln gerissen und flog in den Sand. Die Zuschauer pfiffen ihn aus. Er verließ die Manege und führte sein Pferd am Zügel mit.

Unterdessen hatte Mattotaupa den zweiten Begleiter Red Jims angegriffen, der sich einen Moment zu lange nach seinem im Lasso gefangenen Gefährten umgeschaut und dabei nicht an seine eigene Position gedacht hatte. Der Dakota ritt hart an ihm vorbei und legte dabei die Lassoschlinge um den Hals des Pferdes, ohne einen Wurf überhaupt nötig zu haben. Er brachte das Pferd zum Sturz. Der Reiter schrie zornig auf. Als er sich aufrichten wollte, merkte er, daß er schon von Harka gefesselt wurde. Die Indianer stießen wieder einen schrillen Triumphruf aus. Red Jim schoß. Harka wurde von der Kugel am Arm gestreift, ohne daß er auf die Gefahr oder die Verletzung achtete. Mattotaupa gab einen Warnschuß gegen Red Jim ab.

Der Sieg der roten Partei rückte in greifbare Nähe, und damit schlug die Stimmung des Publikums wieder um. Diejenigen, die auf den Sieg der Cowboys gewettet hatten, machten kreischenden Lärm und rissen die Meinung der Neutralen, die nicht gewettet hatten, auf ihre Seite.

„Hier muß unbedingt Schluß gemacht werden!" sagte Smith laut und energisch. „Wer kann denn solche Vorgänge noch verantworten!"

„Unerhört, daß die Direktion noch nicht eingegriffen hat!" riefen die Beobachter in der Loge nervös.

„Diese Grenzer und Indianer fühlen sich derart in ihrem Element, daß sie sich selbst vergessen und auch vergessen, wo sie sind!" Der Vertreter von B & B sprach hastig, denn auch der zweite Cowboy hatte die Manege verlassen, und Red Jim stand jetzt den drei Indianern allein gegenüber.
In der Manege begann damit ein wildes Spiel um Red Jim. Es zeigte sich, daß er weit mehr konnte als seine beiden besiegten Gefährten, auch weit mehr, als er selbst bisher gezeigt hatte. Der Beifall feuerte ihn an. „Meine Freunde sind hinterlistig angegriffen worden!" schrie er, während er neben seinem eigenen galoppierenden Pferd hersprang, um mit einem überraschenden Sprung wieder aufzusitzen. „Verwundet mußten sie den Kampfplatz verlassen! Ich aber werde mich gegen diese rothäutigen Kojoten wehren wie einst ein Daniel Boone! He! Ho!" Tosender Beifall bewies ihm, daß er den richtigen Ton getroffen hatte.
Die Indianer hatten das Publikum jetzt geschlossen gegen sich. Aber der schäumenden Menge zum Trotz entfalteten auch sie ihr ganzes Können, und die Gefahr, gefaßt zu werden, war für Red Jim groß. Er schlug mit dem Knauf seiner Pistole nach der Schläfe von Großer Wolf, der ihn angeritten hatte. Harka packte auf der anderen Seite, aus entgegengesetzter Richtung herankommend, ein Bein des Jim, um es aus dem Steigbügel zu reißen. Red Jim gelang es, Harka an einem der schwarzen Zöpfe zu packen, aber der Junge riß das Messer heraus und schnitt das Haar durch.
Der Große Wolf schwankte auf seinem Pferd, er war von dem Schlag hart getroffen. Red Jim riß sein eigenes Pferd hoch, um es auf diese Weise aus der sich senkenden Lassoschlinge herauszunehmen, die Mattotaupa geworfen hatte. Er schoß dabei wieder scharf und ließ seine Kugel die Kruppe von Harkas Mustang streifen. Das Tier war kaum verletzt, aber es warf sich nach wenigen Sprüngen auf ein Zeichen seines Reiters hin und schlug mit den Hufen in die Luft.
Dies spielte sich unmittelbar vor Loge 7 ab, nicht ganz von ungefähr, denn Harka hatte bei dem Einzugsmarsch in dieser Loge

den Zirkusdirektor erspäht, und auch die beiden gestriegelten Herren waren ihm aufgefallen. Er hatte sich nebenbei schon über Tante Bettys nichtssagende und zugleich rechthaberische Miene geärgert, denn sie erinnerte ihn an Frank Ellis. Selbst das kleine Mädchen war Harka nicht entgangen. Es schien einige Jahre jünger und viel ängstlicher zu sein als Harkas Schwester Uinonah. Er wußte auch, daß es der weißhaarige Herr in dieser Loge war, der ihn gefragt hatte, ob er Sitting Bulls Sohn sei.
Tante Betty schrie, als nicht weit von ihr die Pferdebeine strampelten, und um wirkliches Unheil zu verhüten, drängte sich Harka zwischen das Tier und den Manegenrand. Verstaubt, erregt, mit gespannten Sehnen, mit dem Glanz in den Augen, der im entschlossenen Kampfe entsteht, wartete er nur auf die nächste Gelegenheit, sich weiter an dem gefährlich gewordenen Spiel zu beteiligen. Der Große Wolf hatte das Gleichgewicht wiedergefunden und umkreiste mit Mattotaupa zusammen Red Jim. Die Zuschauer tobten. Niemand wußte, wann sie vielleicht selbst zu schießen beginnen würden.
Der Direktor wurde blaß und stürzte hinaus. Er rief draußen laut nach allen Stallburschen und Dienern, sich sofort in der Nähe der Manege bereitzuhalten. Aber da der Wind zu einem Sturm angewachsen war, unter dem die Baumkronen bereits rauschten und sich bogen, konnte niemand die Seile und Haltepflöcke verlassen, und so war die Schar, die sich zusammenfand, nicht eben groß. Der Direktor rannte weiter. Er riß im Hinauslaufen den stellvertretenden Inspizienten, dem auch schon die Schweißtropfen auf der Stirn standen, halb um und schrie ihn an: „Rhinozeros! Gehen Sie doch in die Kleinkinderschule! Wo ist Ellis! Um Gottes willen, Ellis muß sofort her!" Er lief zum Direktionswagen und riß die Tür auf.
Ellis saß auf dem Sessel. Er hatte einen kleinen Karton und ein paar Brocken Fleisch auf dem Schoß und sortierte.
„Ellis! Wo stecken Sie denn? Haben Sie nichts anderes zu tun? Wozu brauchen Sie den Gulasch?!"
„Tiger füttern. Die Tierchen haben es doch so gut..."
„Quatsch! Kommen Sie sofort mit! Es ist Gefahr im Verzuge! In

der Manege ist der Teufel los! ... Vorwärts, Ellis!" Der Direktor stampfte mit dem Fuß auf.
„Wieso denn? Wollen Sie mir nicht erklären ..." Ellis stellte bei seinen Worten den Karton wieder in den Wandschrank.
„Nein, nichts will ich ihnen erklären! Sie will ich haben, und zwar augenblicklich!"
„Als Inspizient, Personalleiter, Regisseur ... oder in welcher Eigenschaft darf ich dienen? Und in welcher werde ich künftig bezahlt?"
„Kommen Sie, Mann, machen Sie mich nicht wahnsinnig! Es ist die Chance Ihres Lebens, wenn Sie jetzt auftauchen und Ordnung schaffen! Der Stellvertreter hat vollständig versagt, vollständig! Kommen Sie, in der Manege ..."
„... ist etwa Unordnung eingerissen? Kann ich mir denken." Ellis schaute auf die Uhr. „Die Postkutschennummer dauert bereits viel zu lange. Mit zehn Minuten die Zeit schon überschritten. Der Junge ist dabei, was? Vor dem muß ich Sie warnen, Herr Direktor. Ein schlechtes Element, aufsässig ..."
Der Direktor stand bleich, mit halb geöffneten Lippen vor seinem redselig gewordenen Inspizienten.
„Sehen Sie, Herr Direktor, so wie Sie jetzt vor mir stehen, habe ich einen ganzen Tag vor der Tigra gestanden, und Sie haben sich nicht um mich gekümmert. Aber Scherz beiseite. Schaffen Sie doch selbst Ordnung in Ihrem Unternehmen."
„Ellis, ich bitte Sie!"
„Sie bitten mich?"
„Inständig! Ellis, so kommen Sie doch!"
„Ihrer Bitte kann ich nicht widerstehen. Also los!"
Ellis sprang aus dem Wagen und eilte in großen Schritten dem Direktor voraus zum Zelt. Wonnegefühl durchdrang ihn. Er sah seine Glanzrolle wiederkehren und weidete sich schon an der Vorstellung, wie alle, die ihn haßten, sich wieder vor ihm beugen mußten.
„Aber seien Sie mir nicht im Wege, Herr Direktor, wenn ich heute nacht noch den Jungen verprügeln lasse, der es mit Ronald hält, und wenn ich mit Tigra selbst abrechne!"

Der Direktor war kaum mehr imstande, diese Sätze überhaupt in sein Bewußtsein aufzunehmen. Durch das rücksichtslose Regiment, das Frank Ellis jahrelang im Betrieb geführt hatte, war der Direktor selbst eingelullt worden. Er hatte sich auf Ellis verlassen, und er glaubte plötzlich, daß er ohne Ellis nicht sein könne. Nichts weiter schien mehr wichtig, als daß Ellis jetzt bereit war, einzugreifen. Es stürmte, die Zeltplanen bauschten sich, in der Manege knatterten die Pistolen, und die Zuschauermenge raste in irgendeiner Ekstase, deren Anlaß der Direktor erst erkannte, als er mit seinem Inspizienten zusammen das große Zelt betrat.

Die Musik spielte wie verrückt, die Zuschauer schrien und drängten zum Teil von den Sitzreihen schon zur Manege hinab. In einer Loge hatte sich ein weißhaariger Herr erhoben. Er hatte keine Pistole bei sich. Sonst würde er in diesem Moment wahrscheinlich auf den Großen Wolf geschossen haben.

In der Manege befanden sich nur noch drei Personen: Red Jim, in ein Lasso eingeschnürt, so daß er sich nur noch wie eine Raupe fortbewegen konnte, Mattotaupa und Harka. Der Große Wolf sprengte soeben hinaus, unmittelbar an dem Direktor und Ellis vorbei.

In der Mitte der Manege nahmen Mattotaupa und Harka ihre verschwitzten Mustangs hoch, und während die Musik einen – nach Meinung von Frank Ellis völlig unangebrachten – dreifachen Tusch blies, ließen Mattotaupa und Harka die Pferde wieder herunter, galoppierten zu ihren Büchsen, die im Sande lagen, hängten sich herab, ergriffen in vollem Galopp die Waffen und sprengten, in die Luft schießend, dem Ausgang zu. Wer im Wege zu stehen fürchtete, sprang schleunigst beiseite.

Es fiel noch ein letzter Schuß. Frank Ellis machte eine halbe Wendung und stürzte. Die beiden Dakota verschwanden mit ihren Mustangs in gestrecktem Galopp. Von den Zuschauerplätzen aus hatte man den Inspizienten nicht sehen können und von dem letzten Geschehen daher auch nichts bemerkt.

Die Musik versuchte mit ihren Klängen alle Gefühle des Rausches und der Befriedigung zu beschwören. Es entstand aber

beim Publikum noch ein Moment der Unsicherheit, da Red Jim gefesselt in der Manege lag.
Da sprang Old Bob herein, durchschnitt das Lasso, mit dem Red Jim umschnürt war, und wickelte es ab. Dabei rief er ein über das andere Mal: „Wie bei einem Rollschinken! Wie bei einem Rollschinken! Was für eine präzise und zuverlässige Arbeit!" Und unter dem auffallenden, die Erregung auflösenden Gelächter ringsum umarmte er Red Jim immer wieder. „Mein Sohn, mein Neffe, mein Vater, mein Jim! So müssen wir uns wiedersehen!"
Jim klopfte die Sägespäne ab, und da außer ihm und dem Clown niemand mehr in der Manege war, der Beifall entgegennehmen konnte, unterzog er sich dieser Aufgabe mit Old Bob zusammen.
Die Zuschauer hatten sich beruhigt und klatschten so kräftig, wie es sich zum Abschluß eines großen Tages gehörte. Dann begannen sich die Reihen zu leeren.
Jim nahm sein Pferd, das neben ihm stand, am Zügel und ging mit Old Bob zusammen langsam in Richtung des Manegenausgangs. Er grüßte dabei mit der freien Hand und schaute zu den Logen und hinauf zu den Zuschauerbänken, wo da und dort noch einmal Beifall aufflackerte. Die beiden Damen in Loge 6 patschten tüchtig in die Hände, um für Red Jim einen letzten, allgemeinen Applaus zu erzwingen. Das gelang ihnen. Ein Teil des hinausströmenden Publikums blieb noch einmal stehen, und das Klatschen verstärkte sich wieder. Jim und Old Bob hielten an und dankten wiederum.
„Mein Lieber", sagte der Clown dabei zu Jim, „viele Hunde sind des Hasen Tod. So war das immer, so ist das heute, und so wird es bleiben!"
„Was soll denn das? Hast du noch mehr solcher Sprüche auf Lager?" fragte Jim, müde und gereizt, denn trotz allen Beifalls wurmte ihn seine Niederlage. Bis dahin hatte er geglaubt, ein Kampf mit drei Indianern sei für ihn nur ein Kinderspiel. Wie oft war er schon mit mehr als drei Gegnern fertig geworden!
„Hab noch mehr solche Sprüche auf Lager!" plauderte Old Bob

weiter und verbeugte sich, die Hand auf das Herz legend, tief gegenüber den beifallspendenden Zuschauern. „Zum Beispiel: Das dicke Ende kommt nach! Man soll den Tag nicht vor dem Abend loben! Es ist nichts so fein gesponnen, es kommt doch an das Licht der Sonnen! Hüte dich vor Weiberzungen!"
„Jetzt reicht's mir aber!"
„Ich glaube auch, daß es dir reichen wird", murmelte Old Bob als Antwort, aber so undeutlich, daß Jim diese Worte nicht mehr verstehen konnte.
Der Beifall erlosch endgültig, und die beiden Artisten verließen die Manege und das Zelt. Kaum hatten sie den Vorhang passiert, als aus dem Halbdunkel drei Gestalten hervorsprangen. Der eine ergriff den Zügel von Jims Pferd, die beiden anderen packten den Cowboy rechts und links. Schon stand auch ein vierter vor Jim und hielt ihm den Revolver entgegen:
„Lassen Sie sich gutwillig entwaffnen, oder ich schieße!"
„Was ist das hier für'n Wahnsinn...!" Während Jim diese Worte hervorstieß, nahm ihm Old Bob Pistole und Messer ab.
„Polizei!" sagte der Mann mit dem Revolver kurz. Es blieb Jim nichts anderes übrig, als sich die Handschellen anlegen zu lassen.
„Hast du das gewußt?" zischte er Old Bob an. „Jetzt versteh ich deine Sprüche!"
„Dann ist es ja gut!" antwortete Bob unbewegt. „Warum hast du auf meinen Vizesohn, den Harry, geschossen? Das werde ich dir nie verzeihen, du Verbrecher. Jetzt ist mir der Harry weggeritten und wird niemals wiederkommen. Gute Nacht!"
Old Bob ging. Er ging zu seinem Wagen, trat ein und ließ sich auf einen Stuhl fallen. Die Lampe zündete er nicht an. Im Dunkeln und allein mit sich selbst, begann er auf einmal zu weinen. Als er keine Tränen mehr hatte, lief er hinaus in den Stall zu seinen Eseln. Er streichelte sie der Reihe nach und sprach mit ihnen über die neue Nummer, die er jetzt einstudieren mußte. Er versicherte den Tieren, daß er künftig ganz allein mit ihnen arbeiten wolle, und er stellte sich vor, wie die Leute lachen würden, wenn er sich als Esel verkleidete und die Sprünge der wirk-

lichen Esel nachzuahmen trachtete. Über der Trauer, die in seinen Kinderaugen lag, begann er wieder zu lächeln.
Er verabschiedete sich von seinen Eseln, ging schlafen und kümmerte sich nicht im geringsten um die Unordnung, die noch bis zum frühen Morgen im Zirkusgelände herrschte.

Zu denjenigen Zuschauern, die den Zirkus nach der Vorstellung als letzte verlassen hatten, gehörten die Familien Smith und Finley. Sie wollten die sich drängende Menschenmenge erst abflauten lassen.
„Nie in meinem Leben gehe ich wieder in eine Zirkusvorstellung!" sagte Tante Betty, völlig erschöpft und derangiert. Die Schweißtropfen hatten sich kleine Bachbetten durch den Puder auf ihrer Stirn gegraben. Cates Lippen zitterten, und die Tränen liefen ihr aus den Augen. Douglas war ritterlich an ihrer Seite. Ann Finley hustete in einem Asthmaanfall, daher fiel der Abschied der beiden Familien sehr kurz aus.
Als Familie Smith wieder in der Kutsche saß und die Pferde anzogen, nahm Samuel Smith seine kleine Tochter auf den Schoß. Ihr Köpfchen lehnte an seiner Schulter.
Sobald das Haus im Garten erreicht war, wurde Cate zu Bett gebracht. Der Vater sagte ihr liebevoll gute Nacht, und sie tat so, als ob sie einschliefe, um ihn zu beruhigen.
Tante Betty bat Samuel Smith zu sich, da es ihr sehr schlecht gehe; vielleicht solle man einen Arzt rufen? Aber Smith riet ihr, nur die gewohnten Herzmittel zu nehmen, und es gelang ihm, sie dem alten Hausmädchen zu überlassen.
Als er so die Sorge um Tante Betty los war, verließ er noch einmal das Haus. Er hatte dem Kutscher Anweisung gegeben zu warten, sprang jetzt in die Kutsche und ließ sich in schnellem Trab und, soweit es Verkehr und Straßenbeschaffenheit erlaubten, im Galopp fahren.
Sein Ziel war die Polizeiinspektion.
Samuel Smith fand dort als Bürger der Stadt und Neffe einer sehr angesehenen Tante schnell einen zuständigen Inspektor.
„Haben Sie zu der Katastrophe auch etwas auszusagen, Herr

Smith?" lautete die erste Frage des Mannes, dem Smith an einem kahlen Schreibtisch gegenübersaß.
„Zu was für einer Katastrophe?" fragte Smith, nichts Gutes ahnend.
„Der Inspizient, Frank Ellis, ist erschossen worden, sicherlich von einem der Indianer. Die ganze Indianertruppe war schon flüchtig, als wir von dem Mord erfuhren. Wir haben bis jetzt noch nicht einen einzigen gefaßt."
Smith rang nach Luft. „Fehlen auch die Pferde?"
„Drei Pferde. Die anderen haben sie zurückgelassen. Die Sache war raffiniert vorbereitet, und das Zusammenspiel zwischen den Roten muß leider tadellos geklappt haben. Offenbar hat der größere Teil der Truppe das Gelände schon heimlich verlassen, als die Aufregung in der Manege und der Sturm das ganze Personal beschäftigten. Zum Schluß sind dann dieser Vater mit dem Sohn, genannt Top und Harry, und ein dritter Indianer entkommen."
„Wie heißen Top und Harry in Wirklichkeit? Zu welcher Stammesabteilung gehören sie?"
„Wer soll das jetzt noch herausbringen!"
„Also kann man auch nichts über die Richtung ihrer Flucht vermuten. Der dritte Indianer war einer der Dakota, die die Farm meiner Mutter in Minnesota überfallen, meine Mutter erschossen und die Farm abgebrannt haben."
„Wenn er in unserer Hand wäre, würden wir ihn hinrichten, aber leider haben wir ihn nicht, und wenn er aus Minnesota stammt, weiß er zweifellos über alle Schlupfwinkel bestens Bescheid."
Smith schluckte. Er hatte eine etwas gefühlsbetontere Antwort erwartet, wollte sich aber nicht weich zeigen. „Vielleicht weiß der Anführer der Cowboytruppe Näheres über Top und Harry? Er hat mit ihnen zusammengearbeitet."
„Jim?" Der Inspektor lächelte. „Den hatten wir verhaftet!"
Smith zog erstaunt die Brauen hoch. „Hatten?"
„Hatten. Er ist uns schon wieder entwischt."
„Was war sein Verbrechen?"

„Kassenraub. Eine blondgelockte Dame hat ihn uns ans Messer geliefert. Sie war eifersüchtig auf Jim, vermutlich nicht ganz ohne Grund, wie sie als Nachbar der Loge 6 beobachtet haben dürften. Die Dame war so unvorsichtig, sich in der Umgebung des Zirkus umherzutreiben, um Jim nach der Vorstellung abzufangen. Eifersucht pflegt den Verstand zu verdunkeln. Sie wurde von einem der Bediensteten des Zirkus als die Kassiererin erkannt, die im Herbst in Omaha mit dem Geld durchgegangen war. Wir haben sie verhaftet. Sie hat Jim als ihren Komplizen verraten. Das Geld hatte er im Zirkus als Kredit investiert, hohe Zinsen gefordert und einen Pfändungsbefehl erwirkt. Wir haben dann mit Hilfe des Clowns nach der Vorstellung sofort zugegriffen. Aber leider ist uns der Bursche auf dem Transport trotz Handschellen wieder entsprungen. Nehme an, daß er jetzt im Wilden Westen untertaucht wie so viele unserer Verbrecher. Schade. Wir wollten die Vorstellung natürlich nicht stören, sonst hätten wir uns diese Puppe am besten so geholt, wie die Indianer sie in der Manege in den Sand gelegt hatten, lassoumwickelt!"
„Ich danke Ihnen, Herr Inspektor. Sie haben mir mehr mitgeteilt, als ich Ihnen mitteilen konnte!"

Als die Sonne nach dieser Nacht das drittemal aufging, stürmte es noch immer über dem Land. Der Vater der Ströme wallte mit seinen Wassern dahin. Das Eis war endlich gebrochen. Aber die Fluten waren noch gelb, hoch wogten sie zwischen den Ufern, da die Schneeschmelze sie speiste. Dunst des Wassers, der Geruch von Wald und Wiesen, das Glitzern des Taus, die ersten Stimmen der Vögel vereinigten sich in einsamer Landschaft. In den Wipfeln knisterte noch das letzte dürre Laub vom vergangenen Herbst, während die Knospen schon aufsprangen. Verborgen vor allen Ansiedlungen, vor allen Fährtensuchern und allen Spürhunden saßen drei Menschen im Frühlicht beieinander. Ihre Pferde weideten. Jeder von ihnen aß eine Handvoll Fleisch. Nachdem sie miteinander gegessen hatten, nahmen sie Abschied voneinander.

„Ihr seid Dakota!" sagte Großer Wolf zu seinen beiden Begleitern. „Und du, Mattotaupa, hast uns wie ein Häuptling beraten und geführt. Gern würden unsere Männer dich bei ihren neuen Zelten im Norden begrüßen, du weißt es. Aber du hast nie zu uns darüber gesprochen, woher du kommst und wohin dich dein Weg führt. Ich will dich auch heute nicht danach fragen. Willst du nicht weiter mit mir reiten? Müssen wir scheiden?"
„Ich höre die Worte, die du zu mir gesprochen hast, Großer Wolf. Mein Sohn Harka und ich, wir werden dich und eure Krieger nicht vergessen. Aber wir dürfen auch nicht mit euch gehen. Ihr seid Dakota."
Großer Wolf, der diese Antwort nicht verstehen konnte, aber wohl fühlte, daß sich ein schweres Geheimnis dahinter verbarg, nahm schweigend Abschied und lenkte sein Pferd nach Norden. Bald darauf schwangen sich auch Mattotaupa und Harka auf ihre Mustangs und ritten gegen Nordwesten zu, einer noch ungewissen Zukunft entgegen. Der Fuchs und der Grauschimmel waren kaum zu halten. Als ob die Gefangenschaft sie verfolgte, so stürmten sie auch an diesem dritten Tage noch dahin, und ihre Reiter sogen immer wieder die reine Luft ein. Ihre Lungen und ihr Blut hatten sich schon erfrischt.
Um die Mittagszeit legten sie eine Rast ein, um den Pferden Erholung zu gönnen. Großer Wolf hatte ihnen den Weg gut beschrieben; sie befanden sich am Ufer eines der tausend kleinen Seen. Die Pferde soffen.
Mattotaupa und Harka legten sich auf die Büffelhautdecke, die Harka bei seiner Flucht aus dem heimatlichen Zelte mitgebracht hatte. Die beiden Indianer besaßen nicht viel, nicht mehr, als sie in der letzten Vorstellung des Zirkus bei sich gehabt hatten: Pferde, Waffen, Leggings, Mokassins und auch den kleinen Beutel, dessen Inhalt an Gold und Silbermünzen sich aber sehr vermindert hatte. Großer Wolf hatte für sie außerdem die Decke mitgebracht und beim Abschied etwas von dem Fleischvorrat zurückgelassen, den er sich noch eingesteckt hatte.
Auch während Mattotaupa und Harka in der Sonne lagen, spürten sie den kühlen Atem dieser Landstriche, in denen sie jetzt

unterwegs waren. Fern, sehr fern weilten sie von ihrer Heimat, die zwischen dem großen Platte-Strom und den Black Hills lag. Zwischen die Heimat und sie legten sich aber nicht nur Ströme, Prärien und Wälder, nicht nur der Bann des Zauberers. Sie hatten einen Sommer und Winter allein verbracht, mit anderen Kämpfen, anderen Freunden, anderen Schmerzen als die Bewohner des Zeltdorfes daheim. Wie ein Traum erschienen ihnen jetzt Mutter, Bruder, Schwester, Gefährten, das Zeltfeuer, die gemeinsamen Spiele, die gemeinsamen Jagden und Kämpfe. Sie hatten auch von der Welt der weißen Männer mehr erfahren, als die Krieger an den Quellen des Platte und in den Bergwäldern erfahren konnten. Sie hatten gelernt, was keiner von diesen verstand, eine andere Sprache, Lesen, Schreiben. Aber dennoch gehörten sie nicht zu den weißen Männern, nicht in deren Städte, nicht auf deren Farmen. Reiten und Jagen in der unbegrenzten Wildnis war ihr Dasein gewesen, seit sie denken konnten. Danach sehnten sie sich wieder, und sie sehnten sich nach Büffelhautzelten und nach der ruhigen und stolzen Art freier roter Männer.

Harka dachte daran, daß er ein Jahr zuvor, in den gleichen Tagen, nachts im Walde auf den Vater gewartet hatte, der ihm ein Geheimnis offenbaren wollte. Seitdem war viel geschehen, und er selbst war anders geworden, nicht nur um ein einziges Jahr älter, wie es ihm schien, sondern um viele Jahre, und er war nicht mehr ein Kind, sondern der junge Gefährte Mattotaupas. Er hatte sehr viel verloren. Das einzige, was ihm geblieben war und ihm jetzt allein und viel fester gehörte als je zuvor, das war der Vater. Wenn er nun mit Mattotaupa zu dem mächtigen Stamm der Siksikau ritt, tat er es ohne Hoffnung, die sich in blauer Ferne verloren, ohne die Erwartung, daß die tiefsitzende Qual, von Heimat und Stamm getrennt zu sein, sich auf diesem Wege ganz lösen lasse. Er tat es mit einer herben Klarheit der Gedanken und Gefühle, die sich auf das Mögliche und auf die auch für einen Verbannten noch erreichbaren Lebenswerte richteten: aufrichtig und tapfer zu sein und von den Männern, die er würde achten können, geachtet zu werden.

Auch Mattotaupa hatte in den Ruhestunden nachgedacht. Seine Gedanken hatten sich mit den Ereignissen kurz vor der Flucht aus dem Zirkus beschäftigt, und er fragte jetzt Harka: „Was hat Red Jim gegen dich?"
„Warum? Weil er nach mir und nach meinem Pferd geschossen hat?"
„Ja."
„Vielleicht war er nur zornig, weil er sah, daß wir siegen würden."
„Das war er. Aber nicht nur das."
„Ich habe ihm mit dem Beilwurf angst gemacht. Er glaubte nicht, daß ich einen solchen Wurf ausführen kann. Das nährte auch seinen Zorn."
„Mag sein. Aber ihr beide seid schon länger unfreundlich gegeneinander! Schon in Omaha oder vielleicht schon seit unserem Zusammentreffen im Blockhaus."
„Denkst du? Es war schmutzig von Jim, daß er Weitfliegenden Vogel Gelbbart unsere Büffelröcke bezahlen ließ."
„Jim hat daran gedacht, daß wir sie brauchen, und Weitfliegender Vogel hat die Silberstücke dafür gegeben. War das nicht recht so?"
„Red Jim hat auch mit der blonden Frau das Geld gestohlen."
„Harka! Jim ist ein kühner Mann. Er ist kein Dieb." Mattotaupa war plötzlich heftig geworden. „Er war es, der mich im Blockhaus des zahnlosen Ben aus den Fesseln befreit hat!"
Der Junge erwiderte darauf nichts mehr. Indianer wurden streng erzogen, keinem älteren Menschen zu widersprechen. Aber Harka schwieg nicht nur, weil er dazu erzogen war, in einem solchen Falle zu verstummen. Er fühlte auch, daß der Vater kein abfälliges Urteil über Jim zu hören wünschte. Der Vater empfand eine schmerzliche Erbitterung, wenn Harka Schlechtes über einen Mann sagte, den Mattotaupa als einen guten Mann sehen wollte, weil Jim als guter Charakter eine weitere Bürgschaft für Mattotaupas Unschuld war.
Da Jim aus dem Gesichtskreis der beiden Dakota verschwunden war, sprach auch Mattotaupa nicht weiter von ihm. Viel-

leicht glaubte er auch, daß Harka darum schwieg, weil die letzten Worte des Vaters ihn schnell überzeugt hatten. Hatte nicht Harka selbst bei den Zelten der Bärenbande den weißen Mann uneingeschränkt bewundert? War Jim im Blockhaus nicht wirklich Mattotaupas und damit auch Harkas Retter geworden?
Die beiden Indianer wollten bis zum Abend noch ein gutes Stück reiten, und da es nichts weiter zu sagen oder zu tun gab, bestiegen sie die Pferde. Auf ihrer Flucht mit dem Großen Wolf zusammen hatten sie besonders an den ersten Tagen sehr weite Strecken zurückgelegt, und so gelangten sie jetzt schon in das Gebiet der Grassteppe nördlich des Missouri. Der Wind wehte schneidend. Über den Himmel zogen graue Wolken, und bald wirbelten weiße Graupeln und blieben in den Mähnen der Pferde, in den Haaren der Reiter hängen. Als es dunkelte, setzte Frost ein, und es begann eine der eisigen Frühlingsnächte dieser ungeschützten Regionen. Die beiden Indianer machten halt. Ein ganz kleiner Bach, noch halb gefroren, ein paar Sträucher, bei denen noch dürre Zweige lagen, alles dies von einer Bodenwelle gegen Wind und Graupeln etwas geschützt, eine solche Stelle war der beste Lagerplatz, der sich hier finden ließ.
Die Mustangs legten sich zusammen nieder; sie hatten noch ihr Winterfell. Die zottigen langen Haare waren nicht schön, aber in der Kälte nützlich. Harka machte mit vieler Mühe ein kleines Feuer. Die beiden Menschen lagerten sich dann am Körper der Tiere, eng zusammen in die Büffelhautdecke eingeschlagen, und schliefen abwechselnd.
Als die Wolken drei Stunden nach Mitternacht vom Winde vertrieben waren, machten sich die Reiter wieder auf. Die Pferde waren schon unruhig geworden, weil sie Wölfe witterten. Sie beeilten sich von selbst, vorwärts zu kommen.
So lernten Mattotaupa und Harka unter Strapazen die Landstriche kennen, in denen sie künftig zu leben gedachten. Die Menschen aber, die sie dort finden würden, kannten sie bis zu diesem Tage noch nicht.

Frühjahr 1863: Harka Steinhart Nachtauge,
Sohn des Häuptlings Mattotaupa von der Bärenbande aus dem Volk der Oglala-Teton-Dakota,
ist elf Jahre alt. Er will ein großer Jäger und ein
großer Krieger werden, wie alle Jungen seines
Stammes. Er ahnt nicht, daß sein Leben ganz
anders verlaufen wird . . .
In sechs Bänden beschreibt Liselotte Welskopf-Henrich dieses abenteuerliche Leben, bis zum
Sommer 1877. Und nicht nur dieses: Das Schicksal aller Dakota, das Schicksal aller nordamerikanischen Indianer wird bei der Lektüre dieser
spannenden Bücher lebendig.

Band 1: **Harka** (RTB 849)

Band 2: **Der Weg in die Verbannung** (RTB 871)

Band 3: **Die Höhle in den Schwarzen Bergen** (RTB 874)

Band 4: **Heimkehr zu den Dakota** (RTB 875)

Band 5: **Der junge Häuptling** (RTB 876)

Band 6: **Über den Missouri** (RTB 877)

Die Söhne der großen Bärin
schon heute Klassiker unter den Indianerbüchern.